# 괴담의 집

どこの家にも怖いものはいる

# 괴담의 집

どこの家にも怖いものはいる

미쓰다 신조 장편소설  현정수 옮김

북로드

드리는 말씀


이 책에 실린 다섯 가지 체험담에 대해서,

집필자 본인 혹은 친족인 분이 계시다면

편집부로 연락해주시면 감사하겠습니다.

# 목차

서장

1

"전혀 다른 두 가지 이야기인데도 어쩐지 비슷하다는 느낌을 떨칠 수 없다……. 선생님께서는 이런 왠지 모를 섬뜩한 감각에 사로잡힌 경험이 없으십니까?"

진보초의 찻집 '에리카'의 구석 자리에서, 카칸샤(河漢社)의 편집자 미마사카 슈조(三間坂 秋蔵)로부터 그런 질문을 들은 것은 지금으로부터 3년 전의 초봄이었다.

"이야기라고 하면, 역시 괴담인가?"

"물론입니다."

당연하다는 듯이 힘차게 끄덕이는 진지한 태도의 그를 보고, 나는 자기도 모르게 미소를 지었다. 평소 같으면 쓴웃음을 지을 상황이지만 서로가 괴담을 몹시 좋아하는 것을 아는 만큼 저도 모르게 미소가 흘러나왔다.

　미리 말해두겠는데, 카칸샤라는 출판사도 미마사카 슈조라는 이름도 양쪽 다 가명이다. 이 책에 등장하는 고유명사 대다수가 가상의 이름이다. 다만 진보초는 실존하는 지명이며, 에리카라는 가게도 존재하고 있으므로 전부 꾸며낸 것은 아니다. 실명을 대면 문제가 있으리라 판단한 이름만 가명으로 처리해두었다. 가명 처리에는 세심한 주의를 기울였지만, 뭔가 문제가 생겼을 경우에 모든 책임은 이 책의 저자인 나에게 있음을 적어두고자 한다.

　단 대부분의 가명들은 되도록 원래 이름을 기초로 생각했다. 그렇다고 해도 특별히 정해진 법칙이 있는 것은 아니다. 애너그램도 있고 암호의 치환법을 적용한 경우도 있다. 본래의 한자와 동일하거나, 혹은 반대의 의미를 지닌 글자를 찾아서 일부러 구성한 명칭도 있다. 다만 가장 중요시한 부분은 본래의 이름이 지닌 분위기를 해치지 않도록 최대한 주의해서 바꾸는 것이었다.

　그러므로 이 책에 나오는 이름만을 단서로 원래의 명칭을 알아내기는 힘들 것이라 생각한다. 그런 헛된 수색이나 노력일랑 그만두고, 이제부터 내가 기록한 오싹한 이야기를 허심탄회하게 즐겨주었으면 한다.

　'내가 기록한'이라고 거드름 피우듯 적었지만, 애초에 발단은 첫머리에 기록한 어느 편집자의 질문이며, 뒤에 게재될 이야기

대부분을 수집한 것도 그 사람이다. 게다가 즐겨달라고 말하긴 했지만 이 책의 이야기를 읽어가는 동안 그렇게 말할 수 없는 괴이한 현상이 어쩌면 독자의 주위에 일어날지도 모른다. 위협하려는 생각은 추호도 없다. 다만 미리 한 마디, 경고를 해두고 싶을 뿐이다.

미마사카 슈조와 처음 만난 것은 이 찻집에서 있었던 '두삼회(頭三會)'로부터 약 11개월 전으로 거슬러 올라간다. 두삼회란 무엇인가. 곧 알 수 있으므로 잠시만 참아주기 바란다.

4월 중순이라고 기억하는데, 어느 날 낯선 인물로부터 편지가 날아왔다. 정확히는 코단샤 문고의 편집부에 내 앞으로 온 편지가 담당 편집자를 통해 전송되었다. 드물게 있는 졸작의 애독자에게서 온 편지인가 하고 읽어보니, 절반은 맞았다.

그는 중학생 때에 나의 데뷔작인 《호러 작가가 사는 집》(문고판은 《기관 ~호러작가가 사는 집》으로 개명되었다)을 읽고 완전히 나의 팬이 된 듯했다. 이후로 모든 작품을 실시간으로 읽어왔다고 했다. 올봄에 대학을 졸업하고 출판사에 취직했으며, 배속부서는 다행히도 편집부. 더 나아가서는, 나와 한 번 만나서 여러 가지 이야기를 나누고 싶다. 그런 취지가 깔끔한 글씨로 적혀 있었다.

'슈조'라는 수수한 이름을 보고 조금 연배 있는 인물을 상상했던 나는, 상대가 대학을 갓 졸업한 청년임을 알고 놀랐다. 하지만 이 편지 자체는 나를 몹시 기쁘게 했다. 졸작에 대한 그의 애정이 절절하게 문면에서 묻어나왔기 때문이다. 다만 카칸샤라는 출판사의 이름이 아주 낯설었기 때문에, 고개를 갸웃하기도 했다.

나도 작가가 되기 전에는 편집자였으므로 어지간한 발행처는 알고 있었다. 설령 문예서를 내지 않는 출판사라도 이름 정도는 기억하고 있었다. 적어도 인문 관련 서적을 다루는 출판사 중에 한 번도 들어보지 못한 회사가 있을 리 없다고 생각했다. 가령 그런 발행처가 있다면 내가 전혀 흥미를 보이지 않는 분야를 전문으로 하는 출판사 정도일 것이다.

의아한 마음을 품고 인터넷으로 카칸샤를 검색해보고 조금 놀랐다. 딱 그 생각대로였던 것이다. 서점에 가도 내가 걸음을 옮기지 않는 서가 쪽의, 특정 분야 전문출판사라는 것을 알았다. 그런 발행처의 편집자가 대체 나에게 무슨 할 이야기가 있다는 것일까. 아무리 봐도 집필 의뢰는 아닐 것이다. 그 회사가 내는 전문지의 칼럼 정도라면 쓸 수 있을지 모르지만, 분야가 너무나도 다르다. 호러 미스터리 작가인 나 같은 사람에게 의뢰하기보다 그쪽 분야의 전문필자를 기용하는 편이 훨씬 낫다. 아무리 신인 편집자라도 그 정도는 당연히 알 것이다.

그렇게 되면 생각할 수 있는 이유는 단 한 가지였다. 출판사의 편집자라는 자리를 활용해서 중학교 시절부터 애독해온 소설가와 만나 이야기를 나눈다, 라는 얼토당토않은 생각이다.

역시나 조금 망설여졌지만, 결국은 만나기로 했다. 결정타는 편지에 적힌 내 졸작을 향한 넘치는 애정과 그 이해도에 있었다. 그저 단순히 좋아하는 것뿐만 아니라, 그는 졸작을 몹시 날카롭게 분석하고 있기도 했다. 그중에는 확대 해석이나 오독도 보였지만 결코 불쾌하게 느껴지지는 않았다. 오히려 몹시 흥미로웠다고 말할 수 있을 것이다.

이런 견해나 사고방식을 가진 인물과 이야기해보고 싶다.

나는 어느샌가 순수하게 그런 생각을 하고 있었다. 그래서 편지에 적혀 있던 메일 주소로 면담을 승낙하는 취지의 답장을 보냈다. 답신은 금방 돌아왔고, 곧바로 날짜와 장소가 정해져서 나는 미마사카 슈조와 만나게 되었던 것이다.

이 남자의 첫 인상은 아주 좋았다. 옛날이라면 미남자, 지금이라면 꽃미남이라고 불릴 만한 외모뿐만 아니라, 언동에서도 자연스러운 기품이 느껴진다. 역시나 긴장하고 있는 눈치였지만, 미마사카의 경우에는 그 어색함조차 플러스로 작용하고 있었다. 곧바로 내가 떠올린 단어는, 지금은 사어가 되었을지도 모르지만 '호청년'였다.

"선생님과는 성씨의 '三'자가 같고, 제 이름의 '蔵'자도 한자는 다르지만 발음은 똑같이 '조'라서 기쁘더군요."

첫 인사를 마치고서 멋쩍은 듯한 미소를 지은 미마사카에게 그런 말을 듣고, 문득 나는 20년 가까이 지난 일을 떠올렸다.

"20대 후반이었던가. 내가 교토의 D출판사에서 편집자 일을 하고 있었을 때, 같은 지역의 모 대학에 히마츠 레이조라는 교수님이 계셨지. 이 선생님의 《진종사 논고》라는 책을 담당했었는데, 처음에 뵈었을 때에 '나는 고삼회(尻三會)에 들어가 있지.'라고 말씀하시고……."

"고삼회? 아, 두 분 다 이름의 끝이 한자 '三'으로 끝나기 때문이군요. 저도 이름이 '蔵'가 아니라 '三'이었다면 고삼회에 들어갈 수 있었을 텐데 아쉽습니다."

"아니, 나도 입회한 것은 아니야. 애초에 초청을 받지 못했으니까."

웃으면서 대답했지만, 그의 빠른 머리 회전에 나는 솔직히 감탄했다.

"그렇다면 성씨가 '三'자로 시작하는 선생님과 제가 '두삼회'를 결성할까요?"

"그것도 좋지만, 선생님이라고 부르는 건 좀……."

"아! 도조 겐야군요."

한순간 무슨 말을 하는지 알 수 없었지만, 미마사카의 얼굴 가득한 웃음을 바라보는 동안에 간신히 이해가 갔다.

졸작 중에 《염매처럼 신들리는 것》을 첫 작품으로 하는 '도조 겐야 시리즈'라고 불리는 작품군이 있다. 태평양 전쟁 이전부터 전후에 걸친 시대에 지방의 농촌이나 산촌, 외딴섬 등을 무대로, 그 지역을 민속채방 했던 괴기환상 작가이자 신출내기 탐정인 도조 겐야가 기기괴괴한 사건에 말려들어가는 이야기다. 일단은 내 대표작인 시리즈다. 이 도조 겐야는 방문한 곳에서 '선생님'이라고 불릴 때마다 부끄러워하는 장면이 나오는데, 분명 미마사카는 그것을 떠올린 것이 틀림없다. 게다가 아무래도 내가 도조 겐야의 흉내를 내고 있다고 착각하는 모양이었다.

당황하며 오해를 풀려고 했지만, 이미 미마사카는 도조 겐야 시리즈에 대한 열띤 이야기를 쏟아내기 시작했다. 결국 그날은 두삼회에 관한 화제 이외에는 모두 내 작품에 대한 이야기만 하고 말았다.

다음에 만난 것은 거의 한 달 뒤였다. 저쪽에서 메일을 보내 와서, 역시 진보초의 찻집에서 졸작에 대한 이야기를 하게 되었다. 실은 세 번째도 네 번째도 별반 다르지 않았다. 다섯 번째부터는 찻집에서 커피가 아니라 비어바에서 맥주를 마시는 것으로 바뀌긴 했지만, 화제는 그때까지와 마찬가지로 졸작에 대한 것이었다. 요컨대 작가와 애독자가 화기애애하게, 각각의 작품에 관한 이야기를 주고받을 뿐이었다. 참고로 우리 둘이 만나는 것을 그는 '두삼회'라고 이름 붙였다.

그렇다고 해도 나는 대체 무엇을 하고 있는 걸까.

업무 협의라면 보통은 담당 편집자가 이쪽으로 와준다. 그 장소가 찻집이든 술집이든 비용은 상대방이 계산한다. 그러나 미마사카 슈조의 경우, 업무 이야기가 아님에도 불구하고 내가 일부러 만나러 가는 데다 술값 등의 계산은 이쪽에서 하고 있다. 미마사카의 명예를 위해서 미리 말해두는데, 2인분을 내려는 그를 제지하고 내가 멋대로 계산한 것이다. 어떻게 생각해 봐도 경비로 처리할 수 없는 술값을 사회초년생에게 떠넘길 수는 없지 않은가.

이해 4월부터 나는 도조 겐야 시리즈의 신작 《유녀(幽女)처럼 원망하는 것》의 집필에 착수하고 있었다. 이 작품은 세 시기,

태평양전쟁 발발 전과 전쟁 중, 전쟁 후의 유곽을 무대로 하여 같은 기명(妓名)을 지닌 세 명의 유곽 여인을 테마로 한 호러 미스터리였다. 그런데 자료수집과 파악에 시간이 걸리고, 또한 핵심이 되는 아이디어가 좀처럼 떠오르지 않아 작업이 지지부진해서 난감해하고 있었다. 게다가 간신히 작업에 착수한 참이라 원래대로라면 외출도 자제해야 했다.

그런데 한 달에 한 번이라고는 해도, 어슬렁어슬렁 진보초까지 외출했으니-아니면 부리나케, 라고 해야 할까-미마사카와의 한때가 딱 좋은 휴식이 되었던 것은 틀림없다. 요컨대 나도 미마사카와의 대화를 즐기고 있었던 것이다. 나이치고는 많은 독서량과 우수한 이해력, 그에 더해 예리한 비평안을 가진 미마사카와의 대화가 무엇보다 즐거운 자극이 되었던 것이리라.

두삼회는 이렇게 지속되었는데, 역시나 반년이나 이어지자 거론할 만한 작품이 없어지기 시작했다. 이 당시에 내 저작물은 열아홉 권밖에 없었다. 한 번에 세 권씩 이야기한다고 해도, 남은 것은 앞으로 한 권뿐이다. 그런데 그렇게 되었을 때의 화제를 미리 생각하고 있었는지, 일곱 번째 두삼회에서 미마사카 슈조는 천천히 이런 화제를 꺼냈다.

"괴담은 좋아하시죠?"

데뷔작을 포함한 초기 네 작품은 졸작 중에서도 상당히 메타 요소가 강하고, 또한 '작가 3부작'이라는 명칭이 있다. 왜냐하면 《기관 ~호러 작가가 사는 집》은 괴기소설을, 《작자미상 ~미스터리 작가가 읽는 책》은 탐정소설을, 《사관장》과 《백사당

~괴담 작가가 이야기하는 이야기》는 괴담을 테마로 하면서, 작가를 서브타이틀로 이야기하고 있기 때문이다. 이 가운데 《백사당》에서 나는 자신이 괴담 애호가임을 공언하고 있었다. 또한 도조 겐야 시리즈 이외의 단편은 대부분이 실화괴담 스타일의 괴기소설이었다. 이 사실을 그가 모를 리 없다.

"응, 좋아하는데."

곧바로 대답하자, 미마사카의 눈동자가 요사스럽게 반짝이기 시작했다.

"실은 저도 고등학교 때부터 괴담을 수집하고 있습니다. 선생님께서 간사이 지방에서 편집자로 계실 무렵에 취미로 실화괴담을 수집하고 계셨다는 것을 《붉은 눈》의 '괴담 기담·사제'를 통해서 알고 '아아, 나하고 똑같구나.' 하고 아주 기쁘게 생각했지요."

"똑같지 않아. 자네는 고등학생 시절부터잖아. 나보다도 오래됐어."

참고로 《붉은 눈》은 내 첫 호러 단편집으로, '괴담기담 4제'란 소설이 아니라 이 작품집을 위해서 쓴 칼럼이었다. 거기서 나는 과거에 수집한 네 개의 실화괴담을 소개하고 있었다.

"그래도 7년 정도입니다. 선생님은 수집하신 지 좀 더 오래되지 않으셨습니까."

"아니, 글쎄……."

솔직히 이미 잊어버리고 있었다. 모은 이야기는 노트에 기록하거나 컴퓨터에 입력해서 남겨둔다. 그러나 유감스럽게도 수

집열은 이미 예전에 식어 있었다. 돌아보면 당시에는 창작이 생각대로 되지 않았던 것은 아닐까. 그 반작용이 괴담 수집이라는 형태로 나타났던 것인지도 모른다.

"나에 대한 것보다, 미마사카 군이 모은 것 중에서 이거다 싶은 무서운 이야기가 있나?"

그렇다고 해도 괴담을 타인에게서 듣는 것은 여전히 아주 좋아했다. 그래서 재빨리 그렇게 물어보았더니 그의 두 눈이 더욱 요사스럽게 빛을 내기 시작하고…….

그 뒤에는 괴담 대회로 변했다. 고등학생 시절부터 괴담을 수집해왔던 가락이 있어서인지, 미마사카의 이야기는 상당한 수준이었다. 그가 하는 어느 이야기나 정말 무서웠다. 흔한 내용이구나 하고 방심하고 있으면, 믿기지 않는 전개를 보여서 간담을 서늘케 한다. 그런가 하면, 그때까지 들었던 적이 없는 참신한 이야기가 갑자기 튀어나온다. 그야말로 우수한 화술과 양질의 화제가 혼연일체가 되어 이쪽에 공포를 내던진다. 참으로 귀중한 체험이었다.

예전에 나도 모아봤기에 알 수 있는 사실인데, '질 좋은 괴담'과 만나는 일은 좀처럼 없다. 몇 사람이나 되는 이들에게 몇십 가지 이야기를 듣는 동안에 간신히 하나가 나올까 말까 하다. 그런 현실을 생각하면 미마사카가 이야기하는 괴담은 아주 수준이 높았다.

하지만 잠시 귀를 기울이는 동안, 그 이유를 어렴풋이 알 수 있게 되었다. 아무래도 미마사카의 주변에 괴이를 직접 체험한

자, 혹은 체험자 본인에게 이야기를 들은 인물이 많았던 모양이었다. 할아버지와 할머니를 시작으로 친척, 이웃 주민, 고교 시절의 교사나 동급생, 아르바이트를 하다 알게 된 친구들, 대학 세미나 팀원, 동아리 선배나 후배, 여행지에서 만난 사람들 등, 어쨌든 '화자'와 조우하는 운을 타고난 듯했다.

"자네 자신이 그런 경험을 한 적은?"

미마사카가 한숨 돌렸을 무렵에 묻자, 그는 참으로 난처하다는 얼굴을 하면서 말했다.

"말씀드릴 수 있을 만한 것은 거의 없습니다."

그럼에도 그의 곁에는 무시무시한 괴담이 몇 개씩이나 모여든다. 이것은 그가 그러한 체질이라고 생각할 수밖에 없을 것이다. 정말이지 부러울 따름이다.

그렇다고 해도 괴담이란 묘한 것이라, 듣는 동안에 자신도 이야기하고 싶어지기 시작한다. 어떤 이야기나 마찬가지일지 모르지만, 괴담만큼 그 욕구가 강한 것도 없지 않을까.

이때의 나도 그랬다. 미마사카의 이야기가 일단락되기를 기다렸다가, 봇물이 터지듯 쉴 새 없이 이야기하기 시작했다. 아껴두었던 괴담을 연달아 쏟아냈던 것이다.

그다음에는 반복이었다. 내가 이야기하다가 지치면 미마사카가 이야기하기 시작했고, 그가 쉬면 내가 입을 연다. 이후의 두세 회가 언제나 괴담 대회가 되었던 것은 말할 것도 없다. 내가 신작을 발표했을 때만큼은 달랐지만, 그럴 때 말고는 거의 괴담 일색이었다.

그러나 해가 바뀌어 신년회의 탈을 쓴 괴담 대회를 했을 무렵부터 역시나 쌍방 모두 이야깃거리가 바닥나기 시작했다. 한 달에 한 번이라고는 해도, 그때마다 서너 시간씩 이야기를 주고받고 있었으니 무리도 아니다. 믿을 수 없을지도 모르겠지만, 둘 다 두삼회에서는 정말로 괴담 이야기 말고는 아무것도 하지 않았으므로 더욱 그렇다.

알게 된 지 열 달 정도가 지났을 무렵부터, 간신히 우리는 처음 만난 사람들이 나눌 거라 생각되는 대화—서로의 약력에 대해서—를 나누었다. 그때까지 친근하게 대화를 나누었는데, 갑자기 그 자리에 서먹한 공기가 떠돈 것을 잘 기억하고 있다.

이때 나는 미마사카 슈조에게 느꼈던 첫인상이 어느 정도 그의 연기로 인한 것은 아니었을까 하는 생각이 문득 들었다. 그는 실제론 '호사가'라고 불리는 인종일지도 모른다. 물론 그것과 '호남아'라는 사실이 딱히 양립할 수 없는 것은 아니다. 그러나 상성이 좋다고도 할 수 없다. 다만 나는 그에 대한 이 인상의 변화를 달갑게 받아들였다. 동료의식에 가까운 감정을 느꼈다고 할까.

이야기할 괴담이 바닥나기 시작해서 대화의 내용이 동서고금의 호러소설로 옮겨가려 할 때였다. 미마사카 슈조가 이 장의 첫머리에 적은 대사를 입 밖에 낸 것은.

문제의 이야기가 괴담임을 확인한 뒤, 나는 장난치듯 이런 농으로 대답했다.

"어느 이야기에 나오는 유령이든 무거운 쇠사슬을 끄는 듯한 소리를 낸다든가 하는 식으로 비슷한 점이 있지 않나?"

"그건 그냥 고딕소설이지 않습니까."

호레이스 월폴의 《오트란토 성》(1764년 작)을 효시로 유행한 고딕소설은 중세의 성을 무대로 지하 미로나 감옥이 등장하며, 그곳에 소녀나 고아나 악당이 얽히고 근친상간이나 출생의 비밀이 복잡하게 뒤엉킨 인간관계가 그려지다가 이윽고 망령이 출현한다……라는 아주 비슷한 요소를 어느 작품이나 가지고 있었다.

미마사카의 질문을 듣고 곧바로 떠오른 것이 이 고딕소설 특유의 케케묵은 유형의 유령이었다.

"농담이 아니라 서로 닮은 섬뜩한 이야기에 대해 말하자면, 암살당한 두 명의 미국 대통령, 링컨과 케네디를 둘러싼 기묘한 유사점이 먼저 떠오르는군."

"그건 확실히 꽤나 섬뜩하죠."

상당히 유명한 이야기이므로 괴담 애호가라면 당연한 일일지도 모르지만, 역시 그는 알고 있었다. 만일을 위해 암살당한 두 사람에 관한 섬뜩한 유사점을 항목별로 정리하면 다음과 같다.

대통령에 선출된 해. 링컨은 1860년, 케네디는 1960년.

암살당한 장소. 링컨은 포드 극장, 케네디는 포드의 링컨 컨버터블 차 안.

암살당한 요일. 둘 다 금요일.

암살 방법. 둘 다 후두부에 총을 맞았다. 그것도 아내의 눈앞에서.

암살 시의 상황. 둘 다 한 쌍의 남녀가 곁에 있었고, 양쪽 다 남성이 부상을 입었다.

범인의 행동. 링컨을 극장에서 쏜 부스는 헛간(이른바 창고)으로 도망갔고, 케네디를 창고 건물에서 쏜 오스왈드는 영화관(극장이라고도 한다)으로 도망쳤다.

범인의 도망. 부스도 오스왈드도 암살 직후에 경찰관에게 신문을 받지만, 어느 쪽도 의심받지 않고 그 자리를 떠났다.

범인의 말로. 두 명 모두 재판을 받기 전에 살해되었다. 양쪽 다 남부 출신.

대통령의 후계자. 모두 존슨이라는 이름의 부통령이 된다. 앤드루 존슨 부통령은 1808년, 린든 존슨 부통령은 1908년 출생.

대통령의 부인. 양쪽 다 스물네 살에 결혼했다. 아이는 세 명 있었지만, 둘 다 남편이 대통령일 때에 한 명이 세상을 떠난 상태.

그 밖의 세세한 사실까지 열거하자면 유사점이 좀 더 나올 것 같지만 이쯤에서 그만두자.

"다만 이렇게 두 사건의 비슷한 점을 찾을 경우에는, 그런 점만을 너무 강조하게 될 위험이 있지 않습니까?"

역시나 미마사카는 그 부분의 문제도 이해하고 있는지 날카롭게 지적해왔다.

"통설로는 부스가 1839년생이고 오스왈드가 1939년생이며, 링컨과 케네디가 대통령으로 선출된 해에 딱 100년의 간격이 있는 것 처럼, 두 사람의 생일에도 100년의 차이가 있다고 여겨지고 있는데, 부스의 실제 생일은 1837년이지."

"하나라도 많은 유사점을 찾아내려는 마음에, 누군가가 의도적으로 숫자를 조작한 걸까요?"

"독자의 반응을 이끌어내기 위해서라면 미디어는―작가도 그럴지 모르지만―그 정도의 조작을 할 수도 있지."

"소설이라면 전혀 상관없습니다만 실화를 바탕으로 한 괴담에 그런 짓은 하지 말았으면 좋겠군요."

진지하게 화를 내는 미마사카를 보며, '이 친구는 역시 특이하구나.' 하고 나는 생각했다. 하지만 그런 얘긴 입도 뻥긋 하지 않고 나는 말을 이었다.

"두 대통령이 모두 시민의 권리문제에 얽혀 있던 것이라든가 두 명의 존슨 부통령이 모두 남부 출신의 민주당원이며 덤으로 상원의원이었던 사실도 유사점으로서 세어야 할 것인가 하는 문제도 있지. 정치적인 배경의 공통점 같은 건 얼마든지 설명이 가능하다고도 할 수 있으니까."

"연대나 장소나 사건의 유사성 등에서 받는 임팩트에 비하면 그런 유사점은 너무나 인상이 약하니까요."

나는 찬성하는 미마사카에게서 시선을 돌리며 말했다.

"비슷하다는 키워드에서 그 밖에 떠오르는 얘기라면……. 대사건이라고 불러야 할 커다란 사건이 일어났는데, 그 세부적인

사실이 과거에 쓰인 창작물의 내용과 아주 비슷했다, 라는 섬
뜩한 사례가 몇 가지 있는 정도일까."

　그렇게 말을 잇자, 갑자기 그의 눈동자가 빛나기 시작했다.

2

"그건《백사당》에서 소개한 타이타닉호 얘기로군요."

내 작품의 애독자인 만큼 미마사카의 반응은 역시나 빨랐다.

1912년 4월 14일 심야에 불침선이라고 불리던 호화여객선 타이타닉호가, 빙산과 충돌해서 선복에 큰 구멍이 뚫려 단 세 시간 만에 가라앉아버린 해난사고는 너무나도 유명하다. 2,300명의 승객 중 구조된 것은 3분의 1도 채 안 되는 705명이었고 대부분이 여성과 어린아이였다.

이 비극이 일어나기 14년 전, 모건 로버트슨이라는 작가가《Futility》(헛수고)라는 작품을 집필했다. 1898년에 사우샘프턴에서 처녀항해를 떠난 호화여객선이 빙산과 충돌해 선복에 큰 구멍이 뚫려 다수의 승조원과 승객이 죽고 배가 침몰한다는 이야기다. 이 사고가 일어난 달, 배의 길이와 배수량, 구명보트의 숫자, 승조원과 승객의 수, 빙산에 충돌한 속도와 그 상황까지 소설과 현실은 너무나도 흡사했다. 참고로 가공의 여객선도 불침선이라 불렸으며, 명명된 이름은 타이탄호였다.

하여간 이 호화여객선을 둘러싼 기묘한 이야기는 매우 많다. 실화를 바탕으로 했다고 광고하며 제작된 미국의 텔레비전 방송 〈ONE STEP BEYOND〉(1959~61)에도 '참사의 전조'라는 타이타닉호 소재가 있을 정도다.

참고로 섬뜩한 예언 같은 소설은 로버트슨의 장편소설뿐만이 아니었다. 1892년에 전직 신문기자인 W.T 스테드가 발표한 단편에도 타이타닉호의 비극과 아주 비슷한 해난사고가 그려져 있었다. 게다가 작가인 스테드는 이후 타이타닉호의 승객이 되어 이 불침선과 함께 바다 밑바닥으로 가라앉고 말았다.

"타이타닉호와 운명을 함께한 작가라면 잭 푸트렐 쪽이 훨씬 유명하지만."

"어떤 작품을 쓴 분인가요?"

괴기환상 계통 외의 소설을 그리 많이 읽지 않은 미마사카가 금세 흥미진진한 얼굴로 질문을 해왔다. 이런 모습은 역시나 편집자답다.

"오거스터스 S. F. X. 반 두젠 교수라는 긴 이름과 '사고기계'라는 별명을 가진 탐정이 활약하는 단편 미스터리가 유명해. 그중 《13호 독방의 문제》는 그의 대표작이라고 불리지."

"제목은 들은 적이 있습니다."

"참고로 에드워드 D. 호크의 단편소설 《10호 선실의 문제》는 이 푸트렐과 스테드 두 사람이 타이타닉호의 선내에서 만난다는 구성이야."

"허어, 재미있어 보이는 설정이네요."

"푸트렐의 작품 중 내가 좋아하는 건 아내가 쓴 괴기단편에 푸트렐이 해결편 격의 후반부를 추가해서 완성시킨 중편, 일명 《환상의 집》이지."

"그것 참 야심찬 시도네요."

"읽은 것이 꽤 오래전이라 어렴풋하게 기억날 뿐인데, 아내의 작품에서는 주인공이 폭풍이 몰아치는 밤에 차를 몰다가 길을 잃어서 어느 저택에 도착하지. 그곳에서 기괴한 체험을 한 주인공은 그 집에서 도망쳐 나오게 돼. 그런데 나중에 문제의 저택을 찾으려고 해도 도저히 찾을 수가 없어. 대체 그 집은 무엇이었을까…… 하는 이야기였을 거야."

"그런 유령저택물은 좋아합니다. 하지만 그 수수께끼에 남편 쪽에서 합리적인 해결을 덧붙인 거군요."

"게다가 사전에 부부 사이에 아무런 사전 협의도 없었다고 하니, 그것이 사실이라면 정말 대단한 일이지."

"미스터리 작가의 진면목이라고 해야 할까요. 그 남편분 말인데, 몇 살에 돌아가셨습니까?"

"서른일곱이야."

"네에? 작가로 한창 꽃피울 시기인데……."

"부인을 구명보트에 태우고 그 사람은 배에 남았어. 그때 부인에게 짐을 맡겼더라면, 하고 많은 독자들이 아쉬워했지."

"……설마."

"타이타닉호에 승선한 푸트렐은 잡지에 발표할 예정이었던 '사고기계' 시리즈의 신작 원고를 여섯 편이나 가지고 있었어."

"하지만 전부 바다 밑에 가라앉은 겁니까."

그 원고가 미마사카 본인은 잘 모르는 소설이지만 이 이야기에는 마음에 와 닿는 게 있었는지 그는 숙연한 얼굴이었다.

"작가와 바다라는 조합이라면, 그 밖에 다른 예도 있지."

"누구의 어떤 작품인가요?"

다만 털어버리는 것도 빨랐다. 금세 호기심에 가득 찬 시선을 보내와서, 나도 그대로 이야기를 이어나갔다.

"1884년 사우샘프턴에서 미뇨넷 호라는 배가 출항했지. 승조원은 영국인 선장과 항해사 둘, 급사인 리처드 파커까지 네 명이었어. 이때 파커는 열일곱 살로, 가출해서 배에 탔다더군. 미뇨넷 호는 오스트레일리아를 목표로 항해했는데, 남태평양에서 허리케인의 습격으로 난파되고 말았어. 네 사람은 배에서 구명보트로 탈출했지만, 식량과 물까지 챙길 수는 없었어. 그래서 먹지도 마시지도 못하고 마냥 표류하게 되었지. 선장은 제비뽑기로 모두의 식량이 될 제물을 고르려고 했지만, 찬성하는 사람과 반대하는 사람으로 나뉘었어. 그리고 표류 19일째에 참지 못하고 바닷물을 마신 파커가 착란상태에 빠졌지. 가만히 내버려둬도 파커가 죽으리라고 생각한 선장은 파커를 식량으로 삼기로 결정했어. 잠든 파커를 살해한 세 사람은 그 시체를 먹고 살아남아 표류 35일째에 간신히 몬테수마 호라는 배에 구출되었어. 참고로 몬테수마는 아즈텍의 식인왕 이름이었지."

"우연이라도 해도 너무나 얄궂군요. 살아난 세 사람은 죄를 추궁당했습니까?"

"응. 하지만 반년의 중노동을 언도받았을 뿐이었지."

"극한 상황에서 벌어진 사건인 만큼, 법적인 판단도 어려웠겠죠."

"이 이야기를 듣고서 떠오른 작품은 없나?"

다시 묻자, 미마사카는 잠시 생각에 잠겼다가 입을 열었다.

"그렇게 말씀하신다는 것은 제가 당연히 읽었을 작품……이려나요?"

"그렇다고 생각해. 적어도 작가는 그렇겠지. 어쩌면 이 작품은 안 읽었을지도 모르지만."

"으음, 항복입니다. 모르겠어요."

아쉬워 보이는 표정의 그에게, 나는 작가명과 작품명을 말했다.

"에드거 앨런 포의 《아서 고든 핌의 모험》이야."

"아, 그건 모르겠군요. 포는 《모르그 가의 살인》이나 《검은 고양이》 같은 대표작밖에 안 읽었습니다."

안 읽은 것을 부끄러워하는 기색을 보인 것은 너무나도 미마사카답다. 나이를 생각하면 오히려 자랑스러워해야 할 독서량인데도.

"포가 문제의 작품을 쓴 것은 사건이 일어나기 47년 전인 1837년이었어. 소설에서도 남자 넷이 표류하면서 굶주림으로 괴로움을 맛본 끝에 제비뽑기로 식량이 될 사람을 한 명 고르게 되지. 이 제비를 뽑은 것이 급사였고…….”

“설마…….”

“그의 이름이 리처드 파커였어.”

“……섬뜩한 우연의 일치로군요.”

“이런 종류의 인명의 일치 중에 가장 오싹한 것이…….”

“죄송합니다.”

갑자기 미마사카는 초등학생처럼 한 손을 들더니 말했다.

“실례입니다만, 선생님은 이 이야기를 피하고 계시지 않습니까?”

“음? 이 이야기라니…….”

“전혀 다른 두 가지 이야기인데도 어쩐지 비슷하다는 느낌을 떨칠 수 없다……라는, 왠지 모를 섬뜩한 감각에 사로잡히는 이야기입니다.”

“아니, 피할 생각 같은 건…….”

없다, 라고 부정하려고 하다가 어째서인지 나는 흐릿한 한기를 느꼈다. 어째서인지 이유는 알 수 없다. 그 알 수 없다는 사실이 한기를 공포로 바꾸었는지, 등줄기가 오싹해졌다.

이 뭐라 형용할 수 없는 기묘한 감각을 전하자, 곧바로 미마사카의 얼굴이 어두워졌다.

“뭔가 있을지도 모르겠군요.”

“응?”

“제가 이야기하려고 했던 괴담과 선생님 사이에.”

"아직 아무것도 듣지 않았는데?"

내가 어이없다는 목소리로 말하자, 그는 가만히 생각에 잠기는 눈치로 말했다.

"두 명의 대통령과 타이타닉호와 포의 소설을 둘러싼 섬뜩한 이야기는, 어느 것이나 우연이라는 말로밖에 설명이 되지 않는 불가해한 부합들로 가득 차 있습니다. 그렇지만 이런 믿기지 않는 우연의 일치가 꼭 역사적인 사건이나 커다란 사고에만 일어난다는 법은 없지요. 평범한 생활을 보내는 일반인들에게 느닷없이 찾아오는 경우도 있을 겁니다."

"그것은 그렇지만……."

농으로 하는 소리가 아님은 미마사카의 표정과 말투로 알 수 있었다. 하지만 그렇다고 해서 지금의 우리가 그런 사태에 말려들었다고는, 도저히 생각되지 않는다. 어디까지나 괴담과 기담을 오락으로서 즐기고 있을 뿐이다. 그것만으로 어떤 괴이한 일이 우리에게 닥친다고 생각하는 건 아무리 그래도 너무 지나친 공상이다.

이런 내 생각을 미마사카는 금세 알아차린 듯했다.

"일본 도쿄 한가운데에 있는 진보초의 비어바 한구석에서 한 달에 한 번꼴로 괴담을 즐기는 작가와 편집자에게는, 그런 우연의 일치 따윈 없다고 생각하십니까?"

"당연히 있을 거라는 말투로군."

"퇴근길에 회사 동료와 맥주를 마시러 와서 상사 험담을 늘어놓는 월급쟁이보다는 그럴 가능성이 높지 않을까요."

"그런 식으로 비교할 문제가 아니라고 생각하네만."

"괴이를 이야기하면 괴이에 이른다……."

"요컨대 지금, 자네와 나 사이에서 어떤 불가해한 부합이 발생하려 하고 있다고?"

"확인하는 건 간단합니다."

"뭔가 사연이 있어 보이는 그 이야기를, 자네로부터 들으면 되는 건가?"

"그렇습니다."

단호하게 대답하면서도, 미마사카는 왠지 모르게 난처한 표정을 지었다.

"다만 이 이야기에는 두 명의 대통령에게 보이는, 그런 눈에 확 들어오는 우연의 일치는 없습니다. 오히려 다른 점 쪽이 눈에 띈다고 할까요. 하지만 왠지 모르게 비슷하다는 기분이 듭니다.

"링컨과 케네디의 경우에는 둘 다 대통령이면서 암살당했다는 커다란 공통점이 처음부터 존재하고 있었지. 바다에서 벌어진 두 비극과 두 소설 사이에도 여러 가지 비슷한 상황이 있었고. 그런 요소들은 어떤가?"

"아무것도 없습니다. 시대도 장소도 인간도, 전혀 관계가 없습니다. 한 가지는 인터넷과 휴대전화가 있는 시대고, 다른 하나는 상당히 옛날로 생각됩니다. 적어도 태평양전쟁 전인 것은 확실합니다. 전자는 간사이 지방 어딘가―오사카와 교토와 나라 이외―의 주택이고, 후자는 간토 지방 어딘가의 마을이 무대입니다. 한쪽은 평범한 주부의 일기고, 다른 한쪽은 시골에 사는 소년의 경험담이죠. 이렇게 두 이야기는 전혀 다릅니다. 그렇기에 더욱 신경이 쓰입니다."

그의 이야기에 깊은 흥미를 느끼는 한편으로, 나는 정체 모를 존재를 마주한 듯한 공포를 아주 약간이지만 느꼈다. 원래대로라면 괴담 애호가로서 기분 좋게 느껴야 할 감정일 텐데, 이때는 분명 달랐다.

이 불안함은 무얼까.

그런 생각이 들었을 때, 어째서 미마사카가 "이 이야기를 피하고 계시지 않습니까?"라고 물었는지 간신히 납득이 갔다. 평소 같으면 슬쩍 변죽을 울리는 것만으로 금세 알려달라고 그를 채근할 것이 틀림없었기 때문이다. 그런데도 나는 그저 내 이야기를 계속하려고 했다. 아무리 시간이 지나도 그에게 이야기할 기회를 주지 않았다.

왜냐하면 그런 이야기는 듣고 싶지 않다고, 무의식중에 방위 본능이 작용했으니까…….

그렇게라도 생각하지 않으면 자신의 묘한 언동이 설명되지 않는다. 여전히 영문을 알 수 없는 상태이긴 했지만 미마사카의 말에도 일리가 있는지도 모른다.

그러나 그의 생각과 내 본능이 옳다면 그런 이야기에 관계해서는 안 되는 게 아닐까.

그렇게 말하고 싶었지만 할 수 없었다. 마음속 어딘가에서, 이렇게 재미난 기회를 놓칠 수는 없다는 목소리가 들리는 것이었다. 자신이 괴이를 좇는 자임을 절실히 체감한 순간이었다.

"알았네, 듣지. 아니, 들려주게."

가볍게 고개를 숙인 나에게, 미마사카가 '현물'을 보내겠다고 대답해서 깜짝 놀랐다.

"하나는 체험자 자신의 일기고, 다른 하나는 속기원고의 정리본입니다."

"그런 물건을 어디에서 구했나?"

"시판되는 평범한 대학노트에 적힌 일기는, 몇 년 전에 고모님으로부터 입수했습니다. 일기를 쓴 사람은 오사키라는 주부입니다. 고모님의 친구의 지인의 친척……이라는 상당히 먼 인연의 사람인데, 물론 저는 전혀 면식이 없습니다. 어떠한 경위로 고모님이 그 일기를 손에 넣었는지 자세한 사정 역시 모릅니다. 고모님에게 물어봐도 잘 기억 못하시는듯 했고요. 다만그 사람의 일기는 몇 년 치나, 즉 여러 권이 있는 모양이었는데, 아무래도 오싹한 사건들이 집중되어 기록된 한 권만이 고모님 곁으로 흘러들었던 것 같더군요."

'흘러들었다'라니, 참으로 절묘한 표현이다.

"고모님은 특별히 괴담을 좋아하지도 않으면서 그런 이야기는 잘 알고 있어서, 문제의 일기도 자연히 그분이 있는 곳으로 찾아왔는지도 모릅니다."

그 고모의 피를 분명 미마사카도 잇고 있는 것이다.

"속기원고 정리본의 출처는 저의 할아버지입니다. 그렇다고본인께 넘겨받은 것은 아니고, 며칠 전에 본가의 창고에 있던 할아버지의 장서를 살피던 중에 어떤 외국 책에 끼워져 있던 종잇조각을 발견했습니다. 할아버지의 책 중에는 신문지의 스크랩이나 메모, 그리고 편지 같은 것이 종종 들어 있었습니다. 가끔씩 흥미 있는 것들이 있어서 그 종잇조각도 재미 삼아 읽어보았는데……."

고모님으로부터 입수한 일기와의 섬뜩한 부합을 깨달았던 듯하다. 참고로 그 외국 책의 제목은《The Spiritualism of Haunted Houses》(흉가의 심령술)였다고 한다. .

"저희 할아버지는 옛날부터 기괴한 것에 관여하기를 좋아하셨습니다. 담력 시험이나 괴담 이야기 모임은 말할 것도 없고, 전국의 유령의 집 탐색이나 빙의에 강령술 실천, 거기에 심령 사진이나 심령 동영상의 촬영까지 시도하고 계셨습니다. 특이한 분이라고나 할까, 상당한 괴짜셨죠."

미마사카의 고모님 피는 이 할아버지로부터 이어지고 있는 것 같다.

"원래의 속기원고는 한 소년의 이야기를 받아 적은 것입니다. 말하자면 본인의 체험담이죠. 다만 그 상태로는 설명이 부족한 문장이 되어버리기 때문에 상당히 손질한 것으로 보입니다. 그렇다고 해도 내용을 잘못 건드리지 않도록 주의한 모양입니다. 어디까지나 가독성을 고려한 가필이었던 것 같습니다."

여기서 그는 일단 의미심장하게 말을 끊었다.

"이 소년의 체험담을 듣기 위해 상당한 시간을 들인 듯하다는 것을 남겨진 자료에서도 알 수 있었습니다. 그렇지만 원래의 경위라고 해야 할까요, 문제의 속기원고가 만들어진 과정이 아주 특이해서……. 아니, 그런 이야기는 원본을 읽고 나서 하는 편이 좋겠지요."

젠 체하는 미마사카를 재촉했지만, 그는 웃으며 대답하지 않았다. 어쩔 수 없이 추궁을 단념하고 두 가지 현물이 도착하기를 기다렸다.

사흘 뒤, 미마사카로부터 봉투가 날아왔다. 그러나 내가 읽은 것은 두 달 이상이나 시간이 지난 뒤였다. 그 이유에 대해서는 후술하기로 하고……. 읽은 결과, 그가 느꼈다는 섬뜩한 감각을 나도 공유하게 되었다. 그뿐만이 아니다. 어째서 내가 무의식중에 이 이야기들을 피하려고 했는지, 그 이유를 안 것 같은 기분이 들었다. 하지만 그것을 설명하는 것도 나중으로 하고 싶다. 왜냐하면, 아니 우선은 독자에게도 문제의 일기와 속기원고 정리본을 읽게 하는 편이 좋을 것이다. 모든 것은 그다음이다.

이 두 이야기를 게재하기에 앞서 양해를 구하고 싶다.

우선 대학노트의 일기는 기록자인 어머니 가족이 이사를 마치고 간신히 한숨 돌린 듯한 날의 기술부터 발췌했다. 다만 제 3자가 읽는 것을 전제로 적힌 글이 아니므로 어쩔 수 없이 설명이 부족한 부분이 생긴다. 게다가 발췌까지 하였으니 더욱 그렇다. 거기서 독자의 편의를 위해 문장 내에 보충설명을 더했다. 괄호 속에 기록한 부분이 이에 해당한다.

당연하지만 나 역시 한 권의 노트에 적혀 있는 일기 이외에는 아무것도 모른다. 애초에 일기는 2월의 어느 날부터 갑자기 시작되고 있었다. 먼저 쓰던 일기에서 이어졌다고 상상할 수 있지만, 서력도 연호도 적혀 있지 않아서 몇 년대의 이야기인지는 알 수 없다. 적어도 2000년 이후가 아닐까 하고 생각하고 있지만, 특별한 근거가 있는 것은 아니다.

속기 원고를 정리한 종이에 대해서는, 너무 옛날 어휘를 고치거나 일부의 한자를 풀어 쓴 것 말고는 그대로 게재했다. 이쪽은 소년을 취재한 사람이—미마사카의 할아버지인지 다른 누구인지는 모르지만—사이사이에 질문을 끼워 넣으면서 진행했는지, 그것에 대답하는 듯한 문장도 나온다. 그렇다고 내용을 알기 쉬운가 하면 그렇지도 않다. 무슨 질문을 했는지가 빠져 있는 데다, 애초에 소년을 둘러싼 상황을 전혀 알 수 없기 때문이다. 그래서 특히 후반은 소년이 꾼 악몽 이야기를 듣는 듯한 기분이 든다.

그렇지만 나에게 이것을 보충할 수단은 당연히 없다. 미마사카는 종이에 적힌 소년의 체험담에 관한 정보를 알고 있는 게 분명해보였지만, 앞서 적은 대로 나에게는 알려주지 않았다. 심술을 부리느라 그런 행동을 할 사람은 아니므로 분명 이유가 있을 거라고 이때의 나는 생각했다. 독자도 양해해주었으면 한다.

그러면 이제부터, 미마사카와 의논하여 타이틀을 정한 〈어머

니의 일기 – 저편에서 온다〉의 일부와 〈소년의 이야기 – 이차원
저택〉의 전문을 싣는다.

첫 번째 이야기

어머니의 일기
- 저편에서 온다

—3월 30일—

역시 단독주택은 좋다. 그것도 신축에다가 넓기까지 하다.

넓다고 하자면 마당도 넓다. 그런데다 집 앞이 숲인 것도 마음에 든다. 창문 밖으로 나무들이 보이다니, 이 얼마나 복에 넘치는 일인가.

다만 폐공장인 듯한 건물의 일부도 보인다. 이런 주택지에 어울리지 않아서 유감이지만, 언젠가는 헐리겠지. 그때까지만 참기로 하자.

이사는 몹시 힘들었지만 정리가 거의 끝나서 한시름 놓았다.

카나의 방이 생긴 것이 특히 기쁘다. 벽지를 목장 무늬로 고르기를 잘했다.

"말, 소, 양, 토끼!"

하나하나 가리키며 기뻐하고 있다. 벽지에는 동물들 외에도 나무, 풀꽃, 헛간, 울타리, 작은 길이 그려져 있다. 그런 풍경들도 카나는 전부 마음에 든 모양이다.

아직 한참 이르다고 생각하지만, 언젠가는 자기 방이 필요할 테니까.

저 벽지가 '어려 보여서 싫다.'라고 말할 날이 금방 올지도 모른다.

(이 집은 아버지와 어머니, 그리고 세 살 난 외동딸인 카나까지 세 가족이다.)

아는 사람이 아무도 없는 것이 조금 걱정일까. 카나를 유치원에 보내기 전이라서 다행이다.

주방에 있을 때, 문득 주변이 어두컴컴해진 느낌이 들었다. 그건 가벼운 현기증이었을까.

오늘 밤은 일찍 자자.


—4월 1일—

카나가 집 안을 한 바퀴 둘러본 뒤에 재미있는 이야기를 했다.

"할머니는 어디에 있어?"

단독주택에 이사 왔으니 그곳에 내 어머니가 있을 거라 생각한 듯하다. 유키나 쥬리의 집에 놀러갔을 때를 좀처럼 잊지 못하는 모양이다.

하지만 어머니를 부르기는 어렵다.

(이사 오기 전에 살던 연립주택 근처에 어머니끼리 알고 지내던 타케우치 가와 사에키 가가 있다. 전자의 딸이 유키이고 후자의 딸이 쥬리인데, 아마도 카나와 동갑내기로 여겨진다. 양가 모두 친할머니나 외할머니와 동거하고 있었는데, 유키와 쥬리는 할머니와 마치 친구처럼 사이가 좋았다. 카나는 그것을 늘 부럽게 생각하고 있었다. 이사 갈 때에 작별 선물로 카나는 타케우치 가의 할머니에게서 신부 인형을, 사에키 가의 할머니에게서 손거울과 빗을 받았다.)

―4월 3일―

이 근방의 앤티크 숍에서 샀던 키 높은 서랍장.

작은 서랍이 많이 있어서 거실에 장식하기 좋겠다고 생각했는데 부엌에도 어울렸다.

냉장고나 찬장 근처에 두면 분명히 어색해 보일 거라고 생각했는데. 실제로 놓아 보지 않으면 모르는 법인가 보다.

조미료 수납장으로도 쓸 수 있고, 파스타나 말린 미역, 떡처럼 한동안 보존할 수 있는 것을 종류별로 수납하기에도 편리하다. 이 서랍장을 사길 잘했다.

―4월 4일―

카나가 혼자 쓸쓸하게 지내고 있다.

"와, 아주 큰 집이다! 넓은 집!"

이사 온 지 며칠 동안은 그렇게 신이 나서 떠들고 있었는데.

친구들과 헤어진 영향일까. 나도 예전만큼 돌봐줄 수 없어서 더욱 그런지도 모른다.

가엾지만, 친구가 생기면 곧 괜찮아지겠지.


—4월 7일—

마을 자치회의의 회장인 쿠로다 씨가 인사차 찾아왔다. 옛날부터 계속 이 동네에서 살고 있다고 한다. 이 근방에 땅을 많이 가지고 있는지도 모른다. 그래서 나도 공손히 인사를 했다.

"남편은 오사카, 저는 나라 출신으로, 이제까지 교토에서 살고 있었습니다. 그래서 이 동네에 대해 잘 몰라서 폐를 끼칠지도 모른다고 생각합니다만, 부디 잘 부탁드립니다."

그런데 쿠로다 씨는 우리 집을 빤히 바라보면서 말했다.

"여기도 긴키 지방이라고 하자면 긴키지요."

마치 관심이 딴 데 있다는 듯이 그런 대답을 했다. 하지만 쿠로다 씨의 시선은 여전히 우리 집만을 바라보고 있다.

이상한 대답은 그냥 해본 말에 지나지 않고, 쿠로다 씨의 흥미는 어째서인지 우리 집에 있는 듯 보였다.

이 땅도 원래는 쿠로다 가의 소유였던 것일까. 그렇게 물어볼까 했지만 왠지 모르게 꺼려졌다. 임대라면 집 주인에 대해 알 필요가 있지만, 여기는 우리 집이고 우리 땅이니까.


—4월 8일—

이 집은 볕이 잘 든다. 부엌 이외의 모든 방에 햇살이 비친다. 그런데도 가끔씩 어둡게 느껴지는 것은 어째서일까.

오늘도 카나의 방에 있으려니 문득 해가 가려진 듯한 느낌이 들었다. 바깥을 보았지만 구름은 그다지 없었다. 해 주변에 구름은 한 점도 없다.

이상한 일도 다 있지.


─4월 10일─

부엌에서 점심을 만들고 있을 때.

투둑투둑……하는 이상한 소리가 났다.

위쪽에서 들린 것 같았다. 하지만 2층은 아니다. 더 위쪽, 지붕일까.

비가 오나 싶었는데, 밖을 내다봐도 비가 오는 것은 아니었다. 비는 전혀 내리지 않았다.

별일이네.


─4월 12일─

단독주택은 힘들다. 금세 먼지가 쌓인다. 바로 어제 꼼꼼히 청소를 했는데. 잊어버리고 안 한 곳이 있었던 걸까.

후지미 공원에서 이웃인 노무라 씨와 이야기를 나누었다.

노무라 씨는 나보다 두 살 연상이지만, 아들인 유토는 세 살이었다. 카나하고 사이좋은 친구가 되어주었으면.

넌지시 쿠로다 씨에 대해서 물어보자 "좋은 사람이지만 조금 특이하죠."라는 것이 노무라 씨의 대답이었다.

"예전에 유토를 이 공원에서 놀게 하고 있는데, 쿠로다 씨가 불쑥 다가오더라고요. 그리곤 뜬금없이 공원은 원래 영국 왕의 영지였던 것을 시민에게 개방한 장소라는 둥 뜬금없는 소릴 늘어놓기 시작하는 거 있죠? 그런 곳에서 어린애를 놀게 하면 안 된다는 불평인 건가? 하고 깜짝 놀랐어요."

그렇지만 쿠로다 씨는 그런 이야기를 한바탕 늘어놓은 뒤에 곧 자리를 떴다고 한다.

이 부근의 땅은 역시 쿠로다 가의 것인지도 모른다. 후지미 공원도 원래는 그 집안 소유였던 것이 아닐까.

그렇다고 해도 우리 집하고는 별 상관없지만.


—4월 13일—

카나가 기분 좋게 놀고 있다. 안도감이 든다.

어제 유토하고 만났던 것이 좋게 작용한 걸까. 어린아이는 환경에 금세 익숙해지는 걸까.

저렇게 즐거움 가득한 목소리를 듣는 것은 오래간만일지도 모른다. 이사 오고 나서 며칠간 재잘거리던 때로 돌아온 것 같다.


—4월 15일—

카나가 요즘에 자주 재잘거린다.

아쉽게도 내 앞에서는 말을 하지 않는다. 문득 깨닫고 보면 그 아이의 목소리가 어딘가에서 들리고 있다. 요컨대 혼잣말을 하는 거다.

카나의 목소리가 아이 방에서 많이 들리는 것은 벽지에 그려진 소나 양에게 말을 걸고 있는 탓일까. 하지만 다른 장소에도 작은 목소리로 말을 하고 있는 것 같다.

그건 그렇고, 정말 먼지가 잘 쌓인다. 부지런히 청소하고 있는데.


—4월 17일—

또 소리가 났다.

투둑투둑……하는 그 소리다.

들리자마자 귀를 기울인다. 그러자 다시 한 번 소리가 났다. 역시 지붕 위에서 들리는 듯한 느낌이 든다. 하지만 비는 전혀 안 온다.

빗소리라기보다는 진눈깨비가 지붕을 두드리는 소리일까. 빗방울보다는 무거운 것.

물론 지금은 4월이고, 애초에 화창한 날씨였다.

맑은 하늘에 비가 내리는 것이 호랑이가 장가가기 때문이라면, 진눈깨비가 내리는 것은 뭐라고 하는 걸까.


—4월 18일—

이번에는 집 안에서 이상한 소리가 들린다. 처음에는 깨닫지 못했다. 별것 아닌 소리라고 생각하고 있었다. 하지만 이내 귀에 들리기 시작했다.

작, 작……하는 이상한 소리가.

어디에서 나는 것일까, 아무리 귀를 기울여도 알 수 없다. 가구 뒤인 것 같기도 하고 벽 속인 것 같기도 하다.

설마 새로 지은 집인데 벽 속에 쥐가 살고 있는 것은 아니겠지. 쥐가 어떤 소리를 내는지는 모르지만, 아마도 아닐 것이다. 쌀을 쏠고 있다는 느낌? 좀 더 묵직한 소리인 것 같기도 하고.


―4월 20일―

이사 온 뒤에 쓴 일기를 다시 읽어보았다.

이상한 일만 적혀 있다.

너무 정신없이 바빠서 신경이 예민해져 있는 걸까.


―4월 27일―

요 일주일 동안 눈치를 살펴보았다.

투둑 투둑…….

작, 작…….

역시 들린다. 잘못 들은 것도 기분 탓도 아니다.

게다가 집 안에 어쩐지 어두운 곳이 있다. 그 장소가 어느 한 군데라면 금방 알 수 있다. 하지만 그렇지 않다. 그날그날에 따라 다르다. 게다가 그런 장소에 먼지가 쌓여 있다. 아무리 청소해도.

그런 어두컴컴한 곳에서 작, 작……하는 소리가 들리는 것일까. 그렇지만 투둑투둑……하는 소리는 아니라고 생각한다. 그건 머리 위에서 들려온다.

―4월 28일―

카나에게 물어보았다. "이상한 소리 못 들었니?"라고.

고개를 젓긴 했지만, 그 애는 뭔가 알고 있는 게 아닐까.

뭘?

내 정신이 어떻게 되어버린 걸까. 카나가 알 리가 없는데.

하지만…….

―4월 29일―

카나가 부엌에서 혼잣말을 하고 있었다.

냉장고와 찬장 사이의 어둠 속을 들여다보는 듯한 자세로.

저건…….

―4월 30일―

그 소리에 대해서 남편에게 말하자, "투둑 투둑 소리는 '모래 할멈'이고……작, 작, 하는 소리는……'팥 씻는 옹' 아인가?"라 며 웃었다.

양쪽 다 애니메이션 〈게게게의 키타로〉에 나오는 요괴라고 한다. 정말 속 편한 양반이다. 즐거운 듯이 모래 할멈과 팥 씻 는 옹이란 요괴의 설명을 시작하고 있으니.

다만 그런 요괴 이야기를 듣는 동안에, 이렇게 불안해하는 것 이 어쩐지 바보 같다는 생각이 들기 시작했다. 남편에게 이런 재주가 있었다는 것을 오래간만에 떠올리고 마음이 편해졌다.

−5월 6일−

또 소리가 났다.

연휴 중에는 전혀 없었는데.

남편이 집에 있는 동안에는 조금도 들리지 않았는데.


−5월 9일−

거실 커튼이 흔들렸다.

창문은 열려 있었지만 바람은 불지 않았을 텐데.


−5월 10일−

커튼이 흔들렸다

그 순간, 누군가가 엿보고 있다는 기분이 들었다.

커튼과 커튼의 틈새가 아니라, 커튼 너머에서.

물론 커튼 너머는 바로 창문이 있다. 그 사이에는 어린아이라
도 서 있을 수 없다. 있으면 바로 알 수 있다.

천의 무늬 탓인가 했지만, 물고기 뼈 같은 디자인이 있을 뿐
이다. 어떻게 봐도 눈처럼 보이지는 않는다.


−5월 13일−

어젯밤에 있었던 일이다. 웬일로 밤중에 눈이 떠져서 화장실
에 갔다.

남편을 깨우지 않도록 가만히 침실을 나왔다가, 화장실에 가
기 전에 아이 방에 들르자고 생각했다. 살짝 문을 열고 안에 들

어가 보니 카나는 곤히 자고 있었다. 자는 얼굴이 어쩌면 그리 귀여운지.

방을 나오려고 했을 때, 문득 누군가의 시선을 받는 느낌이 들었다. 곧바로 창문을 확인했지만 커튼은 제대로 쳐져 있었다. 조심조심 바깥을 엿보았지만 아무도 없다. 당연하다. 2층이니까.

다시 방을 나가려고 하는데, 역시 누군가의 시선을 느꼈다. 창문이 아니다. 벽 쪽이었다. 물론 아무도 없다. 아니, 실내가 아니다. 그렇다고 해서 벽 뒤도 아니다. 그 중간 정도.

벽지 너머…….

문득 그런 기분이 들어서 등줄기가 오싹했다. 갑자기 몹시 화장실에 가고 싶어져서 황급히 1층 화장실에 갔다.

화장실에서 나왔더니 밝은 곳에 있다가 나온 탓에 앞이 제대로 보이지 않았다. 손으로 더듬어서 복도의 전기 스위치를 찾고 있는데, 그 소리가 들려왔다.

작, 작, 작…….

이제까지 들었던 것보다도 가까이에서 느껴진다. 게다가 이쪽에 다가오는 기척이 난다.

불을 켤 새도 없이 나는 어두컴컴한 복도에서 종종걸음으로 도망쳤다. 계단의 난간을 잡자마자 큰 소리를 내며 뛰어올라갔다.

2층에 도착하자마자, 그 소리가 났다.

투둑투둑투둑…….

이건 분명히 지붕 위에서 나고 있다. 이제까지 들어왔던 것보

다 심하다. 예전에는 진눈깨비였다면 이 소리는 우박이라고 해
야 할까.

서둘러 침실에 들어가서, 침대에 들어가자마자 이불을 머리
까지 덮었다.

똑, 똑······.

당장이라도 그런 노크 소리가 들리는 게 아닐까 하고 떨던 중
에 잠이 들어버린 듯하다.

이렇게 일기에 적고 있으려니, 잠이 덜 깨서 그랬나 하는 생
각도 든다.

하지만······.


—5월 15일—

여전히 카나는 혼잣말을 하고 있다.

말을 하게 된 지 오래되지 않았으니, 딱히 이상하지는 않다고
생각한다. 하지만 역시 내 앞에서는 하지 않는다. 남편에게 물
어봐도 마찬가지다. 혼자 있을 때만 떠들고 있는 듯하다.

"그니까 혼잣말이라고 부르는 거 아니겠나?"

남편은 별것 아니라고 웃었지만, 나는 몹시 신경이 쓰인다.


—5월 16일—

오늘 하루는 몰래 카나의 눈치를 엿보기로 했다. 그 애의 뒤
를 살며시 쫓아다녀보았다.

꼭 이럴 때만 카나는 말을 하지 않는다. 설마 내가 쫓아다니

는 것을 깨닫고 있는 게 아닐까 하는 생각이 들 정도다.


—5월 23일—

간신히 카나가 혼잣말을 하는 모습을 보았다.

그렇지만 보지 말 걸 그랬다고 생각했다.

왜냐하면 그 아이는 자기 방의 벽을 향해 마치 누군가와 이야기를 나누고 있는 듯한 눈치였으니까.

그 모습을 본 순간, 나도 모르게 오한을 느꼈다.


—5월 24일—

남편에게 카나에 대한 이야기를 했지만 진지하게 상대해주지 않는다.

"어린애는 상상 속의 친구를 만든다고들 하잖아. 분명 카나도 마찬가지일 거야. 그 친구하고 얘기를 하고 있는 것뿐이야."

그런 것치고는 분위기가 이상했다. 무엇보다, 대개 그럴 때는 인형 같은 것을 친구로 삼지 않을까?

내가 납득하지 않자, 남편은 일찍 퇴근한 날에 직접 카나에게 물어보겠다고 했다.


—5월 26일—

부엌에서 요리를 만들고 있을 때.

똑, 똑……하고 바닥 쪽에서 소리가 났다.

곧바로 소리가 난 곳을 보자 주방 바닥 수납고의 문이 보였다. 그 문 안쪽에서 누군가가 노크하는 광경이 떠오를 것만 같았다.

저녁은 밖에서 시켜 먹기로 했다.

—5월 27일—

어젯밤, 남편이 카나와 이야기를 했다.

카나의 말로는 타케우치 가의 할머니에게 받은 신부 인형에게 말을 걸고 있었다고 한다. 그 인형은 확실히 그 애의 방에 장식되어 있다. 하지만 그렇다면 다른 장소에서 하던 말은 대체 누구에게 걸던 것일까.

"그것도 같은 인형이겠지."

내 불안도 남편에게는 전해지지 않았다.

"케이스에 들어가 있어서 가지고 다닐 순 없으니까, 카나는 지하고 같이 있다고 상상하믄서 수다를 떨고 있던 걸 껄?"

이사 와서 두 달 가까이 지났는데도 전혀 사라지지 않는 남편의 사투리 억양을 듣고 있자니 묘하게 마음이 편해지면서 남편 말에 수긍이 되었다.

어쩌면 나는 새 집에서의 생활에 너무 예민하게 반응하고 있는지도 모른다.

—5월 28일—

후지미 공원에 있던 노무라 씨와 유토 군을 집으로 초대했다. 특별히 준비가 되어 있던 것은 아니라서 간단히 홍차와 주스,

거기에 쿠키를 곁들인 정도다.

간식을 먹은 뒤, 카나가 스스로 유토를 데리고 아이 방으로 놀러가서 안도했다.

"좋은 집이네요."

노무라 씨는 우리 집을 입에 침이 마르게 칭찬했다. 빈말이라고 해도 역시 기쁘기는 기쁘다. 왠지 우쭐해진다.

우리 가족이 이사 온 곳이 새로 지은 집이라는 사실을 나는 잊고 있었다. 그런 새로운 집에서 이상한 일이 일어날 리가 없다. 그렇게 생각하니 상당히 마음이 가벼워졌다.


－5월 29일－

남편이 또 요괴 얘기를 했다.

"있잖아, '야나리'라는 요괴가 있는데 말이지."

집안에서 창문이나 문, 미닫이문이나 장지문 같은 것을 덜걱덜걱 흔들어 소리를 내서 집에 사는 사람을 놀라게 하는 요괴라고 한다.

"폴터 가이스트란 거 있잖아? 그것의 일본판 같은 거지. 폴터 가이스트는 가구가 움직이거나 컵이나 접시가 날아다니거나 해서 겁나 위험하지만, 야나리는 그냥 소리만 낼 뿐이라 별로 해가 없지."

이 집의 묘한 소리도 야나리냐고 묻자, 남편은 웃으면서 대답했다.

"집이란 게 오래되었든 새로 지었든, 목재 같은 게 삐걱거리는 소리가 날 수 밖에 없지. 그때그때 기온이나 습도에 의해 여러 가지 소리가 나는 거겠지. 땅의 영향도 있겠고. 그걸 옛날 사람들은 야나리라는 요괴 탓으로 돌린 거지."

남편은 이 집에서 내가 들은 소리도 야나리였다고 말하고 싶은 듯했다.

물론 믿는 것은 아니었지만 이상하게도 야나리라는 요괴의 존재를 알게 되니, 어쩐지 속이 후련해졌다. 옛날 사람의 지혜를 하나 알게 되었다는 기분이 들었다.


―5월 31일―

저녁에 화장실 문을 열려고 했더니, 안쪽에서 꾹 잡아당기는 것이 느껴졌다.

"카나, 안에 있니?"

말을 걸었지만 대답이 없다.

문 앞에서 굳어 있는데 똑, 똑……하고 안쪽에서 노크 같은 소리가 났다. 화장실의 불을 켜고 조심조심 문에 손을 대자, 이번에는 열렸다.

화장실 안에는 아무도 없었다.


―6월 1일―

인터넷으로 야나리에 대해 조사해보았다.

남편이 말한 것처럼 그것은 소리를 내는 요괴였는데, 문이나 창문을 열리지 않게 만든다는 얘기는 어디에도 적혀 있지 않았다.

아니, 그게 아니다. 애초에 야나리라는 요괴는 없으니까.


—6월 2일—

목욕을 하고 있을 때에 카나가 이상한 소리를 했다.

"여기도, 못 나와?"

그 애는 타일이 붙은 욕실 벽을 보고 있었다.

또 혼잣말을 시작한 것일까. 아이 방의 벽을 향해 이야기를 나누고 있었을 때와 마찬가지일까.

저 말은 "목욕탕에서도 나오지 못하는가."라는 의미일까. 하지만 누가, 어디에서 나온다는 것일까.


—6월 5일—

카나의 혼잣말이 또 신경 쓰이기 시작했다.

처음에는 누군가에게 말을 거는 것 같았고 그다음에는 누군가와 대화를 하는 느낌이었는데 요즘에는 조금 다르다.

"이쪽으로 와."

"못 나와?"

그런 말을 걸고 있다. 목욕탕에서 했던 말도 이것과 관계가 있는 것일까.


—6월 7일—

노무라 씨와 유토가 놀러왔다.

간식을 먹은 뒤에 카나가 아이 방으로 가자고 권했는데도 유토는 어째서인지 가기를 꺼려했다. 확실하게 "싫어."라고 말한 것은 아니지만 떨떠름한 태도였다고 생각한다.

"우리 집에는 없는 재미있는 장난감이 많이 있으니까, 자, 카나하고 같이 놀고 오렴."

노무라 씨에게 떠밀려서 간신히 움직이는 모양새였다.

돌아갈 때에 슬쩍 유토의 눈치를 살폈는데, 어딘지 모르게 이상한 느낌이 들었다. 잘 표현할 수는 없지만 분위기가 묘했다. 게다가 줄곧 이마를 누르고 있다.

"이마가 아프니?"

설마 카나한테 맞은 것은 아닐까 하고 걱정해서 물어보았지만, 유토는 고개를 저었다. 다만 비밀 이야기를 하는 것처럼 작은 목소리로 이렇게 대답했다.

"여기로, 들어와요."

의미는 알 수 없었지만 어째서인지 한기가 느껴졌다.

하지만 노무라 씨는 전혀 깨닫지 못한 듯해서 나도 아무 말도 하지 않았다.


ㅡ6월 8일ㅡ

카나가 아이 방에서 혼잣말에 열중하고 있을 때를 노려서 슬쩍 물어보았다.

"누구하고 이야기하고 있니?"

그러자 카나는 아주 자연스럽게 대답했다.

"키요."

"키요는 카나의 친구니?"

카나가 가볍게 고개를 끄덕였다.

"키요는 어디에 있니?"

"저쪽."

카나가 가리킨 곳은, 아이 방의 벽이었다.

"벽 너머에 키요가 있어?"

카나는 고개를 저으면서 말했다.

"아니, 울타리 너머."

카나가 말한 '울타리'라는 것이 벽지에 그려진 목장의 울타리인 것 같다고 깨달을 때까지 상당한 시간이 걸렸다.

그건 그렇다고 해도, 벽 너머라는 대답보다 벽지에 그려진 울타리 너머라는 대답이 어째서 이렇게나 무서운 걸까.


ㅡ6월 10일ㅡ

오늘의 카나는 텔레비전 뒤편의 틈새에 말을 걸고 있었다.

그저께와 마찬가지로 누구와 이야기를 나누고 있냐고 물어보니, "키요."라고 대답했다. 언제부터 친구가 되었느냐고 물어보니, 이사 오고 나서 조금 뒤라는 것을 알았다. 아마도 카나가 혼자서도 즐겁게 놀게 되었을 무렵이 아닐까.

다만 텔레비전 뒤의 어디에 키요가 있느냐고 묻자 "어두운 곳"이라고 말했다. 그 대답에 어쩐지 납득이 갔다.

전에 카나는 냉장고와 찬장 사이를 향해 말을 걸던 적이 있었다. 키요는 분명 그런 어둠 속에 있는 것이겠지.

하지만 어째서 그런 곳에 있는 것일까. 아니, 진짜로 있는 것은 아니다. 카나가 그렇게 상상하고 있는 것에 불과하다.

하지만 카나는 왜 일부러 어두운 곳을 고른 것일까.


ー6월 13일ー

카나가 커튼에 말을 걸고 있었다.

키요냐고 물어보니 당연하다는 듯 끄덕인다.

그러나 커튼에 어둠은 없다. 키요는 어디에 있느냐고 묻자, 역시 당연하다는 듯 대답했다.

"울타리 너머."

의미를 알 수 없었지만, 커튼을 바라보는 동안에 앗 하고 깨달았다. 물고기 뼈 같다고 생각했던 디자인은, 보기에 따라서는 '울타리' 같기도 했다.


ー6월 14일ー

유토가 혼자 놀러왔다.

깜짝 놀라서 노무라 씨에게 전화했더니, 그쪽도 알고 있음을 알고 또다시 놀랐다. 걱정되지 않는 것일까.

집이 가깝다고는 해도, 그것은 어른의 감각이라고 생각한다. 나라면 최소한 유치원에 들어간 뒤에, 적어도 대여섯 살쯤 되지 않으면 아이를 밖에 혼자 내보내지 않을 것이다.

역시 여자애와 남자애는 키우는 방식이 다른 걸까?

─6월 15일─

카나가 목욕탕에서 했던 말의 의미를 간신히 깨달았다. 아마도 틀림없을 것이다.

벽에 나 있는 타일의 줄눈이 마치 '울타리'처럼 비치는 게 아닐까, 라고 깨달았기 때문이다.

아이 방의 벽지에 그려진 목장의 울타리, 울타리처럼 보이는 커튼의 디자인, 마찬가지로 목욕탕 타일 벽의 줄눈.

어두컴컴한 텔레비전 뒤편과, 냉장고와 찬장 사이의 어둠.

키요가 있는, 혹은 나오는 장소에는 아무래도 공통점이 있는 듯하다.


─6월 21일─

또 유토가 혼자 놀러왔다.

만일을 위해서 노무라 씨에게 전화했는데, 집 전화가 자동응답 모드여서 몹시 당황했다. 이건 분명 노무라 씨가 없어진 유토를 찾아다니고 있기 때문이라고 생각했기 때문이다.

그런데 휴대전화로 전화를 걸었더니, "뭘 그리 호들갑을 떠는가, 일일이 확인할 필요가 있는가."라는 의미의 말을 에둘러 해왔다. 유토의 자유의지라곤 하지만 아직 세 살밖에 안 된 아이인데…….

아니면 내가 너무 신경이 예민한 걸까.

—6월 22일—

매일 조금씩, 카나에게 키요에 관한 질문을 했다. 그 결과, 내 상상이 조금 들어가긴 했지만 키요에 대해 다음과 같은 것을 알았다.

늘 '울타리' 너머에 있다.

카나보다도 크다. 일고여덟 살 정도일까.

대부분 어둠 속에 있기 때문에 모습이 또렷이 보이지 않는다.

하지만 흘끗 보았던 얼굴은 예뻤다.

엉금엉금 기어 다니는 일이 있다.

어린아이이면서도 어려운 말을 쓴다. 가끔씩 카나는 이해하지 못하는 듯하다.

아이들을 원하고 있다. 카나는 친구인 것 같지만, 좀처럼 확실치 않다.

'울타리'에서 나오고 싶어 하며, 나오려고 하지만 이제까지 나올 수 있었던 적은 한 번도 없다.


—6월 23일—

카나에게 물어보았다.

키요는 어디에서 왔는가. 언제부터 있는가. 여기에서 무엇을 하고 있는가.

카나는 대답할 수 없었기 때문에, 키요에게 물어봐달라고 부탁했다.

—6월 24일—

카나가 키요의 대답을 알려주었다.

어디에서 왔는가. → 너희가 왔다.

언제부터 있는가. → 옛날부터.

여기에서 뭘 하고 있는가. → 기다리고 있다.


—6월 25일—

키요가 무엇을 기다리고 있는지 카나에게 물어봐달라고 했다. 하지만 알 수 없었다.

다만 키요가 대답을 하지 않았는지, 뭔가 말했지만 카나가 이해할 수 없는 말이었는지, 일부러 카나에게 알려주지 않았는지, 아무것도 알 수 없다. 어째서 이 질문에만 그렇게 느꼈는지는 모르겠지만……

어쩐지 안 좋은 기분이 든다.


—6월 26일—

문득 생각했다. 키요가 '울타리'에서 나올 수 있다면 대체 어떻게 되는가.

카나에게 물어봐달라고 부탁했다.

잠시 후에 아이 방에서 울음소리가 들려왔다.

황급히 달려가 보니 카나가 울고 있었다. 와락 안겨오면서 같은 말을 반복했다.

"무서워, 무서워, 무서워……."

―6월 27일―

키요가 '울타리'에서 절대 나오지 못하게 해야 한다.


―6월 28일―

장을 보고 돌아오다가 깜빡 놀랐다.

쿠로다 씨가 문 앞에 서서 빤히 우리 집을 바라보고 있다. 그러고 보니 요전에도 우리 집을 바라보는 쿠로다 씨의 모습을 집 안에서 깨달은 적이 몇 번인가 있었다.

마을 자치회의 회장이니까 순찰이라도 하고 있는 것이겠지.

늘 그렇게 생각하고 있었다. 가끔씩 시의 공용차량이 "빈집털이에 주의합시다."라고 스피커로 외치고 다니고 있었으니, 쿠로다 씨도 방범을 위한 순찰을 하고 있는 거라고 멋대로 생각하고 있었다.

하지만 오늘에야 비로소, 어쩌면 그런 것이 아닐지도 모른다는 생각이 들었다.

"안녕하세요, 무슨 일이신가요?"

쿠로다 씨에게 인사를 건네자 저쪽이 앗, 하고 긴장하는 것이 느껴졌다. 그런 뒤에 잠시 말없이 내 얼굴을 본 뒤에, "집은 지내시기에 좀 어떤가요?"라고 어색한 질문을 해왔다.

나는 "좋아요."라고 대답했다. 거기서 문득, 키요에 대해서 물어보는 게 어떨까 하는 생각이 들었다.

어디에서 왔는가. → 너희가 왔다.

언제부터 있는가. → 옛날부터.

즉 키요는 우리 집이 세워지기 전부터 여기에 있다는 이야기가 된다.

다만 '키요'라는 이름을 꺼내는 것은 역시나 망설여졌다. 그래서 우리 집이 세워지기 전에는 어떤 건물이 있었고, 어떤 사람이 살았는가를 물어보기로 했다.

그러자 쿠로다 씨는 우리 집을 빤히 바라보면서 묘한 대답을 했다.

"몇 번이고 몇 번이고, 이곳에는 새 건물이 들어섰죠."

어째서인가요, 라고 물어볼 새도 없이 쿠로다 씨는 총총히 돌아가버렸다.

—6월 27일—

어제 장난감 가게에서 '진입 금지 Keep Out'이라고 적힌 테이프를 샀다.

이런 물건이 팔리고 있다는 것을 지금까지 전혀 몰랐다. 뭐든지 찾아봐야 하는 법이라며 감탄했다. 하지만 다행이다.

얼른 아이 방의 벽에 테이프를 붙였다.

—7월 1일—

"저건 뭐꼬?"

남편이 아이 방에 붙은 테이프를 알아차린 듯해서 키요에 대한 이야기를 했다.

"카나의 공상에 너무 열심히 장단 맞춰주는 거 아이가?"

어이없어하는 남편에게 당신은 아무것도 몰라, 라고 말하려고 하다가 나는 망설였다.

대체 나는 뭘 하고 있는 것일까.

남편의 반응은 지당하다고 생각한다. 키요는 카나가 쓸쓸한 나머지 만들어낸, 어디까지나 상상 속 친구다.

"그건 그렇고 카나도 참 특이한 프로필의 친구를 생각했구먼."

남편은 재미있어하는 눈치였다.

"맨날 울타리 너머에 있는데 우째 같이 놀겠나?"

하지만 조금이나마 불안한 듯 보이기도 했다.

"게다가 카나는 이해할 수 없는 어려운 말을 가끔씩 쓴다메? 그런 성가신 친구를 평범한 세 살 난 어린애가 생각할 수 있겠나?"

다만 당연히 남편의 불안은 키요가 존재하는가 아닌가가 아니다. 카나의 건강 상태를, 정확히 말하면 머리를 걱정하는 것이 틀림없다.

"저 나이에 그 정도로 독창적인 상상을 할 수 있다는 건, 우짜믄 천재일지도 모르제, 우리 딸은."

하지만 마지막에는 평소의 남편으로 돌아가 있었다.


―7월 5일―

유토에 대해서 적자면, 예전에는 일주일에 한 번 정도였는데 최근에는 두세 번씩 오게 되었다. 정신이 들고 보니 어느새 멋대로 집 안에 들어와 있는 적도 많다. 카나의 혼잣말이 줄어드니까 이쪽으로서는 별 문제없지만.

인터넷에서 찾아보니, 어머니가 전업주부이며 게임기가 있고 간식을 내주는 집이 다른 어머니들로부터 은근슬쩍 어린이집처럼 이용되어 문제가 되는 사례가 있다는 것을 알았다. 우리 집이 딱 그렇다.

다만 나도 그런 유토를 은근히 이용하고 있는 것은 아닐까. 노무라 씨에게는 화를 내면서도, 이런 상황을 자연스럽게 받아들이고 있는 셈이다. 그래서인지 그다지 화도 나지 않는다.

−7월 9일−

아이 방에서 카나와 유토가 놀고 있었을 때.

두 사람 말고 또 한 명이 있는 듯한 기분이 들었다.

살짝 방을 엿보았지만 두 명밖에 없었다.

−7월 12일−

이 집에서 우리 가족은 살 수 있을 것이다.

아니, 살 거다. 여기는 우리 집이니까.

−7월 21일−

저녁때 노무라 씨에게서 전화가 왔다. 유토에게 "이만 집에 돌아가라."라고 말해줬으면 한다는 연락이었다.

아이 방에 갔더니 카나가 "없다."라고 대답해서, 길이 엇갈렸

나보다 생각했다. 그래서 따로 연락하지는 않았다.

그런데 10분도 지나지 않아 다시 노무라 씨에게 전화가 왔다.

"오사키 씨 댁에서 노는 것을 어지간히 좋아하는가 봐요."

자기 아들도 참 곤란하다는 투로 말하고 있지만, 얼른 애를 돌려보내라고 불평하는 눈치여서 조금 놀랐다.

이제 금방 도착할 거라고 말하자 노무라 씨는 "배달 음식 주문할 때 같네요."라고 웃으며 농담을 했다. 하지만 5분도 채 지나지 않아서 또 전화가 걸려왔다. 이번에는 휴대전화로, 그것도 아주 흥분한 투였다.

"어떻게 된 일이죠? 집 앞에 나와 있는데, 유토의 모습이 안 보여요. 조금 전에 댁에서 나갔다면 이쪽으로 걸어오는 그 애가 보여야 하잖아요."

나는 당황하며 밖으로 나가서 노무라 씨의 집으로 향했다.

우리 집과 노무라 씨 집은 같은 길에 접하고 있다. 그러나 중간에 길이 커브를 그리고 있어서 집 앞에 선 것만으로는 상대방 집이 보이지 않는다.

내가 골목으로 접어들기 전에 이쪽으로 오는 노무라 씨의 모습이 보였다.

"유토는 몇 시에 집을 나갔나요?"

강한 어조로 물었지만 나는 대답하지 못했다.

"모른다고요? 좀 무책임한 거 아닌가요?"

그러자 노무라 씨가 대뜸 화를 내기 시작했다.

"됐어요. 카나한테 물어볼 거니까."

그렇게 말하더니 나를 무시하고 혼자서 우리 집으로 향하기 시작해서 저도 모르게 바짝 뒤따라갔다.

"기다리세요. 그 애한테는 제가 물어볼게요."

분명 노무라 씨는 험악한 말투로 카나에게 따지고 들 것이다. 그런 짓을 하도록 놔둬서는 절대 안 된다. 그 애를 지켜야 한다고 나는 생각했다.

하지만 노무라 씨는 멋대로 혼자 척척 나아간다. 나보다도 먼저 문을 지나고 현관으로 들어갔다.

"카나! 어디 있니!"

그러더니 신발을 벗기도 전에 갑자기 큰 소리를 질렀다.

"그만두세요. 애가 무서워해요."

나는 노무라 씨보다 먼저 2층으로 가려고 했다. 하지만 노무라 씨는 고집스러웠다. 내가 말리는 것도 듣지 않고, 쿵쿵 계단을 올라갔다.

그리고 아이 방을 벌컥 열고는 벌컥 소리쳤다.

"유토는 어디 있니!"

나는 간신히 노무라 씨의 옆을 지나 방 안으로 들어갔다. 아무튼 카나를 지키고 싶은 마음뿐이었다. 이 사람이 우리 아이에게 접근하도록 놔둘 수 없었다.

그때 노무라 씨가 놀라는 듯한 소리를 냈다.

"뭐죠, 이 방은?"

노무라 씨는 사방의 벽에 붙은 '진입금지 Keep Out' 테이프를 둘러보고 있었다. 머리가 이상한 사람이 그린 그림이라도 보는 듯한 시선으로.

그리고 방에 들어오는가 싶더니, 카나를 번뜩 노려보았다.

"유토에게 무슨 짓을 했니?"

"아니, 그게 무슨 소린가요?"

그 말에는 역시나 가만히 있을 수 없었다. 마치 카나가 유토에게 나쁜 짓이라도 한 것 같은 말투 아닌가.

"하지만 이상하잖아요."

벽의 테이프를 둘러보면서 노무라 씨가 무서운 얼굴을 했다.

"이런 방에서 노는 애라니……."

"우리 딸은 정상이에요. 이제까지도 유토하고 사이좋게 놀고 있었잖아요."

"그건 유토가 참고 애한테 맞춰주고 있던 거겠죠."

카나의 머리가 이상하니까 그것과 같은 수준으로 유토가 맞춰주고 있었다. 라고 하는 듯한 대답에 나는 기가 차서 말도 나오지 않았다.

"유토를 어떻게 했니? 대답해!"

길길이 뛰는 노무라 씨와 카나의 사이에 재빨리 들어가서, 노무라 씨에게 등을 향한 상태로 나는 우리 아이에게 질문을 했다.

"유토는 오늘 언제 왔니?"

"간식 먹은 뒤에."

하긴 그렇다. 점심시간 뒤였다면 집에 온 걸 몰랐더라도 카나에게 간식을 내줄 때에 유토의 존재를 깨달았을 것이다.

"언제 돌아갔니?"

"몰라."

"카나가 모르는 사이에 유토가 돌아가 버렸다는 거니?"

고개를 끄덕이는 카나에게, 노무라 씨가 물고 늘어졌다.

"바이바이도 안 하고 그 애가 돌아갈 리가 없잖니!"

"하지만 유토는 제가 모르는 사이에 집에 들어왔다 간 적이 몇 번이나 있었어요."

그렇게 반론하자, 노무라 씨는 "어쩜." 하며 입을 연 채로 한동안 아무 말도 하지 않았다. 물론 유토의 행동에 어이없어한 것이 아니다. 내 대답에 기가 막혀서 분노로 말이 나오지 않는 듯했다.

노무라 씨는 아이 방에서 나가더니 "유토! 유토!"라고 갑자기 큰 소리를 지르면서 2층의 다른 방문을 열기 시작했다.

"그만두세요."

말리려고 했지만 무리였다. 그 여자가 폭력을 휘두를 것 같아서 무서웠다.

부부의 침실, 서재라고 부르는 남편 방, 둘째 아이를 생각해서 준비해둔 빈 방, 복도의 수납공간. 그뿐만이 아니라 각 방의 옷장 안까지 뒤져댔다. 물론 아이 방도. 어쨌든 1층 구석부터 2층 구석까지 샅샅이 집 수색을 당했다. 부엌에서는 주방 바닥 수납고까지 살펴보았다.

당연하지만, 어디에도 유토는 없었다.

"이걸로 만족하셨나요?"

마지막에, 주방 바닥 수납고의 문을 난폭하게 닫은 노무라 씨에게 그렇게 말했다. 그러나 노무라 씨 나를 무시한 채로 휴대 전화로 경찰에 연락했다.


─7월 25일─

유토가 없어진 지 오늘로 닷새째가 된다.

그날부터 오늘까지 여러 가지로 정말 힘들었다. 아직 끝난 것은 아니지만, 조금은 진정되어서 그 후의 일을 적어보려 한다.

노무라 씨가 경찰에 전화를 하자, 제복을 입은 남녀 경찰관 한 쌍이 우리 집을 찾아왔다. 양복을 입은 형사가 올 거라고 생각했는데. 아무래도 노무라 씨도 마찬가지였는지 아주 불만스러운 눈치였다.

경찰관을 응접실로 안내하자 노무라 씨가 일방적으로 이야기를 시작했다.

이사 온 지 얼마 안 되어서 친구가 없는 카나와 놀기 위해 늘 유토가 우리 집에 와 있던 것. 그럼에도 내가 조금도 유토에게 신경을 쓰지 않았던 것. 그 증거로 오늘도 그 애가 언제 와서 언제 돌아갔는지 전혀 모르는 것. 애초에 유토가 자기 집으로 돌아가려고 했는지조차도 알 수 없다는 것. 그렇게 말하고 있는 사람은 나 혼자뿐이며, 도저히 믿을 수 없다는 것.

경찰관은 두 명 다 묵묵히, 그저 노무라 씨의 이야기를 듣고 있었다. 간신히 노무라 씨가 한숨 돌렸을 때, "카나는 어디에 있습니까?"라고 나에게 물었다. 2층의 아이 방에 있다고 대답하자 여자 경관이 "같이 와주실 수 있겠습니까."라고 물었다.

남자 경관은 이대로 응접실에서 노무라 씨의 이야기를 좀 더 들을 모양이었다.

　노무라 씨가 불평을 하려 했지만, 남자 경관이 질문을 던지자 또다시 일방적으로 떠들어대기 시작했다.

　여자 경관의 재촉을 받으며 아이 방에 들어간 뒤, 이제까지 노무라 씨와의 관계와 유토에 대해 이야기하란 말을 들었다. 그때서야 비로소 경관들이 노무라 씨와 나를 의도적으로 떼어 놓은 것이라고 깨달았다.

　나는 일기를 보면서 되도록 순서대로 차근차근 이야기하려고 노력했다.

　처음에 노무라 모자와 만난 것은 집 근처의 후지미 공원이라는 것. 그로부터 한 달반쯤 지났을 무렵 두 사람을 집에 초대한 것. 그 열흘 뒤쯤에 두 사람이 놀러온 것. 그 일주일 뒤 정도에 유토가 혼자 우리 집에 온 것. 당황하며 노무라 씨에게 전화했지만 그 사람은 신경 쓰지 않는 눈치였다는 것. 이후로 일주일에 한 번꼴로 유토가 우리 집에 놀러온 것. 그것이 일주일에 두 번, 또는 세 번으로 늘어나기 시작한 것. 내가 집에 있을 때는 현관문을 잠그지 않기 때문에 요즘에는 유토가 멋대로 집 안에 들어오는 것을 눈치채지 못하는 경우도 있었다는 것.

　여자 경관은 한마디도 끼어들지 않고 열심히 메모를 했다. 내 이야기가 끝나자, 카나에게 질문을 해도 괜찮겠냐고 허가를 요청해왔다. 물론 허락했지만 카나의 대답은 역시 마찬가지였다.

　유토가 온 것은 간식시간 뒤고, 언제 돌아갔는지는 모른다.

그러고 있는데 남자 경관이 얼굴을 보였다. 두 사람은 2층 복도에서 이야기를 나누는 듯했는데, 문이 닫혀 있어서 대화 내용은 전혀 들리지 않았다.

잠시 시간이 지나자 이번에는 2인조 형사가 찾아왔다. 쉰 전후의 남자와 서른 중반의 여성이었다. 다른 두 사람은 노무라 씨를 집으로 데리고 돌아가려고 했다.

"유토는 어떻게 되는 건가요? 이대로 돌아갈 수는 없어요!"

노무라 씨는 요지부동이었지만, 이내 형사에게 설득당해서 간신히 우리 집에서 나갔다.

그 뒤에 나는 다시 응접실에서 두 형사를 상대로 조금 전에 여자 경관에게 했던 말과 오늘 아침부터의 행동을 이야기했다. 그동안에 여자 경관이 카나를 돌보겠다는 말을 들었다.

나중에 안 것인데, 나와 노무라 씨가 형사와 마주하고 있을 때에 서로의 집 주변에는 이미 몇십 명이나 되는 경찰관이 있었다고 한다. 금세 경찰견도 도착했다고 하니, 이미 유토를 찾기 위한 수색작업이 시작되어 있었던 것이다.

그런데 결국 그날, 유토는 돌아오지 않았다.

아니, 닷새가 되는 오늘 현재까지도 유토는 여전히 행방불명이다.


—7월 26일—

어제 쓰던 것을 이어서 쓴다.

형사들은 우리 집도 전체적으로 조사했다. "보여주실 수 있겠습니까."라고 정중히 부탁받았지만, 노무라 씨 이상으로 열심히 구석구석 확인했다.

"이 위는 뭡니까?"

그런 질문을 받았을 때, 천장 뒤편의 수납공간을 완전히 잊고 있었던 것을 깨달았다. 이것은 노무라 씨도 못 보고 지나친 장소다.

2층 복도의 천장에 있는 문을 끌어내리기 위해서는 기다란 전용 막대가 필요하다. 하지만 어디에 두었는지 기억이 나지 않았다. 집 안을 이리저리 뒤지고 다니게 되어서 몹시 창피했다. 결국 침실 옷장 구석에 기대어 두었던 것을 여자 형사가 발견했다.

천장 뒤편을 조사하고서 우리 집의 수색은 끝났다. 물론 유토는 어디에도 없다. 당연하다. 하지만 어째서인지 가슴을 쓸어내렸다.

"그건 그렇고 참 별난 장식이군요."

형사가 복도에서 아이 방의 벽을 보고 있었다. 그 테이프에 대해서 이야기하는 듯했다.

이때 내 머릿속은 아주 빠르게 회전하고 있었다.

분명 지금쯤 노무라 씨는 테이프에 대한 이야기를 꺼내며 나나 카나가 수상하다는 것을 경찰에 호소하고 있을 것이 틀림없다. 여기서는 괜히 얼버무리기보다 착실히 이유를 설명하는 편이 좋다. 다만 어디까지나 아이의 상상으로서. 내가 겪은 체험은 절대 이야기해서는 안 된다. 그런 짓을 했다간 틀림없이 형사에게 의혹의 눈초리를 받게 된다. 머리가 이상한 사람으로 여길 것이다. 그렇게 되면 유토를 유괴했다고 의심 받을지도 모른다.

거의 한순간에 나는 그런 생각을 마쳤다. 인간의 뇌란 정말 대단하다.

"우리 딸아이에게는 키요라고 하는 상상 속의 친구가 있습니다만……."

그 소녀는 벽 안에 살고 있다는 것. 딸이 혼자 있을 때는 같이 놀고 있다는 것. 하지만 요즘에 아무래도 싸운 모양이라는 것. 그래서 키요가 화가 나서 벽 속에서 나온다고 말하며 울어서 저 테이프를 붙였다는 것.

남자 형사는 당황한 듯했다. 어떻게 대응해야 할지 모르겠다. 그런 느낌일까.

그렇지만 여자 형사는 달랐다. 아이가 있는지도 모른다. 내 이야기를 받아들이고 있는 듯 보였다.

다만 여자 형사가 별 생각 없이 한, "듣기에 따라서는 완전히 괴담 같네요."라는 말을 들었을 때는 소름이 확 돋았다.

지금 이때까지, 나는 이사 온 뒤에 체험한 우리 집의 다양한 일을 그저 '조금 이상한 일이 일어났다'라고밖에 파악하지 못했다. 무섭다는 감정은 있었지만, 그것이 '마치 괴담 같은 체험'이라는 생각은 전혀 하지 못했다.

하지만 우리 집에서 일어나는 현상을 다른 사람이 본다면 번듯한 괴담이 된다는 것을, 나는 이때서야 간신히 깨달았다.

"괜찮으신가요?"

여자 형사가 부르는 목소리를 듣고서 문득 정신을 차렸다. 한순간 정신을 놓고 있었던 모양이다.

"죄송합니다. 조금 무서워져서요."

솔직히 말하자, 남자 형사가 여자 형사를 노려보았다. 괜한 소리 하지 마라, 라고 화낸 것일까.

셋이 함께 응접실로 돌아오자, 다시 한 번 21일에 있었던 일을 처음부터 이야기하게 되었다. 경찰은 용의자에게 같은 말을 여러 번 하게 해서 그 안의 모순을 찾아낸다는 말을 전에 어딘가에서 들은 적이 있었는데, 자신이 그 입장에 처하리라고는 생각도 하지 않았다. 그렇지만 나는 당황하지 않고 그날의 행동을 다시 이야기했다. 애초에 나는 유토를 보지도 않았으니까 같은 말을 한다고 해봤자 시간은 그다지 걸리지 않는다.

이쪽의 이야기가 끝나고, 형사들이 입을 열기 전에 큰맘 먹고 물어보았다.

"유토가 없어진 일로 저나 우리 딸이 의심을 받고 있는 건가요?"

그러자 남자 형사가 조금도 표정을 바꾸지 않고 말했다.

"아뇨, 그렇지 않습니다. 집 안을 살펴본 것도 몇 번씩 같은 이야기를 묻는 것도 통상적인 수사 과정입니다. 현재 유토 군이 마지막으로 목격된 곳이 이 집이라서 저희도 신중해질 수밖에 없습니다. 부디 이해해주셨으면 합니다."

나는 조금이나마 안도했다.

경찰이 사실대로 말하고 있다고는 당연히 생각하지 않는다. 그래도 두 형사가 우리 집에 왔을 때의 표정을 떠올리면 조금이나마 마음이 가벼워졌다. 처음에는 두 사람도 험상궂은 얼굴이었는데, 지금은 그렇지도 않은 듯 보인다. 이것은 우리에 대한 의심이 걷혔다, 아니, 그 정도는 아니어도 상당히 엷어졌기 때문이 아닐까. 내 입맛에 맞는 해석일지도 모른다. 하지만 내 마음이 편해진 것은 사실이었다.

하지만 내 생각은 어설펐다. 매스컴은 완전히 반대의 보도를 했던 것이다.


─7월 27일─

이어서 쓴다.

그날 밤, 집에 돌아온 남편은 역시나 당황하고 있었다. 주택가에 경찰차가 몇 대나 늘어서 있는 데다 우리 집 앞에는 경찰이 서 있었으니까.

"뭔 소동이고? 설마……."

웬일로 초조한 얼굴을 한 남편은 현관에 들어오자마자 나에게 질문을 퍼부으려고 했다.

"카나는 괜찮아. 나도 그렇고. 노무라 씨네 유토가 없어졌어."

"……그런 건가."

안도하는 남편을 비난할 수는 없다고 생각했다. 반대 입장이었다면 분명 나도 마찬가지였을 것이다.

"우리 집 앞에 서 있는 경찰에게 물어봐도 아무것도 안 알려 주니까 쫄았다 아이가. 어데 사는 사람이냐꼬 물어봐싸서 이 집 사람이라꼬 말했드만 언능 들어가라 카드라."

저녁식사를 식탁에 늘어놓으면서 내가 간단하게 사정을 설명하자 남편도 납득한 듯했다.

"그 경관, 내가 매스컴의 눈에 띄지 않도록 해준 거였구나."

"2층에서 밖을 슬쩍 봤는데, 경찰차뿐만 아니라 방송국의 차 같은 것도 몇 대나 보였으니까……."

내 보고에 남편은 고개를 끄덕이면서 말했다.

"실은 집에 올 때에 텔레비 리포터가 말 걸더라. 이 근방에 사냐꼬, 어느 집 사람이냐꼬 묻기에 좀 떨어진 데 산다고 대답하길 잘했지. 이 집 사람인 줄 알았으면 분명히 꼬치꼬치 캐물었을끼다."

저녁식사를 하는 남편에게, 나는 좀 더 자세히 유토에 관한 일을 이야기했다. 노무라 씨의 언동이 밝혀짐에 따라, 평소에는 온화한 남편도 "우째 그런 몰상식한 짓을!"이라며 화를 내기 시작했다.

"누가 봐도 노무라 씨의 감독 소홀 아이가. 어무이 자격이 없는 거제. 분명히 경찰도 그 부분은 알 꺼 아이가."

그러니까 나나 카나를 의심하는 일은 없을 거라고 말했다.

그런데 그날 밤의 뉴스에서 흘러나온 유토의 행방불명 보도를 보니, 이 마을의 어느 집에서 유토의 모습이 사라졌다는 식으로 전하고 있었다. 그 집이 우리 집인 걸 바로 알 수 있는 내용은 아니었지만, 아는 사람이 보면 어렵지 않게 눈치챌 수 있을 것이다.

하룻밤 새에 우리 집은 주목의 대상이 되고 말았다.

—7월 28일—

이어서 쓴다.

뉴스가 방송되자마자 시아버지로부터 전화가 걸려왔다. 태평스러운 남편을 봐서는 상상이 가지 않을 정도로 시아버지는 아주 빈틈이 없는 분이다.

남편이 사정을 설명하자 아무래도 납득하신 모양이지만, 한동안 나하고 카나가 친정에 가 있는 편이 좋지 않겠느냐고 말씀하신 듯하다.

하지만 경찰로부터 며칠 동안은 집에 머물러 있으라는 말을 들은 상태였다. 그런데도 친정에 가면 도망쳤다고 여길지도 모른다.

남편과 상의해서 당분간은 조용히 지켜보기로 했다. 어쨌든 매스컴의 취재에는 일체 응하지 않기로 결정했다.

놀랐던 것은 그날 밤중에 두 곳의 텔레비전 방송국에서 전화가 걸려왔던 일이었다. 어느 쪽이나 남편이 받고, 취재를 정중히 거절했다. 전부 경찰에게 이야기했으니 곧 발표가 나겠지요, 라고만 말했다.

그건 그렇다고 해도 우리 집의 전화번호를 대체 어디에서 알아낸 것일까. 나나 남편과 아는 사이인 누군가가 상대가 매스컴임을 알면서도 알려준 것일까.

그렇게 생각하니 아주 무서워졌다.


　－7월 29일－

이어서 쓴다.

사건 다음 날. 그렇다, 그것은 사건이라고 불러야 할 일일 것이다. 지금도 여전히 유토의 행방은 알 수 없으니까…….

인터폰이 쉴 새 없이 울렸다. 전화도 마찬가지다. 상대는 매스컴이고, 이번 사건에 대한 의견을 구하고 있었다. 그러나 들려오는 목소리에 숨겨져 있는 의심을, 내 귀는 민감하게 알아차리고 있었다.

당신은 유토 군의 행방불명에 관여하고 있지 않은가.

당신이 유토 군을 어떻게 한 것은 아닌가.

유토 군 행방불명 사건의 범인은 당신이 아닌가.

그런 감춰진 목소리가 들리는 것을, 나는 확실히 느꼈다.

얼굴이 확 뜨거워졌다. 몸이 부들부들 떨렸다. 엄청난 분노를 느꼈다. 그렇지만 동시에 공포도 느꼈다.

이대로 나는 유토에게 해를 가한 범인이 되어버리는 것은 아닐까…….


　－7월 30일－

사건 다음다음 날.

사람의 눈을 피하듯이 장을 보러 간다. 일이 있은 다음 날은 전에 사둔 것들로 어찌어찌 끼니를 때웠지만, 이틀째가 되니 어쩔 수 없었다.

다행히 이사 온 지 넉 달째라서 아직은 아는 사람도 적다. 그래서 밖에 나가도 별다른 문제는 없을 것이다. 매스컴만 없으면. 인터폰과 집 전화는 이미 쓰지 않고 있다.

집의 현관을 나서자마자 문 밖에서 대기하고 있던 몇 사람들에게 일제히 질문 공세를 받았다.

"유토가 이 집에서 없어졌다는 게 진짜인가요?"

"부인은 그때, 뭘 하고 계셨나요?"

"댁의 따님하고 유토는 사이가 좋았나요?"

"유토의 어머니하고 부인의 사이는 어떤가요?"

"아이 둘만 놀고 있었던 건가요?"

"아이를 지나치게 방임했다는 지적에는 어떻게 생각하시나요?"

일제히 들려온 것치고는 이상할 정도로 모든 질문을 이해할 수 있었다. 물론 아무런 대답도 하지 않고 묵묵히 문에서 밖으로 나왔다.

걷기 시작한 내 뒤를 모두가 따라오는 듯했다. 하지만 슈퍼마켓에 도착할 무렵에는 한 명도 남지 않았을지도 모른다. 돌아봐서 확인한 것도 아니므로 실제로 어땠는지는 알 수 없지만.

슈퍼마켓에서 식료품을 잔뜩 사들였다. 바람직하지 못한 표현이지만, 매스컴의 흥미를 끄는 다른 사건이 일어나지 않는 한, 그들은 우리 집과 노무라 씨 집 앞에서 움직이지 않을 것이다. 이쪽도 당분간 농성할 수밖에 없다. 정말이지, 일기에 '농성'이라는 단어를 적을 날이 오리라고는 생각도 하지 않았다.

귀가하는 길이 또 큰일이었다. 우리 집이 보이기 시작할 지점부터 금세 나를 알아본 몇 사람이 무시무시한 기세로 달려왔기 때문이다. 거기서부터 집에 도착할 때까지 소리치지 않고 용케 참았다고 생각한다.

"나도 우리 딸도 아무것도 모른다고요!"

그렇게 소리치고 싶었다.

매스컴의 질문에는 절대 대답해서는 안 된다. 아무런 반응도 하지 않는다. 그렇게 남편과 약속하지 않았더라면 분명히 나는 소리를 질렀을 것이다.

사람들에게 잔뜩 시달리고 집 안에 들어오니 순식간에 피로가 몰려왔다. 텔레비전에서 리포터에게 추궁당하는 연예인의 모습을 시시덕거리며 봤는데, 이제부터는 조금이나마 동정을 느낄 것 같다는 기분이 들었다.

그러나 이런 날이 언제까지 이어질까. 절망밖에 느껴지지 않았다.


—7월 30일—

이어서 쓴다.

경찰은 이후에도 우리 집에 찾아왔다.

두 번째로 방문했을 때에는 사건 당일의 이야기를 반복해서 질문해올 뿐이라 상당히 힘들었다. 하지만 세 번째부터 노무라 씨와의 관계에 관한 날카로운 질문이 눈에 띄기 시작했다. 그리고 노무라 씨 본인에 대해서도 여러 가지 질문을 받았다. 평소의 생활, 교우관계, 유토를 어떤 식으로 대했는가 등등.

매스컴의 보도에 변화가 보인 것은 사건 나흘 뒤였다.

'행방불명된 유아. 원인은 어머니의 육아 포기인가.'

'이웃집에 아들을 맡겨둔 채로 어머니는 파칭코에.'

'어린이집 대용으로 이웃집을 악용.'

깜짝 놀랐다.

내 주장이 경찰이 받아들여진 것도 그렇지만, 유토가 우리 집에 놀러와 있는 동안에 노무라 씨가 파칭코에 갔을 줄이야…… . 큰 충격이었다.

우리 집 문 앞에 있던 대다수의 매스컴은 노무라 씨 집 앞으로 이동했다. 다만 남아 있는 사람도 있어서, 방심하고 밖에 나갔다간 여전히 의견을 요구하며 질문을 해왔다.

"노무라 씨에 대해서 한마디 부탁드립니다."

"유토 군이 학대받고 있었다는 사실은?"

"노무라 씨에게 분노를 느끼십니까?"

물론 나는 아무런 대답도 하지 않았다. 노무라 씨에게 화가 난 것은 당연한 일이다. 그렇지만 유토가 무사하기를 비는 것 역시 당연한 일이었다.

이 무렵에 고향 친구들로부터 휴대전화 메시지나 전화가 오기 시작했다. 예전 같은 보도가 이루어지는 동안에는 역시나 연락하기 어려웠던 듯했다. 나를 의심한 것이 아니라, 흥미 때문에 연락을 취한다고 오해받는 것이 두려웠으리라. 모두의 마음을 잘 알았지만 솔직히 조금 섭섭하기도 했다.

─7월 31일─

노무라 씨가 왔다.

인터폰을 누르고는 "여기에 분명히 유토가 있다. 그러니까 집 안을 찾아보고 싶다."라는 말을 했지만 물론 나는 거절했다.

그러자 문을 열고 현관 앞까지 와서는 쿵쿵 하고 문을 두들기기 시작했다.

무시했지만 돌아갈 기미가 전혀 없었다. 그러다가 이내 "유토를 내놔!"라며 고함을 치기 시작했다.

매스컴이 이미 모습을 감췄던 것이 천만 다행이었다. 하지만 이대로 내버려둘 수 없어서 경찰에 연락했다.

잠시 후에 맨 처음 우리 집에 얼굴을 내밀었던 두 명의 경관이 달려왔다. 현관 문 너머로 눈치를 살펴보니, 노무라 씨를 달래서 집에 돌려보내려는 눈치였다. 그러나 노무라 씨가 말을 듣지 않아서, 마지막에는 우격다짐으로 경찰차에 태운 듯했다.

노무라 씨의 마음도 이해가 안 가는 것은 아니다. 아이 엄마의 마음으로 이러지도 저러지도 못하는 게 견딜 수가 없을 것이다. 그래서 저도 모르게 우리 집에 밀고 들어오려 했던 것이겠지.

유토 군이 사라진 지, 오늘로 벌써 11일째가 된다.

사라졌다…….

이렇게 표현할 수밖에 없는 상황에서, 그 애는 없어져버렸다.

나에 대한 의심이 걷히고 반대로 노무라 씨의 육아 포기가 명백해지자, 이번에는 노무라 씨에게 의혹의 시선이 향하기 시작했다.

즉 우리 집에 걸었던 전화는 연극이었다. 유토는 이미 집에 돌아가 있었다. 그렇지만 그곳에서 노무라 씨와 유토 사이에서 뭔가가 일어났다. 생각해볼 수 있는 것은 어떠한 이유로 노무라 씨가 아들을 야단쳤다는 것이다. 그때 노무라 씨는 아들에게 체벌을 가했다. 그런데 그 체벌로 유토는 죽어버렸다. 당황한 노무라 씨는 시체를 어딘가에 숨기고, 마치 아들이 아직 돌아오지 않은 것처럼 행동하며 우리 집에 전화를 걸었다.

어느 매스컴이나 이런 식으로 확실하게 단정하지는 않고 있다. 하지만 대다수가 그런 상상을 할 수 있을 만한 뉘앙스의 보도를 하고 있었다.

정말로 그럴까?

노무라 씨에게는 지금도 화가 나지만, 그날의 전화는 결코 연기 같은 게 아니었다. 노무라 씨는 우리 집에 유토가 있다고 진심으로 믿고 있었다. 이것은 경찰에도 몇 번이나 말했다. 그래도 나는 그 사람에게 속은 것일까. 우리 집을 어린이집 대용으로 악용했을 정도다. 노무라 씨가 나를 우습게 보고 있던 것은 틀림없다. 하지만 그때의 전화는…….

노무라 씨가 거짓말을 하지 않고 있다면 어떻게 되는가.

그날 저녁에 우리 집을 나간 유토는 자기 집까지의 30미터 사이에서 홀연히 사라졌다는 얘기가 된다.

도중에 있는 집은 네 집인데, 어느 집에서나 유토의 모습을 보지 못했다고 한다. 그것은 돌아가는 길뿐만 아니라, 우리 집으로 가는 모습도 마찬가지라고 했다. 주택지 맞은편은 잡목림이기 때문에 그곳에 수상한 사람이 숨어 있다가 유토를 데리고 간 것은 아닐까 하는 의견도 있다. 그러나 잡목림에서 단서는 발견하지 못했다고 들었다.

애초에 유토는 우리 집에 오지 않았다. 그렇기에 목격자는 당연히 없고 잡목림에도 아무런 흔적이 없는 것이다. 이것이 세상에서 이 사건을 보는 새로운 견해인 듯했다.

그런 걸까? 그렇다면 카나의 증언은 어떻게 되는가. 그날, 그 애는 유토가 놀러왔다고 인정하고 있다. 어린애가 하는 소리니 믿을 수 없다……. 그렇게 여기고 있는 것일까.

유토, 넌 대체 어디에 가버린 거니?


—8월 1일—

사건 이래로 카나를 제대로 돌봐주지 못했다.

후지미 공원에 데리고 가려고 했지만, 이웃의 아줌마들에게 붙들려서 질문 공세를 받게 될 게 두려워 그만두었다.

오늘은 아이 방에서 같이 놀았다. 그러고 보니 혼잣말은 어떻게 된 걸까. 주의해서 보고 있었지만, 특별히 혼잣말을 하는 기색은 없다.

다만 이따금씩 벽을 바라보고 있다. 키요에 대한 이야기가 나오나 했지만, 아무 말도 하지 않고 흘끗흘끗 벽을 보기만 할 뿐이다.

"뭘 보고 있니?"

신경 쓰여서 물어보자, 카나가 대답했다.

"저 너머에 가버린, 유토."


—8월 2일—

어제는 아이 방에서 아무것도 할 수 없었다.

나도 곧바로 카나가 보고 있던 벽을 바라보기는 했지만, 금세 무서워져서 그대로 방을 나와버렸으니까.

오늘도 아이 방에서 카나와 놀았다. 그러면서 가만히 그 애의 눈치를 엿보았다. 하지만 전혀 벽 쪽을 보지 않는다. 기다리다 못해 나는 물었다.

"유토는 벽 너머에 있니?"

카나가 고개를 젓는다. 조금 생각한 뒤에 나는 다시 물었다.

"혹시 울타리 너머니?"

카나가 고개를 끄덕인다.

"어떻게 갔어?"

"모르겠어."

"카나는 봤지?"

"응."

"그런데도 모르겠어?"

거기서 카나는 벽 쪽을 향하며 이렇게 말했다.

"왜냐하면 유토는 키요한테 끌려갔으니까."

—8월 3일—

카나가 하는 말이 사실이라고는 도저히 생각되지 않는다.

그런데도 나는 카나에게 이야기를 듣는 것이 무섭다. 어제도 결국 아이 방에서 도망 나와버렸다.

오늘은 끝까지 들을 마음을 먹고, 처음부터 유토에 대해 이것저것 물었다. 하지만 새롭게 안 것은 얼마 없었다.

유토는 예전부터 키요를 두려워하고 있었다.

두 번째에 우리 집에 왔을 때, 아이 방에 가고 싶어 하지 않았던 것은 그런 이유였던 듯하다. 즉 유토는 처음부터 키요의 존재를 눈치채고 있었다는 이야기가 된다.

그래도 키요의 존재를 무시하고 카나와 놀고 있었다.

집에 돌아가도 어머니인 노무라 씨가 없었기 때문일 것이다. 어쩌면 노무라 씨로부터 우리 집에서 충분히 놀고 오라고, 저녁 몇 시까지는 돌아오면 안 된다는 엄한 지시를 들었을지도 모른다.

그날, 벽지의 '울타리' 너머에서 갑자기 키요의 팔이 주우우욱……하고 늘어났다. 그리고 벽에 등을 돌리고 있던 유토를 눈 깜짝할 사이에 끌고 들어갔다.

그때의 상황은 몇 번이나 물어봤지만 카나도 잘 설명하기 힘든지, 가장 가깝게 표현을 하자면 이렇게 된다.

나는 떨고 있었다. 키요의 존재는 섬뜩하지만, 울타리에서 나올 수 없다면 해는 없다고 생각했다. 아니, 실존할 리가 없지만 울타리 너머에 있을 뿐이라면 아무런 문제도 되지 않는다고 생각하고 있었다.

그런데 키요는 울타리에서 팔을 뻗을 수 있다. 그것도 아이를 납치할 수도 있다. 이건 말도 안 된다. 카나를 지켜야만 한다.


—8월 4일—

어젯밤, 카나의 이야기를 남편에게 했더니 아주 걱정스럽다는 얼굴을 했다. 카나의 안전을 염려한 것이 아니라 내 정신 상태를 걱정하는 모양이었다.

벽 속이 아니라 벽지에 그려진 울타리 너머로 끌려갔다는 생각은 확실히 얼토당토않다고 생각한다. 아니, 벽 속이라도 충분히 이상하다. 하지만 그런 식으로라도 생각하지 않으면 유토가 연기처럼 사라져버린 일에 대해 설명할 방법이 도저히 없지 않은가.

"설마 경찰에 꼬바를 생각은 아니겠제?"

남편은 몹시 당황하고 있다. 그렇지만 오해하고 있는 듯도 했다. 내가 문제시하는 것은 카나의 안전뿐인데. 그렇게 말하자 우선은 안심하는 얼굴이 되었다.

그래서일까, 그 뒤의 남편은 평소처럼 냉정했다.

"다음에 노리는 것은 카나일지도 몰라."

불안해하는 나를, 남편은 달래는 듯한 어조로 말했다.

"그건 아니겠지. 이사 온 지 벌써 넉 달이다. 우리 아가 표적이 된거면 벌씨로 키요한테 끌리갔을 끼다."

"그렇지만 이대로 아무것도 안 하는 건……."

"그 '진입금지 Keep Out' 테이프가 일종의 주술처럼 작용한 거겠제."

"지금까지는 그랬지만, 앞으로도 효과가 있다고만은 볼 수 없잖아. 커튼 무늬도 그렇고."

"그라믄 차라리 아 방의 벽지를 전부 벳기내고, 커튼도 싹 교체하믄 되잖아."

내가 호소한 키요의 위험성을 남편이 믿지 않는 것은 확실하다. 하지만 이 사람의 장점은 그것을 무조건 부정하지 않고 이쪽이 납득할 수 있는 해결책을 내놓는다는 점이다.

이것으로 나도 조금은 마음이 편해졌다. 커튼을 몽땅 바꾸는 것은 괜찮다고 쳐도, 벽지를 다시 바르는 건 일이 많아지므로 그 '울타리' 위에 다른 벽지를 붙이는 방법을 찾아봐야겠다.

하지만 남은 문제도 있다. 가구 틈새의 어둠이다. 그런 장소는 집 안에 반드시 생기기 마련이다.

남편에게 그 얘기를 하자, 아무 일도 아니라는 듯이 웃으며 대답했다.

"가구와 가구의 틈새라면 천을 그 위에 덮어 가리믄 된다. 틈새에 뭘 낑가가 막는 방법도 있지만, 그거는 보기에 안 좋을 꺼니까. 요는 그런 어둠이 당신 눈에 안 들어가믄 되는 거 아이가. 그 사람에게 안 보이는 건, 그 사람에게는 존재하지 않는다는 거니까. 그제?"

그날 밤, 나는 오래간만에 푹 잠들 수 있었다.


─8월 5일─

곧바로 새로운 커튼과 천조각과 천 테이프, 그리고 벽지를 샀다.

커튼 바꿔 달기는 금방 끝났다. 가구와 가구의 틈새도, 남편의 아이디어대로 천 조각으로 막았다. 겉보기에 안 좋을까 걱정했지만 그렇지는 않았다. 천 조각의 가장자리를 천 테이프로 장식한 것이 주효했던 것 같다.

그런데 예전 벽지의 '울타리' 위에 동물이 그려진 새 벽지를 잘라 붙이는 작업은 좀처럼 착수할 수 없었다.

그런 짓을 했다간 유토는 두 번 다시 돌아올 수 없지 않을까……?

문득 그런 생각이 들었기 때문이다.

대체 나는 카나의 이야기를 믿는 걸까, 믿지 않는 걸까.

스스로도 잘 모르겠다. 때와 장소에 따라서 획획 기분이 변한다. 남편처럼 한 가지를 일관성 있게 밀고 나갈 수가 없다.

다만 아주 미약하게라도 카나를 위험에 노출시킬 우려가 있다면, 그 원흉을 어떻게 해서든 제거하고 싶다는 강한 마음이 있다.

그 애를 지키기 위해서라면 다른 아이가 희생되더라도…….

아이 방에서 벽지의 '울타리'를 바라보며 카나에게 물었다.

"저 너머에는 아직 유토가 있니?"

"몰라."

잘 물어보니 '울타리' 너머에 유토의 모습이 흘끗흘끗 보이는 경우와, 완전한 어둠이라 아무것도 보이지 않을 때가 있는 듯하다.

"유토는 뭐 하고 있니?"

"멍 하니 있어."

울고 있을 것이라고 생각했기 때문에 이 대답은 의외였다. 하지만 완전히 혼이 나가 있는 듯한 유토의 모습을 상상하니 엄청나게 무서워지기 시작했다.

그때 카나가 말도 안 되는 이야기를 꺼냈다.

"유토, 딱 한 번 이쪽에 오려고 했어."

당황하며 다시 물어보니, 유토는 울부짖으면서 '울타리'에 달라붙어서 필사적으로 이쪽으로 도망치려고 했다는 모양이었다.

"어떻게 됐어?"

힘없이 고개를 젓는 카나를 달래가며 어떻게든 들어보니, 뒤쪽의 어둠에서 팔이 뻗어 나와서 강제로 유토를 '울타리'에서 떼어내고 그대로 어둠 속으로 데려갔다고 한다.

"카나는 키요하고 친구지?"

저도 모르게 물은 나에게, 그 애는 고개를 갸웃거리면서 대답했다.

"응, 맞아."

"벽지의 '울타리' 위에 다른 동물 벽지를 붙이면, 키요는 화를 낼까?"

"모르겠어."

"카나한테 화를 낼까?"

"카나한테는 화내지 않을 거라고 생각해."

이 말을 믿고, 나는 벽지에 그려진 '울타리' 전부를 다른 벽지의 그림으로 덮었다.


—8월 7일—

오늘 노무라 씨가 왔다.

다만 예전처럼 폭언을 쏟아내지는 않았다.

"유토를 돌려줘요……. 부탁이에요. 그 애를 만나게 해줘요."

인터폰 너머에서 울며 호소해왔다.

역시나 경찰을 부를 생각은 들지 않았고, 그렇다고 해서 대답을 할 기력도 없어서 그대로 내버려두었다.

한동안 있다가 바깥을 엿보자, 노무라 씨의 모습은 사라져 있었다. 그 대신 마을 자치회의 회장인 쿠로다 씨가 우리 집을 빤히 바라보고 있었다.


(이후 날짜에도 일기는 있지만 괴이 현상이나 키요에 대한 부분, 유토 군의 사건이나 노무라 씨 방문에 관한 내용은 아무것도 적혀 있지 않아서 생략한다.)

—10월 21일—

유토가 행방불명 된 지 오늘로 석 달째다.

아직도 그 애는 발견되지 않았다. 어디로 사라진 걸까. 왜 사라진 걸까. 어디로 간 걸까. 누군가 관계되어 있는 사람은 있을까. 전혀 아무것도 알 수 없다. 단서조차 하나도 없다.

당초에는 내가 의심받았다. 우리 집에서 사라졌다고 여겨졌기 때문이다. 하지만 노무라 씨의 어머니로서의 모습이 밝혀짐에 따라 의심은 노무라 씨 쪽으로 완전히 넘어갔다. 그것은 경찰도 매스컴도 세간도 마찬가지였다.

그런데 그날 오후의 몇 시간, 노무라 씨는 역 앞의 파칭코 가게에 있었음이 확실히 입증되었다. 즉 그 사람에게는 유토를 다른 장소까지 데리고 갈 시간이 거의 없었다는 이야기가 된다. 자식을 숨기려 한다면 노무라 씨 본인의 집, 혹은 근처의 잡목림 정도밖에 없다. 그렇지만 어느 쪽에서도 유토는 발견되지 않았다.

그렇다고 해도 공범자는 떠오르지 않았다. 애초에 노무라 씨의 교우관계는 좁았고, 이웃과의 교류도 그다지 없었던 듯하다. 경찰은 새 애인의 존재를 의심한 듯했지만 결국 그런 인물은 발견되지 않았다.

이러한 정보를, 나는 전부 주간지를 통해 알았다. 우리 집에 대해서도 상상을 섞어서 멋대로 적혀 있는 것은 불쾌했다. 하지만 노무라 씨에 대해서 알고 싶었기 때문에 참았다.

어느 주간지에서나 노무라 씨를 범인 취급하고 있었다. 또렷하게 이름을 들어 지목하고 있지는 않지만, 그냥 읽으면 모두가 같은 결론에 도달할 듯한 기사가 많았다. 다만 어느 잡지가 전혀 다른 견해를 취한 기사를 딱 한 번 실은 적이 있다.

아이가 사라진, 현대의 카미카쿠시(神隱し. 갑자기 사람이 행방불명되는 일을 가리키는 말로, 옛 일본에서는 요괴의 소행으로 믿었다_역주).

그 기사는 노무라 씨에게는 '범행'이 불가능했음을 지적하고 사건의 불가해성을 문제 삼고 있었다. '유토 군은 카미카쿠시를 당했다.'란 생각이라도 하지 않으면, 도저히 설명이 가지 않는 사건이라는 내용이었다.

이 추리가 진실에 가장 가깝다고 아는 사람은 나뿐일 것이다.


(이 이후로 약 반년 간, 사건에 관한 기술은 하나도 없다. 그 전의 석 달간도 마찬가지였는데, 나는 부자연스럽다는 인상을 떨칠 수 없었다. 일부러 적지 않았거나, 혹은 쓰고 싶지 않았던 게 아닐까, 라는 의혹이 든다. 그렇지만 여기에서 그 점에 대해 논하는 것은 어울리지 않을 것이다. 해가 바뀐 다음 날짜까지, 일기를 생략했다는 사실만을 명기해둔다.)


─4월 17일─

또 아이가 없어졌다.

아마도 우리 집의 아이 방에서…….

하지만 아무도 그 사실을 모른다. 카나에게는 입막음을 해두었다.

이 집에는 더 이상 살 수 없을지도 모른다.


(유토 군 행방불명 때와 달리, 이후의 일기에는 사라진 아이에 대해서 아무것도 적혀 있지 않다. 일기의 기술 자체가 갑자기 급감했다. 그랬기에 어떤 아이였는지, 왜 이 집에 있었는지, 어떠한 상황에서 없어졌는지, 아이 방에서 사라졌다고 생각한 근거는 무엇인지, 게다가 다른 사람이 어째서 깨닫지 못했는지, 라는 많은 의문이 생겨난다. 하지만 그것을 확인할 수단은 현재 없다.)


ㅡ6월 30일ㅡ

새로운 집으로 이사한다.

이번에는 세 들어 사는 집이지만, 아주 밝다.

예전 집에 살던 가구들은 대부분 처분했다.

남편과 카나와 나의 새로운 생활이 여기에서 시작된다.


(이 일기 이전에 이사를 암시하는 기술은 하나도 없다. 그리고 이 날짜 이후로 조금씩 기술이 늘고 있다. 다만 유토와 두 번째로 사라진 아이에 관해서는 어떤 언급도 없다. 이전 집에 대해서도 마찬가지다. 따라서 일기의 게재는 여기에서 마친다.)

두 번째 이야기

소년의 이야기
- 이차원(異次元) 저택

내 이름……

……머리가 좀 멍하다. 화로 옆에서 꾸벅꾸벅 졸고 난 뒤처럼 어쩐지 머리가 무겁다.

기억하고 있다…….

……모르겠다. 모르겠지만, 아마도 괜찮을 거다.

응. 제대로 대답할 수 있을 것 같다.

내 이름은 이시베 호타(石部 鉋太). 나무를 깎는 도구인 대패 '포'자에 태산의 '태'자를 쓴다. 할아버지도 아버지도 실력 있는 목공이다. 그래서 할아버지가 나에게 이 이름을 붙였다.

목수 집안인데도 돌 석자가 들어간 '이시베'라는 성씨인 것이 우습지만, 내 조상님은 석재 가게를 하셨던 듯하다. 그래서 지금도 부탁을 받으면 묘비에 돌아가신 분의 이름을 새기는 일도 한다. 하지만 그러한 일을 맡는 것은 할아버지뿐이고 아버지는 싫어한다.

나도 크면 목수가 된다. 그래서 할아버지와 아버지에게 매일 일하는 법을 배우고 있다. 물론 아주 엄격해서 힘들다. 하지만 잘 해냈을 때에는 정말로 기쁘다. 게다가 나는 목수에 적성이 있다고 생각한다. 마을에서 제일가는 것은 물론이요, 이 근방에서도 최고의 실력을 지닌 할아버지와 아버지의 피를 이어받았으니까.

하지만 학교도 재미있다. 내가 모르는 걸 배우고, 점점 지식이 늘어가는 것은 정말로 기분이 좋다. 호들갑스러운 말인지도 모르지만, 새로운 세상이 눈앞에 활짝 펼쳐지는 기분이 든다. 더욱더 많이 배우고 싶다.

"그것이 바로 지식욕이라는 것입니다."

시노즈카 선생님이 나에게 그렇게 말씀하셨다.

선생님은 외지 사람이지만 우리 마을에서 제일가는 미인이다. 마을 여자들은 거의 입지 않는, 그렇다기보다 가지고도 있지 않은 양복 차림으로 언제나 학교에 온다.

"이시베 군이 공부를 좋아하는 것도, 공부를 잘하는 것도 지식욕이 있기 때문입니다. 도서실의 책을 많이 빌려 읽는 것도 그 때문입니다. 이시베 군은 〈소년 구락부〉에 실린 '괴걸 흑두건'에 만족하지 않고, 진심으로 문학과 친해지려 하고 있습니다."

이시즈카 선생님께 칭찬을 받자 나는 학교가 더더욱 좋아졌다. 그리고 선생님도. 학교에 즐겁게 가는 것이 공부 때문만이 아니게 된 것은 선생님 덕택이었다.

그런데 아버지는 내가 학교에 가면 싫은 얼굴을 했다. 학교에서 빌려온 책을 집에서 읽어도 언짢아했다.

"목수가 될 놈이 일도 안 배우고 공부 같은 걸 하면 어떡할거냐."

그렇게 말하며 자주 화냈다.

"그럴 시간이 있으면 일을 하나라도 많이 배워라."

하지만 할아버지는 달랐다.

"앞으로 이 세상은 누구에게나 학문이 필요해질 게야."

가업인 목수 일을 물려받더라도 착실히 학교에서 공부해야 한다는 의견이었다. 마을 노인들 중에서도 할아버지는 조금 특이했는지도 모른다.

천하의 아버지도 할아버지한테는 거역할 수 없어서, 평소에는 내가 학교에 가는 걸 묵묵히 넘어간다. 하지만 할아버지가 도쿄부에 있는 친척집으로 외출하신 날에는 난 결코 학교에 갈수 없었다.

"오늘은 일이 바빠져서 말이다."

그렇게 말하며 아버지는 나에게 목수 일을 시켰다. 다만 그럴 때는, 가령 그것이 간단한 작업이라도 모든 것을 나에게 맡겨주었다. 처음부터 내 책임 아래 그 일을 하게 해주었다. 나는 그것이 너무너무 기뻤다.

"아버지가 호타한테 주는 사탕 같은 거지."

내가 기뻐하자, 누나가 비웃었다. 하지만 의미를 전혀 모르겠다. 무슨 소리냐고 물어봐도 히죽히죽 할뿐, 아무런 대답도 해주지 않는다.

학교에서 쉬는 시간에 시노즈카 선생님에게 물어보았다. 그러자 선생님은 아주 곤란한 표정을 지었다. 골똘히 생각에 잠겨 있는 것 같아서 "대답 안 해주셔도 괜찮습니다."하고 돌아섰다.

목수 일과 학교 공부. 나는 양쪽 다 좋아하니까 양쪽 다 잘할 방법이 있으면 좋겠다고 생각한다.


무서운 일…….

이 마을에서 일어난 기괴한 사건…….

카미카쿠시일까.

옛날부터 우리 마을에는 아이가 행방불명되는 일이 종종 발생한다고 한다. 그렇게 들었다. 어느 날 갑자기 모습이 보이지 않는다 싶더니, 그대로 사라져버리는 일이 이따금씩 있었다고.

어릴 적부터 할머니에게 늘 주의를 받았다.

"날이 저물 때까지 놀고 있다간, 아주아주 무서운 카미카쿠시를 당하게 된단다. 주변이 어두워지기 전에는 반드시 집에 돌아와야 해요."

할머니의 말에 따르면 소류고(蒼龍鄉)의 카가구시 마을이라는 곳도 카미카쿠시가 많지만, 우리 마을도 비슷한 정도로 일어난다고 했다. 그리고 이런 말도 들었다.

"만약 와레온나가 나타나면 뒤도 돌아보지 말고 쏜살같이 도망쳐야 한다."

와레온나란 내가 태어나기 전에 마을에 출몰했던 괴물이다. 얼굴 한가운데에 커다란 균열이 가 있다. 이마부터 코와 입술을 따라 턱까지 삐뚤빼뚤한 금이 나 있는 것이다. 이 여자와 만나게 되면 아이는 어딘가 멀리 있는, 두 번 다시 돌아올 수 없는 무서운 곳까지 끌려가 버린다.

카미카쿠시는 와레온나의 짓일까.

그렇다고 생각하지만, 와레온나가 나타나기 전부터 마을에는 카미카쿠시가 일어나고 있었다. 그 경우, 없어진 아이가 어느 때에 갑자기 돌아오는 일도 있었다. 하지만 와레온나에게 끌려가면 절대로 돌아올 수 없다. 아이는 그냥 사라지게 된다.

그것은 봄이 끝나갈 무렵이었다.

학교에서 돌아오는 길에……. 학교는 이웃 마을에 있었다. 그래서 같은 마을 친구와 자주 놀다가 돌아갔다. 사실은 곧장 집에 돌아가서 바로 일을 거들어야만 한다. 그렇게 하지 않으면 아버지에게 몹시 야단맞는다.

하지만 친구들과 노는 것은 즐겁다. 깜빡 친구의 청에 응하고 만다. 대부분의 아이들은 집에 돌아가면 집안일을 거들게 된다. 그것을 알고 있었기 때문에 모두 함께 몰래 논다는 것이 어쩐지 기분이 좋았다. 나만 그런 건 아니라며 조금 안심할 수 있었으니까.

학교가 세워진 이웃마을 외곽에 어른들이 '신케이(晨鷄) 저택'이라고 불리는 커다란 집이 있다. 조금만 더 가면 우리 마을 이 나오는 장소에 그 저택의 넓은 부지가 있었다.

신케이라는 것은 새벽을 알리는 닭을 말한다. 할아버지가 알려주셨다. 우리는 그 집에서 닭을 수십 마리씩 키우고 있어서 그런 이름이 붙은 거라고 생각했다. 그런 것치고는 학교를 오갈 때에 닭 울음소리를 들은 적이 없다. 그것이 이상했다.

우리 누나처럼 내 또래보다 큰 아이는 어째서 그곳이 신케이 저택이라고 불리는지, 그 이유를 알고 있는 듯했다. 하지만 절대 알려주지 않는다. 그 점은 어느 집이나 마찬가지였다. 심술 궂은 우리 누나라면 몰라도, 타츠키치네 시즈코 누나까지 그렇다는 것을 알았을 때는 상당히 놀랐다. 시즈코 누나처럼 자상하고 남동생을 아끼는 누나는 이 마을 어디를 봐도 없는데.

다만 우리만 알고 있는 소문은 있었다. 누군가가 형이나 누나, 혹은 친척의 이야기를 주워듣고 짜 맞춘 이야기인 듯한데 마치 진짜인 것처럼 이야기되고 있었다.

신케이 저택에는 아주 무서운 '열리지 않는 방'이 있다.

이 소문을 들었을 때, 나는 전에 할머니에게 들었던 '있는데 도 없는 방'이라는 이상한 이야기를 떠올렸다. 할머니는 신심이 깊으면서도 신령님이나 부처님이 나오는 옛날이야기는 거의 하지 않는다. 늘 섬뜩하고 오싹한 이야기만 한다.

할머니 덕택에 나도 마을의 우지가미 님(氏神. 그 고장을 수호한다는 일본 신도(神道)의 신_역주)에게는 매일 참배를 한다. 그래서 무서운 이야기를 듣고 겁이 나더라도 여차하면 우지가미 님이 도와주실 거라 믿고 있다. 하지만 할머니의 이야기는 너무 무서워서 싫다. 호기심을 견디지 못하고 듣고 마는데, 잘 시간이 되면 늘 후회한다. 밤중에 눈을 떠서 변소에 가게 될 때도 그렇다.

　할머니에게 들은 이야기…….

　……옛날 옛날 오본(お盆, 한국의 추석과 비슷한 일본의 명절_역주) 무렵, 한 남자가 소꿉친구와 함께 일하던 곳에서 고향으로 돌아가고 있었다. 그런데 어느 산속에서 길을 잃게 되었다. 원래 걷던 산길로 돌아가려 해도 전혀 찾을 수 없었다. 허둥지둥하는 동안에 날이 완전히 저물기 시작했다. 불안해진 그들이 주변을 둘러보니, 멀찍이 떨어진 곳에서 불빛이 하나 보였다. 이거 살았다 하고 기뻐하며 그쪽으로 걸어갔다. 그랬더니 놀랍게도 커다란 저택과 마주쳤다. 이렇게 깊은 산속에? 라며 신기하게 생각했지만 노숙하는 것보다야 낫다. 대문 앞에서 친구가 사람을 부르자, 아름다운 처녀가 나타났다. 깜짝 놀라면서도 길을 잃었다고 말하니, 처녀는 친절하게도 저택에 들여보내 주었다. 훌륭한 방으로 안내받고, 갓 데운 뜨끈한 목욕물에 들어가고, 맛있는 식사와 술을 대접받았다. 완전히 긴장이 풀린 두 사람은 아주 기분이 좋아졌다. 처녀에게 거듭 감사인사를 하자, "재미있는 것을 보여드리지요."라는 말과 함께 저택 안쪽으로 안내해주었다. 그곳에는 긴 복도가 있고 미닫이문들이 죽 늘어서 있다. 그러나 어느 문에나 자물통이 매달려 있었다.

처녀가 소매에서 열쇠다발을 꺼내, 맨 가장자리의 자물통을 풀고 미닫이문을 열었다. 좁은 방 안에 뭔가 진귀한 물건이라도 들어 있나 보다. 그렇게 생각하고 두 사람은 안을 들여다보았다. 그런 그들의 눈에 들어온 것은 평야에 펼쳐진 마을이 눈에 덮여 있는, 숨을 삼킬 정도로 아름다운 풍경이었다. 입을 쩍 벌린 남자들을 데리고 처녀는 계속해서 다른 미닫이문의 안을 보여주었다. 옆방의 문 안에서는 겨울의 해변, 그 옆은 겨울의 산들, 또 그 옆은 봄의 강변으로, 다양한 지역의 아름다운 사계절 풍경이 어느 문 너머에나 나타났다. 두 사람은 그런 광경에 푹 빠져버렸다. 처녀가 미닫이문을 여는 것이 너무나도 기다려졌다. 특히 친구는 당장이라도 처녀의 손에서 열쇠다발을 낚아챌 것처럼 흥분해 있다. 그런데 그렇게 계속해서 멋진 세계를 보여주었는데도 처녀는 한 미닫이문만은 열지 않았다. 열쇠를 찾지 못했던 것은 아니다. 왜냐하면 그 문에는 처음부터 자물통이 달려 있지 않았던 것이다. 그럼에도 처녀는 그곳만은 그대로 지나쳤다. "저 방의 안도 보여주시지 않겠습니까?"라고 친구가 부탁했다. 하지만 처녀는 "한 방씩 순서대로 보여드리고 있습니다."라고 대답했다. "아뇨, 딱 하나 건너뛴 저 문 말입니다"라고 친구가 가리키자, "그런 방은 없습니다."라고 처녀가 고개를 저었다. 뭔가 사정이 있겠거니 하고 남자는 생각했다. 거기서 친구의 소맷자락을 잡아당겨서 그 이상은 묻지 말라고 눈치를 주었다. 그 뒤에도 처녀는 신비한 방들을 계속 안내하고 나서 두 사람을 원래의 방까지 데려다주었다. 그곳에는 이미 두 사람의 이부자리가 깔려 있었다. 몹시 피로해진 남자는 이부자리에 들자마자 금세 잠들어버렸다. "이봐…….  이봐……." 하고 누가 어깨를 흔들어서 눈을 떠보니 친구가 깨어 있었다. 게다가 "그 처녀가 보여주지 않았던 문 안을 보러 가세."라고 조르는 것이었다. "그만 두게나, 이 친구야."라고 주의를 줘도 "그 방에는 보물이 있는 게 틀림없어. 그래서 우리에게 보여주지 않은 거야."라고 주장하며 물러서지 않았다. 그러다가 "그럼 나 혼자서 가겠네. 만약 보물을 발견해도 자네한테는 안 나눠줄 거라고."라는 말을 남기고 친구는 방을 나가버렸다. 남자는 걱정되었지만 산을 넘느라 몹시 피곤했기에 다시 잠들어버렸다. 다음 날 아침, 잠자리에서 일어나보니 친구의 모습이 보이지 않았다. 아직 돌아오지 않았나 하고 당황했지만, 가만히 보니 이부자리까지 없다. 세수를 하는 겸해서 찾아보았지만 변소에도 없다. 어찌된 일일까…….  어리둥절하고 있는데 처녀가 아침 식사를 가지고 왔다. 그런데 한 명분의 식사밖에 없었다. 설마하고 생각하면서도 "같이 왔던 친구는 먼저 출발했습니까?"라고 물었다. 그러자 처녀는 웃으면서 "처음부터 혼자 오시지 않았습니까."라고 대답해서 남자는 깜짝 놀랐다. 아무리 친구에 대해 설명해도 처녀는 웃기만 할 뿐, 진지하게 상대해주지 않았다. 남자는 결국 "그 신기한 문들이 있는 복도를 다시 한 번 보여주십시오."라고 부탁했다. 친구는 그 잠기지 않은 문 안에 있을 것이 틀림없다. 그런데 첫 번째 미닫이문부터 세어서 여섯인가 일곱 번째에 있었을 텐데, 그 전후의 문도 포함해서 전부 자물통이 채워져 있었다. "어느 문을 열까요?"라고 처녀가 물었다. 난처해진 남자가 늘어선 미닫이문들을 죽 훑어보니, 딱 하나 자물통이 채워지지 않은 문이 있었다. 하지만 그것은 어젯밤에 친구와 함께 봤던 문과는 명백히 달랐다. 그때의 문은 좀 더 앞쪽에 있었다. 틀림없다. 그런데 오늘 아침은 그 문이 먼 곳으로 움직여 있다. 하지만 "저 문을 열어주세요."라고 말해도 아마도 이 처녀는 "어느 것 말씀인가요? 그런 문은 어디에도 없습니다만."이라고 대답할 것이 틀림없다. 그렇게 생각한 순간, 남자는 갑자기 무서워지기 시작했다. 어째서 깊은 산속에 이런 저택이 있는 것일까. 처녀는 대체 여기서 뭘 하고 있는 것일까. 죽 늘어선 미닫이문 안에 어째서 그런 풍경이 보이는 것일까. 왜 그 중에 딱 하나만 잠기지 않았던 것일까. 그 문의 존재를, 어째서 처녀는 부정한 것일까. 친구는 그 문을 열었던 것일까. 그리고 안에 들어간 것일까. 그런 뒤에 어떻게 된 것일까. 생각하면 할수록 오싹한 한기가 등줄기를 타고 흘렀다. 처녀가 권하는 아침식사를 거절하고, 남자는 도망치듯이 산속의 저택을 뒤로 했다. 고향에는 무사히 돌아갈 수 있었지만, 친구는 그대로 행방불명이 되고 말았다.

이러한 이야기를, 오래전에 할머니에게 들었던 기억이 있다.


신케이 저택…….

그렇다. 그 저택 근처에, 옛날부터 '기원(祈願)의 숲'이라 불리는 기묘한 숲이 있었다. 그렇다고 해서 참배하는 사람은 아

무도 없다. 옛날에는 기묘한 바위의 숲이라며 '기암(奇巖)의 숲'
으로 불렸지만, 재수가 없다며 기원의 숲으로 바꿔 불렀다고
한다.

숲은 크지도 작지도 않고, 깊지도 얕지도 않다. 가장자리를
따라서 걸어도, 둥글지도 네모나지도 않고, 상당히 삐뚤빼뚤하
다. 학교를 오갈 때 다니는 길은 숲의 한군데에 접한다. 거기에
는 크고 작은 바위 두 개가 있고, 그 사이에 한 줄기 외길이 나
있다. 길이라고 해도 제대로 다져진 것은 아니다. 하지만 누가
봐도 그것은 길이었다. 숲으로 들어가는 출입구였다. 그곳의
양쪽에 선 바위가 마치 문지기나 코마이누(狛犬, 신사나 절의 입
구에 세워두는 한 쌍의 석상. 사자나 개와 비슷한 형태를 하고 있다_역
주)처럼 보인다. 기암의 숲이든 기원의 숲이든, 양쪽 다 적절한
이름인지도 모른다.

이 두 바위 사이를 지나면 길은 구불구불 갈지자를 그리며,
정말로 뱀이 기어가는 듯한 느낌으로 숲 속 깊은 곳을 향해 이
어진다. 길의 양옆으로 삼나무, 모밀잣밤나무, 떡갈나무 등이
섞인 울창한 수풀이 마치 벽처럼 우거져서 길의 좌우는 거의
막혀 있다. 앞쪽의 시야도 아주 조금밖에 보이지 않는다. 아마
도 삐뚤빼뚤한 숲의 가장자리를 따라가는 형태로 길이 뻗어 있
는 거라고 생각한다. 이렇게 말하는 이유는 이곳에 몇 번을 와
봐도 숲의 전체 모습을 파악할 수 없다고 할까, 숲 자체에 익숙
해질 수 없는 탓이다.

익숙해질 수 없다는 얘기가 나와서 말인데, 이 숲 속을 걷고

있다 보면 느닷없이 커다란 바위가 불쑥 튀어나와서 놀라곤 한다. 늘 식은땀을 흘린다. 마치 누군가가 길의 저 앞에 숨어서 나를 기다리고 있는 것 같아서 무섭다. 그런 바위가 수풀 사이로 보였다 사라졌다 하기 때문에 누군가가 몰래 엿보고 있는 기분이 든다. 친구들과 함께 가는 것이 아니라면 도저히 들어갈 수 없다. 기원의 숲이란 그런 곳이다.

길은 도중에 갈림길이 몇 번이나 나온다. 어느 길을 골라야 어느 길로 이어지는지, 아직도 기억하지 못한다. 하지만 어느 것을 골라도 결국은 마찬가지다. 마지막에는 그곳에 다다른다.

숲의 한가운데에 휑하니 뚫리듯 펼쳐진, 넓지도 좁지도 않은 풀밭에.

풀밭의 중심에 쟁반처럼 넓적하고 둥근 바위가 있을 뿐, 그밖에는 아무것도 없는 공간에.

처음 숲에 들어가서 이곳까지 왔을 때, 솔직히 어쩐지 섬뜩한 느낌을 받았다. 어떻게 봐도 인간의 손이 닿지 않은 자연 상태인데, 뭔가가 일부러 이런 장소를 만들어놓은 것처럼 생각되었기 때문이다. 문지기로 보이는 두 개의 바위는, 정말로 문지기인지도 모른다. 이 숲은 인간이 결코 들어와서는 안 되는 곳 아닐까.

'들어가면 안 되는 숲.'

그러고 보니 마을의 나이 드신 분들 중에서는 이곳을 그렇게 부르는 이도 있다. 우리 할아버지나 할머니는 그렇지 않아서 나는 그다지 신경 쓰지 않았다. 무섭다고 느끼기는 했지만.

하지만 일단 여러 아이들과 놀 때는 다르다. 우리는 숲의 지형을 이용해서, 숨바꼭질이나 술래잡기, 깡통차기, 다루마가 굴렀다(한국의 '무궁화 꽃이 피었습니다'와 같은 형식의 놀이_역주)를 했다. 매일 논 것은 아니다. 아무리 못해도 대여섯 명 정도 모이지 않으면 그 숲에는 가지 않았다. 아니, 갈 수 없었다. 그 정도가 아니면 노는 걸 떠나, 그 숲에 들어갈 용기가 나지 않았기 때문이다.

여자아이…….

같이 노는 것은 남자아이들뿐. 여자아이와 노는 녀석은 마을에나 있었다. 그건 몸이 약하거나 병치레가 잦은 애들. 그런 녀석은 학교에 가는 것도 힘들고, 가령 다닐 수 있었다고 해도 도저히 기원의 숲에서 놀 수는 없다.

아, 카요는 다르다…….

소꿉친구니까, 여자아이하고는 다르니까 괜찮다.

그날…….

그날은 도무지 애들이 모이지를 않았다. 모두 얼른 집에 돌아가서 일을 거들어야 한다며 줄곧 불평하고 있었다.

하지만 나는 숲에서 놀자고 제안했다. 그날 아침, 집을 나올 때에 들었다. 아버지가 어머니에게 했던 말이 줄곧 마음에 걸렸던 탓이다.

"진조소학교(尋常小学校. 메이지 유신부터 태평양전쟁 전까지 있었던 일본의 초등학교 전신_역주)란 곳은 쓸데없는 곳이야. 졸업하면 바로 가업을 잇게 하겠어."

마을 아이들의 절반 이상이 진조소학교를 졸업한 후에 고등소학교에 들어갔다. 다만 성적이 좋은 사람은 중등교육학교에 간다.

"이시베 군은 공부를 잘하니까, 그보다 상급학교에 가는 편이 좋겠네요."

어느 날의 점심시간, 이시즈카 선생님에게 질문을 하러 갔을 때에 그런 말을 들은 적이 있다. 듣기론·고등소학교는 초등교육이기 때문에 내 경우에는 더욱 수준 높은 상급학교에 가는 편이 좋다는 것이 선생님의 생각이었다.

아주 기뻤다. 너무나 행복했다. 하지만 곧 기운이 빠졌다.

상급학교에 진학하기 위해서는 많은 돈이 든다. 조심조심 학비에 대해서 물어보니, 이시즈카 선생님은 사범학교에 대해 설명을 해주었다. 성적만 우수하면 학비는 무료라고 한다. 게다가 전원 기숙사제인 곳이 많다고 했다.

그래서 나는 포기할 수 없었다. 희망을 갖고 있었다. 아버지를 설득할 필요는 있지만, 어떻게든 될 거라고 생각했다.

그런데 아버지는 내가 없는 곳에서 어머니를 상대로 그런 이야기를 하고 있었다.

그래서 그날 나는 학교에서 곧바로 집에 돌아가고 싶지 않았다. 설령 아버지에게 경을 치게 되더라도 마음껏 놀고 싶었다.

모두 처음에는 그다지 내켜하지 않았다. 하지만 계속 내가 권하자 한 명, 또 한 명씩 고개를 끄덕이기 시작했다. 아무리 부모님의 명령을 들었다고 해도, 집에 돌아가서 일을 거드는 것보다 친구들과 노는 쪽이 당연히 즐겁다. 나중에 벌을 받게 될 것을 알면서도, 놀고 가자고 말하는 사람이 늘어나면 그쪽으로 생각이 기우니 참 우습다.

결국 모두 기원의 숲에 들어갔다.

"꼴찌가 술래!"

문지기 바위를 지난 곳에서 타츠키치가 외쳤다. 그 순간, 모두가 달리기 시작했다.

숲 한가운데의 풀밭 중심에 있는 넓적한 둥근 바위까지 경주를 해서, 꼴찌인 사람이 이제부터 할 놀이의 술래가 되는 것이다. 그 때문에 모두가 필사적으로 뛰었다.

선두로 가는 타츠키치가 제일 유리했다. 다만 도중에 나타나는 몇 개인가의 갈림길을 어떻게 선택하느냐에 따라 순위는 간단히 뒤바뀐다. 게다가 제일 빨리 도착할 수 있는 길의 순서를 아무도 알지 못했다.

몇 번이나 가본 길인데도…….

늘 고개를 갸웃거리게 된다. 복잡하게 얽힌 미로 같은 길이었다. 그래도 보통은 숲에 들어가 노는 동안에 어디가 어딘지 조금씩 파악할 수 있을 것이라고 생각한다. 하지만 아무리 시간이 지나도 전혀 알 수 없었다. 마치 숲이 그날그날에 따라 길을 바꾸고 있는 것만 같았다.

기분 나쁘다…….

그런 생각을 하고 있던 탓인지 꼴찌는 내가 되었다. 무엇을 하고 놀지 잠시 옥신각신했는데, 우선은 술래잡기를 하기로 결정되었다.

넓적한 바위 위에 서서, 나는 열까지 세었다. 그 사이에 모두 도망친다. 물론 숲에서 나가면 안 된다. 나무나 바위 뒤편에 숨어도 안 된다. 늘 길 위에 있어야만 한다.

이 술래잡기에서 술래가 유리한 점이 딱 하나 있다. 누군가를 붙잡아서 그 녀석에게 술래 역할이 넘어갔을 때, 누가 지금의 술래인지를 알고 있다는 점이다. 술래가 교대되는 현장을 보지 못하는 한, 다른 녀석은 이걸 알 방도가 없다.

술래가 아닌 사람은 자신이 술래 역할이 아니라는 것을 말로도 몸짓으로도 드러내서는 안 된다. 그런 규칙이 있다. 처음에는 친구들과 함께 도망쳐도, 이윽고 따로따로 떨어지게 된다. 그러면 곧바로 누가 술래인지 알 수 없게 되어버린다. 그럴 때, 문득 길 저편에서 한 친구가 나타난다.

과연 녀석은 술래일까 아닐까.

저쪽도 이쪽을 의심하고 있다. 아니, 그런 척 위장하고 있을 지도 모른다. 그렇게 해서 방심하게 만들어서 조금씩 다가오다가 갑자기 붙잡으려고 하는 건 아닐까. 그런 생각을 하는 순간이 너무나도 긴장되고 무섭다.

하지만 자신이 술래였다면, 적어도 다음 술래 역할이 누구인지는 안다. 이내 알 수 없게 되지만, 잠시나마 안심할 수 있는 것은 크다.

내가 술래에서 벗어난 지 한동안 시간이 지났을 때였다. 발소리를 죽이고 걷고 있는데, 길 저편에서 타츠키치가 나타났다.

뒤를 돌아 도망치려고 하는데, 저쪽에 히스케의 모습이 보였다. 두 사람 사이에 낀 형국이 되어 나는 망설였다. 멈춰 서서 양쪽에 주의를 기울인다. 그러자 히스케가 신중한 발걸음으로 슬금슬금 은근한 발걸음으로 이쪽으로 다가왔다. 한편 타츠키치는 뒷걸음질로 조금씩 물러서기 시작했다.

나는 히스케 쪽을 보면서 조금씩 뒷걸음질 쳤다. 그 녀석이 이쪽을 향해서 온다면 전속력으로 도망칠 생각이었다.

탁!

누군가 어깨를 때려서 돌아보니, 히죽 웃고 있는 타츠키치가 바로 뒤에 있었다. 히스케에게 정신이 팔린 동안에 몰래 다가온 모양이었다.

"네가 술래야."

그렇게 말하더니 타츠키치는 이미 도망친 히스케와 같은 방향으로 달려갔다.

이런 도박을 강요당하면 타츠키치와 히스케를 도저히 당해낼 수 없다. 딱히 두 사람이 미리 짰던 것은 아니라고 생각한다. 타츠키치가 술래였던 걸 히스케가 알고 있었는지는 알 수 없다. 결국 그런 두 사람 사이에 낀 것 자체가 운이 다한 상황이었다고 할 수 있겠지.

그 자리에서 나는 열까지 세었다.


다른 놀이…….

술래잡기 뒤에는 숨바꼭질을 했다.

숨바꼭질은 당연히 숲 속에 들어가도 된다. 길에 있으면 금방 술래에게 발견되니까.

이 놀이의 경우에는 술래잡기와는 달리 술래에게 전혀 유리함이 없다. 오히려 불리했다. 숨을 장소가 도처에 있었기 때문이다. 게다가 술래가 모두를 발견하지 못하고 항복하면 또 술래가 되어야만 한다. 그럴 때는 정말 울고 싶은 기분이 된다.

가위바위보에서 진 첫 번째 술래는 모두를 찾아냈다. 두 번째 가위바위보를 했더니, 내가 술래가 되었다. 슬슬 날이 저물기 시작할 무렵이어서, 이거 큰일났다고 생각했다. 안 그래도 어두운 숲 속에서 더욱 어둠이 깔려버린다. 숨을 사람에게는 유리하지만, 찾아야 하는 술래에게는 고역이다.

그래도 필사적으로 찾고 있는데, 뜻밖에도 굵은 나무 뒤에서 타츠키치를 발견했다.

"타츠키치, 찾았다!"

이름을 부르자, 타츠키치는 부끄러운 듯이 웃으면서 길로 나오더니…….

"미안한데, 난 이만 빠질게."

미안하다는 듯이 그렇게 말하고는 정말로 돌아가버렸다. 역시 집안일을 완전히 빼먹을 수는 없는 것이겠지. 사정을 잘 아는 만큼 결코 비난할 수 없다.

그렇다고 해도 타츠키치가 없어지는 것은 쓸쓸했다. 그 애가 함께라면 어떤 놀이라도 즐겁다. 조금 흥이 깨지긴 했지만, 마음을 다잡고 다시 친구들을 찾기 시작했다.

"히스케, 찾았다!"

두 번째는 기암의 그늘에 쭈그리고 있던 히스케였다. 그 애도 숨는 데 능숙했기에 나는 뛸 듯이 기뻤다.

"나, 이만 집에 갈게."

히스케 역시 타츠키치처럼 마을로 돌아가버렸다. 집안일이 있으니 어쩔 수 없지만, 갑자기 두 사람이나 빠지는 것은 너무 한다.

당장이라도 숨바꼭질을 그만두고 싶었다. 하지만 술래가 그만둘 수는 없다. 패배를 인정하고 항복하면 끝나지만, 그런 짓은 하고 싶지 않다.

억지로 자신을 고무하며 나머지 친구를 찾기 위해서 숲 속을 걸어 다녔다.

그렇지만 아무리 찾아다녀도 한 명도 발견할 수 없었다. 숨는 것에 능숙한 타츠키치와 히스케 두 사람을 연속으로 찾아낼 수 있었는데, 나머지 친구들을 찾는 데 애를 먹을 줄은 생각도 하지 못했다.

그렇게 생각하던 나는 앗, 하고 소리를 냈다.

그 두 사람은 빨리 돌아가고 싶어서 일부러 들켰던 것은 아닐까. 타츠키치의 부끄러워하는 듯한 웃음에는 그런 의미가 있었던 것은 아닐까.

그러자 이번에는 두 사람이 빠진 것을 깨달은 몇 사람인가가 같이 가자며 바로 돌아갔을 가능성에 생각이 미쳤다. 지금 고지식하게 몸을 숨기고 술래에게 들키지 않으려고 하는 사람은,

어쩌면 한 명도 없을지도 모른다.

"어~이! 아직 숨어 있는 녀석은 있냐!"

그렇게 나는 외쳤다.

"타츠키치하고 히스케가 빠졌으니까, 다른 놀이 하지 않을래?"

사방팔방으로 돌아가면서 계속 외쳤다.

그런데 숲 속은 쥐죽은 듯 고요했다. 어디에서도, 누구에게서도 대답이 없다. 이 숲 속에 있는 것은 나 혼자뿐인 듯한 기분이 들었다.

그 순간 "어~이!"라고 외친 것을 후회했다. 산속에서 "어~이!"라고 부르는 것은 괴물뿐이기 때문이다. 인간은 반드시 "야~호!"라고 외친다. 그렇기 때문에 "어~이!"라는 부름에는 절대 대답해서는 안 된다. 대답을 하면 곧바로 괴물이 찾아온다. 그런 이야기를 어릴 적 잘 때에 할머니에게서 들었다.

……하지만, 여기는 산이 아니다.

그렇게 자기 자신에게 얘기하면서 나는 출구를 향해 걷기 시작했다.

"숨바꼭질은 끝났어. 이제 돌아가자!"

큰 소리로 말하려고 했는데 평소에 이야기하는 소리보다도 작아졌다. 애초에 숲에는 나밖에 없는 것이 아닐까. 누구에게도 양해를 구할 필요는 없다. 그래도 목소리를 낸 것은 이 숲에 나밖에 없다고 인정하는 것이 견딜 수 없이 두려웠기 때문이라고 생각한다.

그렇게 자신을 속이며 길을 나아가고 있는데, 숲 중앙의 풀밭에 도착했다. 숲을 나갈 생각이었는데, 반대로 깊이 들어와버린 모양이었다. 친구들과 같이 돌아갈 때에도 가끔씩 같은 실수를 한다. 그것은 그것대로 즐거웠다. 하지만 혼자일 때는 얘기가 다르다. 게다가 그곳에는 뭔가가 있었다.

여자…….

나가주반(기모노와 비슷한 형태로 겉옷 아래에 입는 흰 속옷_역주) 같은 것만 몸에 걸치고 있는 긴 머리의 여자는, 풀밭 중심에 있는 둥근 바위 위에서 이쪽에 등을 돌린 상태로 웅크리고 있었다.

이웃마을의…….

우리 마을 사람은 모두 알고 있다. 우리 마을 사람은 아닌 듯하다. 대체 이런 곳에서 저 사람은 뭘 하고 있는 걸까.

가만히 움직이지 않는 등을 바라보면서 나는 어느샌가 그 사람을 향해 걷기 시작하고 있었다. 다가가서 말을 걸려고 했던 것일까, 좀 더 가까이에서 보려고 했던 것일까, 스스로도 잘 모르겠다. 무섭지 않았던 것은 아니지만, 곤란에 빠져 있다면 도와줘야만 한다는 친절한 마음도 조금은 있었다고 생각한다.

하지만 그 사람의 모습이 또렷하게 눈에 들어옴에 따라, 나는 후회하기 시작했다.

멀찍이에서는 길고 풍성한 흑발로 비친 머리도 가까이에서 보니 조잡한 직물처럼 흰머리가 섞여 있고, 게다가 제대로 씻지도 않았는지 머리 전체가 지저분했다. 걸치고 있는 엷은 복숭앗빛의 나가주반도 마찬가지라, 가까이 갈수록 퀴퀴한 냄새가 코를 찔렀다.

유랑하는 걸인인가…….

상관하지 않는 편이 좋겠다고 생각한 그때, 비틀비틀하며 그것이 일어섰다.

나는 곧바로 뒷걸음치려 했지만 도무지 발이 떨어지지 않아 도망칠 수 없었다. 어쩐지 좋지 않은 기미를 느끼면서도 어째서인지 그 자리에 멈춰서버렸다.

그러자 그것이 천천히 뒤돌기 시작했다.

저도 모르게 눈을 질끈 감을 뻔했지만 필사적으로 참았다. 그런 짓을 했다간 틀림없이 끝장이다. 그런 것보다, 어서 도망쳐야 한다. 뒤로 돌아서 쏜살같이 풀밭에서 나간다. 그대로 숲에서 빠져나가야 한다고 생각했다.

하지만 발이 떨어지지 않았다. 풀밭에 뿌리라도 내린 것처럼 전혀 꿈쩍도 하지 않는다.

그런데다 조금도 보고 싶지 않은데도 돌아보려고 하는 **그것**에서 눈을 뗄 수 없었다.

무서워서 절망적인 기분에 빠지면서도, 아직 호기심이 남아 있었다. 그런 이상한 상태로, 나는 정통으로 그것과 마주하려는 순간이었다.

이제 조금만 더 있으면 완전히 돌아보게 된다. 아직 머리카락에 가려져 있는 그것의 얼굴을, 정면으로 바라보게 된다. 그때 나는 어떻게 될까.

거기까지 생각이 닿은 순간, 나는 달리기 시작했다. 풀밭의 가장자리에 보이는 길을 향해 필사적으로 뛰고 있었다.

사실은 멈춰 서지 말고 숲에서 빠져나갈 때까지 달려야 했다. 하지만 풀밭에서 나갔을 때에 꼭 확인하고 싶었다. 호기심을 억누를 수 없었다. 그래서 자기도 모르게 돌아보고 말았다.

풀밭의 한가운데에 있던 것은⋯⋯.

⋯⋯와레온나였다.

눈처럼 새하얀 무표정한 얼굴에 넓은 이마. 조금 치켜 올라간, 길게 찢어진 두 눈. 작지만 오뚝한 코. 반들반들한 두 뺨. 작지만 기품 있는 입술. 작고 갸름한 턱을 멀리에서도 알아볼 수 있다. 전부 손질되지 않은 머리카락과는 정반대의, 아름다운 얼굴이었다.

다만 얼굴을 세로로 가로지르는, 삐뚤빼뚤하게 뒤틀린 금이 없었을 경우의 이야기지만.

와레온나⋯⋯.

처음에 든 생각은 할머니의 옛날이야기 속뿐만 아니라 실제로도 있었구나, 였다. 그 놀라움이 너무 커서 나는 그 자리에 멍하니 못 박혀 있을 뿐이었다.

막 가라앉으려고 하는 저녁 햇살을 뒤집어쓰며 흐릿하게 주홍빛으로 물드는 풀밭의 한복판에서, 천천히 와레온나가 앞으로 기울었다.

쓰러진다!

그런 모습을 보인 직후, 와레온나가 이쪽을 향해 뛰기 시작했다. 그 모습이 정말로 섬뜩했다. 머리부터 아래의 몸은 움직이고 있는데, 얼굴만이 고정되어 있다. 좌우로도 전후로도 미동도 하지 않는다. 똑바로 내 쪽을 향하고 있다. 그런 기괴한 모습으로, 이쪽을 향해 육박해왔다.

와레온나가 풀밭을 반쯤 지났을 즈음에야 간신히 내 머리가 정상적으로 움직이기 시작했다. 이곳에서 서둘러 도망치자는 명령이 간신히 두 다리에 도달했다는 듯이.

저것에 붙잡혔다간…….

어떻게 될지를 생각하는 것만으로 등줄기가 오싹해지며 떨리기 시작했다. 숲 속의 길을 죽어라 달리고 있는데도 등이 시려서 견딜 수 없다.

금방 갈림길이 나타났다. 여기는 오른쪽으로 가야 한다. 자신감이 있었음에도 다시 풀밭으로 돌아가면 어떡하나 하는 상상만으로 울음이 터질 것 같았다.

다음 갈림길은 왼쪽으로 나아갔지만 그다음에서 망설였다. 오른쪽인 듯한 기분이 든다. 하지만 확실치 않다. 결정을 내리지 못하고 있는 동안, 뒤쪽에서 발소리가 다가왔다.

탁탁탁탁탁…….

황급히 돌아보자, 굽어 있는 길 너머에서 펄럭펄럭하고 나가주단의 앞섶을 풀어헤치고 앙상한 두 맨다리를 드러내 보이면서 전속력으로 달려오는 와레온나의 모습이 보였다.

126

나는 곧바로 왼쪽 갈림길로 뛰어들고서 전력으로 달렸다. 그건 그렇고 그때 난 어째서 왼쪽을 선택했던 걸까. 그 탓에 나는 다시 한 번 그 풀밭으로 돌아가게 되었다.

이럴 수가…….

두 다리의 힘이 빠져서 그 자리에 털썩 주저앉을 뻔했다. 하지만 조금 전보다도 가까이에서 들리는 발소리를 들은 순간, 나는 다시 달리기 시작했다.

첫 갈림길은 오른쪽, 다음은 왼쪽, 그다음은 오른쪽을 고른다. 그 뒤에도 갈림길이 나올 때마다 올바른 선택을 했는지, 점점 숲의 중심에서 벗어나고 있는 기분이 들었다.

부디 이대로 무사히 숲을 빠져나갈 수 있기를…….

그렇게 빌면서 달렸는데도, 오른쪽 발에 뭔가에 걸려서 앞으로 고꾸라졌다. 오른쪽 팔과 왼쪽 무릎이 까졌다. 그 아픔을 느끼면서도 급히 뒤쪽으로 고개를 돌렸다.

곧바로 와레온나가 나타났다. 내가 쓰러져 있는 것을 알아차리고 스으윽, 하고 무표정인 얼굴만을 앞으로 내미는 것이 보였다. 마치 거북이 목처럼.

얼굴을 세로로 가로지르는 삐뚤빼뚤한 균열에, 엷은 주홍빛이 비친다. 저것은 피일까. 그건 그렇고 얼굴이, 왜 저런 식으로 깨진 것일까.

쓸데없는 생각을 하는 동안에 이미 와레온나는 코앞까지 다가왔다.

이대로는 붙잡힌다. 초조해진 나는, 엉금엉금 기어서 길옆의 덤불 속으로 도망쳤다. 그리고 커다란 기암의 뒤편까지 이동해서 가만히 몸을 숨겼다.

이런 곳에 숨어봤자 들키는 것은 시간문제다.

빤히 알면서도 어쩔 도리가 없었다. 쓰러진 것, 다친 것, 쫓긴 것으로 내 기력은 꺾여 있었다.

그런데 시간이 지나도 소리가 나지 않는다. 와레온나가 덤불을 헤치는, 버석버석 하는 소리가 전혀 들려오지 않는다.

조심조심 바위 뒤편에서 엿보니, 그것이 덤불 너머에 서 있었다. 길에서 한 걸음도 나오지 않은 듯 보인다.

길 밖으로는 나오지 못하는 건가?

설마 하고 생각했지만, 내가 일어나서 바위 뒤편에서 나와 울창하게 우거진 나무 사이를 나아가도 와레온나는 움직이지 않았다. 아니, 섬뜩한 얼굴만은 다르다. 내 뒤를 쫓는 것처럼 스르륵 고개만 비틀고 있다.

숲 속의 길은 이용하지 말고 나무나 덤불, 혹은 기암 사이를 가로지르며 도망치자.

말만큼 간단하지 않았지만, 저것에 쫓기는 것보다는 낫다. 그래서 나는 숲 속을 억지로 나아갔다. 그러는 동안 방향이 맞는지 어떤지, 몹시 불안해지기 시작했다. 밖으로 향하고 있다고 생각했는데 숲 속으로 돌아가고 있다면. 상상만 해도 끔찍하다.

멈추지 않고 도망치면서도 필사적으로 주위를 둘러보았다. 그러자 숲의 나무들 너머로 비쳐드는 불그스름한 석양의 잔재를 깨달았다. 그것으로 단숨에 동서남북을 짐작할 수 있게 되었다. 그 뒤로는 숲의 출구를 향해 어떻게든 막무가내로 나아갔다.

이윽고 숲을 빠져나올 수 있었다. 그곳은 신케이 저택이 눈앞에 보이는 장소로, 평소에 학교를 오가는 길 근처였다.

안도하면서 통학로로 나갔더니, 숲의 문지기 바위 옆에 **그것**이 기다리고 있었다.

내가 고생해서 숲 속을 빠져나오는 동안에 앞질러왔던 것이다. 이래서는 와레온나의 옆을 지나가지 않는 한, 도저히 마을로 도망칠 수 없다.

어떡할까 하고 초조해하고 있자, 이쪽을 알아차린 와레온나가 일직선으로 다가왔다.

한순간 다시 숲으로 숨어들까 하고 생각했다. 하지만 그런 짓을 했다간 거기서 밤을 맞게 된다. 새까만 숲 속에서 혼자서 밤을 지새워야만 한다. 아무리 와레온나가 들어오지 못한다고 해도, 이런 곳에서 노숙하긴 싫다.

곧바로 나는 신케이 저택 쪽으로 향했다. 아는 사람은 아무도 없다. 하지만 이렇게 되면 도움을 청할 수밖에 없다.

기원의 숲과 저택 사이에 펼쳐진 논의 논두렁길을 열심히 달렸다. 젖 먹던 힘까지 쏟아낼 생각으로, 죽기 살기로 달린다. 그러자 뒤에서 쫓아오는 소리가 들리기 시작했다. 무시무시한 기세로 다가오는 것이 있다. 뒤를 돌아 확인하고 싶다. 하지만 그럴 짬은 없다. 그 정도로 저것의 기척이 순식간에 가까워지고 있다.

이젠 틀렸어…….

포기하려던 때, 신케이 저택을 둘러싼 벽 한 곳에 설치된 작은 나무문이 문득 눈에 들어왔다.

저기다!

나는 정신없이 달렸다. 숲의 나무나 기암보다도 든든한 방파제가 바로 저기에 있다. 저곳으로 뛰어들어 문을 닫기만 하면 분명히 와레온나로부터 도망칠 수 있다.

만일 저 문이 열리지 않는다면…….

문득 무서운 상상이 머리를 스친다. 하지만 이젠 도박을 할 수밖에 없다. 두 다리는 무겁고 아프다. 언제 넘어질지 모른다. 숨도 가빴다. 이대로 있다가는 와레온나에게 따라잡히는 건 시간문제다. 논두렁길 끝에 보이는 작은 나무문만이 유일한 희망이었다. 그래서 나는 똑바로 달려갔다.

꽝!

어깨에 격통이 퍼진다. 정통으로 부딪친 아픔을 견디며 필사적으로 손잡이를 움켜쥐고 옆으로 민다. 움직이는 것이 느껴진 순간, 문이 안쪽으로 열렸다. 그 안에 들어가는 것과 동시에 재빨리 문을 닫고, 손잡이를 원래대로 돌려놓으며 나무문을 잠갔다.

꽝! 쿵! 쿵!

미친 듯이 나무문을 두드리는 소리가 벽 너머에서 울려 퍼진다.

"아아아아아아야아아아아우오오오오오!"

미친 듯이 울부짖는 소리가 벽 밖을 진동시킨다.

너무 무서웠던 나머지, 그 자리에서 나는 부르르 떨었다. 당장이라도 나무문이 박살나고 괴성과 함께 **그것**이 들어오는 장면이 머릿속에 떠올라서 겁에 질렸다.

당황하며 주위를 둘러보니, 조금 떨어진 벽 근처에 커다란 돌이 굴러다니고 있었다. 그 돌을 안아들고 비틀거리며 운반해서 문 앞에 내려놓았다. 이렇게 해놓으면 잠긴 문고리가 부서지더라도 금방 나무문을 열 수 없을 것이다. 와레온나가 문을 통과하는 데 시간을 들이는 동안, 충분히 도망칠 수 있다.

정신이 들고 보니, 어느새 나무문 너머가 조용해져 있었다. 문에 귀를 대고 눈치를 살펴도, 전혀 아무런 기척도 없다.

포기했나?

그렇다고 해도 여기에서 나가는 것은 싫다. 벽 너머의 어딘가에서 그것이 기다리고 있을지 모른다.

나는 그때서야 처음으로 신케이 저택의 부지 안을 찬찬히 둘러보았다. 나무문으로 뛰어 들어왔을 때는 그럴 경황이 없었다. 문을 누르는 데 쓸 커다란 돌이 눈에 띈 것 말고는 거의 아무 것도 보이지 않았던 것이나 마찬가지다. 하지만 지금은 다르다. 자신이 대체 어떤 장소에 침입한 것인지, 간신히 주위에 눈을 돌릴 여유가 생기기 시작했다.

그곳은 저택의 뒤편인지, 몇 개나 되는 곳간이 늘어서 있었다. 어느 곳간 문에나 자물통이 달려 있는 것이, 마치 침입자인 나를 거절하고 있는 듯해서 금세 마음이 무거워졌다. 그래도 하나씩 둘러보며 걷는 동안, 어느 곳간 뒤편에 있는 우물을 발견했다.

저런 곳에…….

이상한 장소에 있는 우물이라고 생각했다. 하지만 엄청나게 목이 말랐다. 곧바로 곳간과 곳간 사이를 지나서 부지의 구석으로 나갔다. 하지만 가까이 다가가니 우물에는 정작 두레박이 없음을 깨닫고 실망했다. 혹시나 하고 우물 아래쪽을 엿보았더니 아니나 다를까, 그곳은 마른 우물이었다. 바닥에는 흙이 채워져 있을 뿐 물 같은 건 한 방울도 없었다.

본채 쪽에 가서 마실 물을 부탁하자.

나는 그렇게 태평스럽게 생각했다. 하지만 여러 개의 곳간이 다시 눈에 들어온 순간, 나는 어라, 하고 생각했다. 여기가 어떤 곳인지 행동하기 전에 충분히 살펴보는 편이 좋다.

이 정도로 많은 곳간을 가지고 있는 집은 좀처럼 없다. 즉 이웃마을에서도 이곳은 상당한 유력자의 집으로 알고 있다. 그런 저택에 내가 몰래 들어와버렸다. 물론 이유를 제대로 설명하면 괜찮을지도 모른다. 하지만 이쪽의 말 같은 건 전혀 듣지 않고, 우악스럽고 무섭게 생긴 고용인에게 두들겨 맞을 우려도 있다. 그런 위험이 전혀 없는 것은 아니다. 오히려 그럴 가능성이 높다고 각오해야 하는 것은 아닐까.

도움을 청할 상황이 아니다.

도저히 본채에는 갈 수 없다고 생각했다. 이대로 누군가에게 들키지 않고 몰래 빠져나가는 수밖에 없다. 다행히 이 저택의 누구도 와레온나의 소란은 알아차리지 못한 듯하다. 저 비명소리가 들렸더라면 지금쯤 나무문 안팎으로 사람이 몰려들었을 것이다. 그렇다고 해서 집을 비운 것도 아닌 듯하다. 저택 방향에서는 흐릿하게 인기척이 느껴진다.

벽을 따라 똑바로 나아가면서 출입구를 찾아 그곳으로 도망치자.

탈출 방법을 생각하면서 곳간 앞쪽까지 돌아오자, 저택 방향에서 걸어오는 인물의 형체가 눈에 들어왔다. 서둘러 숨으려고 했지만 이미 늦었다.

들켰다!

자기도 모르게 몸을 움츠리며 그 자리에서 굳어버렸다. 그러나 다음 순간, 나는 "으악!" 하고 비명을 질렀다.

그 인물은……, 와레온나였다.

대체 어떻게 이곳까지 들어온 것일까.

누구에게도 들키지 않고 어떻게 이렇게 깊숙이 침입할 수 있었던 것일까.

한순간, 바로 근처에 출입구가 있는 것은 아닐까 하고 나는 기뻐할 뻔했다. 그러나 그렇다면 밖에서 벽 전체를 보았을 때에 눈에 들어왔을 것이다. 하지만 나에게는 나무문밖에 보이지 않았다. 역시 출입구는 정문 가까이에 있는 것이 아닐까.

그렇다면 와레온나는 어떻게 들키지 않았던 것일까. 어쩌다 누구의 눈에도 띄지 않았던 것일까. 아니면 이것은 아이를 납치하는 마성의 존재이기에 어른에게는 보이지 않는 것일까.

조금씩 다가오는 와레온나를 앞에 두고, 내 머리는 혼란에 빠졌다. 하지만 그런 생각을 하고 있을 상황이 아니라고 뒤늦게나마 깨달았다.

도망쳐야 해…….

곧바로 나무문까지 돌아가려고 했다. 그러나 의외의 재빠른 움직임으로 와레온나가 나와 나무문 사이를 막아섰다. 본채를 향해서 뛰려고 해도, 마찬가지로 앞길을 가로막힐 위험 때문에 불가능했다.

남은 것은…….

필사적으로 등 뒤를 살펴봐도, 그곳에는 튼튼한 자물통이 채워진 곳간들뿐이다. 도망가는 것은 도저히 무리였다.

곳간 주위를 뛰어서 도망 다닐 수밖에 없다.

하지만 몹시 지쳐 있었다. 다시 와레온나와 술래잡기를 했다간 결국 따라잡히고 말 것이다.

틀렸어…….

절망에 빠질 때, 어느 곳간이 눈에 들어왔다. 문에 자물통이 보이지 않는다. 잠겨 있지 않다. 다시 한 번 다른 곳간들도 살펴봤지만, 문에 자물통이 채워지지 않은 것은 그 곳간뿐이다.

하늘이 주신 기회다!

나는 잠기지 않은 문을 향해 뛰기 시작했다. 등 뒤에서 곧바로 그것이 따라오는 것을 알 수 있었다. 하지만 내 위치가 곳간에 더 가깝다. 이 거리라면 도망칠 수 있다. 자신감을 가지고 안도했을 때, 문득 불길한 생각이 머리에 떠올랐다.

이것은 할머니가 해주신 '있는데도 없는 저택' 이야기의 미닫이문과 마찬가지 아닐까.

그 이야기에서는 신기한 긴 복도에 몇 개나 되는 미닫이문들이 늘어서 있었다. 하지만 그중 하나에는 자물통이 채워지지 않았다. 그럼에도 불구하고 처녀는 그 문을 열지 않기는커녕, 그런 문은 없다고 부정했다. 그곳에 보물이 숨겨져 있다고 생각한 친구는 밤중에 혼자 문 안을 확인하러 갔고, 그대로 돌아오지 않았다.

딱 하나 잠겨 있지 않은 문…….

너무나도 비슷하다. 저곳으로 도망쳐 들어가도 정말로 괜찮을까. 들어가면 두 번 다시 나올 수 없는 것은 아닐까.

불현듯 그런 불안에 사로잡혔다. 하지만 달리 선택할 길이 없다. 망설이며 달리느라 속도가 떨어지는 동안에도 뒤에서 그것의 기척이 육박해온다.

에라, 모르겠다!

마음속으로 외치면서 나는 단숨에 곳간까지 달려갔다. 그리고 문에 손을 댔다. 하지만 무거워서 열리지 않는다. 가진 온 힘을 짜내서 당긴다. 그러자 조금씩이지만 열리기 시작했다. 어떻게든 자기 몸이 들어갈 만큼 열고, 그 틈새로 재빨리 몸을 집어넣는다. 곧바로 닫으려고 했지만, 역시 무거워서 좀처럼 움직이지 않는다. 그래도 이를 악물고 잡아당기자 간신히 닫혔다.

안도한 것도 잠시, 안쪽에서 문을 잠글 수 없음을 깨닫고 깜짝 놀랐다. 곳간이니까 당연한 일이지만, 나는 저도 모르게 울먹였다. 여기까지 도망쳐왔는데, 결국에는 스스로를 독안에 든 쥐로 만들었을 뿐이다.

……숨을 수밖에 없어.

두 눈을 질끈 감아서 눈물을 짜내고, 곳간의 구석으로 향한다. 포기하기에는 아직 이르다. 이 곳간 안에서 와레온나의 추적을 피하면 된다. 그렇게 생각을 고쳐먹은 것에 스스로도 놀랐다. 내 안의 어디에 이 정도의 근성이 숨겨져 있던 것일까.

다만 창고 안은 칠흑처럼 깜깜했다. 문이라고는 반대편 벽 위쪽에 쇠로 된 격자 창문이 보인다. 그 문이 열려 있어서 바깥의 달빛이 비쳐들고 있다. 그렇다고 해도 너무 어두워서 곳간 안을 둘러보는 데는 거의 도움이 되지 않았다. 그래서 손으로 더듬어가며 나아갈 수밖에 없다. 그렇게 하면서 자신의 몸을 감출 수 있는 장소를, 나는 필사적으로 찾았다.

이윽고 왼손이 고리짝 같은 것을 건드렸다. 두 손으로 뚜껑을 열고 안을 살펴보니 옷이 들어 있는 감촉이 느껴졌다. 간신히 어둠에 익숙해진 눈이 조금 앞에 있는 낡은 서랍장을 발견했다. 소리를 내지 않도록 서랍을 열어보니 다행히 비어 있었다. 서둘러 고리짝까지 돌아가서 옷을 한 아름 꺼냈다. 그리고 서랍장까지 옮겨서 집어넣는다. 옷이 거의 남지 않을 때까지 그것을 몇 번이나 반복했다. 그런 뒤에 빈 고리짝 안에 들어가서 몸 위에 남은 옷들을 덮고 뚜껑을 닫으려고 하는데, 좀처럼 닫히지 않았다. 몇 번이나 시도하는 도중에 문 쪽에서 소리가 났다. 저것이 들어오려 하고 있다. 이제 거의 시간이 없다.

이번에 닫히지 않으면 끝장이다.

그렇게 각오한 순간 짝, 하고 뚜껑이 닫혔다. 그 직후, 곳간의 문이 완전히 열리는 소리가 들렸다. 그야말로 종이 한 장 차이였다.

다만 밖에서 봤을 때에 그것이 자연스럽게 보일지 어떨지는 다른 얘기다. 게다가 뚜껑이 열렸을 때에 옷만 들어 있는 것으로 보일지 어떨지는 알 수 없다. 몹시 불안했지만 이 이상은 어쩔 방법이 없다.

어쨌든 숨을 죽이고 꼼짝 않고 있었다. 하지만 와레온나가 들어오는 기척이 언제까지나 전혀 나지 않았다.

뭘 하고 있는 거지…….

쥐죽은 듯 고요한 곳간 안의 공기가 점점 견딜 수 없이 느껴진다. 저것이 뭘 하고 있는지 알 수 없다는 것이, 이 정도로 두려우리라고는 생각도 하지 못했다.

……설마, 가지고 놀고 있는 건가?

문득 믿기지 않는 가능성이 머리에 떠올랐다.

곳간으로 도망쳐온 자신을, 곧바로 와레온나가 쫓아왔다면 고리짝에 숨을 짬 따윈 전혀 없었을 것이다. 어쩌면 저것은 일부러 천천히 창고까지 걸어온 것이 아닐까. 그렇게 해서 나에게 숨을 시간을 주었다고 한다면.

술래잡기 다음에는 숨바꼭질을 할 생각으로…….

하지만 조금 전의 술래잡기도 이번의 숨바꼭질도, 잡히거나 들킨다고 해서 이쪽이 술래가 되는 게 당연히 아니다. 술래는 어디까지나 와레온나고 나는 아무리 발버둥 쳐도 희생자 역할 뿐이다.

고리짝 안에서 몇 장이나 되는 옷으로 온몸으로 덮은 채로 나는 떨고 있었다. 계절이나 곳간 안의 싸늘한 공기 탓만은 아닐 것이라 생각한다. 자신이 목숨을 건 놀이에 말려들었다고 생각한 것만으로 오한을 느끼고 있었다.

들키지 않기를. 들키지 않기를. 들키지 않기를…….

마음속으로 몇 번이나 같은 문구를 왼다. 한 번이라도 많이 되뇌면 그 소원이 이루어진다고 믿고 싶었다. 그래서 나는 열심히 그렇게 되뇔 수밖에 없었다.


……뭔가 소리가 들린 기분이 들었다. 앗, 하고 귀를 기울여 보니, 곳간의 문 쪽에서 이상한 가락을 붙인 노래 같은 것이 들리고 있다.

와레온나의 노래…….

그렇게밖에 생각되지 않았다. 그렇다고 해도 대체 저것은 무슨 노래를, 저렇게 몇 번이고 몇 번이고 하는 것일까. 가만히 귀를 기울이는 동안에 조금씩이나마 가사를 알 수 있게 되었다. 하지만 지금까지 한 번도 들어본 적 없는, 정말로 기묘한 노래였다.

아아아, 곳간의 어둠, 그 속에서,

붙잡은 것이 생쥐라면 도망칠 수 있겠지.

건드린 것이 약상자라면 도움이 오겠지.

움켜쥔 것이 격자라면 이젠 끝장이라네.

아아아, 곳간의 어둠, 그 속에서…….


생쥐와 약상자는 틀림없었지만 세 번째의 '격자'가 잘 안 들렸다. 겨자나 적자로도 들렸지만, 둘 다 어울리지 않는다. '움켜쥔 것'이라는 가사에서 격자가 아닐까 하고 추측했는데, 어째서 생쥐와 약상자라면 무사하고 격자는 안 되는 것일까.

이 노래라고도 생각되지 않는 이상한 가사를 듣는 동안, 이것은 나의 운명을 노래한 것이라는 생각이 점점 강하게 들었다.

붙잡은 것이 생쥐라면 도망칠 수 있겠지.

이 경우, 도망치는 것은 쥐가 아니다. 아마도 나다. 내가 도망칠 수 있다. 그러게 말하는 것처럼 들렸다. 하지만 쥐를 붙잡지는 않았다. 약상자도 건드리지 않았다.

고리짝에서 나와 그 두 가지를 찾아야 할까. 아니면 기묘한 노래는 나를 꾀어내기 위한 술책일까. 어쨌든 격자를 움켜쥐는 행동만은 절대 하지 않기로 마음먹었다.

정신없이 생각하는 동안에 노랫소리는 꽤 깊숙한 곳까지 들어와 있었다. 도중에 부스럭부스럭 하는 소리가 몇 번이나 나는 것은, 저것이 곳간 안의 잡동사니를 헤집으며 나를 찾고 있기 때문일 것이다. 물론 그 모습은 보이지 않지만, 전해오는 기척으로 추측하기로는 상당히 정성 들여 찾고 있는 듯했다. 숨바꼭질 놀이를 즐기고 있다기보다, 혈안이 되어 나를 찾고 있다는 느낌이 들었다.

부디 들키지 않기를.

다시 마음속으로 외기 시작하는데, 기분 나쁜 노랫소리가 고리짝 앞에서 딱 멈췄다.

이럴 수가…….

다음 순간 쓱쓱쓱, 하며 뚜껑을 벗기고, 그대로 아무렇게나 내던지는 소리가 났다. 그런 뒤에 한 장, 또 한 장, 이번에는 옷이 내던져지기 시작했다. 결코 서두르지 않고 한 장씩, 옷이 줄어들어가는 것을 알 수 있다.

혹시 내가 이 고리짝 안에 있는 것을, 와레온나는 이미 알고 있는 게 아닐까. 그래서 오랫동안 공포를 맛보게 만들려고 천천히 옷을 치워가는 것은 아닐까.

또 한 장, 또 한 장, 하고 옷이 치워져간다. 조금만 더 있으면 마지막 한 장이다. 내가 두 손으로 꾹 쥐고 있는 옷. 이것이 치워지면 들켜버린다.

꾹, 하고 옷감이 잡아당겨지자마자 나는 벌떡 몸을 일으킨다. 그것과 동시에 쥐어져 있던 옷을 와레온나의 얼굴에 덮어씌운다. 그리고 상대의 시야를 빼앗은 틈을 타서 쏜살같이 문까지 도망칠 생각이었다. 그것이 눈 깜짝할 사이에 내가 세운 작전이었다.

그러나 집어던진 옷의 무늬가 곳간 위쪽 창문에서 비쳐든 달빛에 흘끗 보인 순간, 나는 몸을 일으킨 상태에서 그대로 굳어 버렸다.

고리짝 안에서 내가 쥐고 있던 옷은, 격자무늬였다.


움켜쥔 것이 격자라면 이젠 끝장이라네.

와레온나의 노래는 이걸 말하는 것이었나. 하지만 고리짝 안에 들어 있는 옷의 무늬를 어떻게 알고 있던 걸까. 거기에 내가 숨고, 그 옷을 덮고, 격자무늬를 손에 쥘 것을 어째서 알고 있던 것일까.

운명…….

오늘 기원의 숲에서 논 것도, 그곳에서 홀로 남겨졌던 것도, 와레온나와 만났던 것도, 신케이 저택으로 도망친 것도, 이 곳간에 들어온 것도, 고리짝에 숨은 것도, 격자무늬 옷을 덮은 것도, 전부 예전부터 정해져 있던 내 운명인지도 모른다. 절망감이 엄습했다.

그렇다면 도망칠 수 없다…….

아무리 발버둥 쳐도 자신의 운명을 바꿀 수 없는 게 아닐까. 결국 받아들일 수밖에 없는 게 아닐까.

거의 포기 단계에 이르렀을 때, 와레온나에게 덮어씌운 옷이 스륵 떨어졌다. 이어서 그것의 하얀 얼굴이 툭, 하고 벗겨졌다.

그 아래에 나타난 것은…….

와레온나의 진짜 얼굴을 본 순간, 나는 절규했다. 그 얼굴이 주우욱, 하고 다가왔을 때에는 정신없이 고리짝에서 뛰쳐나가고 있었다.

문으로 향하려고 했지만, 와레온나를 지나쳐야만 한다. 그런 짓을 했다간 분명히 잡혀버린다.

아니, 이미 그것은 내가 아는 와레온나가 아니었다. 더 무서운 **그것**이다.

눈이 익숙해진 어두운 곳간 안에서, 나는 필사적으로 주위를 살폈다. 그러면서도 조금씩 그것으로부터 떨어졌다. 하지만 도망칠 곳이 없다. 게다가 저것도 곧장 거리를 좁혀들었다. 이대로라면 언젠가 곳간의 구석에 몰리게 될 것이 뻔하다.

그때 키 큰 약서랍장 뒤편에 계단 같은 것이 보였다. 서둘러 다가가보니, 구석에 위로 뻗은 계단이 보였다.

2층이다.

그곳밖에 도망칠 길이 없다. 아무렇게나 쌓여 있는 크고 작은 물건들 사이를 지나면서, 나는 계단을 향해 움직였다. 등 뒤에서 그것이 천천히 쫓아온다. 더 이상 서두를 필요가 없기 때문일까. 하지만 나는 계단을 뛰어올라갔다. 조금이라도 시간을 벌기 위해서.

곳간의 2층은 1층의 4분의 1 정도의 넓이였다. 그 세 군데의 벽면에는 몇 개의 함롱이 쌓여 있다. 마치 함롱으로 만들어진 계단처럼, 위쪽으로 갈수록 숫자가 줄어드는 형태로 쌓여 있다. 그것 말고는 아무것도 없다. 계단 옆부터 뒤쪽 벽에 접한 상부의 창문까지 회랑 같은 통로가 뻗어 있는 정도다. 단 그 복도는 막다른 길이었다. 환기와 채광용 창문에는 튼튼한 쇠 격자가 있어서 나갈 수 없다.

어느 함롱을 열자 인형이 빽빽이 채워져 있다. 다른 함롱에는 무시무시한 숫자의 가면이 들어 있다. 그밖에도 털공, 옷감, 놀이용 나무채, 머리장식, 짚신, 거울, 바람개비, 빗, 공기, 풍령 같은 물건들이 어느 함롱에나 잔뜩 들어 있다. 그 숫자들은 비정상적이었다. 털공도 한두 개라면 모르지만, 이렇게나 많으면 오싹하다.

끽, 끽, 끽, 끼익…….

그것이 계단을 올라온다. 얼른 숨어야만 한다. 하지만 1층의 고리짝에서 그랬던 것처럼 함롱의 내용물을 다른 곳으로 옮길 짬이 없다.

나는 미친 듯이 남아 있는 함롱의 뚜껑을 차례차례 열어젖혔다. 그러나 어느 곳이나 뭔가가 꽉 차 있었다. 자기도 모르게 절망에 빠지려 할 때, 완전히 비어 있는 함롱을 발견했다. 정면의 벽 제일 위에 쌓인 함롱이었다.

잽싸게 안에 들어가서 뚜껑을 닫기 직전, 흘끗 본 계단 입구에서 쑤욱, 하고 엿보는 그것의 얼굴이 눈에 들어왔다.

들켰다…….

살아 있어도 산 것 같지가 않았다. 하지만 어찌할 방도가 없다. 가만히 숨을 죽이고 들키지 않기를 기도할 수밖에 없다.

팡! 팡!

이윽고 함롱이 난폭하게 닫히는 소리가 들리기 시작했다. 아마도 함롱 뚜껑을 들어올리고, 그 안에 내가 없는 것을 알고는 손을 떼는 것이겠지.

팡! 팡! 팡!

무시무시한 소리가 울릴 때마다, 그것의 분노가 증가하는 것 같아서 몹시 두렵다. 게다가 그 소리는 정면 차츰 내가 숨은 쪽으로 다가오고 있다.

나는 드러누운 상태로 두 눈을 감고, 두 손을 가슴 앞에 모으고 열심히 마을의 우지가미 님에게 기도했다. 반복해서 열심히 기도했다. 그러자 미약하게나마 주위가 밝아졌다. 신령께서 도우러 와주신 것이다.

기뻐하며 눈을 뜨자, 함롱의 뚜껑을 열고 **그것**이 들여다보고 있었다. 그리고 나를 덮어 누르듯이 그것이 안으로 들어왔다. 차가운데도 따뜻한, 깡말랐는데도 푹신푹신한 기분 나쁜 그것의 몸이 나를 눌러온다. 그리고 뚜껑이 닫히고, 그것과 함께 나는 새까만 공간에 갇혔다.


그것은 함롱 속에서······

아아아아아아아아아아아아아아아아앗!

······하아, 하아, 하아, 하아.

······응. 이제 괜찮아.

제대로 이야기할 수 있어.

······정신이 들고 보니 암흑 속에 있었다. 몸이 싸늘히 식어 있었다.

나는 죽었구나······라고 그때는 생각했다.

무섭다기보다 너무나 슬펐다. 할아버지나 할머니와도, 아버지나 어머니와도, 카요나 타츠키치나 시노즈카 선생님과도 더이상 만날 수 없다고 생각하니 견딜 수 없이 괴로웠다.

한동안은 울었다.

하지만 그러는 동안에 생각하기 시작했다. 간신히 머리가 돌아가기 시작했다.

어쩌면 나는 어딘가 어두운 곳에 있는 것뿐일지도 모른다.

조심조심 밖으로 나와 보니 그곳은 곳간의 2층이었다. 정면의 벽에 쌓인 맨 위의 함롱에서, 나는 기어 나온 듯하다.

어라…….

그 찰나, 모든 것을 떠올렸다. 황급히 주위를 둘러본다. 하지만 어디에도 그것은 없다.

살았다…….

그 뒤에 어떻게 된 것일까, 조금도 기억하지 못한다. 그것은 아무것도 하지 않은 걸까. 그런 상태가 된 것으로 만족했던 것일까. 그렇다면 무엇을 위해서 나를 쫓아다닌 것일까. 지금 어디에 있는 것일까.

마지막 의문이 머리를 스쳤을 때, 오싹해졌다. 갑자기 돌아올지도 모른다. 얼른 도망치는 게 좋겠다.

나는 계단을 내려와서 소리를 내지 않도록 조심조섬 곳간 안을 지나서, 문을 통해 밖으로 나왔다.

아름다운 달밤이었다. 자기도 모르게 멍하니 바라보았다.

가만히 바라보는 동안에 왠지 모르게 다시 무서워지기 시작했다. 진짜 달이라고 생각하고 올려다보았는데, 실은 전혀 다른 것이라고 깨달아버린 것처럼……

그 섬뜩하고 기묘한 느낌은 눈앞의 곳간들에도 있었다. 이곳에 달려 들어왔을 때에 봤던 곳간과 어딘지 모르게 묘하게 다른 기분이 머리에서 떨어지지 않는다.

뭐지, 이건…….

어쨌든 이곳을 얼른 나가는 게 좋겠다. 그렇게 생각하고 나무문까지 달려갔지만, 손잡이가 꿈쩍도 하지 않는다. 아무리 힘을 줘도 전혀 움직이지 않는다.

뭔가 장치라도 있는 것일까?

생각해보면 이 나무문은 곳간 근처에 설치되어 있다. 각각의 곳간에는 자물통이 채워져 있기는 하지만, 밤중에 이곳을 열어둘 리가 없다. 열쇠 같은 것이 어디에도 보이지 않는 이상, 분명히 손잡이에 자물쇠 장치가 있는 것이 틀림없다.

나는 계속해서 나무문을 열려고 했다. 하지만 아무리 노력해도 소용없었다. 그래서 벽을 따라 본채 쪽으로 가서 출입구를 찾으려고 했다.

그런데 간신히 발견한 출입구에도 나무문과 마찬가지로 잠금장치가 있는지 전혀 꿈쩍도 하지 않는다. 정문은 물론 닫혀 있었고, 굵고 무거운 빗장은 도저히 혼자서 들어 올릴 수 없었다. 그리고 정문 옆의 쪽문도 손잡이에 잠금장치가 걸려 있었다.

갇혔다.

이렇게 되면 저택 사람을 깨워서 이제까지의 사정을 설명하고 밖으로 내보내달라고 할 수밖에 없다. 솔직히 아주 마음이 무거웠다. 다만 가족들이 얼마나 걱정하고 있을까, 그것을 생각하면 이 방법밖에 없다고 마음을 굳혔다.

역시나 현관에서 사람을 부르지는 못하고 부엌문으로 돌아들어갔다. 그런데 뭐라고 말해야 좋을지 몰라 한동안 갈팡질팡했다. 한참을 고민한 끝에, 결국 "계신가요."라고 약한 목소리를 내는 것이 고작이었다. 하지만 한 번 그렇게 입을 열고 났더니 그다음은 간단했다. 조금씩 목소리를 키워가면서, 동시에 부엌에 설치된 쪽문을 두드린다. 그것을 끈기 있게 반복했다.

하지만 아무리 시간이 지나도 아무도 나오지 않는다. 저택이 너무 넓어서 이 집 사람들이 숙식하는 방까지 내가 내는 소리가 도달하지 않는지도 모른다.

거기서 나는 저택 주위를 돌다가, 괜찮겠다 싶은 덧창이나 창문 앞에서 사람을 부르면서 나무 벽이나 창유리를 두들겼다. 이러는 동안 어딘가에서 누군가가 분명히 눈을 뜰 것이다.

그런데 그렇게 하며 저택을 돌아다니는 동안 정면 현관까지 와버렸다. 저택을 완전히 한 바퀴 돌아버린 것이다.

그럼에도 불구하고 아무도 나오지 않는다.

아무리 한밤중이라고 해도 보통은 이 정도로 떠들면 깨달을 것이다. 적어도 남자 고용인은 눈을 뜨고 무슨 일인지 확인하러 나올 것이다.

하지만 한 명도 나타나지 않는다.

대체 이 저택은 어떻게 되어 있는 걸까.

……추웠다.

쓸데없는 생각을 한 탓도 있겠지만, 봄의 밤은 아직 쌀쌀하다. 그 자리에서 발을 구른다. 그러는 와중에도 여러 가지 생각이 드는 것을 막을 수가 없었다.


……신케이 저택.

마을 어른들만이 아니라, 누나들까지 숨은 의미가 있는 듯한 이름으로 부르는 저택.

역시 이곳에는 뭔가 있는 걸까. 누구의 집도 아닌 걸까. 안이하게 도움을 청해도 될 만한 장소가 아닌 걸까.

그래도 분명 사람은 살고 있다. 틀림없다. 와레온나에게 쫓겨서 저 나무문으로 도망쳐 들어왔을 때, 본채 쪽에서는 확실히 인기척이 있었다. 그런데도 지금, 아무리 한밤중이라고 해도 저택 안에 아무도 없는 듯한 분위기에 감싸여 있는 건 어째서일까.

그 이유를 생각하다가 나는 멈췄다.

왜냐하면 저택 안에서 모두가 죽어 있으니까…….

와레온나에 의해 모두 살해당했으니까…….

말도 안 되는 상상이, 문득 떠오른 탓이다. 그런 생각을 조금이라도 했다간 도저히 안에 들어갈 수 없다.

신케이 저택에 들어간다.

자신도 놀랐지만, 그밖에 다른 방법은 없어보였다. 분명 도둑 취급을 받게 될 것이다. 얻어맞아도 괜찮다. 어쨌든 이 집 사람을 깨워서, 밖으로 내보내달라고 하자. 이제는 머릿속에 그 생각밖에 없었다.

서둘러 다시 부엌문으로 향한다. 두려움을 느끼기 전에 이 기세 그대로 들어가자고 결심했다.

그런데 어이없을 정도로 쉽게 침입해버렸다. 그 부주의하기 짝이 없는 상황에 깜짝 놀라기보다는 기가 찼다. 정문이나 출입구는 꼼꼼히 챙기는 만큼 저택의 문단속은 느슨한지도 모른다. 그렇다고 해도 이건 심하다고 생각했다. 내가 이런 짓을 했다간, "정신 빼놓고 다니지 마!"라고 틀림없이 아버지에게 경을 쳤을 것이다.

다만 이때의 나에게는 잘된 일이었다. 이 상태에서 저택의 모든 문이 전부 잠겨 있었더라면 꼼짝없이 집과 담벼락 사이에서 하룻밤을 나게 될 판이었기 때문이다.

발을 들인 곳은 부엌의 토방이었다. 커다란 솥이 다섯 개나 있고 개수대도 넓다. 예전 우리 마을의 촌장님의 저택 부엌보다도 훨씬 훌륭해서 놀랐다.

더러워진 발로 들어가기는 꺼려졌지만, 토방에서 집 안으로 올라가는 마루로 살며시 올라섰다. 분명 가까운 곳에 여자 고용인의 방이 있을 것이니 그곳을 찾을 생각이었다. 이런 경우에는 남자보다 역시 여자 쪽이 낫다. 아니면 갑자기 비명을 질러버리려나? 어느 쪽이든 여기까지 오면 되돌릴 수 없다.

집 안에 들어갔는데도 여전히 춥다. 토방에서 복도로 올라서서 계속 복도를 나아갔으니 발바닥으로 냉기가 전해져오는 것이겠지.

우선 부엌에 가장 가까운 작은 방을 조심스럽게 엿본다. 아무도 없다. 다음 방을 망설이면서 확인한다. 역시 없다. 그다음 방을 설마 하는 마음으로 본다. 없다. 어디에도 여자 고용인의 모습이 없다.

이런 저택에는 부엌 옆에 여자 고용인의 방이 있는 경우가 많다. 할아버지와 아버지의 일을 거들다 보면 어지간한 집들의 구조를 알게 된다. 물론 직업의 차이나, 집의 크기 차이, 지어져 있는 땅의 상태 등으로 바뀌기는 해도 대부분은 상상이 가능하다.

신케이 저택도 마찬가지였다. 그만한 훌륭한 부엌이 있는데, 바로 옆에 여자 고용인의 방이 없으면 어쩐지 이상하다. 너무 떨어져 있으면 몹시 불편해지기 때문이다. 그럼에도 부엌 근처의 방 어디에도 여자 고용인들은 없었다.

여기는 결코 평범한 집이 아니니까……

복도를 안쪽으로 나아가면서, 또 기분 나쁜 상상을 해버렸다. 하지만 꼭 그것이 겁쟁이의 망설임이 아닌 듯하다고, 이내 나는 깨닫기 시작했다.

처음에는 여자 고용인들을 찾는 것도 주저했다. 하지만 두 번째 방을 보고 세 번째 방을 봐도 찾을 수 없자 점차 초조해지기 시작했다. 이윽고 고용인들의 방이 있을 만한 구획에서 더욱 안쪽으로 들어감에 따라 방의 넓이도 커지고 내부나 가구도 화려해지기 시작했다. 아무리 봐도 저택의 주인 가족의 방임을 알 수 있는 방들이 차례차례 눈앞에 나타났다.

하지만 아무도 없다……

어느 방을 봐도 그곳에 자고 있는 사람은 한 명도 없다.

이제는 어찌된 일인지 영문을 알 수 없었다. 어쨌든 닥치는 대로 여기저기를 보고 다녔다. 마루방, 거실, 다실, 위패를 모신 방, 손님방, 응접실, 안방, 사랑방, 이어서 헛간, 목욕탕, 변소, 마지막에는 마구간까지 커다란 저택의 모든 곳을 살폈다. 정말로 구석구석까지 확인했다. 모든 방에 들어갔다. 하지만 그 결과는 마찬가지였다.

집 안에는 사람 하나 없다. 누구의 모습도 보이지 않는다.

있는 것은 나뿐……

……모든 방에 들어갔다.

그렇지 않다. 딱 하나 들어가지 않았다. 아니, 나무문에 자물통이 채워져 있어서 도저히 들어갈 수 없던 곳이 있었다. 방이라기보다는 헛간일까. 그밖에는 대부분이 장지문이나 미닫이문이었는데, 그 방은 널빤지로 만든 나무문이었다.

도저히 들어갈 수 없다……

아니다. 만일 자물통이 채워지지 않았더라도 그곳은 싫었다. 오히려 들어가고 싶지 않았다. 엿보는 것도 절대 하고 싶지 않았다.

그렇다고 해서 그 방에 저택의 사람들이 있다고도 생각되지 않는다. 크기는 알 수 없지만, 그리 넓지는 않았다고 생각한다. 무엇보다 그런 장소에, 게다가 밤중에 일부러 저택의 사람이 모여 있다니 어떻게 생각해도 이상하다. 있을 리 없다.

게다가 인기척 같은 것이 그 방에서는 나지 않았다. 아무런
소리도 들리지……..


……잘각, 잘각, 잘각.

사실은 귀를 기울이면 이상한 소리가 들렸다.

……싸아악, 싸아악.

뭔가가 다다미 위를 움직이는 듯한, 그런 기미가 있었다.

하지만 그것이 사람이라고는 생각되지 않는다.

그러면 뭐냐고 하면…….

……**그것**.


신케이 저택의 열리지 않는 방…….

그럴지도 모른다.

하지만 그 방에 대해서는 말하고 싶지 않다.

싫어싫어싫어싫어싫어…….

이젠 말하고 싶지 않아.


……응.

그럴지도 몰라…….

하지만 이젠 싫어.


싫어어어어어어어어어어어어어어어어어!

앗앗앗…….

우와아아아아아아아아아아아아아아아앗!

막간 1

진보초의 찻집에서 미마사카 슈조와 만난 뒤, 내가 두 개의
괴이담을 입수한 뒤로 벌써 두 달 이상이 지나 있었다. 그럼에
도 나는 아직 어느 쪽 이야기도 읽지 않은 상태였다. 물론 흥미
가 없었던 것은 아니다. 오히려 읽고 싶은 것을 견디기 힘들었
다. 손을 대지 않았던 것은 그저《유녀처럼 원한 품는 것》의 집
필에 전념하고 싶었기 때문이다.

이 해의 4월부터 6월 초순까지, 나는《유녀처럼 원한 품는
것》의 제1부 〈오이란(花魁, 유곽의 유녀 중 높은 지위에 있는 이를 부
르는 호칭_역주)－초대 히자쿠라의 일기〉에 착수했다. 열세 살
에 유곽에 팔려가고, 열여섯 살부터 손님을 받게 된 사쿠라코
의 기명(妓名)이 히자쿠라다. 그녀의 일기라는 형식으로 서술하
는 게 이 책 1부의 구성이다. 아무리 나 자신이 작가라고 해도,

154

솔직히 이 소녀의 시점으로 이야기를 정말로 엮어나갈 수 있을지 확신이 서지 않았다. 그렇기에 평소보다 더욱 집필에 집중할 필요가 있어서 괴이담에 신경 쓸 겨를이 없었다.

그것이 막상 쓰기 시작하니 평소 이상으로 몰두할 수 있었다. 이제까지도 집필 중에 이따금씩 느낀 고양감과는 또 다른, 전혀 다른 고양감을 느낄 정도였다.

다만 그렇게 되니 이번에는 자신도 모르는 새에 머리와 몸이 피로한 상태에 빠진다. 실제로《유녀처럼 원한 품는 것》의 집필 중에는 자주 쪽잠을 잤던 기분이 든다. 휴식할 때 20분 정도 소파에서 쉬었지만, 늘 숙면했다. 잠깐 사이에 잠에 빠져서 시간이 지나면 자연스레 눈을 뜬다. 그런 매일의 반복이었다.

다만 집필 이외에 아무것도 하지 않았던 건 아니다. 휴일에는 취미로 하는 독서나 DVD를 보는 등, 횟수는 적었을지 모르지만 평소처럼 지내고 있었다. 즉 두 가지 괴이담을 훑어본다는 행위를 그 안에 포함시켜도 아무런 문제가 없었다는 이야기가 된다. 결국 실화괴담의 책을 읽고 즐기는 것과 전혀 다를 바 없으니까.

그렇지만 미마사카로부터 도착한 우편물은 여전히 자료 선반에 들어가 있었다. 두 가지 이야기의 내용을 알아버리면 어쩐지 곱게 끝나지 않을 것 같은 기분이 든 탓이다.

그러면 대체 어떻게 된다는 것인가.

구체적인 상상을 한 것은 아니다. 뭔가 상상하려고 해도 무슨 이야기인지 알지를 못하니 무리일 것이다. 그런데도 그런 느낌이 들었다. 걱정을 떨칠 수 없었다.

분명 무의식적으로 그 이야기들에 홀리는 것을 두려워했던 거라고 생각한다. 괴이적인 의미가 아니다. 호기심을 자극받고 괴이담 애호가의 피가 끓어올라 정신없이 푹 빠져버린다. 그럴 위험을 걱정한 것이다.

이때의 나는 《유녀처럼 원한 품는 것》의 집필에 지장을 줄 만한 것이라면 뭐든 거의 반사적으로 피하고 있던 기분이 든다.

그리고 또 한 가지. 미마사카로부터 두 이야기에 대해 듣게 되었을 때, 본능적으로 기피하려고 한 사실이 역시 마음속 어딘가에서 걸렸기 때문이다. 이러한 경고를 무시해서는 안 된다. 그것은 과거의 괴이담 수집 경험을 통해서도 명백하다. 언젠가는 읽는다 해도, 지금은 아니다. 그렇게 자신에게 핑계를 대고 있었다는 기분도 든다.

이윽고 몹시 염려하고 있던 제1부가 완성되었다. 아직 퇴고가 필요하지만 우선은 안심이다. 제2부는 유곽의 여주인이었던 인물의 시점으로, 탐정 역할인 도조 겐야에게 하는 이야기라는 형식을 취하기로 이미 결정해두었다. 제3부는 유곽에 놀러온 손님의 시점으로 그릴 생각인데, 이것은 아직 결정된 것은 아니다.

나는 작품의 핵이 되는 아이디어와 주요 무대설정만 머리에 담아두고, 이야기 대부분은 직접 쓰면서 생각하는 스타일이다. 이 책 역시 예외는 아니다. 당초에는 태평양 전쟁 발발 전인 제1부에서 전쟁 중의 제2부를 거쳐 전후의 제3부까지, 같은 기명을 지닌 세 히자쿠라가 쓴 각각의 일기로 구성할 생각이었다. 하지만 기생 한 명이라면 모를까 세 명 모두가 일기를 쓰고 있었다는 설정은 너무나도 부자연스럽다. 그밖에도 문제점이 있을 듯 보여서 제1부만 기생의 일기 형식으로 하고, 이후 장들은 다른 방법을 취하기로 했다. 이러한 기본적인 구성까지 집필 중에 바뀌기 때문에, 쓰면서 생각한다는 이 스타일도 꽤 고생스럽다.

그래도 제1부가 완성되어 조금은 안도할 수 있었다. 다만 곧바로 잡지 〈소설 신초〉 8월호에 실을 단편을 써야만 했다. 타이틀은 정해져 있었다. 〈꿈의 집〉이다. 내 경우, 왕왕 괴기단편 집필이 일종의 기분 전환이 되기도 한다. 하지만 이때는 달랐다. 제1부를 완성시켰다고는 해도, 《유녀처럼 원한 품는 것》의 작업을 중단하고 싶지는 않았다. 지금과 같은 리듬을 타고 제2부에 들어가고 싶었다. 하지만 여기서 단편을 완성해두지 않으면 쓸 시간이 없다. 이런저런 동안에 7월 간행 예정의 도조 겐야 시리즈 두 번째 단편집인 《생령처럼 겹쳐지는 것》의 재교 교정도 완성되어버렸다. 그러던 중에 짧은 수필 의뢰가 있었던 것도 기억해냈다.

나는 우선 교정지를 훑어보고 수필을 정리하면서 〈꿈의 집〉 집필에 착수하기로 했다. 그리고 이 일들이 끝난 직후였다. 그야말로 절묘한 타이밍에 미마사카 슈조의 메일이 도착했던 것이다.

그에게서 메일이 오는 것 자체는 그리 드문 일이 아니다. 읽은 책이나 봤던 영화의 감상 등을 평소에도 자주 보내온다. 대개는 내 쪽에서도 답신을 하기 때문에, 각 출판사의 내 담당 편집자 중 누구보다도 미마사카와의 메일 대화가 가장 많았다. 다만 일 이야기를 하는 것은 아니었으니, 그런 의미에서는 사적인 편지 같은 것이었지만.

다만 이때는 달랐다. 미마사카가 보내온 것은 세 번째 이야기였다. 그는 그 체험담을 인터넷의 어느 괴담 전문 게시판에서 발견한 듯했다. 그것을 일독한 직후, 예전의 그 두 이야기와 기묘한 유사점—이라기보다는 섬뜩한 연결점일까—을 깨달았다고 한다.

집필 중인 책의 제1부가 끝나고 단편도 마무리된 상황에 미마사카로부터의 세 번째 이야기가 도착한 셈이다.

이렇게까지 조건이 갖춰지면, 역시나 계속 피하고 있을 수는 없다. 오히려 신경 쓰여서 견딜 수가 없다. 여차하면 신작 진행에도 지장이 생긴다. 지금이라면 집필도 일단락되었고, 딱 타이밍이 좋았다.

거기서 나는 〈어머니의 일기 - 저편에서 온다〉와 〈소년의 이야기 이차원 저택〉까지의 두 이야기와 〈학생의 체험 - 유령 하이츠〉라고 이름붙인 세 번째 이야기를 단숨에 읽기로 했다.

또한 이제부터 소개할 체험담은 미마사카가 보내온 텍스트 데이터를 거의 그대로 게재한 것이다. 눈에 띄는 오탈자를 수정한 것 이외에는 거의 손을 대지 않았음을 미리 밝혀둔다.

# 학생의 체험
# -유령 하이츠

지금으로부터 이십 몇 년 전에 살았던 연립주택에서 내가 진짜로 체험했던 이야기.

당시를 떠올리면서 최대한 자세히 적을 생각임. 그러니까 상당히 길어질지도 모르니, 적당히 편하게 읽어주시기 바랍니다.

믿지 않아도 별 상관없는데, 중간에 딴죽 걸어서 분위기 깨지는 말길. 그런 건 무시할 거니까. 지어낸 얘기라고 생각하는 녀석은 그냥 신경 끄고 읽지 마.

당시에 나는 내가 살던 지역에서 지망한 대학의 입시에 실패하는 바람에 출경 아닌 출경(出京, 수도를 떠나 지방으로 내려감_역주)을 하게 되었다. 내가 가기로 결정한 대학이 안전 지원용 학교는 아니었다. 이곳저곳에 원서를 넣었고, 그중에는 멀쩡히 합격한 곳도 있었다. 다만 시험까지 본 주제에 이상한 얘기로 들리겠지만, 그 학교에 가고 싶은 마음이 사라졌다. 그렇게 되니 합격한 대학 중 내가 가고 싶은 학과가 있는 곳은, 멀찍이 떨어진 지역에 있는 이 학교뿐이었다.

상당히 고민했지만, 그다지 흥미 없는 분야의 강의를 듣는 것은 역시 싫다고 생각했다. 이때는 일단 성실하게 공부할 생각이었으니까.

일단 대학과 학부 이름은 밝히지 않으려 한다. 이제부터 쓸 내 체험담하고는 전혀 아무런 관계도 없으니, 이 부분은 그냥 넘어가 주기 바란다.


부동산에서 소개받은 연립이 생각보다 깔끔해서 몹시 기분이 좋았다. 옛날 청춘 드라마에 나오는 '무슨 무슨 장' 같은 이름의 낡아빠진 건물을 상상했기 때문에 더욱 그랬다.

적어도 '연립'이라는 호칭에서 떠오르는 외관이 아니었다. 애초에 이름이 '카도누마 하이츠'였으니까.

그렇다고 해도 역시 하이츠는 너무 오버하는 호칭이 아닐까 생각했다. 요즘에는 그런 과장된 이름이 당연하다는 것을 알지만, 당시 나는 아직 세상물정 모르는 꼬맹이였다. 그냥 순수하게 이름과 건물의 갭에 놀랐다.

카도누마 하이츠는 A동과 B동, 두 건물로 나뉘어 있었다. 각각 1층에 다섯 방, 2층에 다섯 방으로 총 10개실이 있었다. 내가 얻은 방은 A동 2층의 203호실이었다.

참고로 1층에서는 104호실이, 2층에서는 204호실이 없었다. '4'라는 숫자를 기피한 것이겠지. 하이츠라는 폼나는 이름을 붙이면서 미신은 진지하게 믿는구나 하고 재미있게 생각했다.

방은 5평 정도의 원룸에 부엌과 욕실과 화장실, 그리고 베란다가 있었다.

나중에 알게 되는데, 이런 집 구조치고는 이상하게 집세가 쌌다. 부동산에서 가장 먼저 소개해준 곳이 여기라서, 그때는 다른 물건과 비교할 수가 없었다.

시내가 아니라서 싼 건가?

그냥 그렇게 생각하고 납득했다. 사전에 연립주택의 시세를 조사하지 않고 역 앞 부동산에 일임했으니 어쩔 수 없는 일이지만.

집세만이 아니라 보증금이나 사례비까지 쌌다. 그 덕에 부모님께 받은 예산에 여유가 생겼다. 그것이 기뻤던 나머지, 어쩐지 이상하다든가 하는 생각을 조금도 하지 못했다. 정말 어수룩한 꼬맹이였던 셈이다.


3월 중순에 이사는 간단히 끝났다.

본가에서 가져온 것은 역사 관련 책과 옷가지 정도였고, 생활에 필요한 가구 등은 전부 이곳에 와서 샀다. 게다가 마침 근처의 큰 집에서 대형 쓰레기들을 내놓았길래 쓸 만한 책상과 서랍장을 슬쩍해왔다. 그래서 방의 절반은 신품, 나머지는 중고품으로 채워졌다.

이사한 뒤에는 반드시 이웃집에 인사를 하라는 말을 어머니에게 들었다. 선물용 수건까지 마련해 준 터라, 나는 토요일 오후에 이웃집과 아랫집을 방문했다.

202호실은 몇 번 인터폰을 눌러도 반응이 없었다. 다음 날 가봐도 마찬가지여서, 그곳이 빈방이라는 것을 알았다.

205호실은 30대 전후의 긴 머리 여성이 나왔다. 우선은 큰 가슴에 눈길이 쏠렸지만, 음침한 얼굴을 보자 깜빡 느꼈던 색기도 순식간에 사라져버렸다. 내가 인사를 하자 "우에다입니다."라고 이름만 말할 뿐이었다. 조용하다기보다는 그냥 생기가 없다는 느낌이 강해서 음울한 인상밖에 남지 않는 여자였다.

모처럼 이웃집에 여자가 사는데.

순간적으로 달콤한 망상을 했던 나는 조금 실망했다.

바로 아래의 103호실에는 30대 후반 정도의 남성이 살고 있었다. 장신이면서 홀쭉한 체형 때문인지, 왠지 모르게 신경질적으로 보였다. 첫인상도 우에다와 마찬가지로 역시 어두웠다. 다만 그녀와는 달리 "무카이."라고 대답한 남자와는 대화가 가능했다.

어디어디에 편의점이 있다든가, 역 앞의 라면가게는 맛이 없다든가, 근처에 세탁소가 없다든가, 좁은 욕실이 싫으면 조금 걸어간 곳에 있는 대중목욕탕을 이용하면 된다든가 하는 특별할 것 없는 내용이었지만 나에게는 아주 고마웠다. 아는 사람이 한 명도 없는 지역에서, 인사치레라고는 해도 친근하게 이야기를 해줬기 때문이다.

좋은 곳에 입주했는지도 모르겠네.

이때까지는 아직 그런 생각을 하고 있었어.

뭔가 이상하다고 처음 느낀 것은 이사 온 지 나흘째였다.

이 무렵에는 나도 부모님이나 친구와의 전화 통화를 통해 스스로가 굉장히 파격적인 가격에 방을 얻은 운 좋은 녀석이라는 걸 간신히 알게 됐다.

가장 가까운 역에 걸어서 10분, 시내 중심가까지 나가기에도 편리한 입지에다 집 주변에는 수목도 남아 있다. 건물은 지은 지 오래되지 않았고 한 집당 차 한 대의 주차 공간, 혼자 살기에는 넓은 5평 정도의 원룸에 욕실과 화장실도 딸려 있다. 그런데도 집세가 엄청 싸다.

그런데 이만큼이나 좋은 조건들이 갖춰졌는데도 어째서인지 A동이나 B동이나 빈방이 눈에 띈다는 것을 그 무렵이 되어서야 깨달았다.

두 건물 다, 총 10개실의 우편함은 한 곳에 설치되어 있다. 각각의 우편함 문에 이름표를 넣는 방식의 흔한 우편함이다. 당초에는 신경도 쓰지 않았는데, 가만히 보니 이름표에 대다수가 공란이었다.

다만 A동의 205호도 공란인 것으로 보아, 입주자가 있어도 이름표를 넣지 않은 집도 있는 듯했다. 여자 혼자 산다는 게 알려지는 건 불안하기 때문이겠지. 다만 그렇다고 해도 공란이 너무 많다.

호기심이 생긴 나는 연립 건물 뒤편으로 돌아가 보았다. 각 방들의 창문을 보고, 커튼의 유무를 확인하려고 했다.

그 결과 거주자가 있는 방을 세는 편이 더 빠르다는 것을 알고 깜짝 놀랐다. 이 정도로 빈방이 많을 줄이야.


입주하고 나서 일주일 정도는 마냥 주위를 산책했다. 103호실의 무카이에게 물어보면 분명 이것저것 알려주었을 거라 생각한다. 하지만 스스로 발견하는 재미를 알아버린 나는, 혼자서 열심히 주변을 어슬렁거리고 다녔다.

그 지역에 대해 어느 정도 알았으므로, 이번에는 만일을 위해 학교까지 통학할 루트를 알아두려고 일요일 오후에 외출했다.

전철을 타고 대학에 가장 가까운 역에서 내려 캠퍼스와 그 부근을 걸어 다니고, 또 전철을 타고 거리로 나섰다. 거기서 서점과 헌책방과 찻집에 들르고, 할인점에서 일용품을 사고 나서 저녁을 먹고 돌아왔다.

역 주변은 가게도 많아서 밝고, 오가는 사람도 꽤 있다. 그렇지만 카도누마 하이츠에 가까워짐에 따라, 조명은 주택의 창문에서 흘러나오는 것과 여기저기 서 있는 가로등밖에 남지 않게 된다. 그날 밤은 아름다운 달이 떠 있어서 아직 괜찮았다. 다만 달이라는 존재는 이쪽의 정신 상태에 따라 아름답게 보이기도 하고 차갑게 보이기도 한다. 이때의 나는 후자였다.

처음으로 걸었던 하이츠까지의 밤길이 꽤 쓸쓸하게 느껴져서, 나는 어울리지도 않게 조금 센티멘털해졌다. 자취하는 것도 처음이어서 더더욱 감상적인 기분이 되었는지도 모른다. 앗, 센티멘털 같은 말은 요즘에는 안 쓰던가.

하지만 센티멘털할 때가 그나마 나았다.

이윽고 앞길에 카도누마 하이츠의 B동 뒤편이 보이기 시작했다. 그 순간, 창문에 들어온 불빛들이 적은 것을 보고 나는 어째서인지 오싹한 느낌을 받았다······.

그건 A동도 마찬가지였다. 조명은 몇 군데만 켜져 있을 뿐이다. 보통은 아직 사람이 집에 귀가하지 않은 방이 있다고 생각하겠지만, 그렇지 않은 것을 커튼의 유무로 이미 알고 있었다.

두 동의 드문드문한 불빛을 보는 동안, 마치 하이츠가 폐가처럼 느껴지기 시작해서 어쩐지 기분이 어두워졌다.


날이 완전히 저물어서 부근이 어두워지자, 카도누마 하이츠가 어떤 식으로 보일까. 그것을 알게 된 밤, 나는 갑자기 잠자리가 불편해졌다.

폐허처럼 보인 것을 마음에 담아두고 끙끙거린 것이 아니다. 결혼해서 단독주택을 대출로 구입해보면 알겠지만, 나는 평범한 학생이고 연립주택의 방 하나를 빌린 것에 지나지 않는다. 잠들지 못할 정도로 고민할 리가 없다.

하지만 어째서인지 잠을 이룰 수 없었다.

옆집도 아랫집도 이미 자고 있는지 소리 하나 나지 않는다. 평소부터 두 사람은 조용했다. 하물며 일요일 밤중에 깨어 있을 리도 없으니, 쥐죽은 듯 고요하다.

본가에서는 계절에 따라서 개구리 우는 소리나 벌레소리가 들렸다. 자연의 소리가 없는 경우에는 멀리서 달려가는 열차의 울림이 흐릿하게 바람을 타고 들리기도 했다. 그 덕분에 나는 매일 밤, 기분 좋게 잠들 수 있었다고 생각한다.

그러나 이곳에서는 아무것도 들리지 않는다. 물론 조용한 것은 바람직한 일이다. 다만 너무 조용하면 오히려 잠이 오지 않는 법이다. 그래도 이사 와서 오늘 밤까지는 전혀 문제없이 잠들고 있었다. 그렇다는 것은 역시 폐허처럼 보였던 것이 나에게 쇼크였던 걸까. 하지만 그걸 그렇게까지 신경 쓰고 있었다고는 스스로도 생각하지 않는다.

그런 생각을 하는 동안에 깜빡깜빡 잠이 오기 시작했다. 이대로라면 조금만 더 있으면 자겠다. 그렇게 안도할 때였다.

빠직, 빠직.

묘한 소리가 위에서 들렸다.

비가 오나?

그렇게 생각했다. 하지만 빗소리라면 좀 더 연속해서 들릴 것이다. 그런데도 내리다가 금방 멎어버린 걸까.

빠직, 빠직, 콩, 캉.

이번에는 귀를 기울이고 있어서 또렷하게 들렸다. 게다가 조금 전보다 길게 이어졌다.

비가 아니다.

그렇다면 대체 뭘까 하고 생각했지만 전혀 알 수 없었다. 다시 귀를 기울여보았지만, 고요하다.

이상하네.

이젠 자려고 했는데,

빠직, 빠직, 빠직, 콩, 콩, 캉, 캉, 캉.

꽤 큰 소리가 역시 지붕 위에서 들렸다.

뭔가 있나?

하이츠의 지붕 위에서 정체 모를 무언가가 꿈틀거리는 모습
이 머릿속에 떠올라서 나는 당황했다. 나이도 먹을 만큼 먹었
으면서도 조금 무서워졌기 때문이다.

지붕 위에 고양이 같은 게 있는 거겠지.

억지로 그렇게 생각하며 어떻게든 잠들려고 했다. 하지만 그
기묘한 소리는 이따금씩 기억났다는 듯이 내 머리 위에서 밤새
도록 빠직, 빠직, 콩, 콩, 캉, 캉…… 하며 계속 들려왔다.


어젯밤의 소리 때문에 쉬이 잠들지 못해서, 점심나절이 되어
서야 눈을 떴다.

대체 무슨 소리일까, 이제까지도 들린 적이 있었을까. 꼭 카
도누마 하이츠의 다른 입주자들에게 물어보고 싶었다.

그러나 이야기하기 편한 103호의 무카이는 1층에 살고 있으
니 들리지 않았을 것이다. 205호실의 우에다는 옆집이니까 나
하고 같은 피해를 입고 있을지도 모른다. 다만 그 여자와 이야
기하는 것은 내키지 않았다. 그렇다고 해서 다른 방의 주민하
고는 전혀 면식이 없다. 그렇게 되면 역시 우에다밖에 없다. 다
만 양쪽 다 낮에는 직장에 출근해서 비어 있다.

무카이와 우에다는 평범한 회사원인지, 매일 아침 정해진 시각에 집을 나선다. 퇴근은 우에다 쪽이 빨라서 늦어도 8시 정도에는 돌아온다. 반대로 무카이는 늦는 편이라 일찍 퇴근해도 밤 10시 전에 오는 적이 없었다.

딱히 두 사람의 생활을 관찰하고 있던 것은 아니다. 현관문을 여닫는 소리가 의외로 잘 들렸기 때문이다. 그 때문에 두 사람의 출근 시간을 알게 되었다. 그러던 중, 어쩌다 보니 귀가 시간도 자연스레 눈치채게 되어버렸다.

달리 방법이 없어서, 나는 우에다의 귀가를 기다렸다가 205호실의 인터폰을 눌렀다. 어젯밤의 일을 짧게 설명하고서 같은 소리를 듣지 못했느냐고 물었다.

그런데 그것에 대한 우에다의 대답은 "저는 아닙니다."였다.

전혀 예상 밖의 대답이라 나는 어안이 벙벙해졌다. 오해하고 계시는 것 같습니다만, 하며 다시 말을 걸다가 이미 인터폰이 꺼져 있는 걸 깨달았다.


그날 밤, 나는 침대에 들어가서도 눈을 감지 않고 멍하게 천장을 바라보고 있었다.

제가 아닙니다.

어째서 우에다는 그런 말을 했던 것일까. 전에 203호실에 살던 사람에게 지붕 위에서 나는 소리 때문에 불평을 들었던 적이라도 있는 걸까. 이쪽은 "뭔가 들리지 않았습니까?"라고 물었는데, 전혀 아무런 설명도 없이 대뜸 "제가 아닙니다."라고 대답하는 것은 상당히 이상하지 않은가.

나는 점점 더 그 여자가 부담스러워졌다.


한동안은 아무런 소리도 나지 않았다.

얼마 안 있어 대학의 학기가 시작되자 나도 바빠졌다. 조금 망설였지만, 문예부 계통의 동아리에 들어갔다. 같은 독서 취향의 선배나 동급생 친구도 생겨서 매일매일 즐거웠다.

대학의 강의와 동아리 활동으로 알찬 나날을 보냈기에 밤에 잠도 잘 잤다. 혼자 사는 학생이면서 밤새는 일도 없이 꽤나 건전한 생활을 보내고 있었다.

그런 어느 날 밤, 침대에 들어가자마자 비가 부슬부슬 내리기 시작했다.

탕탕, 후두둑후두둑, 툭툭.

지붕과 창유리를 두드리는 빗소리가 그날 밤은 묘하게 귀에 거슬렸다. 평소 같으면 단 몇 분 만에 잠들었을 텐데, 좀처럼 수마가 찾아오지 않는다. 얼른 자려고 생각하면 생각할수록, 어째서인지 빗소리가 신경 쓰여서 어느샌가 귀를 기울이고 있었다.

그러던 중, 지붕을 두드리는 후두둑후두둑하는 빗소리 사이에, 카랑, 콩, 카랑, 하는 다른 소리가 들려왔다.

그 수수께끼의 소리다!

곧바로 나는 일어나서 침대에서 나오려고 했다. 하지만 뭘 해야 좋을지 알 수 없었다. 특별한 생각 같은 건 없었으니까.

사실은 옆방의 우에다를 찾아갈 물어볼 생각이었다.

"지금 지붕 위에서 뭔가 이상한 소리가 났죠?"

그렇게 물어보고 싶었지만 상대는 여성이다. 이런 늦은 시간에 인터폰을 누르는 것이 역시나 망설여졌다.

내가 침대에 걸터앉아 있는 동안에도 그 묘한 소리는 이어지고 있었다.

확인하려면 지금밖에 없다.

곧바로 결심한 나는 재빨리 옷을 갈아입었다. 그리고 현관에서 우산을 집어 들고 살며시 집 문을 열고 밖으로 나왔다.

2층의 복도를 조용히, 그러면서도 최대한 빠른 속도로 나아갔다. 소리를 내지 않도록 계단을 내려가서 우산을 받쳐 쓰고 하이츠의 뒤편으로 돌아갔다.

불이 켜져 있는 창문은 하나도 없었다. 정면 쪽에서라면 1층도 2층도 복도의 전등 빛이 있어서 나름대로 밝다. 하지만 뒤편은 근처에 가로등도 없기 때문에 어딘가 방의 불이 켜져 있지 않으면 아주 어둡다. 날이 흐리거나 비가 내리거나 해서 달빛이 전혀 없는 경우에는 거의 암흑이다.

나는 그늘에 잠긴 하이츠의 뒤편에 멈춰 서서, 우산을 기울이며 지붕 쪽을 올려다보았다. 어두운 데다 비까지 내리는 탓에 시야는 상당히 안 좋았다. 그래도 눈에 바짝 힘을 주고 보니 202호실 바로 위 부근에 묘한 것이 보이기 시작했다.

검은 봉투?

예를 들어 요전에 지붕 수리를 하다가 업자가 자재나 공구가 들어간 주머니라도 깜빡 놓고 간 건 아닐까 생각했다. 그렇지만 내가 입주한 뒤로 약 한 달이 지났다. 그 사이에 물론 보수 공사 같은 건 없었다. 그보다 전에 놓고 갔다고 하면, 한 달 넘게 방치되었다는 얘기가 된다.

아니, 그건 아니겠지.

곧바로 나는 고개를 저었다. 당연하지만 입주한 뒤로 몇 번이나 외출했다. 그런 것이 지붕 위에 얹혀 있었다면 분명히 눈에 들어왔을 것이다. 즉 적어도 어제 저녁, 내가 돌아올 때까지 저것은 지붕 위에 없었다는 얘기가 된다.

그때 갑자기, 검은 봉투 같은 것이 스멀스멀 움직이기 시작했다. 곧바로 머리에 떠오른 것은 거대한 애벌레의 이미지였다. 그런 것이 존재할 리 없는데도, 검고 포동포동한 거대한 애벌레가 지붕 위를 기어 다니는 것처럼 보였다.

설마.

역시나 스스로도 믿기지 않았다. 하지만 하이츠의 지붕 위를 뭔가가 조금씩 이동하고 있음은 틀림없다.

살찐 큰 고양이인가.

여기서 간신히 합리적인 생각을 할 수 있게 되었다. 시골이니까 너구리나 족제비일 가능성도 있다. 어쨌든 작은 동물이 틀림없을 것이다.

전에 들었던 소리도 저 녀석이 냈을 것이다.

알고 보니 정말 김이 샌다. 나중에 돌이라도 던져서 저것을 쫓아버리자. 그렇게 내가 결심했을 때였다.

스윽, 하고 그것이 일어섰다.

여전히 내리는 비와 밤의 어둠 때문에 잘 안 보였지만, 그 시커먼 뭔가는 마치 사람의 형태를 하고 있는 듯 비쳤다.

할머니?

처음에는 어린애인가 생각했지만, 눈을 부릅뜨고 보니 노파처럼도 보인다. 노인으로 보이는 그런 형체가 비틀비틀 지붕 위를 걷기 시작했다. 두 손을 전후좌우로 휘적거리는 참으로 기묘한 걸음걸이를 보이면서, 비 내리는 새까만 하늘을 배경으로 기분 나쁘게 꿈틀거리고 있었다.

이루 말할 수 없는 기괴함과 의외성 탓에, 나에게는 아직 무섭다는 감정이 끓어오르지 않았다. 그저 봐서는 안 되는 것을 보고 말았다는 의식만이 강하게 느껴졌다.

그러나 대체 **저런 것**이 저런 곳에서 뭘 하고 있는 걸까. 그런 생각이 들자마자 곧바로 목덜미의 털이 곤두섰다.

춤추고 있다.

노파처럼 보이는 형체는, 비에 젖은 하이츠의 지붕 위에서 팔다리를 아무렇게나 움직이면서 춤추고 있던 것이다.

등줄기에 오싹한 한기가 퍼지고 두 다리가 후들후들 떨리기 시작했다.

이런 것을 계속 보고 있어서는 안 된다.

머리로는 그렇게 생각하면서도 도저히 눈을 뗄 수 없었다. 어째서인지 보게 되어버린다. 그 동작 전부를 눈으로 쫓게 된다.

그러자 갑자기 그 움직임이 멎었다.

다음 순간, 이쪽을 보았다.

아니, 내려다보았다고 생각한다. 나는 재빨리 고개를 숙이는 것과 동시에 우산으로 얼굴을 가려서 실제로 어땠는지는 알 수 없다. 하지만 빠른 걸음으로 하이츠 정면으로 돌아갈 때까지 줄곧 찌르는 듯한 시선을 또렷하게 느꼈다.

자취방으로 돌아온 나는 집 안의 불을 모두 켠 채로 침대에 들었다.

하지만 저것이 창문에서 엿보지는 않을까, 베란다로 내려오지는 않을까, 창유리를 두드리지는 않을까, 억지로 침입해오지는 않을까 하고 부들부들 떨었다. 도저히 잠을 이룰 수 없었다.

그러던 중에 삐뽀삐뽀 하는 구급차의 사이렌 소리가 들려왔다. 게다가 하이츠에 가까이 다가오고 있었다.

침대에서 나와 창밖을 볼까 했지만, 무서워서 그럴 수 없었다. 그러는 동안에 구급차의 사이렌은 하이츠 정면에 도착한 듯했다.

현관으로 나와 아래쪽을 엿보니, 중학생 정도의 소년이 20대 후반으로 보이는 남성과 동행하는 가운데 들것에 실려 가는 중이었다. 계단 아래로 내려가자 103호실의 무카이 씨가 있어서 사정을 물어보았다. 듣기로는 102호실에 사는 남성에게 나이 차가 나는 남동생이 놀러왔는데 갑자기 몸 상태가 나빠져 119에 전화를 했다는 모양이었다.

102호실의 바로 위에는 202호실인데, 그곳은 빈방이었다. 그 바로 위의 지붕 위에서 오늘 밤……. 그런 생각이 들자마자 무시무시한 오한을 느낀 나는, 무카이 씨에게 인사도 하는 둥 마는 둥 그대로 방으로 돌아와버렸다.

다음 날 아침에는 침대에서 일어날 수가 없어서 1교시 강의는 땡땡이쳤다. 2교시부터는 출석했지만, 그저 방에 있고 싶지 않았기 때문에 간 것에 지나지 않는다.

다만 수업을 받아도 전혀 집중할 수 없었고, 쉬는 시간에 친구와 잡담을 나눌 때에도 정신이 다른 데 가 있었다. 학생식당에서 점심을 먹어도 맛 같은 건 전혀 느껴지지 않았다. 늦은 밤에 하이츠의 지붕 위에서 춤추던 형체가 계속 머리에서 떨어지지 않았던 것이다.

그런 것을 본 것은 태어나서 처음이었다. 얼마나 자각이 있었는지는 알 수 없지만, 엄청난 쇼크를 받았던 것은 틀림없다. 인과관계가 밝혀지지 않았다고 해도, 102호실에서 중학생이 구급차에 실려 간 일까지 겹쳐 더욱 그랬다. 그 애는 학교가 방학이었던 걸까, 아니면 땡땡이 쳤던 걸까. 그 부분의 사정은 알 수 없지만, 어쨌든 형이 사는 집을 방문했다……기보다는 어젯밤에 그 방에 있었던 것이 문제였다는 이야기가 된다.

그래도 햇볕이 내리 쬐는 캠퍼스에서 많은 학생들 가운데 있으니 조금이나마 어젯밤의 공포가 엷어지는 기분이 들었다.

비가 내리는 데다 불빛도 없어서 내가 잘못 봤을지도 몰라.

한때는 그런 생각이 들 정도로 회복했다. 하지만 역시 나는 얼버무릴 수 없다. 기억이 모호했더라면 나았겠지만, 그 광경은 또렷하게 기억하고 있으니까.

동아리 선배나 친구에게 상담해볼까 하는 생각도, 사실은 아침부터 하고 있었다. 나는 특히 토모사키라는 남자 동급생과 미도 씨라는 여자 선배와 사이가 좋았다. 이 두 사람이라면 어지간한 일은 이야기할 수 있다는 기분이 들었다.

다만 두 사람 모두 호러소설이나 영화는 좋아하면서도 괴담에는 시큰둥했다. 싫어한다기보다는 관심이 없는지, 그런 쪽의 책은 일절 읽지 않는다. 어느 쪽이나 실화나 괴담에 관해서는 바보 취급하는 구석이 있었다. 물론 심령현상이나 영화도 마찬가지다.

요컨대 픽션이라면 즐길 수 있지만, 실제로 초현실적인 현상이 일어난다는 것은 믿지 않는다. 유령 같은 것이 있을 리 없다. 그렇게 생각하는 듯했다.

결국 두 사람에게는 도저히 이야기할 수 없었다.


강의가 끝난 뒤에 나는 몹시 고민했다.

곧바로 카도누마 하이츠에 돌아가서 그대로 외출하지 말고 밤을 맞이할 것인가. 아니면 시간을 때우고 나서 일부러 밤에 돌아갈 것인가.

전자라면 방에서 홀로 밖이 어두워지는 것을 기다리는 시간이 두렵다. 그렇다고 해서 후자의 경우, 귀가하는 동안에 올려다본 하이츠의 지붕 위에서 만약 **그것**의 모습이 있다면 어떡할까. 도저히 집 안에 들어갈 수 없을 것이다.

양쪽 다 싫다고 생각하는 동안에 "동아리방에 가자."라며 토모사키가 말을 걸어왔다.

그날, 동아리 활동은 없었다. 그래도 동아리방에 가면 반드시 몇 사람은 모여 있다. 내가 들어간 문예부 비슷한 모임은 그런 동아리였다.

결국 부실에서 선배들과 잡담을 나누다가 모두 함께 저녁을 먹으러 갔다. 그런 뒤에 혼자 맨션에 살고 있는 타카라다 선배의 방에 들렀다. 와인을 내주어서 나도 조금만 마셨다.

"너는 너무 어리게 생겨서, 술집에서는 먹일 수가 없어."

타카라다 선배가 웃으면서 술을 권해주었지만 "아직 미성년 자니까 마시면 안 되잖아."라면서 미토 씨에게 야단맞았다.

그렇다고 해도, 술에 취한 상태로 귀가할 수 있다면 그것도 좋겠다고 생각했다. 하지만 술을 별로 주지 않아서 유감스럽게도 거의 말짱했다.

좀 더 마실 거라는 선배들에게 인사를 하고 토모사키와 둘이서 맨션을 나온 것이 밤 10시경이었을까. 어쨌든 자취방 근처의 역에 도착했을 때는 귀가하는 사람들도 드문드문한 시간대가 되어 있었다.

하이츠까지의 길을 걸으면서, 나는 내 정신이 아니었다.

만약 **그것**이 있다면……

그렇게 생각하는 것만으로 곧바로 발걸음이 무뎌졌다. 하지만 집으로 들어갈 수밖에 없다. 토모사키나 타카라다 선배라면 "재워주세요."라고 부탁할 수 있었을 것이다. 하지만 내일이 되

면 역시 돌아가야만 한다. 그렇다면 오늘밤에 제대로 확인해야
겠다고 생각했다.

나는 멀리서 하이츠가 보이는 장소에서 일단 멈춰 섰다. 그런
뒤에 눈에 힘을 주고 찬찬히 건물의 지붕을 확인해보았다.

아무것도 없다.

어디까지나 지붕 위는 일직선으로 보인다. 뭔가가 올라가 있
다면 그 장소만 볼록 튀어 올라 보일 것이다. 다행히도 달빛이
있어서, 거리가 좀 있기는 해도 일단 틀림없다고 생각했다.

우선 안도하면서도 나는 긴장을 늦추지 않고 걸었다. 하이츠
의 지붕에서 결코 시선을 떼지 않고, 천천히 다가갔다.

이윽고 또렷하게 건물이 보이기 시작했다. 역시 지붕 위에는
아무것도 없다. 지붕 끝에서 끝까지 훑어봐도 고양이 한 마리
없었다.

그날 밤은 좀처럼 잠이 오지 않는 것이 아닐까 하는 불안이
무색하게 아주 푹 잘 수 있었다. 아무래도 스스로도 깨닫지 못
할 정도로 피곤했던 모양이었다.


그 후로 사나흘은 날이 저물어서 주위가 어두워지면 지붕 위
가 신경 쓰였다. 보고 싶지도 않은 텔레비전을 켜거나, 듣고 싶
지도 않은 음악을 틀거나 해서 그 묘한 소리가 나도 들리지 않
도록 하고 있었다.

하지만 잠을 잘 때가 되면 꺼야만 한다. 그렇게 되면, 그러고
싶지 않은데도 가만히 귀를 기울이게 된다. 싫은데도 귀를 쫑

굿 세우게 된다. 그럴 때 사람의 심리란 정말로 알 수가 없다.

하지만 고맙게도 아무런 소리도 들리지 않았다. 일주일이 지나도 마찬가지였다.

그날 밤뿐이었던 걸까.

그렇게 안심하기 시작했던 닐의 저녁, 오래간만에 비가 내리기 시작했다. 그 순간, 나는 그 음울한 비가 내리던 날을 또다시 떠올렸다.

그것은 비가 내리면 나오는 게 아닐까.

기분 나쁜 상상을 한 덕분에 그날 밤은 좀처럼 잠들 수 없었다. 지금이라도 지붕 위에서 후둑, 후둑, 콩, 콩, 캉, 하는 소리가 들릴 것 같아서 조금도 마음을 놓을 수 없다.

그러는 사이 저도 모르게 잠들어버렸는지, 눈을 떠보니 아침이었다.

비는 상관없었던 걸까?

학교로 향하는 전철 안에서도 계속 생각하던 나는, 중요한 것을 깨달았다. 앗, 하고 소리칠 뻔했다.

처음에 그 소리가 들렸던 밤은 아름다운 달이 떠 있었다. 요컨대 비가 오는 것과는 상관없었다는 얘기가 된다. 결국 언제 나올지, 더 이상 나오지 않을지 전혀 알 수 없다는 사실은 변하지 않았다.


아무 일도 없는 채로 하루하루가 지나고, 장마철이 되었다.

그것이 비 오는 날에 반드시 나왔더라면 나는 이 시기에 머리가 어떻게 되었을지도 모른다. 나는 빗소리만 들으며 편히 잠 들 수 있는 행복을 마음껏 음미했다. 적어도 장마 초반부터 며 칠간은.

어느 날 밤, 나는 빗소리에 이상한 소리가 섞여 있는 것을 깨 달았다.

싹, 싸아아, 작, 싸아아.

지붕 위에 그것이 나타났나 하고 떨었지만, 가만히 귀를 기울 여보니 천장에서 울리는 것처럼 들리지는 않았다.

그러면 대체 어디에?

그렇게 수상히 여기며 침대 위에서 조금 머리를 들었을 때였 다. 소리의 출처를 똑똑히 안 나는 상당히 놀랐다.

……옆방이다.

그 기묘한 소리는 205호실에서 들리고 있었던 것이다.

작, 싸아아, 싹, 싸아아…….

그러나 옆방의 우에다가 밤중에 이런 소리를 낸 적은 이제까 지 한 번도 없다. 어느 정도의 생활음은 들렸지만, 충분히 허용 범위였다. 그것도 밤이 되면 대개 조용해진다. 아마도 일찍 잠 자리에 드는 것이겠지.

그러던 사람이 12시를 이미 넘긴 시간에 이상한 소리를 내고 있다.

뭘 하고 있는 거지?

205호실 쪽에 침대를 놓고 있었기 때문에 나는 벽에 귀를 붙 여보았다.

찰각, 찰각, 싸아아.

확실히 들린다. 하지만 그것이 무슨 소리인지는 알 수 없다. 어떠한 물체에서 나고 있는 소리 같지만 그 정체가 전혀 짐작되지 않는다.

작, 작, 싸아아.

다만 소리와 동시에, 우에다 자신도 움직이고 있는 듯한 기척이 느껴졌다.

스트레칭인가?

문득 떠오른 것은 그 여자가 통신판매로 산 운동기구를 사용해서 열심히 다이어트 운동을 하고 있는 모습이었다. 그렇게 생각하면 이상한 소리도 그 기구의 삐걱거리는 소리라고 이해할 수 있다.

하지만 이런 오밤중에?

우에다는 귀가가 늦는 편이 아니다. 스트레칭을 할 시간이 없다고는 생각되지 않는다. 무엇보다 이런 운동은 보통 욕실에 들어가기 전에 하지 않던가? 그날 밤, 적어도 우에다는 이미 샤워를 마쳤다. 그런 소리가 싫어도 귀에 들어와서 알 수 있다.

나는 복잡한 심경이었다. 가령 우에다가 스트레칭을 하고 있다면 차라리 마음을 놓을 수 있었다. 정체 모를 뭔가가 내는 소리가 아니라면 안도할 수 있기 때문이다. 그렇다고 해도 매일 밤, 이런 소리를 내며 운동을 하는 것은 견디기 어렵다. 조만간 찾아가서 조용히 해달라고 주의를 줄 수밖에 없다.

어쨌든 우선은 소리의 정체를 확인할 필요가 있었다.

나는 침대에서 나와 한동안 생각에 잠겼다. 여자 혼자 사는 방을 엿보는 것은 결코 칭찬받을 행위는 아니다. 하지만 그것 밖에 방법이 없을 듯했다.

살며시 창문을 열고 발소리를 죽이며 베란다로 나갔다. 맞은 편은 B동 정면으로, 전혀 사람의 모습은 없다. A동 좌우에도 민가가 들어서 있지만 불이 켜진 곳은 하나도 없다. 엿보는 현장을 들킬 걱정은 일단 없어보였다.

카도누마 하이츠 2층의 베란다는 201호실에서 206호실까지 일직선으로 늘어서 있고, 옆방과의 경계마다 칸막이가 설치되어 있는 타입이다. 화재 등의 긴급 시에는 그 칸막이를 부수고 옆 베란다로 피신할 수 있다. 반대로 방범이라는 측면을 생각하면 조금 무서울지도 모른다. 옆집 사람이 이상한 인물이라면 상당히 위험해지게 된다.

앗, 내가 그런가?

주위에 목격자가 될 만한 사람이 없는지 두리번거리면서 저도 모르게 쓴웃음을 지었다. 엿보고 있는 것을 우에다에게 들켰다간 웃을 수 없는 꼴을 당할 텐데.

그래도 그녀가 가슴이 컸던 것을 떠올리고서 한순간 레오타드 차림을 망상해버렸다. 남자의 본능이라고 해야겠지만, 내가 생각하기에도 정말 한심하다는 기분이 들었다.

205호실 쪽 칸막이 가까이에 가자 그 소리가 보다 또렷하게 들려와서 다시 한 번 긴장했다. 역시 옆방에서 들리는 소리라고 확신할 수 있었기 때문이다.

그건 그렇다지만 우에다는 정말로 뭘 하고 있는 걸까?

이때는 야한 망상보다도 호기심이 앞섰다고 생각한다.

나는 팔짱을 낀 자세로 베란다에 기대고서 마치 밤바람을 쐬고 있는 듯한 연기를 했다. 물론 아무도 보고 있지 않았지만, 만에 하나의 경우도 있다. 그렇게 하면서 슬쩍 고개만 칸막이 너머로 내밀어서 잽싸게 옆쪽을 들여다보았다.

어?

곧바로 영문을 알 수 없게 되어서 머릿속이 혼란해졌다. 나는 칸막이에서 얼굴을 내민 채 그대로 굳어서 빤히 창문을 바라보았다.

새까맸다.

커튼을 닫고 있던 게 아니다. 애초에 커튼 같은 건 없었다. 보이는 것은 창유리 뿐. 다만 그것이 이상했다. 창유리 안쪽에 가느다란 테이프 같은 것이 종횡으로 붙어 있다. 마치 실내에서 위험한 화학실험이라도 하고 있어서 만일의 폭발에 대비해 미리 테이프를 붙여놓은 것 같다.

그런 특이한 창문에는 작은 불빛도 비치지 않는다. 실내는 새까맣다.

그럼에도 새까만 방 안에서 차락, 차락, 싸아아, 자작, 자작, 싸아아, 하는 수수께끼의 소리가 여전히 들리고 있었다.


나는 또다시 잠들지 못하는 밤을 보내게 되었다.

침대를 반대쪽 벽으로 옮길까 생각했지만, 그러려면 책장과

위치를 바꿔야 한다. 한밤중에 가구의 위치를 바꾸는 것은 비상식적일 것이다.

옆방이 소리를 내고 있으니까 원래대로라면 신경 쓸 필요는 없다. 다만 103호실의 무카이에게 폐를 끼치게 된다. 가구를 옮기면 틀림없이 아래층에 소리가 울릴 것이다. 그렇게 되면 이번에는 내가 그의 수면을 방해하게 된다.

결국 잠든 것은 날이 밝아올 무렵이었다.


옆방의 우에다가 출근할 때 나가서 어젯밤의 소리에 대해 항의를 할 생각이었다. 그러나 일어날 수 없었다. 학교의 1교시 강의에도 나가지 못했다. 이런 일로 출석일수가 부족해지기라도 했다가는 정말 눈뜨고 못 볼 꼴이 벌어질 것이다.

그런데 그날 밤은 소리가 들려오지 않았다. 다음 날도, 그 다음 날도 역시 옆방은 조용했다.

지붕 위의 그것과 마찬가지로 연속해서 나지는 않는 것일까.

그런 식으로 생각할 뻔했지만, 두 개의 소리를 똑같이 취급하는 것은 잘못이라고 생각을 고쳤다. 옆방에서 소리를 내고 있는 것은 틀림없이 우에다다. 불도 켜지 않은 새까만 방에서 뭘 하고 있는지는 모르지만, 그 소리의 원인은 틀림없이 그녀다.

어쨌든 이대로 조용해지길 빌 수밖에 없다. 언제 또 들릴지 알 수 없다는 불안은 남지만, 너무 잦지만 않으면 참을 수 있다. 이런 일로 이사할 수는 없으니까.

이상한 소리가 들려서 무서우니까 다른 연립주택으로 이사하고 싶다.

그런 이유가 부모님에게 통할 리가 없다. 특히 아버지는 들은 체도 하지 않을 것이다. 오히려 화를 내며 송금이라도 끊었다간 큰일이다.

잠깐. 이 하이츠의 집세가 아주 싼 것은 묘한 소리가 나는 탓일까?

그 소리에는 어쩌면 우에다가 내는 소음도 포함되는 것일까?

그렇다면 하이츠 중에서도 205호실의 양쪽 방이 제일 싼 것은 아닐까.

스스로도 깨닫는 것이 늦었다고 어이없어했지만, 이때서야 간신히 그 가능성에 생각이 미친 것이다.


그리 덥지 않았던 장마가 끝나고 한동안 쾌청한 날씨가 이어졌다. 낮에는 에어컨이 필요했지만 밤에는 창문을 열어두면 그럭저럭 잘 수 있었다.

학교는 조금만 더 있으면 여름방학이었다. 선배나 친구들은 본가에 돌아가거나 장기간의 아르바이트, 여행 등 이미 예정을 세우고 있었지만 나는 아무것도 생각해둔 게 없었다.

모처럼 부모님에게서 떨어져 있을 수 있으니 본가에 돌아가지는 않는다. 돈은 필요하지만 아르바이트는 하기 싫다. 여행은 같이 갈 상대가 없다. 혼자 하는 여행은 논외다.

침대 안에서 그런 생각들을 하고 있는데…….

달칵달칵, 또록또록.

갑자기 지붕 위에서 소리가 들려서 나는 벌떡 일어섰다.

또 그건가…….

저도 모르게 몸을 움츠리고 귀를 기울인다. 그러자 이번에는,

달칵달칵, 또록또록, 카칭, 카칭.

지붕에서 베란다로, 뭔가가 떨어지는 소리가 들렸다.

후둑후둑후둑, 딱딱딱.

수수께끼의 소리는 계속 이어진다. 당연히 지붕 위보다도 베란다 쪽 소리가 또렷하게 들렸다.

나는 침대에서 나와 창문까지 가서 커튼을 걷으려고 했다. 하지만 묘한 소리의 이동과 함께 지붕 위에서 춤추던 존재가 베란다로 내려왔으면 어떡하나 하는 생각에 뻗었던 오른손이 멈췄다. 지금이라도 커튼 틈새로 **그것**이 안을 엿볼 것 같은 기분이 들었다.

나는 급히 침대로 돌아가서 이불을 머리까지 뒤집어썼다.

다음 날, 눈을 뜨자마자 바로 베란다를 보았다.

아무것도 없었다.

어젯밤, 지붕에서 베란다에 뭔가가 떨어진 듯한 소리가 들렸지만, 그게 뭔지 아무런 짐작도 가지 않는다. 일단은 한숨 돌렸지만, 그렇다고 해서 완전히 마음을 놓을 수 있는 것은 아니다.

역시 지붕 위에 있던 존재가 베란다까지 내려왔던 게 아닐까. 어쩌면 다음에는 집 안에 들어오는 건 아닐까.

문득 그런 생각이 떠올랐다.

나는 학교에서 하이츠로 돌아가는 것이 싫어졌다. 그래서 동아리방에 얼굴을 내밀고, 또 요전처럼 모두와 함께 시간을 보내려고 했다. 하지만 결국은 귀가가 늦어질 뿐이고 전혀 해결은 되지 않는다고 굳게 생각을 고쳐먹었다. 딱 한 가지 안심할 이유가 있는 것도 약간이나마 나에게 용기를 주었다.

이상한 소리는 연속해서 들릴 리 없다.

이제까지의 체험을 돌아보면, 적어도 며칠은 안전할 것이다. 물론 아무런 보증은 없지만 지금 당장 움직여야 한다고 생각했다. 표현은 호들갑스럽게 했지만, 딱히 대단한 일을 하는 것은 아니다. 주인집에 연락해서 이 하이츠에 뭔가 사연이 없는가를 물어보는 것뿐이다.

문제는 뭐라고 물어봐야 하는가다.

이곳에서 과거에 뭔가 흉흉한 사건이 없었습니까, 라고 직접적으로 질문할까. 입주 이후로 어쩐지 찝찝하고 기분 나쁜 일이 일어나고 있습니다만 뭔가 짚이는 것은 없으십니까, 라고 에둘러 물어볼까.

다만 하이츠의 견학도 집세 계약도 실제로 처리해준 것은 부동산 업자다. 집 주인과는 한 번도 만나지 않았다. 다만 계약서에는 주소가 적혀 있어서, 하이츠에서 멀지 않은 곳이라는 것은 알고 있다. 그러니까 집주인을 찾아가는 것은 간단했다.

하지만 뭐라고 말하면 되지?

처음 만나는 사람에게 꺼낼 수 있는 화제는 아닐 것이다. 조금은 얼굴을 익히고 난 뒤에, 사실은……이라고 꺼낼 수 있는 내용이 아닐까.

그런 의미에서는 103호실의 무카이가 적임이었다. 하지만 무카이는 아침 일찍 출근해서 밤늦게 돌아온다. 좀처럼 얼굴을 마주할 기회가 없다. 토요일도 대부분 출근하는 듯했다. 일요일은 휴일 같지만, 하루 종일 외출해 있든가 아니면 집 안에서 마냥 자고 있는 눈치였다. 그런 무카이를 귀찮게 만드는 것 역시 꺼려졌다. 1층이기 때문에 아무것도 모를 가능성을 고려하면 더욱 그렇다.

부동산업자는 처음부터 제외하고 있었다. 그 입장과 업무를 생각하면 설령 뭔가 알고 있어도 이야기하지 않을 것이기 때문이다.

역시 집주인밖에 없는 걸까.

나는 망연자실했다. 이럴 줄 알았다면 이사했을 때에 곧바로 집주인을 찾아가서 인사했으면 좋았을 거라며 후회했다.

나는 어두운 기분으로 하이츠까지 돌아와서 우편함을 들여다본 뒤, 계단을 오르다가 앗, 하고 발걸음을 멈췄다.

어쩌면 난 이미 집주인을 만났을지도 모른다.

이제까지 몇 번인가 하이츠의 정면과 1, 2층 복도, 그리고 계단을 청소하는 할머니를 본 적이 있었다. 이야기를 나눈 적은 없지만 늘 인사 정도는 하고 있었다. 공동 사용 공간을 청소해 주고 있으니 내 나름의 감사를 표할 생각이었다.

이제까지 이 하이츠의 거주인이라고만 생각했는데, 그 할머니는 어쩌면 집주인일지도 모른다. 근거는 없지도 않다.

이곳의 입주자는 적지만, 녁 달 정도 살고 있다 보면 한 번 정도는 얼굴을 볼 기회가 있다. 하지만 이제까지 노인을 본 적은 한 번도 없었다. 학생도 나 정도고, 나머지는 3, 40대뿐이었다. 굳이 말하자면 다른 사람과 접하는 데 서툴러 보이는 인상을 주는 입주지가 많았다. 103호실의 무카이는 아무래도 예외인 것 같다.

우선 나는 이 가능성에 걸어보기로 했다.


우연히 만나기를 기다려보았는데, 좀처럼 기회가 찾아오지 않아서 8월이 되어버렸다. 전에 본 것이 오전 중이어서 그 시간대를 노리고 있었는데, 이렇게 날이 더워서는 청소고 뭐고 없을 것이다.

상대는 노인이니까.

그래서 조금 선선해지는 저녁 무렵에 망을 보기로 했다. 이 작전이 성공을 거두어서, 간신히 그 할머니를 발견할 수 있었다. 이제 중요한 건 어느 타이밍에 어떻게 말을 걸 것인가다.

할머니는 2층 복도부터 계단, 거기서 다시 1층 복도부터 하이츠 정면 순서로 청소를 하고 있다. 복도에서 이야기를 나누면 집 안에 있는 사람들에게 들릴 것이다. 계단이라면 다니는 데 방해가 된다. 남은 것은 하이츠 정면의 공간이었다.

내가 처음에 문에서 얼굴을 내밀었을 때, 마침 할머니는 빗자루로 계단을 쓸고 있었다. 그 모습이 보이지 않게 되고 난 후, 1층 복도의 청소가 끝났을 무렵을 노려 나는 태연한 얼굴로 집 밖으로 나왔다.

두근거리는 마음으로 계단을 내려가는데, 할머니가 1층 복도 쪽에서 불쑥 나타났다. 갑작스러워서 놀랐지만, 나는 급히 말을 걸었다.

"느, 느, 늘 감사합니다."

모양새가 꼴사납게 되어버렸지만 어쩔 수 없다.

"어머나, 안녕하세요."

하지만 가장 중요한 할머니의 반응이 나쁘지 않았던 것이 무엇보다 큰 위안이 되었다.

"203호실의 학생이군요."

"네. 혹시 집주인 할머니이신가요? 신세를 지고 있습니다."

나중에 생각하면, 이때의 내 대답이 아무래도 좋은 인상을 주었던 것 같다. 이후로 집주인 할머니와 만나면 한동안 이야기를 나누는 사이가 되었다. 만나는 것은 당연히 우연이 아니라 전부 계획대로였다. 무슨 요일의 몇 시경에 청소를 하는지 처음 만났을 때에 꼼꼼하게 들어두었다. 문제의 화제를 갑자기 꺼낼 수 없다. 우선은 친해질 필요가 있다.

느긋하게 기다릴 수 있었던 것은, 한동안은 이상한 일이 일어나지 않을 것이 틀림없다고 이제까지의 경험으로 예상할 수 있었기 때문이다. 여기서 초조해하는 것은 금물이라고 스스로에게 들려주었다. 그래도 되도록 빨리 물어보고 싶다는 마음은 당연히 있었다.

그리고 그 기회는 생각보다 빨리 찾아왔다.

그날, 나는 아침부터 학교가 있는 시가지까지 외출했다. 살 만한 물건이 꽤 있다며, 전에 미토 선배가 역사책이 잘 구비되어 있다는 헌책방을 알려주어서 그곳을 들러볼 생각이었다. 게다가 오래간만에 흐린 날씨라 더위도 조금은 누그러질 거라 생각했기 때문이다.

볼일을 마치고 전철로 이동해서 집 근처 역에서 내릴 때까지는 날씨가 괜찮았다. 그런데 하이츠까지 얼마 남지 않았을 즈음에 갑자기 검은 비구름이 뭉게뭉게 퍼지기 시작했다.

이거 한바탕 퍼붓겠는걸.

나는 물건이 든 봉투를 안고서 황급히 뛰기 시작했다. 그러나 하이츠의 부지에 발을 들이자마자 후두두둑 하는 빗소리가 들리기 시작했다. 이제 곧 쏴아아 하고 장대비가 퍼붓는다는 신호와 같은 빗방울이었다.

조금만 더 가면 되는데!

도저히 제 시간에 도착할 수 없다. 저도 모르게 포기하려고 했을 때.

"학생! 여기, 여기!"

소리가 난 쪽을 보니, 1층의 지붕 아래에서 집주인 할머니가 빗자루를 들고 계속 손짓을 하고 있었다.

곧바로 내가 뛰어들자 딱 그 직후에 무시무시한 빗소리와 함께 장대비가 하늘에서 쏟아졌다.

"우와, 정말로 종이 한 장 차이였네."

크게 숨을 내쉬며 중얼거린 나에게, 집주인이 웃음을 지으며 말을 걸었다.

"참 아슬아슬했지요."

1층의 지붕이라고 해도 요컨대 2층 복도 바로 아래다. 여기에서 수직으로 올라가면 집 안에 들어갈 수 있지만, 계단은 바깥을 향해 만들어져 있고 지붕도 없다. 2층에도 각 집의 문 위에 형식적인 처마가 있지만, 장대비가 쏟아질 때에는 우산이 있어도 문을 여닫는 동안 젖어버리는 것은 매한가지였다.

2층 복도에도 지붕이 필요하다고 말할까?

좋은 기회라고 생각했지만 그러고 있을 상황이냐고 스스로에게 딴죽을 걸었다. 두 사람 모두 당분간은 움직이지 못하니까, 그 이야기를 하기에 안성맞춤이다. 게다가 빗소리가 요란해서, 가령 1층에 사람이 있더라도 아마 우리가 나누는 이야기를 제대로 듣지 못할 것이다.

열심히 날씨 이야기를 하는 집주인 할머니에게 맞장구를 치면서, 나는 어떻게 그 이야기를 꺼낼까를 생각하고 있었다. 다만 어떤 식으로 이야기하더라도 내용이 내용인 만큼 뜬금없는 얘기가 되는 것을 피할 수 없을 듯했다.

난처하게 됐네.

내가 머리를 짜내고 있는데, 날씨 이야기를 끝낸 집주인 할머니가 바라마지 않던 말을 했다.

"여기 사는 건 좀 어떤가요? 이미 익숙해졌겠죠? 살면서 뭔가 불편한 것은 없나요?"

"아뇨. 집세가 싼 데도 방이 아주 넓어서 정말 좋아요."

그런 뒤에 나는 하이츠를 입이 마르게 칭찬했다. 그런 뒤에 이곳은 입주자가 적다는 것, 집세가 싼 것을 언급하고서 마치 지금 막 떠올랐다는 것처럼 이야기를 꺼냈다.

"그러고 보니 몇 번인가, 밤중에 이상한 소리가 들려서 조금 난처했던 적이 있어요."

"무슨 소린가요?"

나는 열심히 노력해서 최대한 정확하게 그 소리를 재현했다.

"아아, 그건 빗소리겠죠."

그렇지만 집주인이 별것 아니라는 듯 대답해서, 나는 필사적으로 고개를 저었다.

"그게 아닌 것 같더라고요. 이렇게 바람이 불거나 비가 내리지 않는 밤에도 몇 번이나 들었으니까요."

"아뇨, 지금 내리는 이런 비를 말한 게 아니랍니다."

"네? 다른 비가 있나요?"

놀라 되묻는 나를 보고, 집주인 할머니가 엷은 미소를 지으며 말했다.

"괜찮아요. 걱정할 필요 없으니까."

"걱정할 필요 없다니요?"

"해는 없으니까요."

"네?"

"어른에게는 해가 없어요."

무슨 소릴 하는 건지 역시 모르겠다. 하지만 그다음에 이어진 집주인 할머니의 말을 듣고, 나는 등줄기에 한기를 느꼈다.

"그래서 애를 데리고 있는 집은 우리 연립에 들이지 않고 있답니다."

확실히 카도누마 하이츠에서 어린아이의 모습을 본 적은 한 번도 없었다. 원룸 연립주택이기 때문이라고 생각했지만, 아무래도 아니었던 모양이다.

이곳과 같은 규모의 연립주택은 역에서 하이츠까지 오는 동안에도 여럿 있었다. 돌이켜보면 어느 건물 앞에서나 아이들이 놀고 있었다. 대부분이 아주 어린 아이였다. 그렇지만 그 사실을 뒤집어보면, 원룸 주택이라도 아이가 크기 전까지는 부모와 셋이서도 충분히 살 수 있다는 것을 알 수 있다.

중고생쯤 되면 역시나 자기 방을 원할 것이다. 방의 수가 늘어나면 당연히 집세도 오른다. 그러니까 자녀가 어릴 적에는 되도록 집세가 싼 원룸에 살면서 저축하고 있는 게 아닐까. 그렇게 생각하면 카도누마 하이츠는 그야말로 안성맞춤의 물건이다. 그럼에도 아이가 한 명도 없다. 왜냐하면 집주인이 아이가 있는 가정의 입주를 거절하고 있기 때문에.

어째서?

당연히 그 점에 의문을 느낀 나는 집주인 할머니에게 왜 아이를 들이지 않느냐고 물어보았다.

"요전에도 부동산 업자분이 간사이 지방에서 이사 올 예정인 젊은 부부가 있습니다만, 이라고 연락을 해왔지요. 이곳을 보여주었더니 몹시 오고 싶어 하던 모양이더군요. 하지만 어린아이가 있다는 것을 알게 되어서 거절했답니다. 전에 토카이(東海) 지방의 부부도 있었는데, 아이의 나이가 아슬아슬하다 싶었지만 역시 거절했죠."

그렇지만 할머니는 여전히 엷은 미소를 지으며 그런 이야기를 할 뿐이었다.

그런데 이내 내 얼굴을 빤히 바라보기 시작했다. 마치 처음 만나는 사람이라는 듯 빤히 바라보고 있다. 아니, 처음 만나든 아는 사람이든 이렇게까지 타인의 얼굴을 응시하는 것은 아무리 그래도 실례일 텐데.

"어, 왜 그러시나요?"

나는 조금 정색하며 물었다.

"별 문제는 없으리라고 생각합니다만, 조금 걱정이 되어서요."

또 집주인 할머니가 영문 모를 소리를 했다.

"조금 전부터 무슨 말씀을 하시는지 모르겠는데요."

제아무리 나라도 조금 어조가 강해졌다. 아무리 나이든 분이 상대라고는 해도, 어쩐지 바보 취급당하고 있다는 기분이 들었다.

하지만 집주인 할머니의 말에 나는 또다시 식은땀을 흘리고 말았다.

"학생은 꽤나 동안이니까요."

빗발이 조금 약해진 것을 보고, 나는 집주인 할머니에게 형식적인 인사를 하고서 2층의 방까지 뛰어갔다. 눈 깜짝할 사이에 온몸이 젖었지만, 전혀 신경 쓰이지 않았다. 어쨌든 한 시라도 빨리 집주인으로부터 떨어지고 싶다. 그런 생각밖에 머리에 없었다.

집 안에 들어가서 쇼핑백을 신발 벗는 곳에 내려놓고, 젖은 머리를 수건으로 닦고서 옷을 갈아입은 뒤에 인스턴트커피를 만들었다.

집주인 할머니와 이야기해도 아무것도 알 수 없었다. 오히려 수수께끼가 더욱 깊어졌다. 두려움이 더 강해져버렸다. 그런 느낌이다.

그래도 따뜻한 커피를 마시는 동안, 조금씩 진정되기 시작했다. 집주인의 말을 냉정하게 생각할 여유도 생겼다.

여기에 살면, 어째서 어린아이에게 해가 있는가.

지붕 위에 있던 그것이 아이에게 나쁜 영향을 끼치기 때문인 걸까.

102호실에 있던 중학생은 그것의 앙화를 입은 것일까.

그런 존재인 **그것**은, 대체 무엇일까.

왜 카도누마 하이츠에 들러붙어 있는 것일까.

이곳의 주민이 적은 것도 그것 탓일까.

그것을 알면서 어째서 집주인은 방치하고 있는가.

애초에 집주인과 그것은 어떤 관계인가.

꼬리에 꼬리를 물고 의문이 솟아난다. 하지만 모든 것이 어둠속이다. 집주인 할머니라면 대답할 수 있겠지만, 그 태도를 보기에는 아무래도 알려줄 것 같지 않다.

아니, 그런 것은 아무래도 상관없다. 알고 싶다고는 생각하지만, 가장 급한 문제는 아니다. 내가 신경 써야 하는 것은 집주인 할머니의 마지막 대사였다.

학생은 상당히 동안이니까요.

무슨 의미일까. 어린아이라고 착각할 정도의 동안이라고 말하고 싶은 걸까. 하지만 역시나 그건 아니다. 키도 동년배 남자 정도는 된다. 아무리 그래도 '어린애'라고 불릴 나이로 보일 거라고는 생각하기 어렵다.

상대가 인간이라면 말이죠…….

문득 그렇게 속삭이는 집주인 할머니의 목소리가 들린 기분이 들었다.

그날 밤, 나는 방에 불을 켠 채로 잘 수 밖에 없었어.


며칠간은 아무 일 없이 지나갔다.

그러나 밤을 맞이할 때마다, 침대에 들 때마다 나는 긴장했다. 이럴 바에야 기숙사식 아르바이트라도 해서 여름방학 동안 하이츠를 떠나 있을 걸 그랬다며 후회했다.

하지만 결국은 돌아와야만 한다.

지금은 집주인이 말한, "어른에게는 해가 없다."라는 말을 믿을 수밖에 없다고 생각했다. 나는 매일 밤 그렇게 자신을 달래며 잠자리에 들고 있었다. 그렇게 해서 어떻게든 잠을 잘 수 있었다.

그날 밤도 무사히, 이만 잠자리에 들려고 하던 때였다.

차락, 작, 차락, 작.

옆방인 205호실에서 그 소리가 들려왔다. 모처럼 잠에 막 들려던 차에, 확 잠이 깨버렸다.

지붕 위의 소리가 나지 않게 되어 안도하던 것도 있어서, 나는 화가 났다.

싸아아, 싸아아.

정체를 알 수 없는 소리가 날 때마다 속이 부글부글 끓었다. 이쪽의 신경을 자극하는 듯한 소리에 불쾌감이 치솟았다.

쿵, 쿵.

참을 수 없게 된 나는 가볍게 벽을 두드렸다. 화가 났다고는 해도 일을 크게 벌이고 싶지 않다는 이성이, 이때까지는 아직 있었다.

쿵!

그런데 이쪽의 노크에 대한 응답은, 저 너머에서 벽을 세차게 후려치는 무시무시한 소리였다. 전혀 예상하지 못했던 반응에, 나는 침대 위에서 저도 모르게 몸을 움츠렸다.

하지만 곧바로 화가 부글부글 끓어올랐다. 분노가 머리끝까지 솟았다.

뭐 이딴 게 다 있어!

이쪽은 조용히 끝내려고 "좀 시끄럽습니다." 정도의 노크를 했을 뿐이다. 그것에 대해 마치 불평을 하듯이, 벽을 후려치다니!

나는 침대에서 일어나서 셔츠와 청바지를 입었다. 이렇게 되면 직접 우에다에게 따질 필요가 있다.

샌들을 신고 집 밖으로 나오니, 음울한 검은 구름이 온 하늘에 퍼져 있었다. 뜨뜻미지근한 바람도 불고 있다. 그 암담한 경관과 피부에 느껴지는 끈적끈적한 느낌이 아주 불쾌해서, 더더욱 짜증이 고개를 치켜들었다.

딩동.

205호실의 인터폰을 누른다. 조금 기다렸지만 응답이 없다.

딩동, 딩동, 딩동.

이번에는 연속에서 세 번이나 누른다. 그러나 여전히 무반응이다.

빈집인 체 할 셈인가?

나는 더욱 화가 치밀어올랐다. 쾅쾅쾅! 하고 힘껏 문을 두드리고 싶었지만 간신히 참았다.

103호실의 무카이에게 폐를 끼치고 싶지 않다.

스스로 보기에도 놀랄 정도로 냉정하게 판단했다. 하지만 상대가 우에다라면 얘기는 다르다. 이러지도 저러지도 못하는 상황에 빠진 나는, 일단 눈앞의 문손잡이를 돌렸다.

철컥.

그랬더니 간단히 돌아갔다. 잠겨 있지 않았던 모양이다.

아무리 화가 난 나라도 막상 무단으로 문을 열고 나니 당황스러웠다. 경찰에 신고하면 잡혀갈 것이다. 그렇다고는 해도 조금 전 소음에 대해 쏘아붙여주기 전까지는 이쪽도 방에 돌아갈 수 없다.

나는 조심조심 205호실의 문을 열었다.


"우에다 씨?"

고개만 들이미는 모습으로, 집 안을 향해 불렀다.

"옆집 사람인데요."

크게 고함칠 생각이었지만, 속삭이는 듯한 목소리밖에 나오지 않았다.

문 너머는 새까만 어둠이었다. 203호실과 같은 구조라고 한다면 들어가자마자 신발을 벗는 현관이 나오고, 거기서부터 복도가 쭉 이어지며 한쪽이 부엌과 세탁기 자리, 다른 한쪽에 욕실과 화장실 문이 둘, 복도 끝에 방과 칸막이용 문이 하나씩 있을 것이다.

"우에다 씨, 있죠?"

눈이 익숙해짐에 따라 나는 조금씩 대담해졌다.

"밤중에 이상한 소리를 내면 옆집에 폐가 되잖아요."

이쯤에서 나는 처음으로 위화감을 느꼈다고 생각한다. 하지만 전혀 대답이 없는 것에 또다시 분노를 느껴서, 그런 감각은 금방 날아가버렸다.

이대로 얌전히 물러갈 줄 알고?

문을 열고 목소리를 내자 망설임이 점점 사라져서, 나는 집 안으로 들어갈 결심을 했다. 이렇게 되면 무슨 일이 있더라도 그녀와 얼굴을 마주하고 항의를 해야 한다.

현관에 발을 들이고, 한 손으로 문을 지탱하며 다른 한 손으로 전기 스위치를 찾아서 눌렀다. 그렇지만 불이 들어오지 않았다. 몇 번인가 딸깍딸깍 눌러보았지만, 여전히 집 안은 새까맸다.

하이츠의 문은 활짝 열어둘 수 없었다. 손을 떼면 자동으로 닫혀버린다. 이 상태에서 문이 닫히면 집 안의 복도는 다시 암흑에 가라앉는다. 바깥의 불빛이 들어올 틈 같은 건 없기 때문에, 애초에 어둠에 눈이 익숙해질 수도 없다. 아무것도 보이지 않게 된다.

그렇다고 해서 문을 밀고 있을 뭔가를 가지러 내 방까지 다녀오기는 싫었다. 한 번 돌아가버리면 두 번 다시 205호실의 문을 열 용기가 나지 않을 듯한 기분이었다.

샌들이라도 끼워놓을까.

그렇게 생각했을 때, 문에 붙어 있는 U자형 록이 눈에 들어왔다. 사슬식 자물쇠와 같은 방식의 보조 잠금장치였다.

나는 문을 연 채로, 우선 현관에 들어갔다. 거기서 U자형 록을 펼쳐서 문을 닫았다. 그러자 10센티미터 정도의 틈새가 생겨서 복도의 조명이 약간이나마 비쳐들었다. 결코 충분한 광량은 아니었지만, 어둠에 눈이 익숙해지기면 문제없을 것이다.

"실례하겠습니다."

집 안을 향해 말을 걸며 샌들을 벗는다. 복도로 올라가려고 하다가 뭔가가 얼굴에 닿아서 히익 하고 비명을 지를 뻔했다.

손으로 더듬어보니, 아무래도 현관 앞에 발 같은 것을 쳐놓은 모양이었다. 하지만 길쭉한 가로봉과 세로봉이 뒤섞인 형태라, 불을 켜게 되면 발 너머가 훤히 보일 것 같았다. 가림막 역할을 하고 있다고는 도저히 생각되지 않았다.

그 기묘한 물체를 헤치고 복도를 두세 걸음 정도 걸었을 때.

어라?

조금 전에 느낀 위화감이 갑자기 엄습하기 시작했다.

뭔가 좀 이상한데?

거기서 나는 깜짝 놀랐다. 이미 깨닫고 있어야 했는데, 이때까지 전혀 몰랐던 것에 스스로도 쇼크를 받았다.

현관 앞에 신발이 한 켤레도 없었던 것이다.

그렇다고 해서 복도에 신발장이 놓여 있던 것은 아니다. 그런 물건은 보이지 않는다. 여자라면 남자보다 많은 신발을 가지고 있을 것이다. 그럼에도 한 켤레도 없다.

……이상해.

나는 복도 중간에 멈춰 섰다. 그녀의 신발이 왜 한 켤레도 없는지는 알 수 없었지만 어쩐지 안 좋은 예감이 들었다.

저도 모르게 발길을 돌리고 싶었지만, 어둠에 익숙해지기 시작한 눈이 더욱 커다란 위화감을 일으키는 것을 발견해버렸다.

부엌에 있어야 할 냄비나 프라이팬 같은 식기가 전혀 없었다.

그 옆의 세탁기 자리도 텅 빈 상태였다.

도저히 입주자가 살고 있다고는 생각되지 않는 기묘한 광경이, 길쭉한 암흑의 세계에 존재하고 있었다. 안 좋은 예감이 더욱 강해졌다.

나는 땀을 흘리고 있었다. 여름이니까 땀이 나는 건 당연할지도 모른다. 하지만 그것은 식은땀이었다.

욕실의 문을 열고 전등 스위치를 누른다. 역시 들어오지 않는다. 바깥의 빛은 여기까지 닿지 않기 때문에 확실치는 않지만 샴푸나 린스, 비누나 수건 같은 보통 있어야 할 물건들이 하나도 없다. 화장실 문도 열어서 확인했지만 마찬가지였다.

아무것도 없다.

205호실 절반 정도까지의 거주공간에는 사람이 사는 흔적이 전혀 없었다.


은둔생활을 하고 있나?

우에다의 어두운 표정을 떠올리고, 한순간 그런 생각이 들었다. 하지만 가령 그렇다고 해도 생활에 필요한 물건을 최소한으로는 구비하고 있을 것이다.

이곳에는 아무것도 없다.

게다가 우에다는 매일 아침 거의 같은 시간에 집을 나서고 있다. 귀가도 마찬가지다. 그 규칙적인 하루하루를 반복하는 모습은 어떻게 봐도 일반 직장인이다.

하지만 이곳에는 아무것도 없다.

정신이 들고 보니, 암흑에 비쳐드는 약간의 빛 속에 뭉게뭉게 피어오르고 있는 먼지 입자가 눈에 들어왔다. 아마도 오랫동안 청소를 하지 않은 것은 아닐까. 그곳을 내가 걸었기 때문에 쌓여 있던 먼지가 피어오른 것이 틀림없다.

대체 여기는…….

어디일까 하고 생각하자마자, 견딜 수 없이 무서워졌다. 차가운 복도 바닥에서 냉기가 두 다리를 타고 기어오른다.

203호실의 옆방인 205호실이다. 우에다라는 여자의 방이다.

머리로는 그렇게 이해하고 있어도 자신은 감각이 부정하고 있는 기분이었다.

아니다. 여기에 있어서는 안 된다.

그런데도 나는 눈앞의 문을, 그야말로 지금 막 열려고 하고 있었다. 이 문 너머에서 우에다의 모습만 확인하면 모든 것이 해결된다. 어느샌가 스스로에게 그렇게 들려주고 있다. 그녀의 모습을 눈으로 확인하면, 아무 말도 하지 않고 돌아갈 생각이었다.

문을 노크하려고 한 손을 들다가, 역시 멈춘다. 그 손으로 문 손잡이를 쥐고 천천히 돌린다. 손잡이가 다 돌아갔을 때에 문을 앞으로 연다.

방 안은 새까맸다. 바깥의 빛도 이미 닿지 않는다.

퀴퀴한 냄새가 방 안에서 흘러나왔다. 닫혀 있던 방에 떠도는, 그것은 곰팡이 냄새와 닮아 있었다. 그 직후 뭔가 쉰 듯한 냄새가 나서 저도 모르게 손바닥으로 코를 덮었다.

음식물이라도 썩은 건가?

공포보다도 혐오의 감정을 강하게 느꼈을 때였다.

착, 착, 자작, 싸아아악.

그 수수께끼의 소리가 방 안에서 흘러나왔다. 필사적으로 눈을 크게 뜨고 보았지만 어둠 때문에 아무것도 보이지 않는다.

착, 착, 자작, 싸아아악.

아무래도 방 안에서 들리는 게 틀림없다. 다만 여전히 그것이 무슨 소리인지 전혀 알 수 없었다.

나는 문에 고개를 집어넣고 가만히 소리를 들었다.

자작, 자작, 싸아아.

이렇게 직접 듣고 있으면 왠지 모르게 소리의 정체를 알 수 있을 듯한 기분이 들었다. 조금 만 더 들으면 알아낼 수 있을 것 같았다.

싸아악, 자작, 싸아아악.

그러는 동안 소리가 조금씩 변화하는 것을 깨달았다.

싸아악, 작, 싸아악.

소리가 이쪽으로 다가오고 있었다.

그 소리를 내고 있는 뭔가가, 문을 향해서 다가오고 있다.

새까만 방 안을, 내 쪽으로 이동하고 있다.

그것은 마룻바닥 위를 계속 기어오고 있는 듯했다.


맞은편에서는 이쪽이 보이는 걸까.

곧바로 떠오른 의문이었다. 그렇지만 맞은편에는 대체 뭐가?

이 집에 사는 우에다.

……라고는 생각되지 않는다. 애초에 상대가 인간이라는 보증은 어디에도 없다.

그러면 뭐지?

그런 생각을 한 순간 내 팔뚝에 소름이 돋았다.

도망쳐라.

본능이 명령했다. 그 지령이 마치 상대에게도 전해진 듯이,

싸아악, 자작, 자작, 자작, 자작.

갑자기 소리의 속도가 빨라지고, 이쪽으로 다가오는 기척이 강해졌다.

어……?

상대의 재빠른 반응에, 오히려 나는 움직일 수 없게 되었다.

자작, 자작, 자작, 자작.

이러저러 하는 사이에도 저쪽은 확실히 다가온다.

얼른 도망쳐!

이번에도 머릿속으로는 스스로에게 명령했지만, 역시 몸이 움직이지 않는다.

자작, 자작, 싸아아악.

거의 눈앞에서 소리가 변화하고, 동시에 어둠 속에서 공기의 흔들림이 느껴지며 지금이라도 눈앞에 무시무시한 뭔가가 나타나려는 찰나.

철컥.

나는 급히 문을 닫았다.

탕!

방 안쪽에서 뭔가가 문을 두들겼다.

쿵! 쿵!

더욱 강하게 두드리는 소리가 이어졌다.

그런 뒤에 이번에는 문손잡이가 돌아가기 시작했다. 그 무서운 감촉이 손바닥에 전해져서 나는 황급히 두 손으로 손잡이를 꽉 쥐었다.

열게 했다간 끝장이다.

손잡이가 돌아가지 않게 하려고 두 손에 온 힘을 담았다. 얼굴에서 땀이 줄줄 흐른다. 턱에서 뚝뚝 떨어진다.

하지만 이대로는 도망칠 수 없다. 여기서 나가기 위해서는 손잡이에서 손을 놓을 필요가 있다. 그렇게 되면 이 방 안에 있는 뭔가가 문을 열고 이쪽으로 나올 것이 틀림없다. 도망치는 나를 쫓아와 붙잡으려 할 것이다.

이제부터의 행동을 나는 머릿속에 그려보았다.

이 문에서 현관까지 달려가서, 현관문을 열고 밖으로 나간다. 샌들을 신을 짬은 없다. U자형 록도 내버려둔다. 아니, 원래대로 돌려놓는 편이 좋다. 그러면 문은 자연스럽게 꽉 닫힌다. 그러면 쫓아오는 상대가 문을 여는 수고가 필요하니, 도망칠 시간을 벌 수 있다. 내 자취방 문은 잠겨 있지 않다. 그러니까 곧바로 뛰어들 수 있다. 그것과 동시에 문을 잠그고 U자형 록을 건다.

상대에게 따라잡히기 전에 집으로 도망칠 수 있을 것이라는 생각이 들었다. 만약 문제가 있다면, 이 문 너머에 있는 뭔가가 인간이 아닌 움직임을 보일 가능성이다.

필사적으로 생각하는 동안, 손잡이에서 느껴지던 힘이 완전히 사라졌음을 뒤늦게 깨달았다.

문 앞에서 물러났다?

하지만 그렇다면 아까 들리던 소리가 들렸을 것이다.

도망치려면 지금인가.

어쨌든 이것은 찬스였다. 다만 발소리를 낼 위험을 감수하면서도 달려갈지 가만히 발소리를 죽이며 도망칠지, 어느 쪽을 골라야 할지 고민한다.

발소리를 내자마자 문이 벌컥 열리며 무서운 것이 나올지도 모른다. 도망칠 수 있다는 자신감은 있었지만, 가능하면 쫓기고 싶지 않다. 살금살금 복도를 걸어서 돌아갈 경우, 언제 문이 열릴지 모른다는 공포가 있다. 그때 재빨리 반응하면 다행이지만, 몸이 굳어서 움직이지 않을지도 모른다. 그렇게 되면 끝장이다.

뛰어서 도망치자.

그렇게 냉정하게 판단했는데도, 어째서인지 나는 손잡이에서 조용히 손을 뗀 뒤에 천천히 뒷걸음질 치기 시작했다. 어둠에 떠 있는 하얀 문을 주시하면서, 조금씩 후퇴했다. 그 문이 조금이라도 열릴 기미가 보이면, 곧바로 뒤로 돌아 뛰자고 마음의 준비를 했다.


지나가는 것은 괜찮아, 돌아가는 건 무서워.


〈토랸세〉(다소 어둡고 음산한 가락의 일본 동요_역주)의 가사가 머릿속에서 메아리친다. 세탁기 자리와 화장실 문 앞을 지난다. 복도를 반 정도 왔다는 얘기가 된다.

앞으로 절반.

스스로에게 들려주고 있는데, 상당히 흐릿하게 보이는 안쪽 문이 서서히 열리기 시작하는 것처럼 보였다. 너무 어두워서 확실하지는 않지만, 역시 열리고 있나고밖에 생각되지 않는다.

저럴 수가…….

주뼛주뼛 목덜미의 털이 곤두섰다. 이마가 이상하게 욱신욱신 아프다. 뒷걸음질 치는 발걸음이 빨라진다. 사실은 뛰고 싶었지만 안쪽 문에 등을 돌리는 게 너무나 두렵다.

그 문이 반쯤 열렸을 즈음, 작, 작, 작 하는 소리와 함께 실내에서 뭔가 검은 것이 스윽 하고 나왔다.

그것은 어린아이처럼 비쳤다. 그러나 물론 평범한 아이와는 다르다. 어디가 어떻게 다른지는 알 수 없지만, 어쨌든 일그러져 있었다.

그런 것이 척, 척…… 하고 이쪽을 향해 걷기 시작했다. 당장이라도 뛰어서 도망치고 싶은데 여전히 나는 뒷걸음질로 복도를 걷고 있다.

척, 척…… 하고 어색하게 다가오는 그것을 보는 동안, 나는 자신이 착각하고 있음을 깨달았다.

어린애가 아니다……. 저건 노인이다.

옥상 위에 있던, 그 노파다!

그렇게 깨달았을 때, 내 오른쪽 발이 현관 바닥에 걸려서 휘청하고 밸런스가 무너졌다.

다음 순간, 노인인 듯한 알 수 없는 검은 존재가 그때까지의 완만한 걸음걸이가 믿기지 않을 정도의 무시무시한 기세로 이쪽을 향해 닥쳐왔다.

넘어질 뻔했지만, 곧바로 뒤로 돌아서 현관문을 열고 밖으로 뛰쳐나갔다. U자형 록을 걸 여유 따윈 없다. 그대로 내 자취방의 문으로 달려들어서 집 안에 들어가자마자 잽싸게 문을 잠근 뒤에 그 자리에 주저앉았다. 여기까지 오는 데 분명 5초도 안 걸렸을 것이다.

지금이라도 문을 쾅쾅 두들길 것 같은 기분이 들어서 저도 모르게 몸을 움츠렸다. 하지만 밖은 아주 조용했다. 아무런 소리도 나지 않았다.

나는 거칠어진 호흡이 가라앉기를 기다렸다가 천천히 방에 들어갔다. 그리고 침대에서 매트리스를 끌어내려 202호실 쪽 벽장 앞에 깔고, 거기에 쓰러지듯이 누웠다.

잠들 수 있는 상태가 아니었지만, 어쨌든 몸을 눕힐 수밖에 없었다.


다음 날은 아침부터 땀을 뻘뻘 흘리면서 침대와 벽장의 위치를 바꿨다. 더 이상 하룻밤이라도 205호실 쪽 벽 가까이에서 잘 수는 없다. 결국 오전 시간 전부를 써버렸다.

점심을 먹으려고 밖으로 나가자 205호실 쪽이 눈에 들어온다. 쨍쨍 내리쬐는 강렬한 한여름의 햇살 속에서 옆집의 문을 바라보고 있으니, 어젯밤의 체험이 거짓말처럼 느껴진다.

그것은 꿈이 아니다.

일부러 스스로에게 그렇게 들려주지 않으면, 어째서인지 꿈으로 해두고 싶다. 진짜 체험이라는 걸 알면서도, 꿈이었던 것으로 해두고 싶어 하는 내가 있다.

지금 저 집 안은 어떻게 되어 있을까.

우에다는 오늘 아침도 평소와 같은 시간에 방을 나갔다. 보통 때와 특별히 달라진 것은 없었다. 다만 우에다를 직접 본 것은 아니고, 외출하는 기척을 느끼고 소리를 들은 것뿐이다. 그래도 월요일부터 금요일까지 매주, 완전히 동일한 과정으로 출근을 반복하는 모습에 조금의 변화도 없었던 것은 틀림없다.

어떻게 된 일이지?

그 검은 노파 같은 것과 우에다는 대체 어떤 관계일까. 205호실에서 같이 살고 있는 걸까.

설마.

그렇다면 우에다는 그것의 존재를 모르는 것일까. 애초에, 어젯밤의 노인 같은 존재는 하이츠의 지붕 위에 있던 검은 것과 같은 존재일까?

아마도 그럴 것이다.

어쩌면 우에다는 그것이 바로 옆에 있어도 전혀 느끼지 못하는지도 모른다. 그래서 이곳에 아무렇지도 않게 살 수 있는 건 아닐까.

나는 205호실 안을 엿보고 싶어졌다.

아무렇지도 않은 척하며 주위를 돌아본다. 주위에 사람 한 명

보이지 않는다. 그래도 만일을 위해 뒤를 돌아서 뒤쪽으로 팔을 뻗어 슬그머니 205호실의 문을 쥐었지만, 단단히 잠겨 있다.

창문이다.

나는 집 안으로 돌아가서 그대로 베란다로 나왔다. 곧바로 주위를 둘러보았지만 역시 사람의 모습은 찾아볼 수 없었다. 한낮이라고는 해도, 한여름의 불볕 때문인지 아무도 밖을 나다니지 않았다.

205호실과의 칸막이까지 이동하고서 슬쩍 엿본다. 하지만 창문에는 커튼이 쳐져 있다. 틈새가 없을까 하고 찾아보았지만 전혀 없었다.

이거 안 되겠네.

포기하려 했지만 믿기지 않는 사실을 깨달았다.

창문이 열려 있다?

게다가 가만히 보니 활짝 열린 상태였다. 무방비하기 짝이 없지만, 2층이라고 안심하는지도 모른다.

환기시키려고 열어둔 것일까.

닫아둔 채로 출근하면 귀가했을 때에 실내가 후텁지근해서 불쾌할 테니까. 조금 열어두는 것이나 활짝 열어두는 것이나, 결국 잠그지 않았다는 점에서는 마찬가지다. 그렇다면 환기가 잘 되는 편이 낫다고 생각했는지도 모른다.

신경질적으로 보인 우에다의 모습에서는 좀처럼 상상하기 어려운 대담함이다. 아무리 2층이라지만 여자 혼자 사는 집이다. 확실히 이 근방의 치안은 좋아 보이지만, 너무 무방비한 게 아닐까.

나에게는 잘된 일이었지만.

창문이 활짝 열려 있어서, 강한 바람이 불기만 하면 실내가 보일 것 같았다. 하지만 한동안 기다려보아도 전혀 불지 않았다. 거의 무풍 상태였다.

어쩔 수 없지.

다시 한 번, 지난번 이상으로 주변에 주의를 기울이며 아무도 없는 것을 확인한다. 그리고 나는 베란다의 난간에 한쪽 발을 걸치고, 고생해서 칸막이를 넘었다. 칸막이 위를 넘는 것이 아니라 그 옆으로 건너가는 모습이므로 넘는다는 표현은 이상하지만.

내 자취방의 베란다에는 아무것도 없지만, 우에다의 그곳은 달랐다. 말라 죽은 꽃들이 담긴 크고 작은 화분들, 망가진 청소기, 끈으로 묶인 조립식 건강기구 같은 물건, 플라스틱 양동이와 목욕용 의자, 둥글게 말린 채로 햇볕에 그을린 발 등이 여기저기에 있었다. 그 때문에 베란다에 내려서는 데 꽤 고생했다.

간신히 내려섰을 때에는 온몸이 땀범벅이었다. 그 땀을 닦을 새도 없이 곧바로 주위를 둘러본다. 지금 침입하는 모습을 누가 보지 않았을까, 불안해서 견딜 수 없다.

하지만 역시 아무도 보이지 않아서 안도한다. 그렇다고 해도 꾸물거리고 있으면 누군가에게 들킬지도 모른다.

그 자리에서 나는 잽싸게 몸을 웅크렸다. 그리고 창가까지 살금살금 기어가서 덧창을 조금 열고 커튼을 살짝 걷어서 실내를 엿보았다.

이건…….

눈에 들어온 것은 평범한 방이었다. 침대, 서랍장, 화장대, 텔레비전, 냉장고 같은 것이 제대로 갖춰져 있다. 어질러진 눈치가 조금도 없는, 평범한 여자가 사는 방으로 보였다. 복도 쪽의 문도 열려 있어서 부엌의 상태도 엿보인다. 척 보기에도 냄비와 그릇이 눈에 들어온다.

어젯밤에 봤던 방이 아니다.

그러고 보니 창문에도 커튼이 달려 있었다. 예전에 몰래 봤을 때는 테이프 같은 게 종횡으로 붙어 있지 않았나? 이것은 어떻게 된 일일까. 낮에는 우에다의 방이지만, 한밤중이 되면 다른 무서운 방으로 바뀌는 걸까? 하지만 그렇다면 우에다는 그때 대체 어디에 있는 걸까. 어째서 변화를 깨닫지 못하는 걸까.

정말 영문을 모르겠다.

그 뒤에 내 방까지 어떻게 돌아왔는지 잘 기억나지 않는다. 정신이 들고 보니 저녁때였고, 엄청나게 배가 고팠다. 그때서야 점심도 안 먹은 걸 간신히 떠올렸다.

역 근처까지 가서 저녁을 먹고, 집에 돌아와서 샤워를 하고 일찌감치 잠자리에 들었다. 어쨌든 몹시 피곤했다. 그래서 푹 잘 수 있었다.

그 소리가 205호실에서 또렷하게 들려올 때까지는…….

침대를 반대쪽으로 옮겼음에도 문제의 소리는 크게 들렸다.

마치 이쪽에게 존재를 들켰으니 대놓고 소리를 내기로 한 것처럼.

오히려 소리를 내서 나를 부르는 것일지도.

그렇게 생각한 순간, 등줄기가 부르르 떨렸다. 그러자 그 반응을 어딘가에서 엿보고 있기라도 한 것처럼 205호실 벽이 울렸다.

쿵, 쿵.

마치 어떠한 신호처럼, 조용히 벽을 두드리고 있다.

쿵, 쿵, 쿵.

빨리 대답을 해주길 바란다는 듯이, 부드럽게 벽이 울리고 있다.

물론 응답할 생각은 없다. 다만 지금 이때, 옆방이 어떻게 되어 있을지가 엄청 신경 쓰였다.

또 창문으로 엿볼까?

하지만 공교롭게도 오늘은 날이 흐렸다. 어둠 속에서 여러 가지 잡동사니가 놓여 있는 옆집 베란다로 침입하는 것은 상당히 위험하다. 자칫 큰 소리를 내서 들킬 우려가 있다. 게다가 도망쳐야 할 때에, 재빨리 방으로 돌아올 수도 없을 것이다. 까딱 잘못하다간 베란다에서 추락할지도 모른다.

현관 쪽이 무난할까.

제아무리 궁금해도 오늘 밤은 저 집 안으로 들어갈 생각은 전혀 없었다. 만약 잠겨 있지 않다면, 문틈으로 흘끗 엿봐서 현관이나 부엌, 복도 같은 곳이 어젯밤과 같은지를 다시 확인할 생각이다.

만약 똑같다면.

어떡해야 좋을지, 나도 잘 알 수 없었다. 역시나 이사해야 할까. 그런 생각을 하며 집 밖에 나가서 옆집 앞에 선 나는, 묘한 감각에 사로잡혔다.

뭔가 이상해.

어젯밤에도 옆집의 복도를 보고서 이것과 비슷한, 뭔가 마음에 걸리는 것을 느꼈다. 그런데도 무시하고 들어갔기 때문에 말도 안 되는 꼴을 당할 뻔했다. 그래서 오늘밤은 차분히 관찰했다. 무엇 때문에 이런 느낌이 드는지, 그것을 찾으려고 했다.

앗, 문에 방 번호가…… 없다.

당황하며 내 자취방의 문을 보니, '203'이라고 적혀 있다. 하지만 옆방 문의 동일 부분은 완전히 공백이었다.

거기서 한 칸 더 옆에 있는 집 문을 보고, 내 머릿속은 '?'이 되었다.

'205'라고 적혀 있다.

205호실은 우에다의 집이다. 그러면 눈앞의 집은 무엇인가. 아니, 애초에 내 203호실과 우에다가 사는 205호실 사이에는 처음부터 방 같은 건 없었다.

그런 생각이 들자마자 앗, 하고 소리를 내지를 뻔했다.

204호실.

어째서인지 그렇게 확신했다. 존재할리 없는데도 이렇게 존재하는 방은, 분명 204호실이다. 그곳에는 그 검은 노파 같은 것이 살고 있다. 그 사실을, 아마도 주인집은 알고 있던 것이 아닐까.

하지만 어째서?

다양한 의문이 떠올랐지만, 나는 더 이상 무서운 생각은 하지 않기로 했다.

집에 돌아와 침대에 들어가고, 어떤 소리가 들려와도 철저히 무시하고 자려고 노력했다. 도저히 잠을 이룰 수 있는 상황이 아니었지만, 어쨌든 참고 견디었다.

여름방학이 끝나기 전에 나는 이사했다. 집주인이 보증금과 사례금을 그대로 돌려준 것에는 놀랐지만, 새로운 집을 구하는 데 큰 도움이 되었다. 부모님이 두 번째 이사비용을 대주지 않았기 때문이다.

카도누마 하이츠와 같은 집세에 새로운 집을 찾아보았지만, 찾은 것은 학교에서 멀찍이 떨어진 역 근처의 3평짜리 연립이었다. 게다가 이번에는 '연립'이라는 호칭에 딱 어울리는 건물로, 갑자기 가세가 기운 듯한 기분을 맛보았다.

하지만 평범하고 정상적인 집이었다. 결국 나는 그 연립주택에서 대학을 졸업할 때까지 살았다.

막간 2

1

다음으로 미마사카 슈조와 만난 것은 10월 초순이었다.

그때까지 나는 《유녀처럼 원한 품는 것》의 제2부 '오카미(女將, 여관 등의 여주인을 뜻하는 호칭_역주) — 반도 유코의 이야기'와 잡지 〈쟐로〉에 실을 단편 〈의인(椅人)처럼 앉는 것〉을 쓰면서 대만의 황관(皇冠)출판이 주최하는 제2회 시마다 소지 추리소설상의 수상식에 참석하는 등, 나름대로 바삐 지내고 있었다. 10월에 들어서부터는 《유녀처럼 원한 품는 것》의 제3부 작업에도 착수하고 있다.

그러나 이러는 동안에도 그 세 가지 이야기가 늘 머리 한구석에 있었다. 그리고 어쩌다가 한 번씩, 전혀 관계없는 일을 하고 있는 동안에 문득 떠오른다. 그런 기분 나쁜 체험을 어느샌가 반복하고 있었다.

슬슬 그 친구와 만나서 이 이야기를 할 수밖에 없을까.

그렇게 생각한 나는, 평소의 비어바에서 미마사카와 한 잔 하자는 약속을 했다. '만나자'가 아니라 '한잔 하자'로 한 것은 내 나름의 작은 저항일까. 무엇에 대한 저항인지는 접어두고.

"별고 없으셨습니까."

"이쪽이 할 소리지. 잘 있었나보군."

반년 만에 얼굴을 마주한 미마사카는, 평소와 같았다. 서로 좋아하는 메이커의 맥주와 안주를 적당히 주문하고, 한동안 대만 여행에 대한 이야기를 했다.

"그런데《유녀처럼 원한 품는 것》의 집필은 순조로우신지요?"

하지만 그의 관심은 다른 곳에 있었는지, 이야기가 일단락되었을 때에 질문을 해왔다.

"며칠 전에 3부에 들어갔지. 유곽 손님의 시점으로 쓸 생각이었는데, 그걸 신인 작가로 바꾸기로 했어."

"어째서죠?"

"제1부가 오이란이고, 2부가 유곽의 오카미. 전부 유곽 내부의 사람이야. 게다가 두 사람 모두 여성이지. 그래서 3부는 외부인인 남자로 할 생각이었어. 다만 그렇게 되면 손님이든가, 출입하는 상인이나 업자 정도밖에 없지. 후자는 이야기에 관여하게 만들기에는 조금 역부족이라고 판단했어. 전자라면 단골

손님으로 설정할 경우, 유곽에도 유녀에게도 깊이 얽히게 만들
수 있지."

"그렇군요. 제3부의 시점으로서는 아주 좋다고 생각합니다
만."

어째서 변경할 필요가 있었는가, 라고 질문하는 미마사카의
얼굴은 그야말로 편집자의 그것이었다.

"너무 생생하다고 생각했기 때문일까."

"이번 작품의 포인트는 그곳에 있다고 전에 들었습니다."

"유곽과 유녀의, 말하자면 생태에 대해서는 제1부에서 충분
히 그려낼 수 있었다고 생각해. 그것들을 다른 각도에서 파악
하는 것이 제2부가 되지. 그렇기 때문에 제3부에서는 유곽과
유녀로부터 좀 떨어진 시점이, 그것들을 객관적으로 볼 수 있
는 인물의 설정이 필요해진다. 뭐, 그렇게 생각했던 거지."

"하지만 신인작가로 했을 경우에도 손님이란 입장은 마찬가
지 아닙니까?"

"그대로 사용한다면 그렇지. 그래서 전쟁이 끝난 뒤에 가게
를 사서 세 번째 유곽의 경영자가 된 여성의 조카라는 설정으
로 했어."

"그렇군요. 작가라면 첫 대나 둘째 대의 유곽에서 일어난 사
건에 흥미를 가져도 그리 부자연스럽지 않으니까요."

"응. 작가로 한 다른 이유는 거기에 있어. 단순한 손님일 경
우, 세 번째 가게에서 일어난 사건은 어떨지 몰라도 과거의 두
가게에서 일어난 사건까지 거슬러 올라가 조사할 동기가 딱히

없는 거니까. 어째서 이 사람은 그렇게까지 열심인지 이상하게 여겨지겠지. 유곽의 손님이라는 입장을 생각하면, 대개 관여하기를 꺼리게 될 테니."

"사건의 용의자가 될 처지라 그 의심을 풀기 위해서라면……"

"물론 그런 설정도 가능하지만, 그러기 위해서는 제3부의 시점인물을 일부러 사건에 관여시켜야만 하게 돼."

"주객전도가 되어버리는 거군요."

역시 이해가 빠르다.

"그것하고, 사소한 이유지만 제1부를 오이란의 일기, 제2부를 오카미의 이야기로 했으니 제3부는 일기나 이야기와는 다른 형식으로 하고 싶었어. 거기서 생각한 것이 작가의 원고라는 형식이야."

"선생님다운 고집이군요."

씩 하고 미마사카가 웃어서, 나도 마찬가지로 미소를 지어보였다.

"원고 얘기가 나와서 말인데, 자네에게 받은 세 가지 이야기에 대한 얘기를 슬슬 시작할까."

"세 가지 이야기를 읽고 어떻게 생각하셨습니까?"

단도직입적으로 질문하기에, 이쪽도 느낀 그대로 대답했다.

"전혀 다른 이야기인데도 묘하게 비슷한 부분이 있어. 쏙 닮았느냐고 하면 그렇지도 않아. 하지만 완전히 무시하기는 망설여져. 결국 참으로 어정쩡한 상태에 놓이고, 정신을 차리고 보면 왠지 모를 오싹함을 느끼고 있지."

"다행이군요. 저하고 마찬가지입니다."

안도하는 표정을 짓는 그를 보니 왠지 우스워졌다. 하지만 반대 입장이었다면 어땠을까 하고 상상하니, 그 과장스러운 반응에도 고개가 끄덕여졌다.

"그래서, 어떤 해석을 하셨습니까?"

그렇지만 기대에 가득 찬 눈치로 몸을 앞으로 내밀어 와서 조금 난처해졌다.

"뭐라 대답하기가 어렵군. 이 정도의 내용만으로 어떠한 해석을 내리는 건 무리야."

"하지만 뭔가 생각이 있으시지 않으십니까?"

이럴 때의 미마사카 슈조는 상당히 집요하다.

"가장 먼저 생각한 것은, 일종의 미싱링크(missing link)를 찾을 수 있을지도 모른다는 것일까."

"뭡니까, 그건?"

"직역하면 '잃어버린 고리'라는 뜻이지. 원래는 고생물학(古生物學)에서 쓰이는 단어라고 해. 예를 들어 제1형태 → 제2형태 → 제3형태 → 제4형태라는 4단계의 진화를 거쳤다고 생각되는 생물이 있다고 가정해보자고. 즉 제4형태가 현대의 모습이지. 다만 40년 전 무렵부터 진화 중인 생물의 화석이 전혀 발견되지 않은 사실에 비춰보면, 진화론의 형세는 악화일로……. 그렇다기보다 이미 학계의 관심을 잃고 있지만, 일단 지금은 무시하도록 하지."

"알았습니다."

이해력이 좋은 학생처럼 미마사카가 끄덕였다.

"그런데 그 문제의 생물 화석 중에서 어째서인지 제2형태의 화석만이 발견되지 않았어. 그런 상황이라고 치지. 그렇게 되면 학문상, 그 생물의 4단계 진화가 아무리 자명한 이치라고 해도 그것을 증명하는 것이 불가능해지고 말아."

"제2형태의 화석이 상실된 고리가 되기 때문이군요."

"그렇지. 다만 이 단어가 미스터리에 적용되면 조금 의미가 달라져."

"미스터리의 테마로 쓰였습니까?"

"쉬운 예로 들어볼까. 한 지역에 연쇄 살인사건이 일어났다고 가정하지. 몇 사람이나 차례차례 살해당해. 그렇지만 피해자의 성별이나 나이, 출신지나 거주지, 직업부터 취미에 이르기까지 전혀 공통점이 없어."

"그 설정은 《잘린 머리처럼 불길한 것》에 나오는, 도조 가조가 해결한 쓰이카이치의 연쇄 참수 살인마 사건이 아닙니까."

"아니, 그건 무차별 연쇄 살인사건이었으니 달라."

참고로 도조 가조란 도조 겐야의 부친으로, '쇼와의 명탐정'이라고 칭송받은 인물이다.

"미싱링크물의 미스터리에서는 아무리 생각해도 공통점이 전혀 없을 피해자들에게 사실은 의외의 연결점이 있었음을 알게 되지. 그게 이 테마의, 말하자면 백미라고 할 수 있어. 범인의 의외성보다도 피해자간의 보이지 않는 의외의 연결고리 쪽에 훨씬 무게를 둬야만 해. 그것이 미스터리에서의 미싱링크야."

"같은 것을, 세 가지 이야기에서도 해보시려는 겁니까."

흥미진진한 눈빛으로 바라보는 그에게, 이번에는 내가 끄덕였다.

"두 가지 이야기가 비슷한 것뿐이라면 우연으로 끝낼 수 있어. 하지만 그것이 세 가지로 늘어나면 말이 달라지지. 게다가 세 가지 이야기에서 느껴지는 흐릿한 유사점이라는 것이, 앞서 말했던 것처럼 빼다 박았다고 할 수준은 아니어도 비슷하지 않다고 아예 무시할 수도 없는 정도여서 정체를 알 수 없는 기분 나쁜 뒷맛을 남기지. 이런 것은 정말 성가시다고. 우리처럼 괴담을 좋아하는 사람들에게는 특히나."

나는 일단 이쯤에서 맥주를 추가로 주문하고서 말을 이었다.

"우선은 세 가지 이야기를 정리해보지."

그리고 그렇게 제안하자, 미마사카는 가방에서 노트를 꺼내서 재빨리 메모할 준비를 했다.

"우선 시대 말인데, 첫 번째인 〈어머니의 일기 – 저편에서 온다〉는 현대에 가깝다고 생각해."

"일기를 쓴 오사키 씨가 휴대전화나 인터넷을 사용했으니까요."

"다만 일기를 입수한 경위를 생각하면, 몇 년 쯤 전으로 거슬러 올라갈 것 같아."

"그 뒤로 다시 고모님에게 여쭈어보았습니다만 역시 요령부

득하더군요. 그래도 일기를 입수한 것은 5, 6년 전이었던 기분이 든다, 라고 하셨습니다."

"자네가 고모님께 넘겨받은 것은……."

"4, 5년쯤 전이었을까요."

"그렇게 되면 10년 정도 전, 2000년 전후란 얘기가 되나."

그는 재빨리 그 추정을 노트에 적었다.

"두 번째 〈소년의 이야기 – 이차원 저택〉은 확실히 쇼와 18년 (1943년. 이해 7월부터 도쿄부(府)제가 폐지되고 도쿄도(都)제가 시행된다_역주) 이전이겠지."

"도쿄부라는 표현이 나오니까요."

"그 말이 사용된 건 메이지 원년에서 쇼와 18년까지지."

"거기서부터 다시 연대를 좁히기 위해서는 〈소년 구락부〉의 '괴걸 흑두건'이 단서가 되지 않을까요."

"조사해보니 〈소년 구락부〉에서 '괴걸 흑두건'의 연재가 시작된 것이 쇼와 10년의 1월이었어. 참고로 에도가와 란포의 '괴인 20면상'은 그 다음 해 1월부터 연재였지."

"즉 소년이 이야기하는 시점은 쇼와 10년부터 18년 사이……."

"아니, 좀 더 좁힐 수 있어. 전쟁의 흔적이 느껴지지 않는 점으로 봐서 쇼와 10년에서 2, 3년 사이가 아닐까 해. 만약 당시에 〈소년 구락부〉에서 '괴걸 흑두건'이 연재 중이었다면 쇼와 10년인 것이 확실해지지. 연재는 그해 12월까지 계속되었으니까."

"그 이야기의 해당 부분만 읽으면 연재 중이라고도 받아들여
집니다만……."

"응. 하지만 단정은 할 수 없지."

미마사카는 노트에 추정연대를 적어 넣고서, 갑자기 장난꾸
러기 같은 눈빛으로 말했다.

"그건 그렇다고 해도, '이차원 저택'이란 타이틀은 꽤나 절묘
하지 않습니까?"

"원래대로라면 '와레온나'라고 붙였을지도 모르지. 하지만
이번 테마는 '괴이한 집'이 아닌가."

"테마라뇨, 그런 것은 처음부터 없었습니다."

"하지만 자네는 그렇게 느꼈어. 무엇보다 이 이야기의 기괴
한 부분은, 와레온나에게 쫓기고 있는 부분이 아니라 신케이
저택의 곳간 2층에 숨은 다음이니까."

"말씀대로지요. 저택 자체에서 느끼는 위화감……. 그것도
저택 안에 들어가고 나서 깨닫는 어떤 종류의 이공간 체험이
핵심일까요."

"그러니까 '이차원 저택'으로 충분해."

"이견이 있는 것은 아닙니다."

고집스럽게 부정하는 미마사카를 역시 특이하고 재미있는 녀
석이라고 생각하면서, 나는 계속했다.

"세 번째의 〈학생의 체험 - 유령 하이츠〉는 1980년대부터 90
년대 초엽 정도일까."

"휴대전화도 인터넷도 나오지 않았으니까요."

"그러는 한편, 공동주택에 '하이츠'라는 이름이 붙어 있는 점에서 그렇게 옛날도 아니라는 것을 알 수 있지. 무슨 무슨 하임이니 하이츠니, 메종이니 하며 멋대로 붙이기 시작한 건 최근 2, 30년 사이일 테니까. 그렇다고 해서 그 텍스트에서 1970년대의 분위기가 느껴지지는 않았어. 어디까지나 내 주관이지만."

"인터넷 상에서 퍼다 나르기를 반복한 이야기인 모양이라 출처까지 거슬러가 볼 수는 없었습니다. 다만 원본이 게시된 것은 2000년 전후가 아닐까 하고 추측할 수 있는 구석이 있습니다."

"그렇다면 '지금으로부터 이십 몇 년 전에 살았던'이라고 되어 있으니 1970년대 말부터 1980년대 초일 가능성이 높아지나."

미마사카가 맞장구를 쳐서, 나는 다음으로 넘어갔다.

"다음으로는 장소인데, 첫 번째 이야기는 긴키 지방의 어딘가, 그것도 오사카와 교토와 나라를 제외한 지방이 될 것 같은데……."

"쿠로다라는 마을모임의 회장은 '여기도 긴키 지방이라고 하자면 긴키지요.'라고 했는데, 대체 어느 현일까요?"

"첫 인상으로는 미에 현이 아닐까 하고 생각했어."

"미에 현은 토카이 지방이 아닙니까. 추부 지방에도 들어가지요."

"법령상으로는 그렇게 되지만 역사적 배경을 생각하면 긴키 지방에 속한다고 말할 수도 있어. 게다가 같은 미에 현 내에서도 간사이 문화권과 토카이 문화권으로 나뉘는 구석이 있고.

즉 '여기도 긴키 지방이라고 하자면 긴키지요.'란 말에 들어맞지."

"그러면 미에 현이라고 해두죠."

"단정은 할 수 없지만."

어정쩡하게 대답하자 "일단입니다."라고 말하면서 미마사카가 노트에 '미에 현일 가능성?'이라고 적었다.

"두 번째 이야기는 도쿄를 제외한 간토 지방의 어딘가일까. 소년의 할아버지가 도쿄부에 있는 친척집까지 당일치기로 다녀왔다는 얘기가 있어."

"즉 이바라키, 토치기, 군마, 사이타마, 치바, 카나가와 현 중 한 군데군요."

"그렇지만 범위를 좁혀나갈 단서가 아무 것도 없어. 기껏해야 할 수 있는 것은 당시의 교통편을 조사해서 후보 여섯 현 중에 도쿄에 당일치기로 돌아오기 어려워 보이는 지역을 찾아내는 정도겠지. 그것도 소년의 마을이 여섯 현 중 어딘가에 있었는가, 그 해석에 따라 달라지니까."

"조사하는 의미가 별로 없어 보이는군요. 가령 잘 되었다고 해도 여섯 현을 다섯 현이나 네 현으로 줄이는 정도가 아닐까요."

"아마 그 정도겠지."

이쪽의 동의를 기다린 뒤에, 미마사카는 노트에 '간토 지방의 어딘가, 다만 도쿄는 제외'라고 적었다.

"세 번째 이야기는 '대학입시에 실패하는 바람에 출경 아닌 출경을 하게 되었다.'라고 학생이 적은 것으로 봐서, 본가가 있는 도쿄를 벗어나서 어딘가 지방 대학으로 진학했다는 걸 알수 있어."

"적어도 간토 지방은 벗어났다고 봐야 할까요."

"출경이라는 표현을 사용했으니, 그렇게 생각해도 되지 않을까."

"다음에 집주인 할머니가 간사이와 토카이 지방에서 이사 올예정인 젊은 부부의 입주를 거절했으니, 간사이와 토카이도 제외할 수 있습니다."

"간토와 토카이와 간사이 이외의 혼슈겠군."

"어째서 그렇게 됩니까?"

"홋카이도나 시코쿠, 혹은 큐슈였을 경우에는 역시나 언급하지 않을까."

"혼슈에서 떨어져 있기 때문입니까?"

"응. 심리적으로 생각해서."

아주 조잡한 추리였지만, 왠지 그런 기분이 들었다.

"그렇다고 해도 남은 지역에서 더 이상 좁히는 것은 어려워보입니다."

"느낌으로서는 토호쿠(東北)나 추고쿠(中國) 지방일까. 산인(山陰) 지방일 가능성도 있지만."

"어째서죠?"

"진학한 대학만 멀리 떨어진 지역에 있었다고 학생이 적고있었기 때문이야."

"그런 기술이 있었죠."

"그거 말고는 집주인 할머니의 말투에서 사투리 같은 게 없는 점이 어쩌면 단서가 될지도 모른다고 생각하는데……."

"아, 그렇군요."

"하지만 옛 체험을 떠올리면서 쓸 때에 과연 사투리까지 정확하게 재현하는 법일까."

"우선은 그 사람이 이야기한 내용을 중시하기로 할까요."

"게다가 체험자에게는 이십 년도 더 된 일이야. 대학을 졸업하고 도쿄로 돌아왔다고 하면, 학창시절에 익혔을 사투리라도 다 잊어버리지 않았을까. 첫 번째 이야기에서 나온 오사키 씨의 남편이 일기 안에서 간사이 사투리를 쓰고 있는 것은 물론 그 사람의 남편이기 때문이지. 오사 씨 본인도 나라 출신이었어. 친숙한 사투리를 그대로 적은 것은 극히 자연스러운 일이라고 할 수 있지."

미마사카의 노트에 '혼슈의 어딘가? 다만 간토와 토카이, 간사이는 제외'라고 적고 나서 말했다.

"시대와 장소의 검토는, 유감스럽게도 아무런 도움도 안 될 것 같군요."

"그 얘기를 하자면 건물 비교도 마찬가지겠지."

너무 앞서가는 것은 좋지 않다고 생각하면서도, 나는 느낀 것을 그대로 말했다.

"오사키가 이사한 것은 주택지 안에 세워진 신축 주택. 소년이 도망쳐 들어간 곳은 이웃 마을의 커다란 저택. 학생이 입주한 곳은 A동과 B동이 있는 카도누마 하이츠의 어느 방 한 칸. 감탄이 나올 정도로 제각각이야."

"괴이한 현상이 벌어지는 장소도, 주로 아이 방과 집 안의 어두운 곳, 저택 자체, 연립주택의 지붕 위와 옆방이라는, 이것 역시 제각각이죠. 그나마 오사키 가와 카도누마 하이츠가 지붕 위라는 점에서 일치하고 있는 정도일까요."

"체험자도 주부에 어린아이, 학생으로 기가 막힐 정도로 제각각이고, 모든 이야기에 공통적으로 등장하는 인물도, 당연하지만 없어."

"그런 인물이 존재한다고 하면, 신케이 저택 이야기 시점에서 어린아이였다고 해도 카도누마 하이츠에서는 70대가 되었을 겁니다. 아, 집주인 할머니?"

"나이만 봐서는 그럴싸하지만 신케이 저택에서 여자아이는 나오지 않아. 소년의 소꿉친구였다는 카요 정도일까. 오사키 가의 경우에도 해당되는 여성은 없었고."

"그랬죠."

"아무리 생각해도 세 가지 이야기에서 공통점은 찾아낼 수 없다는 얘기가 돼."

"그럼에도 불구하고 일어난 현상이, 어째서인지 닮았다는 느낌이 든다……."

거기서 나와 미마사카는 천천히 상대를 지긋이 바라보았다. 마치 지금부터 금단의 영역으로 발을 내딛는 것처럼, 그 양해를 서로에게 나누는 것처럼 두 사람은 시선을 나누었다.

2

"그러면 본론으로 들어갈까."

"세 가지 이야기의 괴이 비교로군요."

확인하는 미마사카의 말에 나는 힘차게 끄덕이고 나서, 우선 이야기를 정리하기로 했다.

"이제부터는 첫 번째 이야기의 장소를 오사키 가, 두 번째를 신케이 저택, 세 번째를 카도누마 하이츠라 하고 체험자는 각각 오사키 부인, 소년, 학생이라고 부르기로 하지."

"알겠습니다."

"모든 이야기에 공통되는 것은 수수께끼의 소리지."

"오사키 가에서는 집 안의 어두운 곳에서, 신케이 저택에서는 열리지 않는 방에서, 카도누마 하이츠에서는 옆방에서 그 소리가 들리고 있습니다."

"다만 그것들을 같은 소리라고 단정해도 괜찮을지……."

"의성어 표현이 전부 제각각이기 때문입니까?"

"가령 같은 소리를 들었다고 해도, 표현하는 방식이 사람에 따라서 다른 것은 당연한 일이지. 그 사실은 단서가 되지 않아."

"그렇습니다만 반대로 생각할 수도 있을 겁니다."

"반대?"

"예를 들면 수도꼭지에서 물이 흐를 경우에는 똑똑, 톡톡, 통통 하는 표현을 많은 사람이 쓰지 않습니까."

"그렇군. 세 사람이 들은 소리는 평소에 듣지 못하던 소리였다. 그렇기 때문에 표현이 제각각이다. 그런 해석인가."

미마사카의 날카로운 지적에 감탄하면서도 나는 냉정하게 검토를 계속했다.

"그렇다고 해서 같은 소리라고 간주할 수는 없어. 그러기 위해서는 수수께끼의 소리를 발하는 것의 정체를 밝혀야 하고, 그것이 세 군데의 집에 존재했을 가능성이 어느 정도는 인정되어야만 해."

"아무리 그래도 존재의 확인까지는 어렵지 않을까요. 오사키가 안에서는 어두운 곳에서 들리고 있습니다만, 그곳에 뭐가 있었다면 분명히 오사키 부인의 눈에 들어왔을 겁니다."

"그건 그렇지. 소리가 어떠한 괴이 현상이었을 경우에는 소리를 발하는 것 자체가 실존하지 않을 수도 있지."

"지붕 위의 소리는 어떨까요? 이건 조금 전에도 말씀드렸지만, 오사키 가와 카도누마 하이츠에서 공통적으로 나타난 현상 이면서도 상당히 비슷하지 않습니까?"

"양쪽 다 지붕에 뭔가가 닿는 소리지. 게다가 카도누마 하이 츠에서는 그 뭔가가 베란다로 굴러 떨어지는 듯한 소리까지 났 어."

"하지만 다음날 아침에 학생이 베란다를 봐도 아무것도 없었 죠."

"소리뿐인 괴이라는 얘기군."

"이 두 가지는 같은 현상이라고 생각해도 좋지 않을까요. 소 리의 정체는 여전히 양쪽 다 불명입니다만."

"하나 떠오른 괴기현상이 있어."

"뭡니까?"

흥분하는 미마사카를 보며, 그렇게 기대해도 곤란한데, 라고 생각하면서 나는 대답했다.

"비가 아닌 비야."

"네?"

"학생이 지붕 위의 소리에 대해서 카도누마 하이츠의 집주 인 할머니에게 상담했을 때, '그건 빗소리겠죠.'라고 할머니는 대답했지. 부정하는 학생에게 집주인 할머니는 그때 내린 비를 앞두고 '이런 비를 말한 게 아니랍니다.'라고 단언했어."

"무슨 의미죠?"

의아해하는 미마사카에게 나는 구체적인 예를 들어 설명하기 로 했다.

"찰스 호이 포트(Charles Hoy Fort)라는 이름의 미국 뉴욕 주 태생의 작가를 알고 있나?"

"아뇨, 유명한 작가입니까?"

"소설가로서는 성공하지 못했지만, 초현실 현상 연구의 선구자격인 존재로 그쪽 방면에서는 알려져 있어. 어쨌든 H. P. 러브크래프트가 그 작품 속에서 언급하는 인물이니까."

"굉장한 사람이잖습니까."

아무래도 러브크래프트의 이름이 그에게 먹힌 것 같다.

"포트는 유산을 상속받은 것을 기회로, 일을 그만두고 조사에 몰두하게 돼. 런던으로 이주했을 때는 대영박물관에서, 뉴욕 주로 돌아가서는 뉴욕 공립도서관을 드나들며 어떤 것을 계속 조사했지."

"그 정도로 열심히 대체 뭘 조사한 겁니까?"

"있을 리 없는, 이상한 현상에 대해서야."

"러브크래프트가 언급할 만하군요."

흡족한 듯이 납득하는 미마사카를 보고 있으면, 이쪽까지 절로 미소를 짓고 싶어진다.

"포트가 조사한 막대한 양의 괴현상 중에서, 그 사람이 '천공의 사르가소 해'라고 이름 붙인 믿기지 않는 유사 사건이 있어."

"사르가소 해라면, 그 지역을 지나가던 비행기나 선박이 홀연히 사라지기로 유명한 그 마의 해역이군요."

"멕시코 만류나 북대서양 해류 등의 네 가지 해류에 둘러싸인 해역으로, 사르가소라는 해조가 많이 보여서 그런 이름이 붙었다고 전해지고 있지. 이 해조류가 떠다니다가 모여들기 때문에 '달라붙는 바다'라고도 불리는 모양이야. 마의 해역에 어울리는 별명이지. 그렇다고 해도 사르가소 해는 역시나 알고 있었나 보군."

"초등학교 시절에 어린이용으로 나온 그쪽 방면 책에서 읽었습니다."

"어릴 때부터 기괴한 것에 푹 빠져 있었던 모양이구먼."

"선생님도 마찬가지 아니십니까."

"아니, 내가 호러 쪽에 빠진 것은 성인이 되고 나서부터야."

"무슨 말씀을 하시나 했더니……. 아니, 의미 없는 대화는 그만하지요. 그건 그렇고 '천공의 사르가소 해'란 대체 어떤 현상입니까?"

나는 기억나는 사례들을 열거해보았다.

"1876년 미국에서는, 켄터키 주의 어느 마을에 하늘에서 고기조각의 비가 내렸어. 용기를 내서 먹어본 사람에 의하면 사슴고기나 양고기 맛이 났다고 하더군. 1892년, 앨라배마 주의 콜버그에 하늘에서 장어의 비가 내렸지. 96년, 루이지애나 주의 바톤 루주에 하늘에서 다수의 죽은 새들이 떨어졌어. 들오리나 딱따구리 등의 여러 새들이 섞여 있었는데, 카나리아 비슷하지만 카나리아는 아닌 기묘한 새도 있어서 꽤나 섬뜩했다는 모양이야. 그렇게 오래되지 않은 사례로는 1973년, 아칸소 주의 어느 골프 코스에서는 하늘에서 작은 개구리의 비가 내렸지. 영국에서도 1954년, 버밍엄에서 무시무시한 숫자의 개구리가 떨어졌다더군. 그 밖에도 많은 것이, 하늘에서 물고기의 비가 내린다는 사례지."

"천공의 사르가소 해라는 표현은, 거기에서 사라지는 게 아니라 거기에서 믿기지 않는 것이 나타나는 현상을 가리키는 겁니까."

"응, 꽤 괜찮은 네이밍 센스지."

"포트는 사례를 모으기만 하고 특별히 현상의 검토는 하지 않은 겁니까? 즉 합리적으로 생각하면, 한 번 회오리바람 등에 휘말려 하늘로 올라간 것이 나중에 떨어진 것뿐이라고 받아들일 수도 있죠."

"그런 사고방식은 옛날부터 과학자 사이에서 이루어지고 있어. 회오리바람이나 화산의 분화에서 이런 괴상한 비의 원인을 찾는 해석이지. 다만 이러한 현상에서 아주 흥미로운 점은, 하늘에서 떨어진 개구리에 진흙이 묻어 있던 것도, 물고기에 해조류가 얽혀 있던 것도 아니었다는 사실이야."

"그래서는 회오리바람설도 화산 분화설도 통하지 않겠군요."

"포트는 이렇게 생각했지. 저 넓은 하늘 어딘가에 여러 가지 것을 빨아들이는 공간이 있다. 그곳에 저장되었던 것이 폭풍이나 비에 의해 지상으로 쏟아지는 거라고."

"그것이 천공의 사르가소 해인가요."

"가령 이것이 사실이라고 해도 어째서 개구리만이, 어째서 새만이 같은 종류끼리 모여서 떨어지는가를 설명하지는 못해."

"그 말씀을 들으니 점점 더 오싹해지는데요."

"산에도 바다에도 아직 인간이 모르는 신비가 있다고 흔히들 말하는데, 하늘도 그런 것이 아닐까."

"지금까지 생각도 해보지 못했습니다."

"코난 도일의 〈하늘의 공포〉라는 괴기단편이 있어. 과연 착안점이 대단하다고 처음 읽었을 때도 생각했지."

"그 작품에 대해서 듣고 싶은 참입니다만, 여기서는 하던 이야기를 마저 하도록 할까요."

"웬일로 자제심이 발동했군."

"저는 도조 겐야가 아니니까요."

그렇게 받아치면서 미마사카는 새침한 얼굴을 하고 있다.

각 지방의 괴이담을 수집하기 위해 일본 전국을 여행하는 도조 겐야는, 자신이 모르는 그런 쪽 이야기를 들으면 정신없이 폭주하는 버릇이 있다. 그렇게까지 심하지는 않지만, 나도 미마사카도 비슷한 성질을 가지고 있었다. 그 대상이 읽지 않은 소설이나 보지 못한 영화라 해도 마찬가지였다.

"이 이야기는 도조 겐야 시리즈에는 적합하지 않아 보이는군."

"어떻게 생각하더라도 합리적인 해석이 불가능하기 때문인가요."

"그 이전에, 수수께끼가 너무나도 막연해. 개별적인 세 가지 이야기인데 묘하게 비슷한 부분이 있다, 어째서인가? 그런 질문을 받으면 도조 겐야라도 난처할 거야."

"그렇다는 것은, 제가 이런 문제를 던져서 선생님께 큰 폐를 끼치고 있다는 말씀인가요?"

"아니, 오히려 즐거워하고 있지."

"그러시겠죠."

여기서 두 사람은 음침하게 웃음을 주고받는, 간신히 원래 이야기로 돌아갔다.

"즉 오사키 가와 카도누마 하이츠의 지붕 위에, 비가 아닌 다른 비가 내렸다는 얘기입니까?"

"단정할 수 있을 정도의 단서는 없지만, 그 가능성은 크다고 생각해."

"대체 무슨 비일까요?"

"돌일까. 조약돌 비."

"조약돌이 부슬부슬 하늘에서 떨어진다……. 그렇다면 오사키 부인과 학생이 표현한 의성어에도 딱 맞을 것 같군요."

"물고기와 마찬가지로 돌 비가 내린 사례도 적지 않으니까."

"하지만 어째서 오사키 가와 카도누마 하이츠에 조약돌 비가 내린 걸까요?"

"어이, 이보게."

나는 어이없어하는 표정과 목소리로 미마사카에게 대답했다.

"그걸 알면 이 고생을 왜 하겠나. 적어도 세 가지 이야기 중에 두 가지에 관련된 수수께끼 하나가 풀리게 되는 거잖아."

"그랬지요."

미마사카는 고개를 꾸벅하고 숙였다.

"돌의 비라는 현상에서 저는 곧바로 초능력, 사이코키네시스(psychokinesis)를 떠올렸습니다."

"염동력인가. 그런 사례의 대다수는 사춘기 여자아이가 일으킨 것으로 여겨지지. 유령의 집이라고 소문이 난 집을 학자들이 방문해서 조사하면, 모든 괴현상의 근원에는 그 집의 어린 딸이 있었다는 결론이 나곤 해."

"대부분은 사기라고 할까, 어린아이의 장난이었다고 판명된 케이스였죠."

"응. 오사키 가에 있었던 건 확실히 세 살 난 여자아이였지만, 카도누마 하이츠에는 어린아이가 한 명도 없었어."

"102호실의 중학생은 그날 우연히 놀러왔던 것뿐이었고요. 즉 돌 비하고는 달랐던 걸까요."

"현재로서는 가장 무게가 실리는 해석이지만……."

"어린아이의 부재는 어쩔 도리가 없군요."

"우선은 보류해두지."

낙담할 줄로만 알았는데, 그는 다른 하나의 소리로 이야기를 돌렸다.

"오사키 가에서는 아이 방의 벽과 집 안에 어두운 곳에서, 신케이 저택에서는 열리지 않는 방에서, 카도누마 하이츠에서는 옆방에서 각각 수수께끼의 소리가 들렸습니다. 이것에도 돌 비 같은 비슷한 사례가 역시 있는 걸까요."

"유감스럽게도 내가 아는 한에서는 없어. 여전히 이 소리들을 같은 것이라고 간주할지 말지 하는 문제도 있고 말이야."

"저는 같다고 느껴졌습니다."

"실은 나도 그래. 게다가 오사키 가에서는 집 안의 그늘진 곳에서, 신케이 저택에서는 열리지 않는 방, 즉 암흑에서 카도누마 하이츠의 옆방도 새까만 어둠에서 각각의 소리가 났어. 들려오는 곳이 전부 어두운 장소라는 공통점이 있지."

"세 사람이 사용한 의성어에도 비슷한 점이 없습니까?"

"뭔가를 움직이고, 그리고 질질 끌고 있다⋯⋯. 그런 느낌일까. 그런 행위를 하고 있는 것이 대체 무엇일까, 그것은 불명이지만."

"오사키 가의 경우에는 키요의 짓 같습니다만, 신케이 저택은 와레온나라고 생각해도 될지 어떨지 모르겠군요. 카도누마 하이츠에서는 옆집에 사는 우에다라는 여성이 내는 건 아닌 듯하니, 소리를 내고 있다고 여겨지는 것의 정체가 역시 제각각입니다."

"소리 문제에서는 벗어나게 되는데, 신케이 저택의 열리지 않는 방과 카도누마 하이츠의 존재하지 않는 204호실도 어딘가 닮은 기분이 들지 않나?"

"듭니다. 아주 많이 들죠."

무의식중에 느꼈으면서도 확실히는 알 수 없었던 유사성을 나의 지적으로 새삼 인지했는지, 미마사카가 곧바로 강한 반응을 보였다.

"이 두 개의 방은 대체 뭐라고 생각하십니까?"

"어디까지나 이미지에 지나지 않지만, 나쁜 것을 봉인한 공간……일까."

"열리지 않는 방은 문자 그대로 닫혀 있어서 들어갈 수 없었는데도, 204호실에는 간단히 침입할 수 있었던 것은 어째서일까요."

"애초에 204호실은 존재하지 않는 방이었어. 적어도 보통의 입주자의 눈에는 결코 보이지 않는 방이었지. 그런데 카도누마 하이츠의 괴이를 학생이 깨달아버렸기 때문에 204호실이 그 학생의 방 옆에 나타났는지도 몰라."

"204호실이라는 방 번호로 봐서는 203호실과 205호실의 사이에 원래부터 있었던……아니, 실제로는 없었지만, 카도누마 하이츠를 세웠을 때에 누군가가 주술적인 장치를 해두었다는 식으로는 생각해볼 수 없을까요."

"하나의 해석으로서는 있을 수 있겠지."

"같은 것을 신케이 저택에도 대입할 수 있다면 어떻게 될까요."

"열리지 않는 방의 존재?"

"네. 게다가 두 개의 방에 봉인된 뭔가가, 실은 완전히 동일한 것이었다면 어떻게 될까요?"

"시대와 장소가 떨어져 있는 다른 집이어도 같은 괴현상이 일어날지도 모르지."

"그렇지요. 거기에 오사키 씨 집에 있는 아이 방의 벽 속을, 정확히는 벽지 안입니다만, 그곳을 더할 수 있다면 세 가지 이야기는 이어집니다."

"뭔가가 봉인되어 있다는 이미지로 파악할 경우, 아이 방의 벽지 안도 충분히 합치되는 기분이 들기는 하는데……."

"너무 억지일까요?"

"그렇다기보다 오사키 씨 집에서는 키요라는 어린아이, 신케이 저택에는 와레온나, 카도누마 하이츠에는 노파라는 식으로 문제의 주체로 의심되는 것의 정체가 또다시 제각각이 되어버리지."

"한편으로 오사키 씨 집에서는 유토 군이 자신의 이마에 손을 대고 '여기로 들어가요'라는 의미심장한 대사를 했고, 카도누마 하이츠에서는 학생이 마찬가지로 이마에 아픔을 느꼈습니다. 이것들은 마치 신케이 저택에서 보았던 와레온나의 이마에 나 있던 금을 암시하는 것 같지 않습니까?"

"확실히 그렇게 보이는군. 하지만 그 단서만으로 이 세 사람이 같은 존재라고 간주하는 것은 조금 어렵지 않을까. 애초에 신케이 저택의 열리지 않는 문에 와레온나가 봉인되어 있었다고 보는 것은 어려워. 와레온나가 기원의 숲에 나타난 것으로 보아, 오히려 자유롭게 돌아다니고 있었다고 생각해야겠지."

"……그렇지요."

이번에는 실망한 듯이 미마사카가 고개를 떨궜다. 그걸 보고 기운을 북돋으려고 생각한 것은 아니지만, 곧바로 나는 이렇게 말을 이었다.

"세 가지 이야기를 읽었을 때, 가장 신경 쓰인 유사점이 하나 있어."

"뭔가요?"

기세 좋게 미마사카가 고개를 들었다.

"격자야. 격자문이나 격자창이라고 할 때의 그 격자야."

"신케이 저택에서 와레온나가 노래했던, 그 이상한 노랫말에서 나온 격자 말씀입니까?"

"응. 그리고 노래대로 소년은 고리짝에 들어 있던 격자무늬 옷을 움켜쥐고 말지."

"그것은 대체 무엇을 의미했던 걸까요?"

"실제로는 알 수 없어. 하지만 소년의 운명이 마치 와레온나의 손안에 있었던 것처럼 생각되어서 별로 좋은 기분은 안 들더군."

"저도 그렇습니다. 그런데 다른 두 이야기에는 격자 같은 것이 안 나왔습니다만."

줄곧 미카사카는 고개를 기울였지만, 이것은 무리가 아닐지도 모른다.

"오사키 씨 집의 아이 방 벽지에는 목장의 울타리가, 거실의 커튼에는 울타리처럼 보이는 무늬가 각각 그려져 있었어. 이것들은 보기에 따라서는 격자로 비치지 않을까?"

"······그렇군요."

맞장구를 치면서도 납득이 가지 않는다는 듯한 눈치였다.

"카도누마 하이츠의 204호실에는 현관에서 복도로 올라오는 경계에 기묘한 발이 처져 있었어. 길쭉한 나무로 된 세로봉과 가로봉이 얽힌, 그런 조형의 발이었지. 게다가 베란다에 접한

창유리에는 바깥쪽에서 가느다란 테이프가 종횡으로 붙어 있었어."

"마치 격자처럼 보이는 발과 창문의 테이프……로군요."

"오사키 가의 이야기에서 흥미로웠던 것은 키요는 울타리 너머에 있어서 결코 이쪽으로 나올 수 없다……라는 점이라고 생각해. 그 상황은, 요컨대 봉인되어 있다는 얘기가 되지 않을까?"

"신케이 저택의 열리지 않는 방과 카도누마 하이츠의 204호실도……. 아니, 하지만 카도누마 하이츠는 지붕 위에 괴이가 나타났습니다."

"이것은 추측인데, 204호실의 벽에는 격자를 의미하는 무늬 같은 것이 그려져 있었던 게 아닐까. 현관에는 발, 벽에는 격자무늬, 창문에는 테이프. 문제의 방은 사방이 격자로 둘러싸여 있었어. 그래서 그것은 옆집인 203호실로 나갈 수 없었어. 그렇지만 실내에서 격자가 없는 곳이 있었지."

"천장이군요. 그래서 지붕 위로는 나갈 수 있었다. 바닥은 어땠을까요? 아무것도 없으면 아래의 103호실에도 같은 괴이 현상이 일어났었다고 생각할 수는 없을까요. 하지만 무카이라는 사람에게는 그런 눈치가 없었습니다."

"마루는 플로어링일 테니 바닥은 틀림없이 나무판을 깔았을 거야. 그러면 가로와 세로선이 생기니까 그것이 격자의 역할을 했던 것일지도 몰라. 또한 존재하지 않는 방인 204호실이 203호실과 205호실 사이에 존재했다고 간주하지 못할 것은 없어.

하지만 1층의 몇 호실 위에 있었다고 보는 것이 좋을까. 이것까지 짐작하기는 어렵지 않을까."

"말씀대로입니다만……."

미마사카는 뭐라 표현하기 힘든 표정을 지으면서 말했다.

"괴이라는 것을 상대로 한 생각치고는 너무나도 이치에 맞는 해석 같다는 기분이 들어서……."

"응. 하고 싶은 말은 이해해. 하지만 대상이 부조리한 존재라고 해서 우리까지 비논리적으로 대처하고 있다가는 아무 것도 얻을 수 없고, 조금도 앞으로 나아갈 수 없어."

"그건……확실히 그렇겠습니다만."

이해한 듯 만 듯한 아주 애매모호한 표정을 짓더니, 그는 생각을 전환한 듯이 입을 열었다.

"즉 세 가지 이야기의 미싱링크는 격자였다는 말씀입니까."

"아니, 그런 의미로 한 건 아니야."

"하지만 수수께끼의 비슷한 소리들보다는 확실하지 않습니까."

"그래, 그 말대로야. 그러니까 세 이야기를 연결하는 공통의 존재로서 격자에는 주목해야 한다고 봐."

"그게 상실된 고리는 아니란 말씀입니까?"

의아하다는 듯한 미마사카를 앞에 두고, 나는 자신의 설명이 부족했다며 반성했다.

"미싱링크라는 것은 그 정체가 무엇인지 안 순간, 지금까지 따로따로 떨어진 것으로 보이던 것들이 단숨에 연결되어 보이는 법이야. 그러니까 연쇄 살인사건의 경우에는 그것이 피해자들에게 숨겨져 있던 의외의 연결을 의미하지."

"그렇다면 그 세 가지 이야기에서는……."

"완전히 개별적인 이야기인데도 어째서인지 비슷한 괴이 현상이 일어났는지, 그 이유를 판명하는 것이 되겠지."

"괴, 굉장하지 않습니까."

그저 기뻐하는 미마사카를 보고 나는 조금 당황했다

"잠깐, 잠깐. 미싱링크가 있다고 확정된 것은 아니야. 역시 서로 별개인, 관계없는 이야기라고 결론 내릴 수밖에 없게 될지도 모르니까."

"물론 그렇습니다만 선생님도 저도 이 세 이야기에서 기묘한 공통점을 느꼈습니다. 그곳에 뭔가 있지 않을까 하고 감이 왔다는 얘깁니다."

"응, 그건 그렇지."

"그렇다면, 그곳에는 미싱링크가 존재할 가능성이 적게나마 있을지 모른다고 봐야 하지 않을까요."

괴이라는 불확실한 현상을 검토하는 데 긍정적 태도를 가질 수 있는 미마사카 슈조라는 인간이 정말 유쾌하게 보이기도 하고 한편으로는 두렵기도 하다고, 이때 나는 생각했다. 다만 상대는 나도 비슷한 사람이라고 인식하고 있을 것이 틀림없다.

"그렇군. 잘 알았어."

이렇게 되면 나도 진심으로 상대해줄 수밖에 없다.

"이런 식으로 서로 옥신각신하고 있는 것도 그것을 검토하기 위해서라고 할 수도 있겠지. 사실 괴이담에 어떠한 해석을 내리는 것은 뭘 모르는 짓이야. 그런 행위에는 풍류가 없어. 하지만 이 자리는 달라. 오히려 보이지 않는 미싱링크를 찾는 것으로 숨어 있던 진짜 괴이가 얼굴을 드러낼지도 몰라."

"어……진짜 괴이요?"

"그런 것이 진짜로 있는지 어떤지 정해져 있는 것은 아니지만, 그렇게 생각해두는 편이 재미있으니까."

"네."

그는 씩 하고 웃었지만, 노트에 시선을 떨어뜨릴 때에 그 입에서 약한 중얼거림이 흘러나왔다.

"하지만 말입니다. 이제까지 검토한 결과, 시대도 장소도 체험자도 관계자도 전부 제각각인 데다 정작 중요한 괴이도 어쩐지 비슷한 것 같다, 라는 정도가 이야기 된 것뿐입니다. 공통점이라고 할 수 있는 것은 뭔가가 봉인되어 있었던 것 같은 건물 세 곳의 상황과, 그것에 얽힌 '격자'라는 키워드 정도고요. 그런데도 이 세 가지 이야기에는 정체를 알 수 없는 연결점이 있어 보인다고, 어째서인지 두 사람 모두 느끼고 있습니다. 간단히 정리하면 그렇게 됩니다."

"새삼스럽게 들으니, 우리가 얼마나 무모한 일에 나서려 하고 있는지를 더더욱 절절히 느끼게 되는구먼."

"여기서부터는 어떤 대처법이 있을까요."

"마찬가지야. 공통점을 찾는 거지."

"하지만……."

다시 미마사카가 노트에 시선을 떨어뜨렸다. 그 몸짓은 이 이상 공통점을 찾아내는 건 무리라고 넌지시 말하고 있는 듯했다.

3




고개를 숙인 미마사카를 보면서 나는 태연히 이렇게 물었다.

"만일 이제까지의 검토를 근거로 세 가지 이야기의 괴이가 동일하다고 가정했을 경우, 우선 생각할 수 있는 것은 무엇일까?"

"역시 어떠한 공통점이 있다고 밖에……."

"그 공통점이 하나의 물품이라고 한다면?"

"아, 그런가."

갑자기 미마사카가 고개를 들었다.

"그것이 매개가 되어서……."

"같은 괴이를 다른 장소로 전파시켜버렸다."

"그렇군요. 문제의 물품이 이동한 것으로, 그것에 붙어 있던 괴이도 동행했다고 생각하는 겁니까."

"그런데 이번에는 처음부터 시대와 장소가 떨어져 있다는 걸 알고 있었어. 그렇기에 동일한 물품이라는 단순한 발상이 좀처럼 떠오르지 않았던 거야. 뭐, 어쩔 수 없지."

내 위로의 말에 귀를 기울이면서도, 이미 미마사카는 가방에서 꺼낸 어머니의 일기를 바삐 펼치고 있었다.

"이런 건 어떨까요?"

재빨리 뭔가를 발견한 듯이, 그는 일기의 해당 장소를 가리키면서 말했다.

"오사키 가가 이사했을 때, 예전에 살던 곳에서 사이좋게 지내던 두 집의 할머니로부터 딸인 카나가 작별 선물을 받았습니다. 양쪽 다 카나 또래의 아이가 있어서 부모 간에 사이가 좋았기 때문입니다."

"한쪽 집은 인형을 줬다고 했던가."

"타케우치 가에서는 신부 인형, 사에키 가에서는 손거울과 빗이었죠."

"그거 참, 아주 빤한 물건들이구먼."

괴이담에는 옛적부터 고물괴담, 혹은 골동괴담이라 불리는 이야기가 있다. 전 소유자의 마음—대개는 물건에 대한 강한 집착심—이 거울이나 빗 등에 남아 있어서, 그것을 사거나 받은 이에게 재앙을 초래한다는 이야기다. 앙화를 일으키는 것은 보석을 필두로 하는 장식품, 서랍장이나 경대 등의 가구, 몸에 걸치는 의류 등이 많다. 즉 물건에 강한 마음을 담는 것은 대부분이 여성이라는 것을 알 수 있다. 이 '사실'이 한층 공포를 불러일으키는 것이다.

　이러한 지식은 물론 미마사카 슈조도 가지고 있었다. 그래서 내 의미심장한 대사에도 그는 재빨리 반응했다.

　"평범한 물건들이긴 합니다만, 그렇기에 충분히 가능성이 있지 않을까요."

　"이사 온 뒤에 혼잣말을 하는 딸에게 오사키 부인이 누구와 이야기하고 있느냐고 물었을 때, 그 애는 신부 인형이라고 대답했지."

　"그렇습니다."

　"일기의 그 부분을 읽었을 때, 나는 왠지 모르게 어린아이라서 얼버무린 게 아닐까 하는 느낌을 받았어."

　"얼버무려요?"

　"카나는 키요라는 존재를 숨기고 싶었을지도 몰라. 적어도 처음에는."

　"비밀 친구라는 겁니까."

　"혹은 키요에게 입막음을 당한 거지."

　미마사카는 흠칫하는 표정을 지었지만, 금방 원래대로 돌아오더니 말했다.

　"신케이 저택에서 소년이 도망친 곳간의 2층에는 많은 함롱이 있었고, 그 안에는 인형도 거울도 빗도 있었습니다."

　"하나의 함롱에 어마어마한 숫자의 같은 물건들이 들어 있었다고 했으니, 개개의 물건에 대한 집착심은 상당히 강했다고 봐도 틀림없을 거야."

"그 마음을 품고 있던 것은 와레온나일까요."

"그 텍스트만으로 판단하자면 그렇게 되겠지. 다만 와레온나란 누구인가. 그 정도로 많은 물품이 어째서 흩어져버렸는가. 모든 물품 하나하나마다 무시무시한 사념이 깃들어 있던 것인가. 그것이 어떻게 돌고 돌아 타케우치 가와 사에키 가의 할머니의 손에 들어갔는가. 양가에서는 아무 일도 일어나지 않았는가. 알 수 없는 일투성이야."

"타케우치 가와 사에키 가에서도 이변이 일어나서, 액막이할 생각으로 오사키 가에 넘겨버렸다고 간주할 수도 있겠습니다만……. 아이들끼리 사이가 좋았던 점과 양가의 할머니들이 카나에게 주었다는 점을 생각하면 그럴 가능성은 낮겠군요."

"오히려 양가에서는 아무 일도 일어나지 않았다. 그런데 오사키 가에서만 신부 인형과 손거울과 빗이 모여버렸다. 그래서 괴이가 발생했다. 그렇게 해석하는 편이 말끔하지."

"그렇군요."

미마사카가 미소를 지으려 해서, 나는 서둘러 다음으로 넘어갔다.

"하지만 카도누마 하이츠에 사는 학생의 방에는 신부 인형도 손거울도 빗도 아무것도 찾아볼 수 없었잖아."

"……그랬지요."

그렇게 대답하면서도 미마사카는 〈학생의 체험 ­ 유령 하이츠〉가 프린트된 용지를 차례차례 넘기면서 확인하고 있다.

"역시 없습니다."

"어느 것이나 남학생에겐 연관이 없는 물건이니까."

"괜찮은 시도였다고 생각했는데, 틀렸던 걸까요."

실망하는 미마사카에게 다시 흐릿한 기대를 갖게 만드는 것이 과연 잘하는 일일까 하고 망설였지만, 나는 조금 신경 쓰이는 사안을 이야기하기로 했다.

"상당한 추측이 들어갔지만, 어쩌면 세 이야기의 공통되어 있는 것은 아닐까 하고 생각할 수 있는 요소가 하나 있어."

"뭡니까?"

곧바로 미마사카가 물고 들어왔다.

"오사키 부인은 이사한 곳 인근의 앤티크 숍에서 작은 서랍이 많이 달린 키 높은 서랍장을 샀다고 일기에 적었지."

"네, 그런 기술이 있었습니다."

"부인은 조금 특이한 서랍장이구나, 정도로밖에 생각하지 않았겠지만, 실제로는 약서랍장이었던 게 아닐까."

"그래서 작은 서랍이 많이 달려 있었던 거군요."

"그런 약서랍장이 신케이 저택의 창고 1층에도 있었어."

곧바로 그가 '신케이 저택'의 이야기가 프린트 된 용지 뭉치를 살피기 시작했다.

"있습니다. '키 큰 약서랍장'이라고, 확실히 기록되어 있습니다. 이건 평범한 서랍장과는 다르니까 두 가지가 동일한 물건이었을 가능성이……."

거기서 갑자기 말을 끊더니, 이번에는 '유령 하이츠'의 용지를 다시 뒤적이면서 불안한 듯한 어조로 이렇게 말했다.

"그렇다고 해도, 역시 여기서도 남학생이 걸리지 않습니까."

"그런데 그렇게 해석할 만한 기술이 학생의 체험기에도 적혀 있어."

"어, 어디입니까?"

"너무 지나갔어. 좀 더 초반 쪽이야."

다시 첫 페이지부터 읽기 시작한 미마사카는, 곧바로 해당부분을 발견했다.

"여기군요. '생활에 필요한 가구 등은 전부 이곳에 와서 샀다. 게다가 마침 근처의 큰 집에서 대형 쓰레기들을 내놓았길래 낡았지만 쓸 만한 책상과 서랍장을 슬쩍해왔다.'라고 되어 있습니다."

"그 서랍장이 '키 큰 약서랍장'이고, 전부 같은 서랍장이라고 생각하면 세 이야기는 이어지게 돼."

"호오."

저도 모르게 하는 행동이라는 느낌으로, 미마사카는 크게 숨을 내쉬었다. 그런 뒤에 갑자기 생각에 잠기는 얼굴을 보였다.

"그것이 사실이라고 한다면, 상당히 오래된 서랍장이 되지 않습니까?"

"신케이 저택 이야기가 쇼와 10년이라고 하면, 오사키 부인이 손에 넣었을 때에는 65년 가까이 지났다는 계산이 나오지."

"그래서는 역시……."

"아니, 그렇다고만은 할 수 없어. 신케이 저택은 그 지방의 유력자가 사는 집이었다고 생각돼. 그렇다면 가구들도 분명히 최고급품만으로 구비되어 있었을 거야. 실력 있는 전문 가구 장인이 만든 서랍장이 꾸준한 관리를 받았다면 100년은 가볍게 버티지 않을까."

"남은 문제는 장소겠군요."

미마사카는 노트를 확인하면서 말했다.

"오사키 가는 아마도 미에 현, 신케이 저택은 도쿄가 아닌 간 토 지방 어딘가, 카도누마 하이츠는 간토와 토카이와 간사이 지방 이외의 어딘가가 아닐까 하고 저희는 짐작했습니다."

"기가 막힐 정도로 제각각이구먼."

"그럼에도 불구하고 약서랍장이 이동했다……."

"있을 수 없는 일은 아니지만, 조금 어려울 것 같기는 하군."

"그 가능성을 뒷받침할 새로운 사실이라도 발견되지 않는 한, 확실히 무리 같습니다."

의기소침해진 그에게 추가타를 날리듯이 나는 말을 받았다.

"게다가 잘 생각해보면, 100년이나 버티는 가치 있는 서랍장 이라면 앤티크 숍에서 산다고 해도 나름대로의 가격이 나올 거 야. 신축 주택을 구입한 오사키 가에 과연 그런 여유가 있었을 까."

"없었다고 보는 게 타당하겠지요."

"학생 쪽 이야기에도 문제가 있어. 그렇게 훌륭한 만듦새의 서랍장이, 어떤 이유가 있더라고 해도 쓰레기장에 떡하니 내버 려지게 될까?"

"아뇨. 그런 일은 없을 거라 생각합니다."

"그렇겠지."

여기서 두 사람은 거의 동시에 낙담하며 의자 등받이에 몸을 기댔다.

"역시 전혀 아무런 관계도 없는 개별적인 이야기였던 걸까요."

"그것을 괴이담 애호가인 작가와 편집자가 어떻게든 관련 있는 이야기로 만들려고 악전고투한 끝에, 무참히도 패배하고 말았다⋯⋯."

"그렇게 되는 걸까요."

미마사카의 주문을 묻고 나서, 일단 맥주를 추가로 시켰다. 끊임없이 이야기를 했기 때문에 목이 말랐다.

새 맥주로 가볍게 위로의 건배를 하고 단숨에 3분의 1정도를 들이킨다. 이제 좀 살 것 같다는 기분을 맛보았을 즈음에 나는 입을 열었다.

"세 가지 이야기가 왠지 모르게 비슷하다⋯⋯라고 생각한 가장 큰 이유는, 아마도 감각적인 것이 아니었을까. 그것도 괴이담 애호가인 우리이기에 특유의 후각이 반응했기 때문일지 몰라. 격자라는 기묘한 공통점을 찾아낸 것조차, 지금은 나중에 갖다 붙인 것처럼 생각돼."

"그 추상적인 감각, 잘 표현할 수는 없습니다만 저도 잘 압니다. 첫 번째와 두 번째 이야기를 읽었을 때에 저도 그런 감각을 느꼈으니까요."

"추상적이란 말이 나와서 얘긴데, 소년도 학생도 괴이의 대상을 **그것**이라고 말하고 있지. 신케이 저택의 이야기에서는 와레온나라는 이름이 있는데도, 또한 카도누마 하이츠의 이야기에서는 노파 같다고 인식했는데도 양쪽 다 **그것**이라는 표현을 쓰고 있어. 이것은 그 두 사람을 덮친 괴이가 전혀 정체를 알수 없는 기분 나쁜 존재였다는 증거가 아닐까. 물론 그렇다고 해서 두 사람이 겪은 체험의 뿌리가 같다는 증명은 되지 않아. 하지만 나는 거기에서 같은 공포의 냄새를 맡은 기분을 떨칠수 없어. 오사키 부인이 그렇게 적지 않았던 것은, 직접 뭔가를 본 것이 아니었기 때문일 거야."

"**그것**이라고밖에 말할 수 없는 존재⋯⋯입니까."

너무나도 기분 나쁘다는 듯이, 스윽 하고 내 쪽에서 시선을 돌리며 미마사카가 가만히 중얼거렸다. 그러고 나서 갑자기 떠올랐다는 것처럼 이쪽을 보더니 말했다.

"그 세 가지⋯⋯아니, 처음에는 두 가지였습니다만, 그 이야기들에 대해 언급하려 했을 때에 선생님은 무의식중에 피하셨지요."

"⋯⋯그랬지."

간단히 인정하는 것에 거부감은 있었지만, 단호하게 부정할수도 없어서 저도 모르게 어정쩡하게 끄덕여버렸다.

"그것은 어째서 그랬는지, 그 뒤에 뭔가 아셨습니까?"

"⋯⋯아니."

다시 어정쩡하게 고개를 저은 나는, 그래도 스스로 느낀 기묘한 불안감에 대해 어떻게든 설명하려고 했다.

"내가 기피한 것은 단순히 이야기를 즐기고 끝……으로 마무리되지 않을 것 같은 기분이 들었기 때문이라고 생각해. 딱히 근거가 있던 것은 아니야. 다만 왠지 모르게 귀를 기울여서는 안 될 것 같은, 그런 이유 없는 불안에 사로잡혔던 거지."

"그 시점에서는, 말하자면 왠지 불길한 예감이 들었다는 말씀입니까."

"가장 가까운 표현을 찾는다면 그렇게 되려나."

"세 가지 이야기를 읽어보신 뒤에는 어땠습니까?"

"그게 말이야……."

그렇게 입을 열다가 나는 말이 막혔다. 어떻게 표현해야 좋을지 전혀 감이 잡히지 않았다. 어찌해야 할지 몹시 망설였지만, 어쨌든 느낀 것을 그대로 말하기로 했다. 상대는 미마사카 슈조다. 틀림없이 이해해줄 것이다.

"역시 표현을 정확히 못하겠는데, 뭔가를 알고 있는 것 같은 기분이 들었다고 할까."

"기시감입니까."

"응……. 하지만 애초에 세 가지 이야기는 비슷한 듯하면서도 비슷하지 않아. 그런 이야기들의 어디에서 기시감을 느낀 걸까 하고 생각하다 보면, 어쩐지 내가 지금 뭔가를 빼먹은 게 아닌가 싶은 기분이 들기 시작하고……."

"상당히 미묘한 감각이군요."

"가장 있을 법한 가정은, 내가 예전에 세 가지 이야기와 비슷하면서도 다른 별개의 이야기를 어딘가에서 읽거나 혹은 누군가에게서 들었는데, 현재는 그 사실을 잊고 있다는 경우겠지."

"네 번째 이야기가 있을지도 모른다는 말씀입니까?"

갑자기 흥미를 드러낸 미마사카에게는 미안했지만, 나는 천천히 고개를 저으면서 말했다.

"그런데 아무리 생각해도 기억나지 않고, 그런 쪽이 아니라는 기분도 들어. 그렇다고 해서 예전에 읽은 소설 중에 유사한 내용이 있었던 것도 아닌 모양이고……."

"누군가가 체험한 괴담도 아니다, 작가가 창작한 소설도 아니다. 그렇게 되면……."

미마사카는 앗 하고 떠올랐다는 듯이 말했다.

"참고문헌이 아닐까요?"

"설마!"

"민속학 관련 서적을 자주 읽으시지 않습니까."

편집자 시절부터 흥미가 있기도 했고, 작가가 된 뒤로는 창작의 힌트를 얻기 위해서 조금이라도 신경 쓰인 서적은 구입하려 하고 있다. 그런 사실은 당연히 미마사카도 알고 있었다.

"그런 참고문헌 중에 책의 저자가 현장에서 모은 어느 지역의 괴이담이 실려 있었는데, 그중에서 세 가지 이야기와 비슷한 옛날이야기가 있었던 것이 아닐까요."

"지방의 전승인가."

"네. 그렇기에 선생님은 그 이야기를 괴담이라고 인식하지 못했던 겁니다. 그렇지만 기억의 밑바닥에는 남아 있었습니다. 그리고 세 가지 이야기를 접하는 것으로, 잠들어 있던 기억이 자극을 받은 겁니다. 하지만 떠올릴 정도까지는 이르지 않아서, 아주 묘한 기시감을 느끼게 되었다……."

"멋진 해석이로군."

내가 솔직하게 칭찬하자, 기쁜 듯 미마사카가 고개를 꾸벅 숙였다.

"정말로 설득력이 있는 설명이었어. 다만……."

그렇게 내가 말을 잇자, 미마사카의 얼굴에 곤혹스런 표정이 떠올랐다.

"민속학에 관련된 책뿐만 아니라 소설 이외의 독서에서 내 마음을 울리는 내용이 있었을 경우엔 나는 꼭 메모를 해."

"그 메모를 다시 체크해도 세 가지 이야기에 비슷한 전승 종류는 없었던 겁니까?"

"유감스럽게도."

"하지만 말입니다. 그렇게까지 강하게 끌리지는 않았지만 왠지 모르게 신경 쓰였던 이야기가, 사실은 있었다고 한다면……."

"그럴 가능성을 부정할 수는 없겠군. 하지만 조금이라도 신경이 쓰였다면 아마도 난 메모를 했을 거라고 봐. 관련된 메모가 없다는 것은, 가령 그런 이야기가 있었다고 해도 그냥 넘어갔다는 거지. 그럼에도 기시감을 느끼는 일은 좀처럼 없지 않을까."

"그냥 넘어갔기 때문에 또렷하게 기억해낼 수 없다고도 생각할 수 있습니다만……. 거기까지 가면 좀 억지일까요."

"다만 참고문헌이 아닐까 하는 자네의 지적은 꽤나 괜찮은 부분을 찌르고 있다는 기분이 들어."

"네?"

당황하는 미마사카에게, 어떻게 설명해야 좋을지 판단하지 못한 채로 나는 대답했다.

"참고문헌은 아니지만 그것에 가까운 것일지도 몰라. 어쨌든 《유녀처럼 원한 품는 것》의 집필이 일단락 났을 즈음에 자료실을 한 번 뒤엎어보도록 하지."

"알겠습니다. 저는 계속해서 그밖에 유사한 이야기가 없는지 최대한 찾아볼 생각입니다."

"비슷한 이야기가 더 있을 거라고 보나?"

깜짝 놀라는 나에게 그는 진지한 어조로 말했다.

"아무런 관련도 없는 개별적인 이야기인데도 어째서인지 괴이가 비슷하다. 이런 사례는 이제까지 거의 없었다고 생각합니다. 적어도 제가 아는 한에서는 없습니다."

"나도 마찬가지야."

"그렇게 되면, 그밖에 또 그런 사례가 없는지 더 찾아보고 싶어지지 않습니까."

"엽기를 좇는 자로서의 피가 끓는 거구만."

씩 웃는 나에 비해 미마사카는 어디까지나 진지한 얼굴로 말을 이었다.

"만약 지금의 세 가지 이야기 외에도 유사한 사례가 몇 가지 더 발견된다면 상당히 유니크한 괴담집을 엮을 수 있다고 생각하지 않으십니까? 그래서 저는 기회만 생기면 한 명이라도 많은 사람에게 이런 이야기와 비슷한 것을 안다면 꼭 알려달라는 부탁을 하자고 유념하고 있습니다."

"그런 건가."

놀라는 동시에, 아주 감탄했다. 이렇게 이야기를 하면서도, 그는 편집자로서 기획의 가능성을 살피고 있었음을 뒤늦게나마 깨달았기 때문이다.

어쩐지 옛날의 나를 보는 것 같군.

문득 그런 생각에 흐뭇해졌다. 물론 편집자 시절의 나보다도 미마사카 슈조 쪽이 편집자로서 훨씬 우수하다는 점은 틀림없다. 그렇기에 조금 비슷하다는 느낌이 든 것만으로도 어쩐지 아주 기뻤는지도 모른다.

"기획이 실현되면 부디 감수를 부탁드립니다."

미마사카가 공손히 고개를 숙여서 나는 당황했다.

"그런 중책은 맡을 수가 없네."

"그러면 해설을 부탁드립니다."

"……하지만 말이야, 이렇게까지 열심히 검토해온 결과가 이 꼴이잖아. 이런데 무슨 해설 같은 걸 쓸 수 있겠나."

"기획이 성립하기 위해서는 좀 더 많은 사례가 모여야만 합니다. 그러면 분명 또 다른 해석을 할 여지도 생겨나지 않을까요."

"그렇군. 서로 간에 수집한 이야기의 모든 데이터를 상대에게 빠짐없이 전하겠다는 협의라도 할 경우의 얘기겠지만."

"뭔가 속뜻이 있는 듯한 말씀으로 들립니다만."

미마사카가 의아하다는 태도를 보여서, 나는 어렴풋한 미소를 지으며 말했다.

"두 번째의 '이차원 저택' 이야기에 대해 나에게 뭔가 감추는 것이 있었잖은가."

"아, 그거 말씀입니까."

완전히 잊었다는 눈치로 미마사카가 머리를 긁었다.

"처음에 말씀드려도 괜찮았겠습니다만, 그러면 선생님께서 그 체험담을 순수하게 읽을 수 없게 될지도 모른다는 기분이 들어서 말이죠."

"꽤나 의미심장한 말이로군."

"이렇게 말하는 저도, 그 사실을 안 것은 그 이야기를 읽은 뒤였습니다."

"그래서 자네는 나중에 아는 쪽이 좋다고 판단한 건가."

"네. 하지만 이젠 얘기할 수 있으니……."

"아니, 됐어."

내가 거절하자, 미마사카는 깜짝 놀란 듯했으나 곧 흐릿한 미소를 보였다.

"이미 깨달으셨습니까."

"그건 과대평가야. 그저 시간이 늦어서 다음 기회에 들을까 생각한 것뿐이고…… 아니, 시간벌이도 있을까."

"그러면 다음번에 뵐 때까지 저는 네 번째 이야기를 발견하도록 노력할 테니, 선생님께서는 참고자료는 아닌 듯하지만 그것과 비슷한 뭔가를 자료실에서 발굴해보시는 게 어떨까요?"

"응. 그렇게 하지."

서로에게 약속하고 헤어졌지만, 다음에 미마사카 슈조와 만난 것은 약 석 달 뒤의 연말이었다. 다만 이때는 전골 요릿집에서 복어 지느러미 술을 마시며 송년회를 했을 뿐, 세 가지 이야기에 대해서는 거의 언급하지 않았다. 각자의 숙제가 끝나지 않았기 때문이다.

4

해가 바뀌어 나는 4월에 《유녀처럼 원한 품는 것》을 출간했다. 이제까지의 도조 겐야 시리즈와는 다른 분위기이기에 어떤 평가를 받을지 솔직히 조금 걱정이었다. 하지만 그것은 기우였다. 다행히 많은 독자들이 작가의 의도를 제대로 받아들여주었다. 그 평가들에 내가 얼마나 기뻤고 또 기운을 얻었던가.

이 해의 4월 하순부터 나는 《노조키메》라는 신작에 착수했다. 그 경위에 대해서는 《노조키메》의 '서장'을 읽으면 알 터이니 여기서는 다시 설명하지 않는다. 다만 본 작품은 예전에 내가 수집한 〈엿보는 저택의 괴이〉라는 괴이담과 어느 민속학자가 학창시절에 체험했던 무서운 사건의 기록인 〈종말 저택의 흉사〉를 나란히 실어서 구성한, 아주 특이한 내용을 담고 있었다. 그런 메타 구조를 지녔다는 점에서는 내 초기 작품군인 〈작

가 3부작〉과 조금 비슷한지도 모른다. 나 자신이 사건의 소용
돌이에 휘말리지는 않고 어디까지나 방관자의 입장이었던 사
실을 제외하더라도, 이 작품에는 어딘지 모르게 그리운 냄새가
나는 듯한 기분이 든다.

다만 이 책의 집필 중에 줄곧 내 머릿속의 한구석을 점하고
있던 것은, 그 세 가지 이야기였다. 정확히 말하면, 그 밖에도
유사한 이야기를 더 모아서 그것으로 한 권의 책을 엮겠다는
미마사카 슈조의 계획 자체가 흘끗흘끗 뇌리를 스치고 있었다.

왜냐하면 《노조키메》와 미마사카의 기획이 여러 면에서 비슷
했기 때문이다.

그렇다고 해서 내가 그의 기획을 흉내 냈다고는 생각하지 않
았다. 구성이 비슷하다고는 해도 그것 자체에 독창성이 있는
것은 아니다. 다루는 이야기만 똑같지 않다면, 아무런 문제도
없다는 점은 확실하다.

다만 그렇더라도 미마사카에게 미안한 마음 역시 다소 있었
다. 아무리 내용이 다르다고 해도, 실화 계열의 괴담 분야에서
유사한 구성을 지닌 책이 연이어 나온 경우에는 어쩔 수 없이
후자가 따라한 것처럼 비치게 된다.

그래서 나는 사후승낙 같아서 미안하지만 신작의 집필 중에
이제는 익숙해진 진보초의 비어바에서 미마사카를 만나서, 양
해를 구하기로 했다.

그런데 미마사카는 난색을 표하기는커녕 매우 기뻐해서 나를
놀라게 했다.

268

"오히려 바라던 바입니다. 사전에 대형 출판사에서 그런 책을 내주시면 제 기획도 통과되기 쉬우니까요."

과연 말이 된다고 감탄할 뻔하다가, 아니 잠깐, 하고 생각을 고쳤다.

"그 경우에 《노조키메》가 잘 안 팔리면 난처해지지 않나."

"괜찮습니다."

작가도 발행처의 편집자도 아닌데 그 자신감은 어디에서 오는 것일까, 몹시 신기했다.

"게다가 양쪽 다 작자는—저희 입장에서는 감수자라는 입장이 될지도 모릅니다만—선생님이시니 분명히 상승효과를 꾀할 수 있을 겁니다."

"어⋯⋯."

미마사카의 양해를 얻을 생각이었는데 오히려 기획의 감수자를 맡게 될 수밖에 없는 전개가 되고 말았다. 역시나 빈틈없는 편집자다. 하지만 나도 잠자코 있기만 했던 것은 아니다.

"그 건에 대해서는, 그 세 가지 이야기에 유사한 체험담을 추가로 발견하고, 그것이 한 권의 책을 편집할 수 있을 만한 분량이 된 다음에, 라고 하는 것이 어떨까?"

"그건 말씀대로군요. 그러면 계속해서 열심히 찾아보겠습니다."

결국 그의 의욕에 더욱 불을 붙이는 결과가 되었다.

그래도 미마사카에게 이야기를 했다는 안도감을 안고, 나는 《노조키메》의 집필에 전념했다. 도중에 잡지 〈메피스토〉에 실을 괴기단편 〈따라가는 것〉이나 짧은 수필을 써야 해서 어쩔 수 없이 중단하는 일도 있었지만, 전체적으로 순조롭게 진행할 수 있었다.

그리고 8월 하순에 나는 《노조키메》를 탈고했다. 이 책에 착수하는 동안 민속학 계통의 조사를 할 필요가 있었던 나는, 이따금 자료실에 틀어박혀서 그 안에서 다양한 문헌을 헤집었다. 그러면서도 한편으로 그 세 가지 이야기에 이어질지도 모르는 물건—어떠한 참고문헌인 듯한 모호한 존재—을 겸사겸사 찾아보는 것도 잊지 않았다. 원래대로라면 《유녀처럼 원한 품는 것》을 완성한 뒤에 곧바로 해야 할 작업이었다. 그렇다, 미마사카와 약속을 했음에도 나는 아무것도 하지 않은 채로 시일을 보내다가 신작에 착수해버린 것이었다. 실은 역시나 미안하게 되었다며 신경을 쓰고 있었던 것이다.

그러나 겸사겸사 찾는다는 행위는 역시 좋은 결과를 낳지 않는 듯하다. 해당되는 서적도 자료도 전혀 눈에 띄지 않았다.

이러저러하는 동안에 미마사카로부터 두툼한 A4 사이즈 봉투가 도착했다. 열어보고 화들짝 놀랐다. 네 번째 이야기가 들어 있었기 때문이다. 그리고 동봉된 편지를 보고 다시 한 번 놀랐다. 그 이야기의 출처라는 것이, 미마사카의 학창시절 선배가 근무하는 모 출판사에 십여 년 전에 받았던 투고 원고 《미츠코의 집이란 무엇이었나》의 일부였던 것이다.

저자는 도내에 사는 우부카타 사오리라는 여성으로, 원고 내용은 그녀의 부모가 기묘한 종교에 전염되어가다가 이윽고 교주로까지 추앙되고, 참으로 섬뜩하고 불가사의한 최후를 맞기까지의 경위를 엮은, 논픽션이라고도 소설이라고도 하기 힘든 이야기인 듯했다.

당시에 미마사카의 선배는 일종의 기이한 분위기에 매료되어 버렸다. 다만 논픽션으로서는 내용 부족이 눈에 띄고, 소설로서 읽은 경우에는 어쩐지 아쉬움이 느껴진다. 이대로는 도저히 출판 기획을 할 수 없다. 그래서 우부카타에게 연락을 취해서 만나기로 했다.

우부카타 사오리와 면담하고서 선배는 깜짝 놀랐다. 사오리가 스물두 살이라는 것을 알았기 때문이었다. 그 나이에 이만한 글을 쓸 수 있다면 대단한 수준이다. 이 정도 재목이라면 조언하는 보람이 있겠다며 선배는 기뻐했다.

다만 사오리의 이야기를 듣고 금세 마음이 무거워졌다. 모든 것은 그녀의 부모님과 가족에 관련된 실화임을 알았기 때문이다. 그때부터 약 10년 전의, 당사자가 열두 살 무렵에 실제로 일어난 사건이었던 것이다.

그 쇼크에서 사오리는 간신히 재기할 수 있었다. 그러자 이번에는 아직 기억이 생생할 동안에 제대로 기록해두는 편이 좋지 않을까 하는 생각에 사로잡혔다. 그렇다고 해도 상세하게 쓰면 문제가 생길지도 모른다. 이야기의 무대가 된 집에 현재 살고 있는 사람이 있다면 어떻게 될까. 가족이 말려든 이웃 주민도 그 지역에서 계속 살고 있지는 않을까. 그런 걱정 때문에 소설 풍으로 윤문하는 것을 떠올렸다. 그렇게 그녀는 설명했다.

글이 어중간해진 원인은 이해할 수 있었지만, 이 제재로 생각했을 때에는 어디까지나 논픽션으로 써야 한다고 선배는 조언했다. 그러면 기획 회의에도 올릴 수 있고, 출판될 가능성도 결코 낮지는 않다.

그런데 그녀는 고개를 저었다. 이 이상 자세히 쓸 수는 없다는 것이었다. 그렇다고 해서 완전한 소설화하는 것에도 거부감이 있다. 소설풍으로 윤문했다고 해도 거짓말이 들어간 것은 아니다. 모든 것은 실화다. 그녀로서는 지금의 스타일을 무너뜨리고 싶지 않다. 이것이 아무도 상처 입히지 않으면서도 무슨 일이 일어났는지를 전할 수 있는 가장 좋은 서술방식이다. 그렇게 주장하며 물러서지 않았다.

미련을 느끼면서도 선배는 포기할 수밖에 없었다. 작별할 때에 "그 밖에도 뭔가 쓰시면 꼭 보여주세요."라고 말했던 것은 그의 본심이었다. 하지만 사오리로부터의 연락은 한 번도 없는 채로 세월이 흐르고, 미마사카에게 묘한 부탁을 들을 때까지 까맣게 잊고 있었다고 한다.

"처음에 너한테서 그 괴담 같은 이야기를 들었을 때, 실은 뭔가 마음에 걸리는 것이 있었어. 그런데 이게 전혀 떠오르질 않지 뭐야. 그래서 그냥 기분 탓인가보다 했지."

회사 근처의 찻집에 미마사카를 불러낸 선배는 우선 그렇게 말문을 열었다

"그게 두 번째라고 할까, 비슷한 이야기가 있으면 알려주기 바란다는 너의 메일을 읽었을 때였어. 문득 옛날에 받았던 투

고 원고 중에 비슷한 사건이 적혀 있던 것 같은 기분이 들더라고. 그래서 바쁜 와중에도 귀여운 후배를 위해 로커에 산더미처럼 쌓인 원고를 뒤져서 간신히 찾아낸 게 이거다."

선배가 내민 것은 우부카타 사오리의 원고였다.

그 편집자는 10년도 전에 투고된 원고를 용케 남겨두었구나 하고 감탄했는데, 미마사카의 말에 의하면 정리정돈을 못하는 사람이기 때문이라는 듯하다.

원고는 '들어가기 전에'와 '마치며'외 전 9장으로 이루어져 있는데, 미마사카에 의하면 중요한 것은 제 7장뿐이라고 한다. 그렇다고 해도 갑자기 7장을 읽어본들 당황스러울 뿐일지도 모른다며 다른 장들의 개요를 적어주었다. 역시 유능한 편집자다. 그것을 이하에 그대로 옮기기로 한다.


우부카타 사오리, 《미츠코의 집이란 무엇이었나》의 각 장 내용


**제1장** 도쿄의 모처에 살던 사오리의 가족들. 아버지인 타카시와 어머니인 미츠코, 당시 열일곱 살이었던 장녀 시오리와 열여섯 살이었던 차녀 카오리, 삼녀인 사오리와 네 살 난 남동생 신야까지 여섯 명의 소개가 이루어진다. '버블경제가 붕괴되기 조금 전'이라는 기술이 있는 것으로 보아 1991년이나 92년이 아닐까 여겨진다.


**제2장** 호쿠리쿠(北陸) 지방의 모처에 세워진 어느 집을 어머니의 사촌 가족이 구입해서 이사했다. 축하할 겸해서 그곳에 어머니가 놀러

갔는데, 여러 가지 이상한 현상이 일어났다. 그 상황을 어머니의 말로 재구성하고 있다.

**제3장** 사촌의 집이 이웃들 사이에서 좋은 평판을 얻기 시작한다. 그 경위가, 역시 어머니의 입을 통해 그려지고 있다. 이 무렵에 딱 한 번 사오리도 그 집을 방문한다.

**제4장** 이웃에 사는 주부를 중심으로 사촌의 집에 드나드는 사람들이 나타난다. 이 무렵이 되자 그 집에 나타나는 현상은 '기적'이라고 불리게 되는데, 그 현상이 빈번히 일어나는 것은 어머니가 그 집을 방문하고 있는 도중이라는 것을 알게 된다. 이때부터 사촌의 집은 '미츠코의 집'이라고 불리게 되고, 마치 신흥종교의 모임처럼 되어간다. 신자가 늘어남에 따라, 집도 증축을 거듭하게 된다.

**제5장** 어머니가 사촌의 집에 오래 머무르기 시작한다. 사오리는 전에 방문했을 때, 어쨌든 무서운 곳이라고 느꼈다. 그랬기 때문에 다시 갈 생각은 절대 없었다.

**제6장** 아버지와 두 언니가 어머니를 데려오려고 가끔씩 미츠코의 집에 간다. 그럴 때에 사오리는 도내에 있는 집에서 남동생과 둘이 남았다. 친가나 외가의 할아버지 할머니는 모두 타계하신 상태였고, 금방 도움을 청할 수 있는 친척은 근처에 살고 있지 않았다.

**제7장** 어머니로부터 "중요한 의식이 있으니 반드시 와라."라는 말을 듣고 어쩔 수 없이 미츠코의 집을 방문했을 때에 겪은 사오리의 체험이 서술되고 있다.

**제8장** 사건 후의 경위가 적혀 있는데, 사오리의 기억이 가장 모호한 부분이기도 하며, 그 대부분은 큰 이모(어머니의 언니)로부터 나중에 들은 이야기가 바탕이 되고 있다.

**제9장** 그 후의 사오리의 생활과 그녀를 괴롭힌 악몽에 대해서, 또한 그것을 어떻게 극복했는가가 적혀 있다.

문제의 7장을 읽고서 나는 경탄했다. 앞서 이야기한 세 가지 이야기 중에 〈어머니의 일기 – 저편에서 온다〉와 〈학생의 체험 – 유령 하이츠〉에서 그려진 괴이의 원흉이, 이 미츠코의 집에 있는 것이 아닐까 하고 생각했기 때문이다.

그러나 여전히 지역이 전혀 다르고, 시대도 맞지 않는다. 게다가 〈소년의 이야기 – 이차원 저택〉과의 관계를 어떻게 생각하면 좋을까. 세 가지 이야기를 검토했을 때에 빠졌던 딜레마에, 또다시 빠지고 말았다.

미마사카에게 전화를 하자, 그도 같은 고민을 품고 있었다. 게다가 웬일로 두려워하고 있는 눈치가 이쪽까지 전해져서, 나도 어쩐지 차분해질 수가 없었다. 확실히 우부카타 사오리의 체험을 읽고 있으면 뭐라 말할 수 없는 오싹함에 사로잡힌다.

무섭다든가 두렵다기보다, 하여간 왠지 섬뜩해서 기분이 나쁜 것이다. 실은 이러한 감정이 가장 성가신지도 모른다. 읽고 있을 때에는 그리 대단치도 않은데, 나중에 서서히 효과를 발휘한다. 정신이 들고 보면 영문을 모르는 채로 어째서인지 등골이 오싹해진다. 아무래도 미마사카 역시 그런 상태에 빠진 듯하다.

이렇게 되면 우부카타 사오리에게 연락을 취해서 본인을 취재하는 수밖에 없지 않을까. 그렇게 제안해보았는데, 이미 미마사카는 시도해본 상태였다. 그러나 사오리는 이미 이사해서 현재는 소식 불명이라고 한다. 지금은 그녀의 큰 이모가 사는 곳을 알아보고 있는데, 유감스럽게도 가능성은 희박하다고 대답했다.

"돌파구는 선생님의 자료실에 묻혀 있을지도 모릅니다."

전화를 끊기 전에 미마사카에게 그런 독려를 받았다.

네 번째 이야기의 출현에 흥분한 나는, 며칠 동안 자료실에 틀어박혔다. 그리고 어쩐지 수상하다 싶은 서적이나 책자, 재래식 장정본, 인쇄된 종이의 뭉치, 신문이나 잡지의 스크랩, 수기로 적은 서류 등을 하나씩 정성들여 검토해나갔다. 꽤나 끈기가 필요한 작업이었지만, 나도 상당히 열심이었다고 생각한다. 그런 보람이 있어서, 사흘째 되는 저녁에는 끝내 해당되는 책을 찾아낼 수 있었다.

어째서 그 서적을 기억하지 못했는가. 알고 보면 참으로 시시한, 하지만 납득할 수 있는 이유였다.

츠루미 마나부라는 이름이 들어간 46배판의 상제본《내 인생에 새기다》는 쇼와 3년생(1928년_역주)인 저자가 70대 중반에 자신의 인생을 돌아보며 작성한 원고를 제본한 사가본(私家本)이었던 것이다. 이른바 자비출판 서적으로, 가령 일반 서점에 진열되었다 해도 일부 지역뿐이었을 것이고 인쇄부수도 적어서 서점에 놓이는 기한도 짧았을 것이 틀림없다.

그런 책이 왜 내 자료실에 있었는가. 아마도 어딘가의 고서점에서 발견하고, 내용을 확인해보니 태평양 전쟁 전부터 전쟁 후까지의 풍속 자료가 될 것 같아서 일단 사두자고 생각했던 것이 아닐까. 이렇게 추측할 수밖에 없는 것은, 언제 어디서 샀는지 전혀 기억나지 않기 때문이다.

내용에 대해서도 마찬가지다. 통독했다고는 생각되지 않고, 발췌독도 제대로 하지는 않았던 것 같다. 분명 고서점에서 집어 들고 팔락팔락 넘기는 중에 '제14장 어느 쿠루이메에 대하여'라는 문구가 눈에 들어와서, 그 자리에서 대충 읽어봤던 것이 아닐까. 그때의 기억이 흐릿하게 남아 있었기 때문에, 그 세 가지 이야기를 읽었을 때에 아주 기묘한 기시감을 느낀 것이다. 하지만 명확한 목적이 있어서 산 것은 아니었으므로 이 책의 존재 자체를 잊고 말았다. 정확하지는 않지만 대충 이 정도일 것이다.

곧바로 나는 《내 인생에 새기다》의 제14장을 다시 읽었다. 재독이 틀림없었지만, 대부분은 기억에 없는 문장이었다. 그저 막연히, 이와 비슷한 분위기를 접한 적이 있는 것 같다는 기분을 느꼈을 뿐이었다. 하지만 적혀 있는 내용에는 전율했다.

이것이 진짜 원흉 아닐까.

제14장 부분을 복사한 뒤에 책은 바로 미마사카에게 보내고, 발견한 경위는 간단한 메일로 전했다. 그 답신에서 그가 기쁨을 드러낸 것은 말할 것도 없다. 그러나 "읽었습니다."라고 미마사카로부터 전화가 걸려왔을 때, 그 환희는 완전히 가라앉아 있었다.

"이 책의 14장에 기록된 내용은 '신케이 저택'과도 우부카타 사오리의 체험과도 아주 깊은 관계가 있는 듯 보입니다. 시대가 태평양 전쟁 전이라는 것으로 보아, 적어도 '신케이 저택'과는 관계가 있는 것이 아닐까 하고 생각했습니다만…….."

"유감스럽게도 그 책에서 언급되어 있는 집은, 추고쿠 지방의 어딘가인 모양이니까."

"네. 이것으로써 비슷한 사례가 다섯 가지나 모였는데, 여전히 따로따로 떨어져 있는 상태입니다. 그렇다고 해서 이 모든 것이 아무런 관계도 없는 별개의 이야기라고는 역시 생각되지 않습니다. 대체 뭘까요, 이 기분 나쁜 상황은……."

일단 말을 끝낸 미마사카에게 내가 대답하려고 하는데,

"게다가……."

그렇게 말을 잇다가 미마사카는 그대로 입을 다물어버렸다.

"왜 그러나?"

그 눈치가 너무 신경 쓰여서 나는 상당히 강한 어조로 물었다.

"뭔가 신경 쓰이는 거라도 있나?"

실은 짚이는 것이 이쪽에도 있었다. 그러나 설마 하는 마음도 강했다. 그런 말도 안 되는 일이 일어날 리가 없다. 그것은 내 기분 탓이다.

하지만 명백히 그는 뭔가 말하지 못하고 머뭇거리고 있다. 그것을 확인하지 않으면 이쪽도 신경이 쓰여서 견딜 수 없다. 그러기 위해서는 다소 억지를 써서라도 미마사카를 추궁할 수밖에 없었다.

"뭔가 있었던 거 아닌가? 있었다면 알려줘. 어떤 사소한 것이라도 좋아. 이제 와서 뭔가 숨기고 자시고 할 사이도 아니잖아."

이쪽의 어조에 미마사카도 뭔가 느낀 듯하다. 오히려 질문을 던져왔다.

"설마, 그쪽에서도?"

"아무래도 우리 모두 같은 체험을 한 것 같군."

"그럴 수가……."

"지붕이지?"

미마사카의 말문이 막혔다.

"그 책을 읽고 있을 때, 지붕 위에서 작은 돌이 떨어지는 듯한 아주 기묘한 소리가 들렸어. 아닌가?"

"……그렇습니다."

힘없는 대답 뒤, 미마사카는 갑자기 큰 목소리로 말했다.

"어떻게 된 일일까요? 저만 그랬다면 제가 잘못 들은 거라고, 겁 많은 스스로를 비웃으면 됩니다. 하지만 선생님도 마찬가지로 그 소리를 들으셨다면……."

마지막은 또다시 기운 없는 목소리로 돌아가 버렸다. 그래서 가능하면 말하고 싶지 않았다. 하지만 역시 전해줘야 한다고, 나는 결심했다.

"아마도 그 책의 14장에 적혀 있는 사건이 모든 이야기의 시작이기 때문이 아닐까."

"시대도 장소도 체험자도, 모든 것이 제각각인데…… 말입니까."

"그래. 무엇이 어디에서, 어떤 식으로 관여한 탓인가. 그것은 모르겠지만, 추측컨대 다섯 가지 이야기는 전부 이어져 있어."

"……"

"서로의 머리 위에 조약돌의 비가 내린 것은…… 아니, 그 소리가 난 것은 우리가 괴이의 원흉을 밝혀냈기 때문이 아닐까."

"그렇다는 것은 이제부터……."

"다른 괴이도 우리에게 닥쳐올지 어떨지, 알 수 없다는 얘기지."

"……싫습니다. 그런 말씀 마세요."

참으로 비통한 목소리가 내 귀에 울렸다.

"미츠코의 집에서 우부카타 사오리가 겪은 일이 저에게도 일어날지 모른다니, 그랬다간 앞으로는 절대 잠을 잘 수 없을 거라고요."

"우부카타의 원고를 먼저 읽은 탓도 있는지, 츠루미 마나부의 책 내용보다도 코우시 님의 이야기 쪽이 우리에게 준 영향이 큰 것 같은 기분이 들어."

코우시 님이란 미츠코의 집에서 사람들이 믿고 있던 듯한 신의 이름이다.

"저도 같은 생각입니다. 《내 인생에 새기다》의 14장보다, 《미츠코의 집이란 무엇이었나》의 7장 쪽이 훨씬 사악하다는 인상을 받았습니다. 하지만 그 원고를 읽고 있을 때, 혹은 읽은 뒤에도 특별히 이상한 일은 없었죠."

"우리는 그런 쪽의 감각이 둔하니까."

"그런 것은 둔해도 괜찮습니다. 그렇다면 읽는 사람에 따라서는……."

"앙화가 내려도 이상하지 않을지도 모르지."

"아무 일도 없었던 사람이라도 그 뒤에 〈어느 쿠루이메에 대하여〉를 읽으면……."

"주변에서 기묘한 일이 생기기 시작하는 사람도 생긴다……고 봐야할지도 모르지. 딱 우리처럼."

"어떡하면 좋을까요."

"어쨌든 조속히 이 일의 해결책을 찾을 필요가 있어."

"뭐, 뭔가 짚이는 것이라도……."

"전화로는 안 돼. 만나서 이야기하지."

미마사카가 말하는 '짚이는 것' 따윈 하나도 없었지만, 이 이상 그를 너무 불안하게 만드는 것도 좋지 않으므로 마치 있는 듯한 척을 했다.

약속은 닷새 후의 저녁이 되었다. 미마사카로서는 내일이라도 결판을 내고 싶은 듯했지만, 서로 본업이 있다. 게다가 나는 그날까지 어떠한 해결책을 찾아내야만 한다. 시간은 아무리 많아도 부족할 정도다.

그렇게나 여유가 있을까요, 라며 미마사카가 걱정했지만 나는 괜찮다고 대답해두었다. 물론 아무런 근거도 없다. 다만 다른 괴이를 만난다고 해도, 맨 처음에는 소리뿐일 것이다. 그 이상의 해가 있으리라고는 생각되지 않는다. 나는 이 해석에만 의지하고 있었지만, 일부러 미마사카에게는 알려주지 않았다.

이제부터 연속해서 싣는 것은 우부카타 사오리가 쓴《미츠코의 집은 무엇이었나》의 제7장에 해당하는 〈셋째 딸의 원고 - 미츠코의 집을 방문하고서〉—이 장의 타이틀은 미마사카와 둘이 결정했다—그리고 츠루미 마나부의《내 인생에 새기다》의 제14장 〈노인의 기록 - 어느 쿠루이메에 대하여〉—'노인의 기록'이라는 표현은 역시 두 사람이 생각해보고 결정했다—의 전문이다.

또한 전자를 읽는 동안이라도, 즉 후자까지 읽어나가지 않았더라도 일상생활 중에는 들은 적 없는 기묘한 소리가 들리면 일단 이 책을 덮는 편이 좋을지도 모른다, 라고 여기에 미리 경고해두고 싶다.

물론 어떠한 실질적 해는 없다고 믿고 있지만, 개인차가 있을지도 모르므로 만일을 위해 덧붙인다. 그것으로 소리가 멈추고 더 이상 아무것도 들리지 않게 되면, 아마도 문제는 없을 것이다. 그렇다고는 해도 그 판단은 어디까지나 개인의 책임으로 해주기 바란다.

그러면 이하에 네 번째와 다섯 번째 이야기를 싣는다.

네 번째 이야기

셋째 딸의 원고
- 미츠코의 집을 방문하고서

"아침 10시까지 반드시 오렴."

전날, 어머니는 전화로 몇 번이나 확인해왔다.

"당일은 아주 중요한 코우시 님의 의식을 거의 하루 종일 집행할 예정이야. 그러니까 사오리, 너도 처음부터 참가할 수 있도록 늦지 않게 와."

하지만 그 목적을 떠올리자 금세 갈 생각이 사라져버렸다. 그랬기 때문에 학교에 가는 날과 같은 시간에 눈을 떴는데도, 나는 이불 속에서 마냥 꾸물꾸물 하고 있었다.

솔직히 어머니하고는 만나고 싶었다. 물론 아버지와도. 언니들하고는 그렇지도 않았지만, 신야는 다르다. 어쩌면 가장 얼굴을 보고 싶은 사람은 남동생인지도 모른다. 그 애의 똘똘한 얼굴과 귀여운 몸짓, 그리고 즐거운 대화. 지금도 이렇게 두 눈을 감으면 손에 잡힐 듯 선명하게 되살아난다.

분명히 아버지도 어머니도, 그리고 언니들도 결코 예전 같지
는 않을 거라고 나는 그때 각오하고 있었던 기분이 든다. 다만
신야만은 무사하지 않을까. 그런 기대가 있었다. 아버지도 두
언니도 어른이기에 세뇌되어버렸다. 당시의 나는 어린아이 나
름대로 그렇게 생각하고 있었다.

그렇다면 애초에 어머니는 무엇에 감화되었던 걸까. 그 부분
을 조금도 모르겠다. 미츠코의 집이라 불리게 된, 원래는 어머
니의 사촌 여동생의 집이었던 장소에 원인이 있는 것은 일단
틀림없다고 생각하지만.

그해 봄에 처음으로 문제의 집을 방문하고, 그 뒤로도 빈번하
게 드나들게 되면서 어머니는 점차 변해갔다. 이웃 주민들까지
말려들게 하며 마치 신흥종교의 교주 같은 존재가 되어간 것은
전부 그 집 탓이다.

"어머니가 저쪽 집에 있으면, 변변한 일이 없어."

추적추적 비가 이어지는 장마철에 "이번에는 반드시 데리고
돌아올게."라며 어머니를 데리러 갔던 아버지도 결국은 돌아오
지 않았다.

"아버지는 옛날부터 어머니가 하는 말에 잘 넘어갔잖니. 내
가 아니면 안 돼."

학교가 여름방학에 들어가기를 기다렸다가 반드시 부모님을
데리고 돌아오겠다며 떠난 맏언니 시오리도 아버지의 전철을
밟아버렸다.

"우선은 언니의 정신을 차리게 만들고, 그런 다음에 둘이서 어머니와 아버지를 설득해서 넷이 함께 돌아올 테니까 걱정하지 마."

언니와 마찬가지로 호기롭게 집을 나섰던 둘째 언니 카오리도 역시 돌아오지 않았다.

우리 집에 남은 것은 나하고 신야 두 사람뿐. 평소에는 이웃 집인 츠보우치 가의 할머니가 남동생을 돌봐주고 계셔서 2학기가 시작되어도 나는 어떻게든 학교에 다닐 수 있었다. 식사도 간단한 것이라면 만들 수 있었다. 돈은 어머니의 쇼핑용 지갑에 들어 있던 돈으로 어떻게든 버틸 수 있었다. 참고로 언니들은 당연히 금세 고등학교를 중퇴해버렸다.

그러던 와중에 어머니로부터 재촉 전화가 빈번하게 걸려오게 되었다.

"사오리, 신야를 데리고 너도 이쪽으로 오렴."

하지만 나는 "안 갈 거야."라며 계속 버텼다. 전에 그 집에 갔을 때, 어쩐지 섬뜩한 느낌이 들었기 때문이다.

뭔가가 지켜보고 있다?

그런 기분이 계속 들었다. 조금이라도 방심하면 뭔가가 들러붙어버린다. 그런 오싹한 감각을 느껴서, 나는 결코 신야로부터 눈을 떼지 않았다. 그 집에서 나올 때까지, 반드시 남동생을 지켜야만 한다고 스스로에게 다짐했다.

그런 체험을 한 집에 이제 와서 신야를 데리고 갈 수 없지 않은가.

이윽고 아버지로부터도 전화가 오게 되었고, 이내 시오리나 카오리 언니도 부모님의 뒤를 이었다.

나는 오히려 이쪽으로 돌아오라고 말했다. 남동생을 위해서라도 얼른 돌아오라고 부탁했다. 그러나 부모님도 언니들도 늘 같은 대사를 되풀이할 뿐이었다.

"너희도 미츠코의 집에 오면 가족 모두 함께 행복하게 살 수 있어. 특히 신야에게는 멋진 세계가 기다리고 있으니까 말이야."

어머니가 이야기한 후반부의 말에 나는 몹시 격렬히 반응했다. 왜 그랬는지는 스스로도 모르겠다. 다만 그 집에서 남동생을 기다리는 것은 결코 멋진 세계 따위가 아님을, 어째서인지 나는 알고 있었다는 기분이 든다.

그런데 2학기가 시작되고 나서 며칠 후, 학교에서 돌아와 이웃집에 갔더니 신야가 없는 것이 아닌가.

"그게 말이다, 너희 아버지하고 언니들이 점심나절에 갑자기 데리러 왔지 뭐니."

츠보우치 가의 할머니에게 사정을 듣고, 나는 그 자리에 졸도할 뻔했다.

"저쪽 집에서 어머니가 기다리고 있으니 데려가겠다고, 그렇게 말해서 말이야."

마치 핑계를 대는 듯한 어조였던 것은 할머니도 정말 남동생을 넘겨줘도 괜찮을지 망설였기 때문은 아니었을까. 우리 집이 이상해진 것은 왠지 모르게 주변에도 알려지기 시작하고 있었다. 그래서 할머니도 분명히 망설였던 것이다.

하지만 친아버지와 언니들이 와서, 어머니가 기다리고 있다고 말하면 단순한 이웃 사람에 지나지 않는 할머니로서는 아무것도 할 수 없다. 그래서 어쩔 수 없이 남동생을 넘겨주었을 것이다.

"잘한 일이었을지……."

멍하니 서 있는 나를 배려하듯 할머니는 중얼거렸다. 물론 그래서는 안 되었지만, 이 이상 폐를 끼칠 수도 없다고 생각한 나는 억지로 미소를 지었다.

"저쪽 집에 있는 어머니한테 전화해볼게요."

"응응, 그러려무나. 가족은 같이 사는 게 제일이니까."

그런 말을 하고 나서, 평범하지 않은 우부카타 가의 복잡한 사정을 떠올렸는지 할머니는 당황하며 덧붙였다.

"우리 집은 말이다, 너하고 신야를 돌보는 데 아무런 문제도 없단다. 오히려 환영하고 있다고, 그렇게 엄마한테 전해주려무나."

"네. 고맙습니다."

나는 고개를 숙였지만, 실은 복도 안쪽에서 이쪽을 엿보고 있는 아주머니의 모습을 알아차리고 있었다. 도저히 환영하는 것으로는 비치지 않는 무서운 얼굴로 빤히 나를 노려보는 아주머니가 시야 구석에 들어왔다.

더 이상 할머니에게 어리광부릴 수 없겠네.

어린 마음으로나마 깨달은 나는, 나 혼자서 신야를 키워야만 한다고 이때 비장한 결심을 했다. 지금 생각하면 어린아이다운 무모한 생각이지만, 당시의 나는 진심이었다. 나이 차가 나는 남동생에게 모성애와도 비슷한 감정을 가지고 있었는지도 모른다.

그럼에도 집에 돌아가서 전화기 앞에 서서 수화기를 들긴 했지만, 좀처럼 저쪽 집의 전화번호를 누를 수 없었다.

뚜————————.

그런 긴 소리가 계속 귓가에 울리고 있다.

삑, 삑, 삑, 삑.

이윽고 그런 단음의 연속으로 변하고 전화가 걸리지 않는 상태가 되었을 때, 어쩔 수 없이 수화기를 원래대로 돌려놓는다. 그 반복이었다. 도저히 어머니에게 연락을 할 수 없었다.

날이 저물고 혼자서 저녁식사를 먹고 숙제를 한다. 그런 뒤에 텔레비전을 보았지만 하나도 재미없었다. 다시 전화기 앞에 선다. 역시 걸 수 없다.

목욕을 하고 나서 다시 전화기 앞에 선다. 이번에야말로 걸겠다고 마음먹고 수화기를 집어 든다.

뚜————————.

완전히 귀에 익어버린 긴 소리가 들린다. 줄곧 수화기를 귀에 대고 있으면, 소리 자체가 뇌를 찌르고 있는 것 같아서 어쩐지 무섭다.

삑, 삑, 삑, 삑.

정신이 들고 보니 어느새 그것이 단음이 되어 있어서, 철컥

하고 수화기를 도로 내려 놓는다.

뚜루루루룩!

그 순간 갑자기 전화기가 울렸다. 주뼛주뼛하며 받아보니, 어머니에게서 온 전화였다.

"신야도 이 집에 왔어. 남은 건 사오리뿐이구나."

틀림없이 어머니였는데도 그 목소리를 듣는 순간, 어째서인지 나는 소름이 돋았다.

"너도 얼른 오렴."

"……안 갈 거야."

"아버지도 언니들도, 신야까지 이 집에 있는데 너만 거기서 살다니, 어떻게 봐도 이상하잖니."

"그쪽에서 이 집으로 돌아오면 되잖아요."

"그곳은 더러워졌어. 아니, 집만의 얘기가 아니라, 지역 전체가 그래. 결국 이 집 말고는 전부 나쁜 곳이야."

"그렇지 않아요."

"너는 아직 어려서 모를 뿐이란다. 그래도 이 집에 와서 엄마가 하는 얘기를 들으면 분명 괜찮을 거야. 아빠하고 언니들도 잘 이해해줬으니까."

계속해서 "안 갈 거야."라고 나는 말했다. 하지만 어머니의 목소리를 듣고 있는 동안, 가서 얘기를 듣는 것 정도만이라면 별 문제는 없지 않을까……하는 생각이 내 안에서 점차 강해지기 시작했다.

그때의 신기한 감각은 대체 무엇이었을까.

만약 최면술에 걸리면 그런 느낌이 되는 걸까.

그러나 다행히도 나는 아슬아슬한 타이밍에 제정신을 차렸다. 어떤 의미에서 그것은 어머니 덕분이었다. 어머니가 그 이름만 말하지 않았더라면 나는 정신을 차리지 못했을 테니까.

"이 집에 있으면 코우시 님이 지켜주시거든."

앗 하고 숨을 삼킨 나는 서둘러 전화를 끊었다.

코우시 님…….

그것이 저쪽 집에서, 어머니 일행이 믿고 있는 신인 듯했다. 신이라고 썼지만, 사실은 아무것도 모른다. 그것은 지금도 마찬가지다.

어째서 어머니의 사촌 집에 그런 것이 있었는가. 왜 어머니가 그 존재를 깨달았는가. 대체 집의 어디에서 발견했는가. 어떤 이유에서 그것을 신앙하게 되었는가. 어머니뿐만 아니라 사촌 가족도, 거기에 이웃 사람들까지 말려든 것은 무슨 일이 있었기 때문인가. 그중에서 어머니가 교주 같은 입장이 된 것은 어째서인가.

그 집에서 일어났다고 이야기되는 '기적'하고 관계가 있는 듯하다는 점은 일단 틀림없다. 그 기적에 어머니가 관여했다는 말도 사실일 것이다. 하지만 그것만으로는 아무런 설명도 되지 않았다. 전혀 이해할 수 없는 일투성이였다. 내가 알 수 있는 사실이 있다고 하면 단 한 가지뿐이다.

코우시 님이라는 정체를 알 수 없는 것을, 결코 믿어서는 안 된다.

그 일련의 사건이 일어났을 때, 어머니와 나는 그야말로 정반대 위치에 있던 것이 아닐까.

그 집을 처음 방문했을 때에는 아직 코우시 님의 존재를 인식하지 못했지만, 분명 어머니는 뭔가 좋은 느낌을 받았던 것이 아닐까. 한편 나는 반대로 여기에는 꺼림칙한 것이 있다고 순식간에 눈치챘는지도 모른다.

그래서 어머니가 순식간에 주위 사람들을 코우시 님의 신도로 귀의하게 만든 힘이 있었던 것과 마찬가지로, 나에게는 모두의 흐려진 눈을 뜨이게 만드는 힘이 있었던 것이 아닐까.

이 원고를 써나감에 따라, 그런 기분이 들기 시작했다. 그래봤자 이제 와서는 아무런 소용도 없다. 당시의 내가 조금 더 컸더라면, 하다못해 중학생 정도였더라면 하고 쓸데없는 공상에 빠질 수 있을 정도뿐.

중학생이어도 무리였을까. 언니들은 고등학생이었으니까. 그 이야기를 하자면 아버지는 번듯한 어른이었다. 그래도 세 명 모두, 어머니를 데려오지 못했다. 돌아오기는커녕 함흥차사가 되고 말았다.

과거를 돌아보는 것은 이제 그만두자. 그것보다도 그때 무슨 일이 있었는가, 지금은 가능한 한 정확하게 남겨두고 싶다.

그날 밤, 어머니에게서 걸려온 전화는 어떻게든 끊었다. 그러나 다음 날도, 그다음 날에도 전화는 집요하게 걸려왔다. 전화 벨소리가 울리면, 수화기를 들기 전부터 어머니의 전화라는 걸 알았다. 그 무렵에 우리 집에 전화를 거는 사람이 줄어들었던

탓도 있지만, 소리에서 느껴지는 불쾌함의 차이로 금방 알아차
릴 수 있었다.

마치 수많은 파리가 날고 있는 듯한……

저쪽 집에서 전화가 걸려오면, 그런 기분 나쁜 이미지가 떠
오를 정도로 아주 귀에 거슬리는 벨소리가 울려 퍼졌다. 마냥
듣고 있다가는 머리가 이상해질 것 같아서 무섭다. 그래서 서
둘러 수화기를 집어 들지만, 어머니의 목소리를 듣게 되자마자
후회한다.

처음 세 번까지는 이쪽 집으로 돌아오라고 어떻게든 어머니
를 설득하려고 했다. 하지만 어머니와 이야기를 하고 있으면
저도 모르는 새에 다른 무언가가 마음속으로 들어와 버릴 것
같아서 불안해진다. 또다시 그 최면술에 걸린 듯한 상태가 될
것 같아서 두려웠다.

그렇다고 해서 무시하려고 해도 전화 벨소리는 마냥 이어졌
다. 코드를 뽑아버리면 되었겠지만, 그때는 거기까지 머리가
돌아가지 않았던 것 같다. 어쩔 수 없이 겁을 내면서 전화를 받
고서, 되도록 어머니의 목소리가 잘 안 들리도록 귀에서 수화
기를 멀찍이 떨어뜨렸다. 그 다음에는 적당히 맞장구를 치면서
그저 빨리 통화가 끝나기를 바랄 뿐이었다.

그런데 그렇게 도망칠 수 없는 사태가, 끝내 벌어졌다.

이번 토요일 아침, 미츠코의 집에서 중요한 코우시 님의 의식
이 집행된다. 그러므로 반드시 출석하라고 어머니는 엄명을 내
렸다. 그것뿐이라면 거부했겠지만, 그때 신야가 큰 임무를 맡

게 된다는 말을 듣고 몹시 동요했다. 남동생을 구해야만 한다고 생각했다.

이리하여 나는 다시 그 집에 갈 결심을 했던 것이다.


집에서 출발하는 것이 늦어졌기 때문에, 미츠코의 집 앞에 선 것은 이미 주위가 석양에 물들기 시작할 무렵이었다.

남동생을 구한다.

그렇게 결심했으면서도 솔직히 그 집에 가는 것은 견딜 수 없이 싫었다. 당일 아침이 되어도 마냥 꾸물거린 탓에 완전히 늦고 말았다.

코우시 님의 의식도 이미 끝났을 것이 틀림없다.

아마도 나는 의도적으로 그 점을 노렸던 거라고 생각한다. 정체모를 의식이 시작되기 전에는 물론이고, 한창 진행되는 중에도 얼굴을 비치고 싶지 않다. 모든 것이 끝난 뒤에, 눈에 띄지 않도록 몰래 잠입한다. 그리고 남동생을 살그머니 데리고 나온다. 그런 뻔뻔한 전개를 생각하고 있었다.

신야가 의식에서 맡는 큰 임무…….

대체 남동생에게 무엇을 시킬 생각일까. 몹시 신경 쓰이는 것은 사실이다. 하지만 그것을 저지하는 것은 거의 불가능하다고도 생각하고 있었다. 그렇다면 의식이 끝난 뒤, 모두가 지쳐서 쉬고 있을 때에 남동생을 구해내는 편이 낫다고 판단했다.

……아니, 사실은 다르다. 그렇게 자기 자신을 속였던 것이다. 나는 역시 그 집에 가고 싶지 않아서 출발을 질질 끌 이유

를 원했던 것뿐이다.

어머니가 아무리 이상해졌다고는 해도, 신야를 위험에 처하게 만들 리가 없다

그런 자신감이 있었던 탓도 있다. 딸만 셋을 낳다가 간신히 얻은 사내아이기 때문인지, 부모님은 남동생을 끔찍이 아꼈다. 그래서 어머니가 혼자서 그 집에 머무르기 시작했을 때는 상당히 놀랐다. 보통 일이 아니라고 생각했다.

그것도 지금 와서는 왠지 모르게 이해할 수 있다는 기분이 든다. 어쩌면 어머니는 미츠코의 집이 신야에게 좋다고 생각되는 환경이 될 때까지 기다리고 있었던 것은 아닐까. 간신히 준비가 끝나서 아버지와 언니들에게 남동생을 데리고 오게 한 것은 아닐까.

중요하다는 의식을 치르는 시기와 남동생이 큰 임무를 맡는 듯하다는 사실을 생각하면, 그런 식으로밖에 생각되지 않았다.

어쨌든 내가 이 집에 온 것은 남동생과 같이 우리 집으로 돌아가기 위해서였다. 뒷일은 어떻게 되든 상관없었다. 어머니에게 야단맞지 않고, 아버지에게도 들키지 않고, 언니들의 눈도 피해서 신야를 데리고 나온다. 그것에만 집중하기로 했다.

문을 열려고 하다가 집이 아주 고요하다는 것을 깨달았다. 마치 아무도 없는 집처럼 적막하다.

우리 가족 이외의 이 근처 사람들이─신자라고 불러야 할 인간이─얼마나 모여 있는지는 모른다. 하지만 적어도 십여 명은 있지 않을까. 보기 흉한 증축을 거듭해서 집을 넓혔다고는 해

도, 그 정도 인원이 집 안에 있으면 보통 그 기척 정도는 느껴질 것이다. 그런데도 소리 하나 없다.

모두들 자고 있는지도 몰라.

그렇다면 내 계획에는 안성맞춤이다. 말하자면 절묘한 타이밍에 온 것이 된다. 그야말로 호기였다.

소리를 내지 않도록 조심하면서 살며시 문을 열고, 살금살금 현관으로 다가간다. 문 옆에는 벽보가 붙어 있었는데, 기묘한 말이 적혀 있었다.


현관에서 영접 받는 자에게는 코우시 님의 복이 찾아온다.
창문을 넘은 자에게는


내용을 다 보기 전에, 저절로 시선을 돌리고 말았다.

그것은 어머니가 붓으로 쓴 경구 같은 것이었다. 집 안의 여기저기에 같은 내용의 종이가 붙어 있다고, 전에 아버지에게 들은 기억이 있다. 몇 번이나 이 집을 찾아와서는 어머니를 설득해서 데리고 돌아가려고 했던, 아버지가 아직 정상이었을 때의 이야기다.

이런 것을 읽었다간 분명히 나까지 이상해진다.

특별히 어려운 말을 쓰고 있지는 않아서 어린 나도 읽고 이해할 수 있었다. 조금 읽자마자 퍼뜩 그런 생각이 들어서 눈을 돌린 것이었다.

하지만 이대로 현관으로 들어가는 것은 좋은 생각이 아니라고, 뒤늦게나마 나는 깨달았다. 마치 어머니의 경구 덕을 본 것 같아서 어쩐지 복잡한 기분이었다.

원래 이 집 주위에는 넓은 정원이 있었던 듯하다. 하지만 신자가 늘어남에 따라 집을 증축했기 때문에, 집의 이쪽저쪽이 튀어나와 있다. 상공에서 내려다보면 필시 일그러진 듯한 이상한 형태를 하고 있을 것이 틀림없다.

그렇게 증축한 곳의 창문에 손을 대보면서 나는 집 뒤편으로 돌아갔다. 운 좋게 창문이 열려 있다면 그곳으로 들어가려고 생각했기 때문이다.

그러나 어느 창문이나 잠겨 있었다. 간신히 잠기지 않은 창문을 발견했지만, 너무 높아서 올라갈 수 있을 것 같지 않다. 어쩔 수 없이 뒤편으로 더 들어가자 부엌문이 나타났다. 살짝 손잡이에 손을 대보니 걸리는 것 없이 열렸다.

실내에 아무도 없음을 확인하고서, 나는 신발을 벗고 조용히 들어갔다. 싸늘한 바닥의 냉기를 발바닥으로 느끼고 "힉."하고 작은 소리를 냈다가 한 손으로 입을 막았다.

그곳은 창고로 보이는 방이었다. 많은 선반이 늘어서 있고, 페트병에 든 녹차나 주스, 쌀이나 밀가루 포대, 샐러드유나 조미료, 컵라면, 그리고 과자류 등이 잔뜩 쌓여 있다. 그 모습은 마치 작은 슈퍼마켓 같았다.

집의 증축도 그렇고 식료품의 비축도 그렇고, 이곳에서 신자들이 모두 같이 살고 있는 것일까.

그런 의문을 느끼고 있는데 어머니의 경고가 적혀 있는 벽보가 눈에 들어왔다.

감사의 마음으로 먹은 것은 그 이상의 양식이 된다.
허락을 얻고 입에 댄 것은 절반의 양분이 된다.
멋대로 훔쳐 먹은 것은 배를 뒤틀리게 한다.


어쩐지 초등학교의 급식실에 붙어 있을 법한 내용이었다. 특별히 이상한 얘기가 적혀 있는 것은 아니지만, 읽고 있는 동안 기분이 나빠지기 시작했다.

자리에 안 어울린다…….

그렇게 말해야 좋을까. 식품창고 같은 방에 붙은 문언으로서 딱히 잘못되지는 않았다. 하지만 이 집에 모여 있는 사람은 대부분 어른뿐이다. 일부러 주의를 줄 필요가 있다는 생각은 들지 않는다. 그렇다고 해도 어린아이에 대한 호소치고는 문장이 어렵다. 이 벽보의 존재 자체가 아무리 봐도 묘하다.

나는 그 방에 있는 것이 점차 고통스러워지기 시작했다.

선반 사이를 빠져나오니 문이 보였다. 그 앞에 멈춰서 가만히 귀를 기울이고 한동안 그 너머의 눈치를 살폈다.

아무런 소리도 나지 않는다. 사람이 있는 기척이 전혀 나지 않는다.

그래도 나는 문 앞에서 멈춰선 채로 상당히 오랫동안 망설이고 있었다. 이 너머로 발을 들인 뒤로는 돌이킬 수 없다, 라고 무의식적으로 깨닫고 있었기 때문일까.

이윽고 손잡이에 손을 대고, 문을 천천히 조금만 열고서 살며시 문틈으로 맞은편을 엿보았다.

보인 것은 복도와 문의 일부였다. 아무도 없는 것을 재차 확인하고 나서 조심조심 발을 내딛자마자, 끼이익 하고 바닥이 삐걱거렸다.

심장이 멎는 줄 알았다. 지금이라도 복도에 늘어선 두 개의 문 중 어느 하나가 벌컥 열리며 어머니가 모습을 드러내는 것은 아닐까 하고 겁에 질렸다. 그렇다, 나는 어머니를 무서워하고 있었다. 그 믿기지 않는 사실을, 이때 처음으로 깨달았는지도 모른다.

다행히 어느 문도 열리지 않았다. 복도의 막다른 곳에 있는 젖빛 유리문도 마찬가지다. 매우 고요한 채로 아무 소리도 들려오지 않는다.

후우……하고 나는 크게 숨을 내쉬었다. 집 뒤편으로 돌아와서 부엌문으로 들어왔기 때문에, 자신이 아무도 모르게 집의 상당히 깊은 곳에 들어왔다고 생각하고 살짝 안도했다.

여유가 생겼기 때문일까, 복도에 붙어 있는 벽보를 깨달았다.


한복판을 걷는 자는 앞으로 향한다.

가장자리를 나아가는 자는 이곳에 머무른다.

벽을 기는 자는 어둠에 떨어진다.


바보 같다고 생각했지만, 나는 복도 한복판을 걸었다. 지금

이때부터 앞으로 나아가지 못하는 것은 싫었고, 어두운 곳에 떨어지고 싶지는 않았다. 다만 벽을 기어갈 수 있는 사람 따윈 있을 리 없겠지만.

벽 이야기가 나와서 말인데, 창고에도 복도에도 검은 선이 가로세로로 쭉쭉 뻗어 있는 기묘한 무늬가 그려져 있었다. 바둑판의 줄눈처럼 가지런하지는 않고, 마구잡이로 선을 그어댄 느낌이다. 그렇다고 해서 센스가 느껴지는 인테리어와는 거리가 멀어서, 한동안 바라보고 있으면 현기증이 났다.

나는 벽에 한 손을 짚고서 고개를 숙이고 마음을 가라앉혔다. 그러고 나서 양쪽의 이상한 선을 보지 않도록 주의를 기울이면서 조심스럽게 두 개의 문을 차례차례 열었다.

어느 방에나 쇠파이프로 만들어진 조잡한 삼단 침대 여러 개가 갑갑하게 들어차 있다. 그 모습은 마치 군대에 있는 병사들의 침실 같았다.

여기에서 이웃 사람들이 자는 걸까?

아무리 생각해도 정상이 아니다. 엎어지면 코 닿을 거리에 자기 집에 있는데 어째서 이런 방의, 저런 침대에서 자야만 하는 것일까.

이해 못하겠어.

나는 고개를 저으면서 복도 끝의 젖빛 유리문까지 조용히 이동했다.

거기서 다시 귀를 기울여 아무런 기척이 없는 것을 확인하고서, 젖빛 유리문을 조금 열고 몰래 그 너머를 엿보았다.

그곳은 거실처럼 보이는 방이었다. 다만 소파나 앉은뱅이 테이블이 아무렇게나 놓여 있을 뿐, 아무도 없다는 것을 제외하더라도 휑한 느낌의 살풍경한 곳이었다. 가족들이 단란하게 지내는 장소로는 도저히 보이지 않았다.

흠칫거리면서 들어가 보니 역시나 벽에는 종횡으로 선이 그어져 있고, 또다시 벽보가 눈에 들어왔다.

코우시 님을 믿는 자는 어떤 때에도 구원받는다.
코우시 님을 무시하는 자는 절대로 결실을 얻지 못한다.
코우시 님을 의심하는 자는 영원히 어둠 속을 헤맨다.

나는 명백히 코우시 님을 의심하고 있었다. 그 존재 자체에 대한 의심은 결코 아니다. 이 집에는 뭔가가 있다. 그것은 틀림없어 보였다. 문제는 그 뭔가가 정말로 신앙할 가치가 있는 것인가, '님'이라는 존칭을 붙이기에 어울리는 존재인가, 라는 점이었다.

제대로 된 번듯한 것이라고는 생각되지 않는다.

이 집에서 처음 느꼈던 그 꺼림칙한 기억이 없더라도, 그냥 생각하면 누구든 수상함을 느끼지 않을까. 어린아이라도 판단할 수 있는데, 어째서 어른들이 차례차례 어머니의 신자가 되어간 것인지 나는 신기해서 견딜 수 없었다.

거실인 듯한 방을 나와서 다른 복도에 발을 들인다. 여전히 인기척은 느껴지지 않는다. 집 깊숙이 들어가고 있는데, 마냥 싸늘한 공기가 떠돌고 있는 것은 어째서일까.

어머니나 다른 사람들은 어디에 있는 걸까?

역시나 으스스함을 느끼기 시작했을 때였다. 지나가던 문 너머에서 소곤거리는 듯한 이야기 소리가 들려온 것은.

이 방에 모두가 모여 있는 건가?

문 앞에 선 것만으로 심장이 갑자기 두근두근하고 크게 고동치기 시작해서 나는 놀랐다. 그런 것은 초등학교 학예회 때에 전교 아이들이 보는 무대 위에 맨 먼저 나 혼자 나가야만 했던 때 이후 처음이었기 때문이다.

처음에는 어머니가 이야기하는 것 같은 느낌이 들었다. 여자 목소리밖에 들리지 않고, 그것도 같은 사람이 계속 이야기하고 있어서 분명히 어머니가 신자들에게 코우시 님에 대한 이야기를 하고 있는 거라고 생각했다. 하지만 문에 귀를 대고 서 있는 동안, 어머니가 아니라는 것을 알게 되었다.

흥분했다?

혼자서 이야기하는 여성의 어조에, 비명에 가까운 흐느끼는 목소리가 섞여 있다.

이것은……무서워하고 있는 것이 아닐까.

지금 저 여자는 울먹이며 소리치고 있다. 어째서인지 그 격한 어조에는 마치 용서를 구하는 듯한 후회의 마음이 포함되어 있는 것처럼 느껴졌다.

이상한 것은 그 여자 이외의 목소리가 일체 들리지 않는다는 점이었다. 묵묵히 이야기에 귀를 기울이고 있더라도 기침이나 재채기, 몸을 움직이는 소리는 날 것이다. 그렇지만 그밖에는 아무런 소리도, 기척도 나지 않았다.

아무도 없는 방에서, 이상한 무늬가 그려진 벽을 향해 혼자서 열심히 이야기하는 여자…….

그런 광경이 문득 내 뇌리에 떠올랐다. 얼른 이 자리를 벗어나고 싶다고 생각하는 한편, 문 너머에서 무슨 일이 이루어지고 있는지 꼭 알고 싶다는 마음도 들었다. 상대가 한 명이라면 들킬 염려도 적을 것이다.

천천히 조용히 문손잡이를 돌리면서 조금씩 문을 여는 것과 동시에, 눈앞에 펼쳐진 틈새로 안을 엿본다.

……아무도 없다.

테이블과 파이프 의자가 늘어서 있는 방은, 초라한 회의실 같은 느낌이었다. 평범한 일반 가정에서는 볼 일 없는 무기질적인 방이었다. 그렇기에 한눈에 사람 한 명 없다는 것을 알 수 있었다. 그럼에도 불구하고 여전히 여성의 목소리가 들리고 있었다.

투명인간…….

정말로 그렇게 생각했기에 팔뚝에 소름이 쫙 돋았다. 코우시 님의 사악한 힘으로 인해, 이웃의 아줌마 중 한 명이 보이지 않는 사람이 되어버린 거라고 진심으로 믿었다. 아직 열두 살이었으니 무리도 아닐 것이다. 하지만 그 상황에서는, 어쩌면 어른이라도 마찬가지였을지도 모른다.

그런데 그러던 도중에 목소리가 갑자기 바뀌었다. 다른 사람이 되어버렸다.

두 명이 있는 건가?

나는 억누를 수 없는 호기심에서 문을 더 열고 고개를 들이밀었다. 그런 탓에 간단히 투명인간의 정체가 밝혀졌다.

텔레비전이었다. 정확히는 텔레비전 화면에 비친 비디오 영상이었다. 다만 투명인간보다도 무서운, 상당히 기이한 영상이었다.

텔레비전 장식장은 문 쪽의 벽 구석에 놓여 있었다. 그곳에는 비디오 데크와 4, 50개는 되어 보이는 비디오테이프가 죽 늘어서 있었다. 아무래도 그중 하나가 재생되고 있는 듯하다. 누구한 명 보는 사람 없는, 아무도 없는 방 안에서.

내가 방에 들어갔을 때, 테이프에 비치던 것은 예순 전후로 보이는 작고 통통한 여성이었다. 이웃집 아줌마 같은 외모였는데, 그 얼굴은 정상이 아니었다. 두 눈을 크게 벌리고 입에서는 침을 팍팍 튀기면서 뭔가에 씐 듯이 이야기하고 있다.

"……였습니다. 그렇습니다, 저는, 세 가지 말씀을 어겨버렸습니다. 아뇨, 깰 생각은 털끝만치도 없었습니다. 오히려 저는 계속 지켜왔습니다. 여기에 있는 누구보다도, 저는 말씀을 따르고 있었습니다. 다만, 그……마가 꼈다고 해야 할까요. 저도 모르게…… 무, 물론 후회하고 있습니다. 정말로 반성하고 있습니다. 앞으로는 마음을 고쳐먹고……."

여기서 여성이 갑자기 울기 시작했다.

"아아아……제, 제발 용서해주세요. 이젠 싫습니다. 자비를……부, 부탁드립니다. 전혀 잘 수가 없어요. 그도 그럴 것이, 오, 오는 걸요. 그것이……. 매일 밤에, 옵니다. 이대로라면 저는, 정신이 이상해지고 말 거예요. 아, 아뇨……. 오는 것뿐만이 아닙니다. 그, 그건……오는 것만이 아니라, 지, 지, 지켜봅니다.”

여성은 일단 어물거리더니,

“게다가……, 게다가……, 그, 그건……안돼애애애애애!”

아줌마가 절규했을 즈음에, 나는 방을 뛰어 나왔다. 다시 심장이 격하게 고동치고 있었지만, 이번에는 두근두근 하는 것이 아니라 쿵쾅쿵쾅 뛰고 있다. 실제로 가슴에 통증을 느껴서 나는 아주 무서워졌다. 이대로 심장이 계속 뛰었다간 곧 파열되어 죽어버릴 것 같은 기분이 들었기 때문이다.

복도 벽에 기대서 쉬고 있자, 점차 심장의 고동도 진정되기 시작했다. 이 정도면 괜찮겠다고 생각할 때까지 휴식하고, 나는 앞으로 나아갔다. 사실은 뒤도 돌아보지 않고 도망치고 싶었지만, 어떻게든 집에 머물렀다.

역시 신야가 걱정되었기 때문일까. 너무나도 영문 모를 경험을 해서 정상적인 판단을 할 수 없게 된 걸까. 어린아이 특유의 성가신 호기심에 충동질당해서, 앞뒤 분별을 못하게 된 걸까. 스스로도 전혀 알 수 없었다.

**그것**이란 건 뭘까?

복도를 걸으면서 테이프에 나왔던 아줌마의 말에 대해 생각했다. 몹시 신경 쓰였기 때문이다.

코우시 님을 말하는 건가?

처음에는 그렇게 생각했다. 그 아줌마가 중요한 가르침을 깨뜨렸기 때문에, 코우시 님이 엄청나게 화가 나서 벌을 주기 위해서 나온 거라고 생각했다.

하지만 어쩐지 이상하네……

그런 것치고는 여성이 겁먹는 모습이 심상치 않았다. 게다가 '코우시 님'이라고 불리는 존재를 **그것**이라고 표현하지는 않지 않을까.

어쩐지 아주 무서운 것.

내가 받은 인상을 말로 표현하자면 그렇게 된다. 다만 구체적인 이미지는 떠오르지 않았다. 그렇다기보다, 절대 떠올리고 싶지 않았다.

복도의 끝, 막다른 곳까지 왔다. 실내의 소리에 신경 쓰면서 문을 열자, 간신히 일반 가정처럼 보이는 거실이 나타났다. 원래부터 어머니의 사촌 여동생의 집에서 진짜 거실로 사용되던 공간인지, 가구에 전체적으로 통일감이 있었다.

그렇지만 벽에는 이제는 익숙한 검은 선이 이리저리 그어져 있었고, 그 벽보도 두 장이나 눈에 들어왔다.


신앙심이 높아지면 모두가 행복해질 수 있다.

신앙심이 흔들리면 그 자에게 벌이 내린다.

신앙심을 갖지 않으면 모두에게 재앙이 찾아온다.

저쪽 편을 모르는 자는 코우시 님이 이끌어주신다.

저쪽 편을 두려워하는 자는 교주의 가르침에 구원받는다.

저쪽 편을 기피하는 자는 어둠 속의 그것이 데리러 온다.


다 읽고 나자 나는 기분이 나빠졌다.

첫 번째 벽보의 첫 줄은 괜찮다고 치고 두 번째 줄도 납득할 수 있는 내용이라 할 수 있었지만, 세 번째 줄은 정말 말도 안 된다. 완전히 연대 책임을 강요하고 있지 않은가.

두 번째 벽보는 어쨌든 '그것'이라는 문자에 겁을 먹었다. 비디오테이프에서 나온 여성이 두려워하던 '그것'이란 이걸 말하는 것이 아닐까. 다행히 '저쪽 편'이란 것이 어디를 가리키는지 알 수 없었으므로, 솔직히 안도했다. 만약 알고 있다면 내가 그곳을 기피했을 것이 틀림없기 때문이다.

물론 코우시 님을 신앙할 생각은 전혀 없었다. 그러나 내가 있는 곳은 미츠코의 집이다. 이곳에 있는 동안, 어떠한 영향을 받지 않을 거라고 단정할 수는 없다. 벽보의 경고 따윈—그 아줌마에 의하면 '세 가지 말씀'인 듯한데—전혀 심각하게 생각하지 않고 있었다. 그렇다고는 해도, 일부러 거스를 생각 역시 없었다.

신야를 데리고 나와서 우리 집으로 돌아가는 것.

나머지는 최대한 풍파를 일으키지 않고, 어떻게든 무사히 이 집을 나가는 것. 내가 바라던 것은 그것뿐이었다.

저도 모르게 나약해져 가던 때였다. 갑자기 전화벨이 울렸다.

그 자리에서 펄쩍 뛰어오를 정도로 깜짝 놀랐다.

게다가 그 소리는 외부에서 걸려온 전화가 아니라, 내선 호출음이었다.


뿌—뿌—, 뿌—뿌—.

방의 구석에 놓인 전화대 위에서 내선 전화의 호출음이 끊임없이 계속 울렸다.

그러나 대체 누가, 어디에서 전화를 걸고 있는 것일까.

실은 전화가 울리기 직전, 이 집에는 아무도 없는 것이 아닐까, 라는 기분 나쁜 생각이 머릿속에 떠올라 있었다.

분명, 살펴보지 않은 방은 있었다. 조사한 것은 1층뿐이고 아직 2층에 올라가지 않았다. 그렇다고는 해도, 한 사람이라도 누군가 있다면 아무리 입을 다물고 있다 한들 기척 정도는 날 것이다. 평범하게 지내고 있으면 조금의 소리 정도는 내는 것이 당연하지 않은가. 그러나 이제까지 전혀 아무런 소리도 들리지 않는다.

아무도 없는 집.

그렇게라도 생각하지 않으면 이 정도의 정숙함은 있을 수 없다. 그럼에도 내선 전화의 호출음이 울리고 있다.

대체 누가, 어디에서······.

물론 전화를 받으면 알 수 있다. 하지만 대체 이 상황에서 내가 받아도 괜찮을까. 여기에 내가 있는 것을 누군가에게 알려도 괜찮을까.

망설이고 있는 동안에도 호출음은 계속 울리고 있었다. 서두르지 않으면 끊어져버린다.

그렇게 생각하고, 나는 잰 걸음으로 전화대로 다가가서 한순간 망설인 뒤에 수화기를 집어 들고 귀에 댔다.

…………

아무것도 들리지 않는다. 그뿐만 아니라, 어째서인지 사람이 있는 기척이 조금도 나지 않는다.

수화기의 귀에 대는 부분 너머에는 아무도 없는 새까만 공간이 끝없이 펼쳐져 있다……. 그런 이미지가 곧바로 떠올랐다.

고오오오오오.

그 암흑 속에서 바람이 불고 있다. 실제로 들린 것은 아니다. 어디까지나 뇌리에 떠오른 이미지였다.

그렇게 어둠 속 깊은 곳에서 뭔가가 무시무시한 기세로 이쪽으로 다가온다. 여기에 놓인 전화대를 향해, 그것이 거침없이 육박해 온다.

어?

너무나 두려워서 내가 굳어 있자, 앗 하는 사이에 그것이 수화기를 붙잡더니…….

…….

뭔가가 들려오기 전에, 나는 황급히 전화를 끊었다.


한동안 소파에서 쉬고 나서, 나는 집 수색을 재개했다. 조금 전의 전화는 신경 쓰였지만, 되도록 생각하지 않기로 했다.

이제 와서 새삼스럽지만, 집 안이 그리 덥지 않다는 것을 깨
닫는다. 해질녘이지만 아직 9월이다. 각지에서 심한 늦더위가
보도되는 시기에 이 시원함은 정상이 아니지 않은가. 아니, 시
원하다기보다 오히려 싸늘하다. 그런 탓인지 가끔씩 소름이 돋
는다. 그런데도 어째서인지 습기를 느낀다. 축축하고 끈적거리
는 기분 나쁜 공기가 집 안 어디에나 떠돌고 있다. 소름이 돋은
팔뚝을 비비면 묘하게 찐득거린다. 이런 불쾌감은 처음이었다.

그래도 나는 계속해서 새로운 방을 살펴보고 다녔다. 그렇게
쓸데없이 넓고 복잡한 1층을 구석구석 살펴보았지만, 역시 어
디에도 아무도 없다. 2층도 마찬가지다. 어머니도 아버지도, 시
오리도 카오리 언니들도, 그리고 남동생인 신야도, 이웃 주민
을 필두로 하는 신자들도 한 명도 보이지 않는다.

기분 나쁜 전화를 받기 전에 느꼈던 안 좋은 예감은, 아무래
도 들어맞은 듯했다.

어느 방에도 사람이 없었다. 침대에서 자고 있는 사람도, 의
자에 앉아 있는 사람도, 복도를 걷는 사람도 벽보의 세 가지 말
씀을 읽는 사람도, 창고에서 식료품을 정리하는 사람도 부엌에
서 요리를 만드는 사람도, 식당에서 식사를 하는 사람도 거실
에서 쉬는 사람도, 목욕을 하는 사람도 화장실에서 볼일을 보
는 사람도 아무도 없다.

의식이 끝난 뒤에 모두 외출했나?

하지만 이 집은 교회 같은 역할을 함과 동시에 코우시 님을
믿는 자들이 모여서 함께 사는 장소이기도 하지 않던가. 말하

면 여기가 모두의 집이다.

근처에 자택에 있는 사람은 일시적으로 귀가했을지도 모른다. 신자들의 다수가 인근 주민인 듯한 사실을 생각하면, 그럴 가능성은 높았다. 하지만 어머니와 가족들은 얘기가 다르다. 적어도 우리 가족 다섯 명은 이 집에 있어야 것이 당연하지 않은가.

그런데도 아무도 없다……

2층의 아이 방에서—어머니의 사촌 여동생의 딸의 방인 듯하다—엷은 피처럼 불그스름한 저녁놀을 바라보면서, 인생에서 처음으로 맛보는 숨이 막힐 듯한 공포에 나는 그저 전율했다.

분명히 누군가가 있어야 하는데도, 사람 하나 없는 집이 무서웠다.

아무도 없는 것이 틀림없는데, 복도 모서리나 문 너머에 꼭 뭔가가 있는 듯한 기분이 들어서 두려웠다.

그런 집에 혼자 있는 것이 무엇보다 무서웠다.

오지 말걸 그랬어.

점차 어두워져 가는 창밖을 바라보며 진심으로 후회했을 때였다. 넓은 정원에 세워져 있는 기묘한 별채를 문득 깨달았다.

어라……저기에는 가봤던가?

증축에 증축이 거듭된 건물이라 집 안을 이리저리 돌아다니고 있으면 이내 자신이 어디쯤에 있는지 알 수 없게 된다. 모든 방을 엿봤다고 생각했지만, 저렇게 큰 건물을 못보고 지나쳤는지도 모른다며 내 가슴은 다시 두근거리기 시작했다.

2층에서 내려다보면 마치 교회의 예배당처럼 보인다. 본채와는 짧은 복도로 이어져 있는 듯한 그곳은, 교주인 어머니와 신자들이 모여서 코우시 님에게 기도를 올리기에 어울리는 장소로 보였다.

저기에 다들 모여 있는 거야.

나는 뛰는 듯한 종종걸음으로 1층으로 내려가서, 그 건물의 입구를 찾기 시작했다.

저런 별채에 틀어박혀 있으면, 가령 도둑이 들어와서 물건을 훔치고 있더라도 아무도 깨닫지 못할 것이다. 그 무방비함에는 어이가 없었지만, 오히려 열렬한 신앙심 때문인지도 모른다고 생각하니 곧바로 기분이 나빠졌다.

별채로 가는 입구가 있을 거라 짐작했던 방은 거실이었다. 그러나 별채로 이어지는 문은 어디에도 보이지 않았다. 그래서 별채에서 가까이에 위치한 방을 닥치는 대로 조사했지만 그럴싸해 보이는 문은 역시 없었다. 밖에서 들어가는 건가, 하고 정원으로 나가봤지만 창문이 있을 뿐이고 문은 보이지 않았다. 창문은 잠겨 있고 커튼도 쳐져 있어서 실내를 엿볼 수는 없다.

어쩔 수 없이 부엌문으로 밖으로 나와서 집 주위를 한 바퀴 돌아보았지만 아무런 단서도 찾을 수 없었다. 오히려 기분 나쁜 것이 눈에 들어왔을 뿐이다.


현관에서 영접 받는 자에게는 코우시 님의 복이 찾아온다.

창문을 넘은 자에게는 교주님의 벌이 내려진다.

뒷문으로 침입한 자에게는 밤에 그것이 찾아온다.


현관 옆에 붙어 있던, 어머니에 의해 적힌 '세 가지 말씀'이었다. 신경 쓸 생각은 조금도 없었지만 세 번째 줄이 눈에 들어오자마자, 아주 묵직하고 기분 나쁜 것이 갑자기 뱃속에 들어찬 기분이 들었다.

만약 처음에 이것을 읽었더라면……

부엌문으로 돌아들어가지 않고 순순히 현관으로 들어갔을까. 코우시 님 따위를 믿지 않는 마음에 변함은 없지만, 간단히 무시하지는 않았을지도 모른다.

그렇다고 해도, '그것'이란 뭐지?

같은 표현이 다른 벽보에도 적혀 있었던 것을 나는 기억해냈다. 예배당처럼 생긴 별채의 출입구가 있는 것은 아닐까 하고 짐작했던, 그 거실이다. 그곳에는 두 장의 벽보가 붙어 있었는데, 그 한쪽에 '그것'이라는 말이 보였다.


저쪽 편을 기피하는 자는 어둠 속의 그것이 데리러 온다.


공통되어 있는 것은 '밤'과 '어둠'일까. 즉 '그것'은 아무래도 주위가 어두워지고 나서 오는 것 같다.

급속히 가라앉아가는 태양의 약한 햇살과, 반대로 진해지기 시작한 검은 밤의 장막을 나는 의식하지 않을 수 없었다.

집에 돌아가고 싶어.

간절하게 그렇게 바랐지만, 이대로 도망치면 남동생을 버리는 꼴이 된다. 이 집을 찾아올 수 있었던 것도 신야를 데리고 오겠다고 결의했기 때문이다. 그 마음이 없었다면 도저히 여기까지 올 수 없었을 것이다.

그렇다고 해도 내가 조금 더 나이가 많았더라면, 그날 밤은 값싼 비즈니스호텔에서라도 묵고 다음날 다시 오자고 생각했을지도 모른다. 하지만 당시의 나에게는 무리였다. 애초에 호텔비가 없었다. 그때의 나는 집에 돌아갈 교통비 정도밖에 가지고 있지 않았다.

현관을 통해 다시 집으로 들어와서 창고가 있는 방으로 향했다. 그곳에서 컵라면과 쿠키 상자를 골라 들고, 주방에 가서 물을 끓인 뒤에 냉장고에서 페트병에 든 녹차를 꺼내 혼자 저녁을 먹었다. 처음에는 주방의 식탁에 앉았지만, 너무 추웠기 때문에 바로 거실로 이동했다. 그곳에서 라면을 후룩후룩 먹으면서도 끊임없이 실내를 둘러보았다. 어떻게 생각해도 그 별채로 가는 문은 이 방 어딘가에 있다고밖에 생각되지 않았기 때문이다.

그러던 중에 장식장과 책장 사이에 있는, 벽보가 붙어 있는 벽의 무늬가 신경 쓰이기 시작했다. 다른 곳과 마찬가지로 선이 종횡으로 그어져 있지만, 어째서인지 미묘하게 어긋난 곳이 보였다.

나는 먹던 컵라면을 탁자에 내려놓고 조급해지는 마음을 억누르며 천천히 문제의 벽으로 다가갔다.

……문이다.

자세히 들여다보니 벽에는 세로로 길쭉한 직사각형을 그리듯이 미세한 틈이 있었다. 그래서 그 무늬가 조금 어긋나 보였던 것이다.

하지만 손잡이가 없다.

벽의 어디를 살펴보아도 문손잡이 같은 것이 보이지 않는다. 이쪽에 경첩이 달려 있지 않으니 밀어서 여는 문인가 하고 생각했다. 그래서 벽에 손을 짚고 힘을 주었지만 꿈쩍도 하지 않는다. 그러면 미닫이문처럼 옆으로 미는 건가, 하고 생각했지만 손잡이가 없어서 그것도 불가능했다.

비밀문이니까?

어린아이가 아니라도 그런 식으로 생각했을지 모른다. 이것을 보고 예배당 안에 모두 모여 있을 것이라는 생각이 더욱 강해졌다. 중요한 의식이니까 분명히 다 같이 안에 틀어박혀 있는 것이다. 어쩌면 하룻밤 내내 이어지지는 않을까.

처음에는 거실의 소파에 앉아서 누군가가 벽의 문에서 나올 때까지 가만히 기다릴 생각이었다. 그런데 이내 졸리기 시작했다. 평소에 자는 시간보다도 상당히 일렀음에도 자연스럽게 눈꺼풀이 내려왔다.

지쳤어…….

극도의 피로를 느꼈다. 낯선 교통편으로 이동한 것과 남동생을 구출하겠다는 사명감, 이 집에서 느낀 긴장감의 연속으로 나는 자각하고 있는 것 이상으로 지쳐 있었던 모양이다. 이대로 잠들어버렸다간 아침까지 못 일어날 것 같다는 기분이 들었다. 그렇게 되면 완전히 무방비한 상태로, 틀림없이 누군가에게 들킬 것이다. 그런 일은 피하고 싶었다.

반쯤 남은 컵라면을 버리고 나서 나는 욕실에서 샤워를 했다. 사실은 당장이라도 잠자리에 들고 싶었지만, 그대로 자는 것은 엄청나게 불결하게 느껴져서 싫었다.

탈의실에도 벽보가 붙어 있었다. 보고 싶지 않았지만 어쩔 수 없이 눈에 들어와 버렸다.

진정한 신자는 하루의 땀을 씻을 수 있다.
의심하는 신자는 응보의 피투성이가 된다.
그 밖의 우둔한 자는 오물로 씻기게 된다.

역시나 오싹했다. 하지만 의미 없는 협박이라고 생각하니 조금 화가 나기 시작했다.

교주인 어머니는 이렇게 신자들에게 불안을 줌으로써 코우시 님에 대한 신앙을 선동하고 있는 것일까. 그렇지만 이런 말에 나이 먹은 어른이 속을까? 어린아이인 나조차도 바보 같다고 느끼고 있는데.

탈의실도 욕실도 극히 평범했다. 무리하면 어른도 두 명 정도는 들어갈 수 있겠지만 꽤나 비좁을 것 같다. 이 집에서 신자들이 살고 있다면 대체 목욕은 어떻게 하고 있는 걸까.

미지근한 물을 온몸에 뒤집어쓰는 것은 아주 기분 좋았다. 이 집에 들어와서 처음으로 기분이 좋다고 느낀 순간이었다.

그런데 샴푸를 하고 있을 때였다. 갑자기 배가 아파오기 시작했다. 찌르는 듯한 격통이 옆구리에 느껴져서 그 자리에 주저앉았다. 얼굴에서 핏기가 가시는 것이 느껴졌다. 가능하면 드러눕고 싶다. 하지만 무시무시한 복통이 그것을 허락하지 않는다.

으윽, 으윽…….

고통의 소리를 내면서, 나는 그저 상반신을 앞뒤로 서서히 흔들었다. 그러면 편해지기 때문이 아니다. 도저히 가만히 있을 수 없었기 때문이다.

다량의 식은땀이 흐른 뒤에 이윽고 복통의 아픔이 정점에 달하고…….

멋대로 훔쳐 먹은 것은 배가 뒤틀리게 한다.

뇌리에 벽보에 적힌 말씀이 비치자마자 엉덩이에 강렬한 위화감과 온기를 느끼고, "아앗." 하는 신음소리와 함께 나는 오물을 쏟아내고 있었다.

그 밖의 우둔한 자는 오물로 씻기게 된다.

샤워하기 전에 본 경고가 전에 이어서 머리에 떠오른다. 그 두 문장이 반복되며 내 머릿속에 메아리쳤다.

미지근하게 데워진 물줄기를 맞고 있음에도, 나는 사시나무처럼 몸을 떨면서 어느샌가 소리 없이 울고 있었다.

욕실의 청소를 마치고 다시 한 번 샤워를 했다. 그러는 와중에도 내 시선은 항상 젖빛 유리문 너머를 향하고 있었다.

'그것'이 엿보러 올지도 모른다.

그런 경고가 적힌 벽보 따윈, 물론 어디에도 없었다. 하지만 말씀 중에 두 가지가 들어맞아버린 지금, 나는 그것이라는 정체모를 존재가 언제 나타나도 이상하지 않다고 생각하게 되어 있었다.

그렇다고 해서 코우시 님을 믿을 마음은 역시 들지 않았다. 나는 어디까지나 벽보에 적힌 문구를 두려워했다. 이런 식의 모순이 공존하는 것은 당시의 내가 어린아이기 때문이었는지도 모른다.

벽보의 말씀에는 두 번이나 '그것'이 나와 있었다. 이 사실이 나를 떨게 만들었다.

흘끗흘끗 젖빛 유리문에 눈길을 주면서, 지금이라도 유리에 철썩하고 그것의 얼굴이 달라붙을 것만 같은 생각에 제정신이 아니었다. 이런 무방비한 상태에서, 만약 뭔가가 엿보면 어떡하나 하는 생각을 하는 것만으로도 몇 번이나 등줄기가 오싹해졌다.

그렇다고 해서 욕실에서 뛰쳐나가지도 못했다. '그것'을 두려워하는 한편으로, 욕실에서 실례를 해버린 충격에 나는 정신적으로 완전히 쇼크 상태였다. 이제 충분하다는 생각이 들 때까지 온몸을 씻고 싶다. 그렇게 하지 않고 이 집을 나가면, 이전의 나와는 다른 사람이 될 것 같은 기분이 들어서 무서웠다.

이만하면 됐다고 생각할 수 있을 만큼 충분히 샤워를 하고 나서, 탈의실에 있던 목욕수건으로 온몸을 닦는다. 갈아입을 옷을 가지고 오지 않았으므로 어쩔 수 없이 입었던 옷을 다시 입기로 했다. 다만 느긋하게 잠옷을 입고 있을 상황이 아니라는 의식이 강해서 그리 괴롭지는 않았다.

일단 거실로 돌아가서 쿠키 상자와 페트병에 든 녹차를 들고 2층의 아이 방으로 향했다. 이 집에서 어떻게든 잠을 청할 수 있을 만한 곳은 그 방의 침대 정도밖에 떠오르지 않았던 것이다.

저녁의 한때, 집안을 수색하면서 느꼈던 한기가 거짓말처럼 느껴지는 푹푹 찌는 밤이었다. 그래서 문도 창문도 열고 싶었지만, 망설인 끝에 창문만 열기로 했다. 문은 확실히 닫고, 자물쇠도 걸었다. 마음 같아서는 테이블을 바리케이드처럼 쌓고 싶었지만, 혼자서 옮기기는 무리였고 나는 이제 졸려서 견딜 수 없었다.

침대에 들어가자마자 그대로 곯아떨어졌다. 그 직전에 또다시 눈에 들어온 벽보의 내용에 몹시 신경 쓰면서……

건전하게 잠들 수 있는 자는 안식 속에서 쉴 수 있다.
불면으로 괴로워하는 자는 신앙심이 부족함을 안다.
악몽을 꾸는 자는 그것이 두 눈을 비집어 열어 온다.

저도 모르게 소리를 지르며 눈을 뜰 때까지, 나는 숙면하고 있었던 듯하다. 그 때문인지 잠기운에 취해 있었던 것은 잠깐 동안뿐이었다. 금방 의식이 또렷해졌다.

……꿈을 꾸고 있었다.

그것도 무서운 꿈이었다. 다만 신기하게도 어떤 내용인지는 아무것도 떠오르지 않는다. 단 몇 초 전까지, 꿈속이라고는 해도 체험하고 있었을 텐데. 눈을 뜨자마자 완전히 잊어버렸다.

당장이라도 잊고 싶을 정도로 무서운 꿈이었으니까…….

그렇기 때문에 뇌가 말도 안 될 정도로 재빨리 기억을 지워버린 것은 아닐까. 오싹한 기분이 들어서 저도 모르게 이불을 양 어깨까지 끌어올렸다.

자리에 눕기 전보다도 기온이 조금은 내려간 기분이 들었다. 하지만 여전히 후텁지근한 밤이었다. 그런데도 목덜미가 어쩐지 싸늘하게 느껴져서 견딜 수 없다. 등줄기도 마찬가지다. 그래서 옆으로 누운 모양으로는 잘 수 없다. 침대의 담요에 등을 붙이지 않으면 도저히 안심할 수 없다.

깜빡하고 커튼을 치지 않은 창문에서는 가로등의 흐릿한 빛이 비쳐들고 있다. 날이 흐려서 달도 별도 뜨지 않은 것인지 상당히 어둡다. 대체 새벽까지 앞으로 몇 시간 남은 걸까.

침대에서 보이는 범위에는 시계가 없었다. 그렇다고 해서 일어나서 찾을 생각은 들지 않는다. 이 방에 아침 햇살이 비쳐들 때까지 이불을 뒤집어쓰고 침대 안에 있을 생각이었다.

텅!

소리가 들렸다. 2층이 아니다. 1층인 것 같지만 집 안에서 들린 것은 아닐지도 모른다.

정원일까.

그렇게 생각하고 있는데, 별채 같은 예배당이 아닐까 하고 생각하고 있으려니,

싸아아아앗.

이번에는 틀림없이 1층에서 마찰음 같은 소리가 울렸다. 그것도 거실에서 들리는 듯한 기분이 들었다.

그 비밀 문이 열린 건가?

곧바로 내 머릿속에서는 다음과 같은 영상이 떠올랐다.

교회당의 문을 나와서, 본채로 통하는 짧은 복도를 지나 비밀의 문을 열고 거실로 들어오는 누군가의 모습…….

어머니?

곧바로 일어나려고 하다가, 잠깐 하고 생각을 고쳤다.

**그것**이라면 어떻게 되는가.

그러나 이런 밤중에 예배당에서 나오는 것은 교주인 어머니밖에 없지 않을까. 혹은 모시고 있다는 코우시 님일까. 아니, 코우시 님은 존재하지 않는다. 하물며 영문 모를 '그것' 같은 게 있을 리가 없다. 모든 것은 어머니가 쓴 말씀 안에만 있는 이야기일 뿐이다.

필사적으로 스스로를 진정시키고 있으려니, 아래층을 돌아다니는 듯한 몇 명인가의 기척이 흐릿하게 전해져왔다. 그것도 동시에 이상한 소리까지 들린다.

……작, 착, 싸아아.

대체 저 소리는 무엇일까.

애초에 누가 뭘 하고 있는 것일까.

호기심을 느꼈지만, 그 이상의 공포가 지배했다. 가령 상대가 어머니라고 해도, 그대로 별채로 돌아가라고 기도하지 않을 수 없었다.

필사적으로 1층의 눈치를 살피고 있으려니, 소리가 차츰 멀어져가는 것을 알 수 있었다. 저도 모르게 안도했지만 한동안 시간이 지나자 다시 돌아왔다. 그 반복을 듣고서, 간신히 그것이 1층의 모든 방을 확인하고 있음을 깨달았다.

통, 통, 통. 자락, 자락, 자락.

이윽고 그것이 계단을 올라오기 시작했다.

2층으로 온다!

곧바로 2층의 복도를 걸어 다니는 소리가 났다.

즈윽, 즈윽, 철컥.

어딘가의 방문을 여는 소리가 들린다.

즈윽, 즈윽, 철컥⋯⋯. 즈윽, 즈윽, 철컥⋯⋯.

그것이 점차 다가온다. 이제 바로 옆방까지 왔다. 다음에는 여기다. 그렇게 떨고 있는데.

즈윽, 즈윽, 철컥.

아이 방의 문손잡이가 소리를 냈다. 하지만 확실히 잠가두었다. 열리지는 않을 것이다.

철컥. 철컥. 철컥.

계속해서 손잡이가 돌아간다. 하지만 문은 조금도 열리지 않는다. 자기 전에 잠가둔 나 자신을 몹시 칭찬하고 싶었다.

갑자기 복도가 조용해진다. 문에 귀를 대고 실내의 눈치를 살피는 **그것**의 모습이 상상되어서, 이불 안에서 떨림이 멈추지 않았다.

이대로 있다가는 복도에 이쪽의 기척이 전해질 거란 생각에 필사적으로 침대 안에서 호흡을 멈추고 굳어 있었다.

자락, 자락, 자라락. 통, 통, 통.

그런데 계단을 내려가는 소리가 나자 나는 크게 숨을 토했다.

포기했구나.

안심하자마자 갑자기 땀이 뿜어져 나왔다. 뭔가 닦을 만한 것을 찾아서 침대에서 나와 서랍을 열자 귀여운 핸드 타월이 있어서 그것을 쓰기로 했다.

땀을 닦으며 문 앞까지 가서 복도의 눈치를 살핀다. 아이 방에 들어오려고 한 뭔가가 예배당으로 돌아가는 기척을 파악하려고 했다. 원래 있던 장소로 돌아간다면 당분간 안심할 수 있다. 그렇게 생각하고 귀를 기울였는데, 들려오는 것은 기묘한 소리였다.

끼이. 철컥철컥. 쾅.

아무래도 거실에서 뭔가를 하고 있는 듯하다. 비슷한 소리가 계속 들리고 있다.

대체 뭘…….

그렇게 생각하다가 퍼뜩 떠오른 생각에 내 몸이 굳었다.

설마 아이 방의 열쇠를 찾고 있는 것이…….

복도에서 들려오는 것은, 거실에 있는 어느 선반 서랍을 열고 그 안을 뒤지는 소리가 아닐까.

무서운 가능성을 내가 깨달았을 때였다. 뚝, 하고 1층의 소리가 멎었다.

잠시 후에…….

퉁, 자락, 퉁, 자락, 퉁.

다시 계단을 올라오기 시작하는 그것의 발소리가 또렷하게 울리기 시작했다.

도망쳐야 해!

하지만 어디로 도망쳐야 좋을까. 2층의 다른 방으로 이동해 봤자 아무런 해결책도 되지 않는다. 그렇다고 지금 이 문을 열고 복도로 나가면, 계단을 올라오는 그것과 딱 마주치게 되어 버릴지도 모른다.

창문으로…….

서둘러 달려가서 정원을 내려다본다. 그러나 달도 별도 뜨지 않았고 가로등의 조명도 흐릿해서, 집의 외벽이 거의 보이지 않는다. 이 상태로 발을 디딜 곳을 찾으며 내려가는 것은 어른이라도 어려울지 모른다. 하물며 열두 살 소녀에게는 절대 불가능할 것이다.

어떡하지…….

내가 절망감에 사로잡혀 있는 동안에 그것은 계단을 다 올라온 듯하다.

착, 착, 착. 즈윽, 즈윽, 즈윽, 즈윽.

복도를 아이 방 쪽으로 똑바로 다가오는 발소리가 들려왔다.

이대로 있다가는 들킨다.

창가에 서 있던 나는 곧바로 침대 아래로 숨어들려고 했다. 그러나 그곳은 수납공간이 있어서 들어갈 곳이 전혀 없었다.

철컥철컥.

흐릿한 소리가 들린다. 마치 문의 열쇠구멍에 열쇠를 꽂아 넣고 있는 듯한……

한순간 옷장에 숨는 나를 상상해보았다. 이 방 안에서 몸을 숨길 수 있는 곳은 거기 정도밖에 보이지 않았다.

철컥.

그러나 문의 손잡이가 돌아가는 소리가 들린 순간, 침대로 뛰어들었다.

이불을 어깨까지 끌어올려 덮은 뒤에 눈을 감는다. 두 눈을 꾹 감고 싶은 것을 어떻게든 참는다. 부자연스럽게 비치기 때문이다. 어디까지나 푹 잠들어 있는 듯 보일 필요가 있다.

자는 척을 해서 이 상황을 넘긴다.

나에게 남은 도주로는 이미 그것밖에 없었다.


두 눈을 감고서, 자칫하다간 거칠어질 듯한 숨결을 억누르느라 고생했다. 평온하고 규칙적인 호흡을 하지 않으면 자는 것처럼 보이지 않는다.

물론 몸이 떨리고 있어도 간단히 들켜버린다. 하지만 이때 나는 공포 때문에 딱 굳어 있었다. 그것이 다행이었다고 생각한다. 호흡만 조정할 수 있으면 나머지는 어떻게든 얼버무릴 수 있을 듯했다.

끼이이.

미세하게 삐걱이는 소리가 나며 문이 열렸다.

싫어, 무서워…….

저도 모르게 이불 속에 숨어들고 싶어지는 것을 필사적으로 참는다. 그런 짓을 했다간 끝장이다. 자는 체하고 있다는 것을 들켜버린다.

나는 자는 척하면서 온 신경을 귀에 집중시켰다. 그러나 아무리 기다려도 전혀 들어올 기척이 없다.

그 대신 문 쪽에서 따가울 정도의 사악한 시선을 느꼈다. 침대에 누워 있는 나를, 그것이 빤히 바라보고 있다. 그런 광경이 문득 뇌리에 떠올랐다.

이대로 돌아가 줘. 이곳에는 들어오지 마.

간절히 기도했다. 그저 빌었다. 무해한 여자아이 한 명이 자고 있을 뿐이니 얼른 물러가기를 바랐다.

찰싹, 찰싹. 즈즉, 즈즉.

그런데 갑자기 그것이 들어왔다. 그것도 내 머리맡을 향해 망설임 없이 곧바로 다가오는 것을 알 수 있었다.

싫어, 싫어, 싫어, 싫어어!

나는 마음속으로 소리쳤다. 그야말로 절규하고 있었다.

오지 마, 오지 마, 오지 마아!

마음속으로나마 그렇게 큰 소리를 지르면 분명히 그것을 위협할 수 있다고 믿고 있었다.

찰싹, 찰싹, 즈즉, 즈즉, 찰싹, 찰싹.

하지만 확실하게 그것은 다가온다. 뭐라 말할 수 없는 역겨운 기척이 점차 육박해온다. 그 실감이 정말 무시무시했기에 나는 지금이라도 침대에서 뛰어나와서 창문을 통해 밖으로 도망치고 싶었다. 그 충동을 억누르는 것이 얼마나 힘들었던가.

즈즉, 찰싹.

끝내 침대 바로 옆에 그것이 도달했다. 그야말로 베갯머리 옆에 서 있는 것을 또렷하게 느낄 수 있다. 그대로 내 얼굴을 들여다보고 있는 것을 생생이 느꼈다.

다음 순간, 꾸욱하고 그것이 덮어왔다. 내 얼굴 바로 위에 그것의 얼굴이 있다. 지금 눈을 뜨면 분명히 눈이 맞을 것이다. 살며시 눈을 뜨고 보고 있던 것은 아니다. 그것의 기척만으로 충분히 눈치챌 수 있었다.

나는 자고 있다. 나는 자고 있다. 나는 자고 있다.

죽기 살기로 자기암시를 건다. 여기까지 오면 더 이상 다른 방법이 없다. 정말로 잠드는 것은 불가능하더라도 최대한 가까이 가고 싶다. 눈을 뜨면 아침이라서, '그것'이 밤중에 찾아온 것도 단순한 악몽으로 기억되기를 바라며.

이것은 꿈이다. 나는 자고 있다. 이것은 꿈이야. 나는 자고 있으니까.

그야말로 완전한 현실도피였지만 어쩔 도리가 없다. 어쨌든 내가 그것의 존재를 깨닫고 있다는 것은 절대 눈치채여서는 안 된다.

　스윽 하고 얼굴 위의 기척이 사라진 듯이 느껴졌다. 바로 위에서 들여다보기를 마친 듯하다.

　이대로 나가줘…….

　열심히 내가 기도하고 있는데.

　톡.

　이마에 뭔가가 닿고, 조금 있다가 목소리가 들려왔다.

　……어?

　이마라기보다 왼쪽 눈썹 위에 뭔가 가느다란 것이 얹혀 있다.

　뭐, 뭐지?

　아무것도 보이지 않는다는 것이 공포를 더더욱 배가시켰다. 그렇다고 해서 눈을 뜨는 것은 더욱 무섭다. 그런 짓은 절대 할 수 없다.

　탁.

　이번에는 오른쪽 눈 바로 아래에 그 가느다란 것이 얹혔다.

　히이이.

　소리 없는 비명을 지른 순간, 그 말씀 중 하나가 생생히 뇌리에 떠올랐다.


　악몽을 꾸는 자는 그것이 두 눈을 비집어 열어 온다.


　설마……손가락?

　오른쪽 눈 위아래에 닿은 것이 '그것'의 손가락이 아닐까 하고 짐작한 순간, 쫘아악 하고 온몸의 털이 곤두섰다.

그런 나의 반응을 기다리고 있었다는 듯이 눈썹 위의 손가락이 눈꺼풀 가까이까지 스으윽 하고 내려왔다. 뒤이어 오른쪽 눈 바로 아래의 손가락이, 반대로 조금씩 올라오는 것을 느끼고 나는 당장이라도 정신이 이상해져버릴 것 같은 공포에 휩싸였다.

그만둬, 하지 마, 싫어, 안 돼⋯⋯.

두 손가락에 한층 힘이 실린다. 그러면서 오른쪽 눈 위쪽과 아래쪽으로, 각각의 윗꺼풀과 아랫꺼풀을 억지로 당기기 시작했다.

나의 눈을 그것이 열려 하고 있다.

꾸욱하고 두 눈에 힘을 담아서 필사적으로 저항한다. 깨어 있는 것을 들키게 되지만, 그런 것을 따질 상황이 아니다.

보고 싶지 않다. 싫다. 절대 보고 싶지 않다.

그것의 얼굴을 정면으로 보게 된다고 생각하는 것만으로 내 공포는 정점에 달했다. 하지만 아직 그 이상의 전율이 기다리고 있었다.

기묘한 아픔을 견디면서 나는 노력했다. 어떻게든 오른쪽 눈은 뜨지 않겠다고 필사적으로 계속 감았다. 그러자 똑같은 힘이, 이번에는 왼쪽 눈에도 가해지기 시작했다.


그것이 두 눈을 비집어 열러 온다.

벽보에 적힌 말이 지금 그대로 일어나려 하고 있었다. 무시무시한 네 개의 손가락이 내 두 눈 주위에 손톱을 박고 억지로 눈알을 노출시키려 하고 있다.

네 개의 손가락?

엄청난 공포에 휩싸이면서도, 이 모순에 다른 종류의 두려움을 느꼈다.

**그것**은 팔이 네 개 달려 있는 건가?

그러나 이내 신경을 쓸 수 없었다. 너무 아파서 더 이상 두 눈을 감고 있을 수 없게 되었기 때문이다. 이대로 저항을 계속하다가는 틀림없이 얼굴의 피부가 찢어질 것이다.

얼굴에 상처가 날지도 모른다는 생각이 들자마자, 곧바로 두 눈에 실은 힘이 빠져버렸다. 열두 살짜리 여자아이에게는 '그것'과 정면으로 대치하는 것보다 얼굴에 깊은 상처가 남는 쪽이 훨씬 큰 두려움이었는지도 모른다.

하지만 두 눈을 뜬 순간, 그 판단이 잘못이었음을 깨달았다. 나는 일평생, 아마도 죽을 때까지 후회하겠지.


약간의 위안이 있었다고 하자면 방이 어두웠다는 점일까. 그 때문에 그것의 얼굴이나 모습을 또렷하게는 보지 못했다.

두 눈을 뜨고 처음 보인 것은 그것의 이마였다. 가운데 부분에 세로로 심한 상처가 나 있었다. 쩍 하고 이마가 깨져서, 안쪽으로 붉은 살이 엿보인다. 그 살에 파묻히듯이, 믿기지 않는 것이 있었다.

눈알이다.

보통의 안구와 같은 크기의 눈알이, 뒤룩뒤룩 움직이고 있었다. 그러다가 갑자기 멈추더니, 나를 딱 보는 것이었다.

이렇게 10년이라는 세월이 흘러도 그 얼굴의 외눈만큼은 도저히 잊히지 않는다. 지금도 가끔씩 꿈에 나온다. 그리고 꿈속에서 빤히 나를 바라본다.

그때마다 "아직 **그것**은 어딘가에 있구나."라고 절망적인 기분을 맛본다. 그리고 나와 같은 꼴을 당하는 사람이 없기를, 특히 어린아이의 피해가 생기지 않기를, 이라고 마음속으로 기도한다.

이 원고를 쓸 생각이 든 것은 그것의 존재를 세상에 알리고 경고하기 위해서였는지도 모른다.


하던 이야기로 돌아가자.

정신이 들고 보니 아침이었다.

엄청나게 무서운 꿈을 꾸었다고 생각했다.

화장실에 가서 세면대에서 세수를 하려다가, 결코 악몽이 아니었음을 알게 된 나는 경악했다.

두 눈 위아래에 손톱자국으로 생각되는 상처가 남아 있었다.

갑자기 덜덜덜 하고 몸이 떨리기 시작했다. 엉금엉금 기듯이 계단을 올라가서 아이 방까지 돌아갔다. 그대로 침대 안에 들어가서 이불을 머리까지 뒤집어썼다. 무서운 체험을 한 장소였지만 다른 방은 생각할 수 없었다. 결국 그곳에서 나는 흐린 하늘에서 해가 얼굴을 드러낸 점심나절까지 계속 있었다.

침대에서 나온 것은 밖에서 비쳐든 햇살, 그리고 공복 때문이었다. 그때까지 쿠키와 페트병에 든 녹차만으로 허기를 때우고 있었다. 그런 일을 겪었는데도 정상적으로 배고픔을 느끼는 것이 믿기지 않았지만, 이미 참는 건 한계였다.

비틀거리는 발걸음으로 계단을 내려와서 식료품 창고로 쓰이는 방까지 간다. 거기서 벽보의 문언을 떠올리자 순식간에 배가 아파왔다. 단숨에 식욕이 사라졌다. 엄청나게 배가 고픈데도 이곳에 있는 것은 먹을 수 없다고 생각했다.

나는 그 집에서 나와 근처 편의점에 가서 빵과 주스를 샀다. 전철비를 남겨둘 필요가 있어서 빵은 하나만 샀다. 주변에 공원이 보여서 그곳에서 먹었다. 전혀 맛이 느껴지지 않았다. 한창 더운 시간대에, 모래밭에서 노는 어머니와 아이를 봐도 현실이 아닌 듯한 감각이 있었다. 만약 아이가 모래에 삼켜져서 사라져버려도 그때의 나는 특별히 놀라지도 않고 아무런 의문도 품지 않고 그 상황을 받아들였을지도 모른다.

그 집으로 돌아가서, 문을 지나 현관으로 들어갔을 즈음에야 간신히 당혹을 느꼈다.

나는 어떡하면 좋지?

이곳에 가족이 없는 것은 이미 충분히 확인했다. 이 이상 찾아봐도 소용없을 것이다. 그렇다고 해서 이대로 돌아간다면 여기까지 온 것이 완전히 헛수고로 끝나게 된다.

근처의 집들을 돌아볼까?

문득 그런 생각이 떠올랐다. 신자가 한 명도 없는 것은 모두 자기 집으로 돌아갔기 때문이 아닐까. 만약 그렇다면 어머니 일행이 어디로 갔는지, 누군가가 알고 있을지도 모른다.

다음으로 취해야 할 행동이 떠올랐을 때, 마침 나는 거실에 들어서려 하고 있었다. 그리고 쩍, 하고 입을 벌리고 있는 비밀 출입구를 보고 저도 모르게 멈춰 섰다. 이미 이웃집들을 돌아본다는 생각은 머릿속에서 깨끗하게 사라져 있었다.

직사각형으로 도려내진 벽의 구멍으로 조심조심 다가간다. 그러면서 구멍 안을 들여다보니, 안쪽으로 활짝 열린 문 너머로 짧은 복도가 이어져 있고 그 복도 끝의 문도 활짝 열려 있는 것을 알 수 있었다.

가족들은 저 너머의 별채에 있는 것이다.

구멍에 머리만을 밀어 넣고 소리쳐 부를까 했지만, 도무지 목소리가 나오지 않았다. 그러는 동안, 몹시 고요하다는 것을 깨달았다. 처음에는 밤새도록 의식을 집행했기 때문에 아직 모두 자고 있는 것이려니 하고 생각했다. 다만 그렇다고 쳐도 너무 조용했다.

설마 여기에도 없는 걸까.

흐릿한 희망을 가슴에 품고, 나는 짧은 복도를 걷기 시작했다. 안쪽의 별채에 다가감에 따라, 정면의 벽에 그려진 묘한 것이 차츰 또렷하게 보이기 시작했다.

그것은 이 집 안의 벽에 종횡으로 그어져 있던 선과 같은 것이었다. 다만 가장 큰 차이는 마치 그물망처럼 그어져 있는 종횡의 선이 이쪽을 향해 펼쳐져 있는 듯 보이는 것이었다. 적어도 나에게는 그렇게 비쳤다.

어째서 저곳만?

별채의 구석 벽으로 끌려들어 가듯이 나머지 복도를 나아가서 건물에 발을 들이려고 할 때, 나는 다시 멈춰 섰다. 그리고 주욱 실내를 둘러보고 또다시 그 자리에 못 박혔다.

자신이 본 광경이 곧바로 이해되지 않았다.

정면의 벽 오른쪽 구석에 어머니가, 왼편 벽 거의 중앙에 아버지가, 돌아본 뒤쪽 벽의, 문을 사이에 두고 오른쪽에 시오리가, 왼편에 카오리가 각각 벽에 머리를 처박은 상태로 쓰러져 있었다. 정확히 적자면 머리가 완전히 파묻혀 있었던 것은 부모님이고, 언니들은 얼굴이 반씩 묻힌 모습이었다.

……죽어 있다.

물론 언뜻 본 것만으로 내가 알 수 있을 리 없다. 하지만 네 사람을 본 순간, 이미 때가 늦었다고 깨달을 수 있었다. 어머니와 가족들의 상태가 너무나도 비정상적이었기 때문이다.

네 사람 모두 벽을 부수고 머리를 쑤셔 박은 것으로는 도저히 보이지 않았다. 벽 자체에 빨려 들어간 것으로밖에 생각되지 않는다. 그런 꼴이었다. 실제로 벽에는 조금의 균열도 없고, 주위에 아주 약간의 파편도 흩어져 있지 않다. 목이 묻혀 있는 부분도, 구멍이 뚫려 있다기보다는 오히려 오므라들어 있는 듯 보인다.

벽이 어머니와 가족의 머리를 우걱우걱 삼키고 있다.

있을 수 없는 광경이 또렷하게 뇌리에 떠오른다. 하지만 그것이 틀림없는 사실임을, 어째서인지 나는 깨닫고 있었다.

신야는 분명 정면에 있는 벽의 저 뚫려 있는 부분에 삼켜진 거야…….

전혀 아무런 단서가 없는데도 나는 알 수 있었다. 남동생은 이제 돌아오지 않는다는, 가슴이 찢어질 듯한 슬픈 사실도 포함해서.

그 뒤에 나는 경찰에 전화를 한 듯한데, 아무것도 기억나지 않는다. 정신이 들고 보니 카나자와에 사는 큰 이모가 곁에 있었다.

이후의 일에 대해서는 전부 큰 이모가 처리해주었다. 그 상세한 내용은 다음 장에서 쓰려고 한다.

다섯 번째 이야기

노인의 기록
- 어느 쿠루이메(狂女)에 대하여

본 장을 적어야 할지 몹시 고민했다. 내용이 다른 장과 너무나도 이질적이기 때문이다. 자칫하다간 저자가 제정신인지 의심받을지도 모른다. 또한 이제까지 지켜왔던, 최대한 사실에 기초한 묘사를 유념하는 자세도 여기서 크게 흔들려버릴 우려가 있다. 그런 불안을 품은 채로 집필해도 과연 괜찮을까. 이렇게 적기 시작하면서도 아직 고민하고 있다.

생각해보면 애초에 '그녀'에 대해서 아는 것이 거의 없다. 여기에 기록하는 이야기도 전부 필자의 조모로부터의 전문(傳聞)이다. 물론 다른 장에도 전문에 의존해 기술한 부분은 많다. 다만 그것을 뒷받침하는 증거는 확보하려 했다. 전쟁에 관한 기술은 특히 그렇다. 당사자가 이미 타계한 경우에는 주위 사람들에게 탐문을 실시했다. 관계자나 전문가를 취재한 예도 있다. 관런된 참고문헌을 여러 번 읽어보기도 했다. 어쨌든 오류가 없도록 주의했다. 내 인생에서 일어난 사건의 정확한 연월과 장소와 관계자에 대해, 그 경위까지 포함해서 상세히 기록하려고 노력해왔다. 본 장의 뒤에 적을 예정인 장도 물론 동일한 자세로 작업하려 했다.

하지만 '그녀'에 대한 것들은 예외로 둘 수밖에 없다. 당사자의 가족이 지금도 그 지역에 살고 있을 경우에는 다대한 폐를 끼치게 될 우려가 있다. 때문에 여기서는 메이지에서 다이쇼를 거쳐 쇼와 시대 초기까지의 수십 년간, 추고쿠 지방의 모 마을에서 세력을 떨치던 모 가(家)라고만 적어둔다. 나머지는 그 집안이 조모의 먼 친척에 해당한다는 사실을 덧붙일 수 있는 정도일까. 그렇다고는 해도 필자가 아는 한 필자의 집안과 모 가는 옛날부터 거의 교류가 없었다. 조부모나 부모로부터 모 가의 화제를 들은 기억도 전혀 없다. 그래서 조모의 먼 친척이라지만 대체 어떤 관계였는지는 실은 아직도 알지 못한다.

그럼에도 조모는 이따금씩 떠올랐다는 듯이 '그녀'의 이야기를 했다. 참고로 내 어린 시절에 조모는 '그녀'를 몇 번이나 '쿠루이메(狂女)'라고 불렀다. 아마도 미친 여자라는 의미일 것이다. 만일을 위해 몇 종류의 《차별어 사전》을 조사해보았지만, 해당하는 말은 찾지 못했다. 그래서 이 장에서는 그대로 사용하고자 한다.

조모는 옛날이야기를 좋아해서 평소부터 자주 이야기하곤 했다. 무섭고 신비하며 기묘한 내용이 많았다. 필자가 어린 시절

부터 괴담을 좋아했던 것도 아마 조모의 영향이 컸으리라 생각
된다. 막내라는 이유도 있어서 더욱 귀여움을 받으며, 정말로
많은 무서운 옛날이야기를 들었다. 조모에게는 쿠루이메 이야
기도 어디까지나 그 일환이었을지도 모른다.

그러나 필자에게는 그 어떤 이야기보다도 무섭게 느껴졌다.
조금의 교류도 없는 먼 친척이라고는 해도, 묽게나마 피가 이
어져 있던 것은 사실이다. 자신과 같은 피가 흐르는 자 중에 '쿠
루이메'라고 불리는 인물이 있다. 그 녀석이 이런 일을 저질렀
다, 그런 말을 했다, 어떠한 일을 했다고 듣는 것만으로도 무서
워 견딜 수가 없었다.

머지않아 나도 미쳐버려서 같은 짓을 저지르는 것이 아닐까.

조모의 이야기를 듣는 동안, 늘 그런 기분 나쁜 상상을 하게
되었다. 그냥 옛날이야기라면 아무리 무섭더라도 어차피 남의
이야기다. 하지만 쿠루이메는 다르다. 말하자면 일상에서 느끼
는 전율이었다. 한 번도 만난 적이 없지만, 당시의 필자에게는
가장 가까운 곳에 있는 공포였다. 게다가 조모는 듣는 이가 어
린아이라도 상관하지 않고 수위가 높고 심각한 이야기를 태연
히 하곤 했다. 물론 그런 내용을 필자는 이해할 수 없었다. 하
지만 그 흉측함은 충분하고도 남을 정도로 전해졌다. 필자가
진심으로 두려워서 부들부들 떨 정도로.

조모에 의하면 쿠루이메는 그 탄생부터 기묘한 사연이 있었
다. 소원한 먼 친척의 사정에 어째서 그렇게까지 정통했는지는
알 수 없지만, 기억의 밑바닥을 뒤지면서 어떻게든 조모의 이

야기를 정리해보려 한다.

어느 날, 모 가의 당주와 나이 차가 꽤 나는 열세 살 난 여동생인 키요코가 행방불명되었다. 그 지방에서는 옛날부터 카미카쿠시가 빈번하게 일어나고 있었다. 다만 대다수는 좀 더 나이가 어린 아이가 대상이었고, 대부분은 사라진 채로 돌아오지 않았다.

그렇지만 키요코는 실종된 지 일주일 뒤에 발견되었다. 마을 사람들이 '산신(山神) 사당'이라고 부르는 낡은 사당 앞에 쓰러져 있는 것을, 담력 시험을 하던 어린아이 중 한 명이 발견했다. 그곳은 혹처럼 솟아 오른 작은 산 위에 오두막 정도 크기의 사당이 우두커니 서 있는 장소로, 평소에는 아무도 찾는 이가 없는 적적한 장소였다. 그 사당에서 무엇을 모시고 있는지는 마을의 노인들조차 몰랐다. 그래도 마을 우지가미 님의 예대제(例大祭, 일본의 신사에서 1년 중 정해진 날에 치르는 큰 제사_역주) 때에는, 그 사당에도 신주(神酒)가 공양되었다. 그것이 그 사당에서 이루어지는 유일한 행사였다.

키요코는 심신이 모두 건강하고 아무런 문제도 없었다. 다만 행방불명되었을 동안의 기억이 전혀 없어서, 아무것도 기억하지 못했다. 일주일 전 해질녘, 산의 무너져가는 돌계단 근처를 지날 때에 갑자기 현기증을 느끼고 시야가 깜깜해졌다. 정신이 들고 보니 사당 앞에 쓰러져 있었고, 모르는 사이에 일주일이라는 시간이 지나 있었다고 한다.

마을 사람들은 "여우에게 홀렸다."라든가 "산신의 짓이다."

라며 저마다 수군거렸다. 다만 키요코가 무사히 돌아왔기 때문에 그런 소문도 점차 사라져갔다. 카미카쿠시를 당한 아이는 드물게 발견된다고 해도 대개는 반쯤 실성해 있는 경우가 많았다. 몸뚱이는 멀쩡해도 정신이 망가져버린다. 그런 아이들에 비하면 키요코는 보기 드문 경우라 할 수 있었다. 모 가가 마을의 유력자였던 점도 있어서 묘한 소문은 오래 가지 않았다.

마을 사람들 사이에서 키요코의 카미카쿠시 화제가 수그러들었을 무렵, 돌연 키요코의 모습이 보이지 않게 되었다. 이유는 알 수 없지만 모 가의 저택에 틀어박힌 모양이었다. "병에 걸린 것은 아닌가."라는 걱정은 곧 "산신의 앙화가 지금 내린 것이 틀림없다."라는 뜬소문이 되어 마을 안을 휩쓸었다. 그렇지만 얼마간 시간이 흐른 후에 마을 사람들은 정말 믿을 수 없는 새로운 소문을 듣게 된다.

"아무래도 그 집 딸이 아이를 밴 것 같다."

눈 깜짝할 사이에 "대체 그 아비는 누구인가."라는 범인 찾기가 마을 전체에서 시작되었다. 그러나 아무리 조사해도 용의자가 전혀 떠오르지 않았다. "마을 남자가 아니라 외지인이 아닐까."라는 의견도 나왔지만, 어떻게 생각해도 외지인일 가능성은 낮다고 생각되었다. 그리고 이내, 누가 말할 것도 없이 기묘한 소문이 흐르기 시작했다.

"아비는 산신이 틀림없다."

키요코가 의식을 잃은 것은 산의 중턱이며, 발견된 곳은 산신 사당 앞이었다. 이 사실이 무엇보다 큰 증거다. 그렇게 마을 사람들은 생각했던 것이리라.

모 가는 침묵을 지켰다. 부정도 긍정도 하지 않았다. 다만 고용인들에게는 지금까지 이상의 함구령이 강요되었다. 하지만 유감스럽게도 어디에서랄 것도 없이 키요코의 생활은 새어나갔다. 그것은 새로운 소문이 되어서 마을 안에 퍼졌다.

"배가 불러옴에 따라서 머리가 이상해지고 있다. 그래서 불쌍하게도 끝내 창고에 갇히게 되고 말았다."

이윽고 키요코는 창고 안에서 아이를 낳았다. 여자아이였다. 산후조리가 끝난 뒤에 키요코는 정신병원에 들어가게 되었다. 그 뒤에 어떻게 되었는지는 조모도 모르는 듯하다.

아이는 이름도 붙지 않은 채로 나이 든 여자 고용인에게 맡겨져 창고 안에서 키워졌다. 출산 시에 한 번 울었던 이후로는 전혀 울지도 웃지도 않아서, 돌보는 여자 고용인들이 기분 나쁘다며 잇따라 일을 쉬는 사태가 벌어졌다. 아이는 네 살이 되어서도 걷거나 말을 하지 못했기에 심신에 심한 장애가 있는 것으로 여겨졌다.

그런데 어느 날의 해질녘, 갑자기 아이의 모습이 보이지 않게 되었다. 어머니와 마찬가지로 카미카쿠시가 아닐까 하고 한바탕 소동이 벌어졌는데 모 가의 고용인들이 총동원되어 수색한 결과, 산신 사당 앞에서 자고 있는 것이 발견되었다. 한 걸음도 걷지 못했을 텐데, 유아에게는 절대 짧다고는 할 수 없는 산의 돌계단을 올라갔던 것이다. 그렇다고 해도 역시나 걷다가 넘어졌는지 이마가 쩍, 하고 깨져 있었다. 하지만 이상하게도 피는 한 방울도 흐르지 않았다. 이 상처가 완전히 아무는 일도 없었다고 한다.

고용인들을 놀라게 한 것은 그뿐만이 아니었다. 이때부터 아이는 갑자기 말을 하게 되었던 것이다.

"어디어디 집의 지붕 위에서 춤추는 것이 있다."

그것이 첫 말이었다. '어디어디'란 것은 마을에 사는 모 씨의 집이었는데, 그날 밤에 주인이 갑작스런 고열로 하마터면 죽을 뻔했다. 아이의 말을 들었던 자들은 모두가 섬뜩하게 생각했다. 다만 아직 이때까지는 우연으로 여기고 있었다.

그러나 그 뒤에도 아이는 예언처럼 의미심장한 '혼잣말'을 계속 발했다. 그것도 그 전부가 섬뜩할 정도로 딱딱 들어맞았다.

"어느어느 언덕을 기어가는 것이 있다."

낙석 때문에 절벽 아래에서 마을 사람이 다쳤다.

"마을 축제에서 벌레를 먹는 것이 있다."

마을 축제 뒤에 마을 사람 여럿이 복통을 호소하며 드러누웠다. 집단 식중독 같은 것이었을까.

"어디어디 연못에 가라앉는 것이 있다."

문제의 연못에서 마을 아이가 빠져 죽을 뻔했다.

"어디어디 인근을 방문하는 것이 있다."

그 지역에서 한집 씩 순서대로 노인이 숨을 거두어 줄초상이 났다.

"어느어느 소나무에 매달린 것이 있다."

마을에서 유명한 소나무에 떠돌이 약장수가 목을 맸다. 자살

동기는 전혀 알 수 없었다.

아이의 유모 역할을 하던 여자 고용인을 필두로 모 가의 고용인들 모두가 기분 나빠했다. 당초에는 외부에 알려지지 않도록 신경 쓰고 있었지만, 이런 일은 흘러나가기 마련이다. 아이의 신탁 같은 혼잣말에 대한 얘기가 마을 안에 조금씩 퍼져나가기 시작했다. 어느샌가 마을 안에서 모 가의 당주만 모른다는 최악의 상황이 되어 있었다.

이 이상 더는 감출 수 없다고 생각한 고용인들은 조심스럽게 당주에게 호소했다. 그러는 것으로 이 기분 나쁜 아이로부터 자신들이 해방될 것이 틀림없다고 생각한 듯했다. 하지만 당주의 반응은 예상 밖이었다. 그때까지는 창고에서 살게 했던 아이에게 안채의 방 하나를 주고 예쁜 옷과 호화로운 식사를 내주면서 직접 '요치'라고 이름을 붙였다. 그리고 놀랍게도 당주 자신이 매일 그 방에 들르기 시작했다.

당주의 노림수는 모 가가 손대고 있던 몇 가지 사업의 다양한 예측을, 요치에게 시키는 것이었다. 갖가지 서류를 방으로 들고 가서는 아이에게 설명하는 당주의 기이한 모습이 이따금씩 눈에 띄게 되었다고 한다. 이것을 당주는 '요치 참배'라고 이름 붙였다.

그러나 요치의 입에서 나오는 것은 여전히 무서운 말들뿐이었다. 당주 이외의 가족이나 고용인들은 그 아이를 두려워했다. 사업의 전망을 예상하게 만드는 것은 절대 불가능하다고 생각하고 있었다. 다만 아무도 그 사실을 당주에게 전할 수 없었다. 그런 말을 했다간 심기가 뒤틀려서 자신에게 엉뚱한 불똥이 튈 것을 모두가 알고 있었기 때문이다.

당주가 자유를 주었기 때문에 요치는 다섯 살 무렵부터 수개월에 한두 번 꼴로 마을 여기저기로 외출을 나가게 되었다. 물론 수행원도 함께였다. 하지만 이 역할을 모두가 싫어했다. 마을 유력자인 모 가 출신이었으므로 마을 사람들도 겉으로는 요치를 공경하는 태도를 보였다. 그러는 한편으로 참으로 섬뜩한 예언을 하는 아이라며 대부분의 마을 사람들이 꺼렸다. 수행원은 그런 마을 사람들의 양면성을 물론 알고 있다. 결코 자신을 향하는 감정이 아님을 알고 있어도 역시 기분이 좋은 일은 아니다. 요치와 함께 산책하는 것만으로 울적한 기분에 휩싸이게 된다. 이 수행원 역할을 모두가 두려워한 것도 무리는 아니다.

게다가 마을 아이들을 상대로 몇 번이나 소동이 벌어졌다. 아이들도 부모에게 주의를 들었을 것이다. 그렇다고 해도 아이는 아이인지라, 당사자를 눈앞에 두면 놀리는 말 한 마디 정도는 하고 싶어진다. 그런 아이들 중에 그 '피해자' 가족이나 아는 사람이 있으면 더욱 그렇다.

"헛간에서 태어난 헛간순이."

"아비 없는 호로자식. 마물의 아이. 사토루의 새끼."

"네 어미는 미친년. 너도 곧 그렇게 될 거야!"

아무리 부모에게 주의를 받았더라도 어린아이들은 가차 없다. '아비 없는 호로자식'은 개인적으로도 차별어 이상 가는 심한 모멸의 말이라고 생각하지만, 시대성을 생각해서 일부러 사용했다. '미친년'도 마찬가지다. 독자의 양해를 바란다.

'사토루'라는 것은 요괴의 이름이라고 생각된다. 조모에게 들은 다른 옛날 이야기에서 '괴물 사토루'가 나왔으니 틀림없을 것이다.

밤에 산속에서 모닥불을 피우고 있는데, 사토루라는 괴물이 나타나서 맞은편 자리에 앉았다. 괴물은 외눈박이었다. '기분 나쁜 녀석이 나타났구먼.'이라고 나무꾼이 생각하고 있으려니, "너는 지금 기분 나쁜 녀석이 나타났구먼, 이라고 생각했지?" 라고 괴물이 말했다. '우와, 어떻게 알았지?'라고 나무꾼이 놀라자, "너는 지금 우와, 어떻게 알았지, 라고 생각했지?"라고 괴물이 말했다. '뭐지, 이 녀석은? 무서워!'라며 나무꾼이 떨자, "너는 지금 뭐지, 이 녀석은? 무서워, 라고 생각했지?"라고 괴물이 말했다. '안 되겠다. 도망치자.'라고 나무꾼은 엉거주춤하게 일어서려했지만, "너는 지금, 안 되겠다. 도망치자, 라고 생각했지?"라고 말해서 도망칠 기회를 잃고 말았다.

이 괴물은 인간의 사고를 읽을 수 있기 때문에, 무엇을 생각해도 곧바로 맞춰버린다. 이 상태가 반복되는 동안 그 사람의 머릿속은 새하얗게 변해가고, 이윽고 폐인이 된다. 사토루는 그런 무시무시한 존재였다.

어쩔 도리가 없어진 나무꾼이 아연실색하고 있는데, 파박! 하고 갑자기 모닥불의 장작이 터졌다. 사방으로 튄 그 파편이 우연히 사토루의 외눈에 닿자, 괴물은 깜짝 놀라며 몸을 떨었다. 그리고 "인간이란 생각하지도 못한 일을 갑자기 하는 무서운 생물이다."라고 말하며 도망쳤다. 이리하여 나무꾼은 목숨을 건질 수 있었다.

'사토루'를 한자로 표기할 때는 깨달을 '오(悟)' 혹은 '각(覺)'자를 쓴다고 한다. 마을 아이들이 이야기한 '사토루의 새끼'란 모 가의 요치가 지닌 일종의 예지능력을 야유한 표현이 틀림없다. 독심술과 예지는 전혀 다른 현상이긴 하지만, 당시의 마을 아이들에게는 구별이 가지 않았을 것이다.

험담을 듣고 비아냥거리는 소리를 들어도 요치는 묵묵히 지나갈 뿐이었다. 그런 때는 수행원이 마을 아이들에게 화를 냈다. 다만 말로만 호통칠 뿐, 결코 진심은 아니다. 그것을 아이들도 알고 있기에 점점 요란해지는 것이 보통이었다.

그런 심술이 요치의 산책 때마다 이어졌다. 그때마다 험담을 하는 몇 명의 마을 아이가 정해지기 시작했다. 대개 같은 4인조가 잠복하고 있다가, 나무나 바위 뒤편에 숨어서 놀려댄다. 때로는 조약돌이나 나뭇가지도 던졌지만, 일부러 빗나가게 던지는지 맞지는 않았다. 여차하면 수행원이 방패가 되는 것을, 아마도 마을 아이들도 알고 있었던 것이다.

어느 날 산책을 하고 돌아가던 길에, 보통은 거의 다니지 않는 마을 안을 요치가 걷기 시작해서 수행원이 화들짝 놀랐다. 물론 그래도 따라가야만 한다. 그러자 그녀가 한 집 앞에서 멈춰 서서 중얼거렸다.

"하늘에서 내려오는 것이 있다."

그날, 그 집에 사는 사람들은 밤중에 기묘한 소리에 잠을 깼다. 지붕을 뭔가가 후두둑후두둑 두드리는 듯했다. 처음에는 빗소리인가 했지만 아무래도 눈치가 달랐다. 밖을 봐도 비가 내리는 기미는 없었다. 이상하게 생각해서 밖으로 나와 보니, 지붕에서 조약돌들이 후둑후두둑 굴러 떨어졌다.

조약돌 비가 내리고 있던 것이다.

믿기지 않아서 하늘을 올려다보고 있으려니 점차 조약돌이 주먹만 한 돌이 되고, 급기야는 바위가 떨어지기 시작해서 황급히 가족 모두가 밖으로 빠져나왔다. 한 아름이나 되는 바위가 차례차례 떨어져 지붕을 박살내는 악몽 같은 광경 속에서, 동이 틀 때까지 집은 모두의 눈앞에서 반파되었다. 전대미문의 괴이 현상에 휘말린 집의 아이가 그 4인조 중 한 명이었음을 모가의 고용인들이 안 것은, 두 명 째의 집에 피해가 생기고 나서였다.

이 사건으로부터 수개월 후, 또다시 산책에서 돌아오는 요치가 마을에 들렀다. 그리고 한 집 앞에서 멈춰 서서 다시 중얼거렸다.

"땅 아래에서 소란피우는 것이 있다."

그날 밤, 그 집 사람들은 "지진이다!"라고 생각하고 벌떡 일어났다. 그러나 밖에 나와도 이웃집은 전혀 흔들리지 않았다. 들썩들썩하고 자기 집만이 진동하고 있었다. 보는 동안 오른쪽으로 기우뚱 하는가 싶더니 곧바로 왼쪽으로 기울고, 그런 뒤에 단숨에 집의 절반 이상이 푹 꺼져버렸다. 이 현상만을 보면 지반침하라고 할 수 있었다. 다만 지면이 가라앉은 것이 딱 그 집의 집 건물 있는 부분뿐이라는 것은 어떻게 봐도 이상했다. 이 집의 아이가 4인조 중 두 명째였다.

다시 수개월 후, 산책의 귀갓길에서 요치가 마을로 걸음을 옮겼다. 이 무렵이 되자 마을 사람들은 4인조의 이야기를 이미 알고 있었다. 요컨대 지금부터 세 번째 아이의 집에 요치의 벌이 내리게 될 거라고 모두가 알고 있었다. 그래서 일찍부터 요치를 멀찍이 에워싸는 마을 사람들이 몇 명이나 있었다. 그렇다고 해도 자신에게 불똥이 튀는 것은 싫었을 것이다. 누구 한 사람 가까이 오는 자는 없다.

이윽고 요치가 세 번째 아이의 집 앞에 섰다. 그러자 집 안에서 아이의 부모가 뛰어나와서 어린 요치의 발밑에 넙죽 엎드렸다.

"부디 용서해주십시오. 저희 아이가 무례를 저질렀습니다. 이렇게 빕니다. 제발 자비를 베풀어주세요."

나란히 땅바닥에 이마를 붙이고 있는 두 사람 뒤로, 아이의 조모와 조부도 같은 모습으로 머리를 조아리고 있다. 그러나 요치는 그런 네 사람을 거들떠보지도 않는다. 가만히 그 집의 문을 응시할 뿐이었다.

요치의 모습을 깨달은 아버지는 곧바로 뒤를 돌아보고 버럭 소리쳤다.

"이놈아! 너도 여기 나와서 고개를 숙이고 빌어야지!"

문 뒤편에서 남자아이가 나타났다. 그 얼굴은 두려움과 분노가 반반 섞여 있는 듯 보였다. 게다가 아버지에게 야단맞은 것 때문인지 영 떨떠름한 태도로 걸어왔다. 그러는가 싶더니, 도중에 딱 멈춰 서서는 느닷없이 요치를 향해 돌을 던졌다.

"앗!"

아버지와 마을 사람들과 수행원, 모두가 거의 동시에 비명을
질렀다. 무슨 일인가 하고 고개를 든 아이의 어머니와 조부모
세 사람은 무슨 일이 일어났는지 알자마자 얼굴이 새파랗게 질
렸다.

남자아이가 던진 돌멩이가 요치의 이마를 정통으로 맞혔던
것이다. 그 중앙에 세로로 나 있는 상처에서 피가 줄줄 흐르고
있다. 그럼에도 요치는 우는 소리 한 번 내지 않고, 눈가에 선
혈이 뚝뚝 떨어지면서도 눈 한 번 깜빡이지 않고 그저 남자아
이를 응시하고 있었다.

"우아아아아!"

남자아이는 비명을 지르며 실금했다. 그런 뒤에 앞으로 푹 고
꾸라졌다. 당황하며 아이의 부모와 조부모가 달려가는 모습을
거들떠보지도 않고, 요치는 발길을 돌려 걷기 시작했다. 다만
그 자리를 떠나기 전에 수행원이 간신히 들을 수 있는 목소리
로 작게 중얼거렸다.

"붉고 뜨겁게 꿈틀거리는 것이 있다."

그날 밤, 세 번째 아이의 집은 불에 타 전소되었다. 다행히 가
족은 모두 무사했다. 한때는 의식불명이었던 남자아이도 다음
날 아침에는 회복되었다.

그 화재로부터 일주일 뒤, 네 번째 아이의 집은 야반도주하듯
마을을 떠났다. 아무도 살지 않게 된 그 집 앞에 요치가 선 것

은, 역시 몇 달 뒤였다.

"검고 냄새나는, 거무스름하게 만드는 것이 있다."

그렇게 그녀가 중얼거리는 것을 수행원은 들었다. 다음날 아침이 되자 문제의 집 주변에 살던 사람들은 소스라치게 놀랐다. 밤새 그 집이 폐가처럼 변해버렸기 때문이다. 확실히 사람이 살지 않게 된 집은 손상되기 마련이다. 다만 그것은 몇 년씩 지난 집의 얘기다. 아무리 그래도 고작 하룻밤 만에 노후될 리가 없다.

이 4인조의 사건 때문에 모 가의 요치에 대한 마을 사람들의 시선은 크게 바뀌었다. 이제까지는 요치에게 예지능력이 있는 것이 틀림없다고 여기고 있었다. 하지만 실제로는 요치가 한 말이 현실이 되는 것이 아닐까. 저 아이는 마을에 재앙을 불러올 마물이 아닐까.

마을 사람들의 불안과 비판은 모 가의 당주에게도 전해졌다. 요치의 수행을 맡은 이들도 마을에서 벌어진 일련의 괴현상을 뒷받침하는 증언을 했다. 모 가의 가족들 사이에서도 역시나 문제가 되었다. 그 아이를 이대로 놔둘 수는 없다고 모두가 걱정했다.

그런데 당주만은 달랐다. 여전히 요치에게 사업 예측을 시키겠다는 생각을 하고 있었다. 그래서인지 요치가 말하는 악몽이 현실이 된다면 오히려 좋은 일이 아니냐며 기뻐했다. 곧바로 당주는 요치가 사는 방에 오랫동안 머무르기 시작했다. 그리고 그가 세운 사업계획이 잘 진행될 것 같다고, 자신이 바라는 대사를 요치에게 억지로 말하게 했다고 한다.

이 기묘한 계획은 다른 이들을 완전히 내보낸 뒤에 이루어졌기 때문에 실제로 그 현장을 본 사람은 아무도 없다. 또한 효과 여부를 확실히 확인한 사람 역시 한 명도 없다. 평소부터 폭군인 당주의 기분이 몹시 좋은 날이 많았던 것. 모 가가 점점 번창했던 것. 이 두 사실로 미루어보아 당주의 계획이 성공했다고 추측할 뿐이다.

요치는 취학할 나이가 되어도 초등학교에 가지 않았다. 본인이 싫어했기 때문이지만, 만약 통학시켰다고 해도 집단 활동은 무리였을 것이 틀림없다. 당주는 요치를 위해서 전속 가정교사를 고용했다. 하지만 교사들은 차례차례 그만두고 말았다.

"그 아이와 도무지 의사소통을 할 수 없습니다. 뭔가를 가르치기 이전에, 아주 큰 문제가 있습니다."

모두가 같은 이유로 모 가를 떠났다. 당주가 아낌없이 돈을 써서 항상 우수한 교사를 고용했지만, 결과는 언제나 마찬가지였다. 결국 이 쓸데없는 시도는 4년이나 이어졌다. 하지만 직무를 완수할 수 있던 자는 한 사람도 없었다.

"요치에게 교육 따윈 필요 없는 게야."

당주는 그렇게 말하며 호탕하게 웃었다. 요치의 특이한 능력이 자신의 사업에 도움이 되고 있기에 분명히 그는 만족스러웠던 것이리라.

가정교사가 완전히 없어지자 요치의 외출이 늘기 시작했다. 그것에 따라 마을과 그 주변에서 일어나는 괴현상도 증가하기 시작했다. 물론 어디에 가더라도 수행원이 함께였지만 아무것도 할 수 없었다. 요치의 곁에 있으면서 지켜보는 것뿐이었다.

어느어느 집의 연못에서 수많은 개구리가 출몰한다.

강가에 수많은 물고기 시체가 떠밀려온다.

카마이타치(갑자기 피부에 낫으로 베인 듯한 상처가 나는 현상. 옛 일본에서는 족제비의 짓이라고 믿었다_역주) 비슷한 현상이 마을에서 빈번하게 일어난다.

몇십 마리나 되는 새가 갑자기 하늘에서 죽은 채로 떨어진다.

일몰 직전의 어둠 속에서 정체 모를 사람의 형체와 만난다.

어두운 밤이 되면 "와앙." 하는 무서운 우는 소리가 마을을 쓸고 지나간다.

뭔가 변고가 일어날 때마다 요치의 짓이라고 말하는 사람이 마을에 늘어났다. 다만 모 가까지 불만을 제기하러 갈 정도의 담력을 지닌 자는 아무도 없었다. 가령 그런 행동을 하더라도 당주의 분노를 사서 쌀쌀맞게 쫓겨나는 결말을 맞았다.

"요치 때문이라는 증거라도 있는가!"

그런 호통을 들으면 할 말이 없는 것이다. 이 무렵의 그녀는 그 섬뜩한 혼잣말을 완전히 입 밖에 내지 않게 되어 있었다. 그것을 수행원이 한 마디라도 들었다면 얼마 안 가 틀림없이 마을 누군가에게 전해졌겠지만, 그런 일은 한 번도 없었다.

이렇게 불온한 공기만이 마을을 채워갔다. 표면적으로 모 가에 반발하는 이는 없었지만 모두가 불만과 불안을 품고 있었다. 모 가의 당주와 요치에 대한 경외와 공포가 어우러져서, 지금이라도 분출할 것 같은 위태로운 기미가 온 마을에 충만해 있었다.

그럴 때였다. 마을 우지가미 님의 예대제가 있던 날 밤, 산신 사당으로 담력 시험을 하러 간 아이 중 한 명이 카미카쿠시를 당했다.

이 사건에 요치가 관련되었다는 증거는 아무것도 없다. 그 얘기를 하자면 다른 괴현상도 마찬가지지만, 적어도 괴이가 일어난 모든 장소를 그녀가 직전에 지나쳤갔던 것은 사실이었다. 어느어느 집의 연못도 강가도 거리도, 죽은 새가 떨어진 곳도 마찬가지다. 그러나 예대제 날은 어디에도 외출하지 않았다. 그녀는 모 가에 하루 종일 머물러 있었다. 그럼에도 마을 사람들이 사라진 아이를 요치의 탓으로 돌린 것은 카미카쿠시를 당한 장소가 산신 사당이기 때문이었다.

마을의 유력자들이 모 가에 모였다. 당주에 대한 항의라기보다는 어디까지나 상담이라는 형식을 취했지만 "요치를 어떻게든 해줬으면 한다."라는 것이 모두의 본심이었다. 모 가가 아무리 마을 내에서 절대적인 권력을 소유하고 있다고 해도, 이대로 있다가는 조만간 폭도로 변한 마을 사람들이 밀고 들어올 사태를 부를지도 모를 일이다. 그렇게 되기 전에 어떻게든 해서 상황을 진정시켜줬으면 한다. 그러기 위해서는 요치를 얌전히 만들 수밖에 없다……. 이것이 조심조심 에둘러 전한 그들의 의견이었다.

불처럼 화를 낼 거라고 생각되었던 당주는 의외로 냉정했다.

마침 이 무렵부터 사업에 대한 요치의 능력에 조금씩 그늘이 드리우기 시작했기 때문이다. 그 원인을 당주는 마을에서 일어난 괴현상 탓이라고 생각한 듯했다. 쓸데없이 그런 일에 능력을 쓰고 있기 때문에 자신의 소중한 사업에 쓸 힘이 떨어져버렸다고, 아무래도 그는 그렇게 판단한 모양이었다.

이때부터 요치의 외출이 극단적으로 줄어들기 시작했다. 그것과 동시에, 요치의 방에 발을 옮기는 당주의 모습을 더욱 자주 볼 수 있었다. 그 덕분인지 사업은 조금씩 다시 흥하기 시작했다. 다만 일진일퇴의 행보여서 당주는 전보다 열심히 요치 참배를 하게 되었다.

요치의 산책이 줄어든 덕분에 수행하는 데 고생할 필요도 거의 없어진 고용인들은 기뻐했다. 다만 그것도 수개월 간이었다. 점차 모 가의 저택 안에서 이상한 일이 일어나기 시작했던 것이다.

복도를 걷고 있으면 뒤쪽에서 기척이 난다. 돌아보지만 아무도 없다. 이상하다고 생각해서 앞을 향하면 천장에서 시커먼 얼굴이 대롱대롱 매달려서 쳐다보고 있었다. 정원에서 빨래를 널고 있는데 건조대에 걸린 몇 장의 천 뒤편으로 몸을 숨기듯이 뭔가가 다가와서 황급히 도망쳤다. 부엌의 부뚜막에서 커다란 솥에 물을 끓였다. 덜걱덜걱 뚜껑이 멋대로 움직여서 깜짝 놀라고 있으려니, 솥 안에서 하얀 손이 쭈욱 뻗어 나와서 손짓했다. 누군가가 이름을 불러서 돌아보며 대답을 하면 아무도 없다. 문득 깨닫고보니 소리가 난 것은 마루 아래였다. 부엌문을 똑똑 두드리는 소리가 나서 열어보니 아무도 없다. 가만히 생각해보니 소리는 문 안쪽에서 나고 있었다. 욕실의 욕조에 들어가 있었다. 자신은 조금도 움직이지 않는데 욕조의 물이 휘이이 하고 소용돌이 쳤다. 뒷간에 들어가서 쭈그리고 있는데, 바로 아래에서 무시무시한 여자의 절규가 들렸다. 복도에서 걸레질을 하고 있는데 잘 닦인 마룻바닥에 사람의 형체가 비쳤다. 고개를 들어봤지만 아무도 없었다. 잠자리에 누워 있는데 심야에 다다미 위를 스르륵스르륵 하고 뭔가가 기어서 다가온다. 무서워서 온몸이 굳은 채 두 눈을 꼭 닫고 있으니까 귓가에 "열어줄까?"라는 목소리가 들렸다.

이런 괴현상이 날이 갈수록 늘어났다. 그것에 비례해서 일을 쉬는 고용인들도 많아졌다 "무서워서 더 이상 견딜 수 없다."라며 모두가 입을 모아 말했다. 이미 이 마을에서 모 가로 일하러 가는 사람은 한 명도 없었다. 새로운 고용인은 인근 마을에서 모아 오게 되었다.


요치를 둘러싼 이 무서운 이야기에 필적하는 것은, 스쿠자 산지에 옛날부터 전해지는 '노조키네'라는 괴물 정도라고 조모가 이야기했던 것이 문득 떠올랐다.

그런 소란이 이어지는 동안 세월이 흘러서 요치는 열세 살이 되었다. 어머니가 그녀를 잉태했던 나이다. 이 무렵에는 집안 사람의 눈을 피해서 몰래 나다니는 일도 서서히 늘어나고 있었다. 다만 마을 안으로 발길을 향하지 않았기 때문에, 요치의 이런 행동을 아는 이는 거의 없었다. 마을에서 눈에 띄는 괴이 현상 이 일어나지 않았던 것도, 그녀의 비밀 산책이 들키지 않았던 커다란 이유였다고 여겨진다.

그렇기에 그 사건이 발각되었을 때는 온 마을이 발칵 뒤집혔다. 우선 그 산의 돌계단 아래서 사지가 복합골절된 청년이 우연히 그곳을 지나가던 마을 사람에게 발견되었다. 이어서 소식을 듣고 달려온 마을 사람들이 산신 사당 앞에서 입에 거품을 물고 망연자실 상태로 있는 두 번째 청년을 발견했다. 이 단계에서 이미 현장에는 기묘한 분위기가 떠돌고 있었다. 하지만 사당 안에서 옷이 흐트러진 상태로 쓰러져 있던 요치가 구출되자 그 자리의 공기는 더욱 이상한 것으로 변모했다. 대체 여기서 무슨 일이 벌어졌던 것일까.

유일하게 말을 할 수 있었던 첫 번째 청년이 이야기한 내용은 이러하다. 친구와 셋이서 산 앞을 지나가고 있는데 계단 위에서 부르는 소리가 났다. 올려다보니 요치가 있었다. 괜히 엮이기 싫어서 그냥 지나치기로 했다. 그러나 집요하게 불러서 어쩔 수 없이 돌계단을 올랐다. 그러자 요치가 세 사람을 사당으로 꾀어 들이고는 스스로 옷 앞섶을 풀어헤친 것까지는 기억하지만, 뒷일이 기억나지 않는다고 한다. 정신이 들고 보니 돌계단 아래에 쓰러져 있었고, 팔다리가 타들어가듯이 아팠다고 했다. 두 번째 청년에게 무슨 일이 일어났는지, 또 세 번째 청년은 어디로 갔는지 물어도 청년은 아무런 대답도 하지 못했다.

대부분의 마을 사람들은 그의 말을 믿었다. 요치를 마성이 깃

든 아이로 간주한 자가 마을에 많았기 때문이다. 다만 그곳에
는 미묘한 의심이 살짝 얼굴을 엿보이기도 했다. 왜냐하면 문
제의 청년들은 평소에 그녀에 폭언을 토하며 돌멩이를 던졌던
3인조 중 두 명이었기 때문이다. 요치가 유혹한 것이 아니라 그
들이 요치를 폭행했던 것은 아닐까. 그런 의심을 모든 마을 사
람이 품었다. 하지만 실제로 입 밖에 낸 사람은 한 명도 없다.
오랜 세월 동안 모 가에 대해 울분이 쌓였던 탓이리라.

한편 모 가에서는 당연히 세 사람이 요치를 덮친 것이라고 생
각했다. 그들이 어릴 적에 저지른 소행도 그 뒷받침이 되었다.
애초에 아무런 교육도 받지 않고 세상물정도 모르는 그녀가 어
떻게 남자를 유혹할 수 있는가. 아무리 그래도 무리란 것을 알
수 있을 것이다. 그것이 분노에 찬 당주의 반론이었다. 다만 모
가가 그 세 청년과 가족에 대해 어떠한 보복을 하는 일은 없었
다. 첫 번째는 입원했고 두 번째는 정신병원에 들어가게 되었
으며 세 번째는 여전히 행방불명인 상태여서 이미 어떤 보복도
필요 없었던 것이다.

이 사건 후, 요치는 공공연히 외출을 하게 된다. 사건의 진상
이 어떠하더라도 보통은 외출을 자제하리라고 생각했지만 그
녀는 달랐다. 당주도 외출을 인정한 듯했다. 물론 이제까지 하
던 대로 수행원도 함께였다. 그녀의 신변을 지킨다는 역할이
더욱 막중해졌기 때문에 대부분은 남자 고용인이 맡았다. 그러
나 실제로는 전혀 필요 없었다. 마을사람 모두가 요치를 피했
기 때문이다. 그녀의 모습이 먼발치에서 보일라치면 황급히 도

망치기 시작한다. 자기 집으로 뛰어든다. 어딘가에 숨는다. 누군가의 집 안에 들어간다. 특히 젊은 남자는 필사적이었다고 한다. 그리하여 그녀는 완전히 마을 사람들의 두려움을 사는 존재가 되었던 것이다.

그런 외부의 변화를 아는지 모르는지, 요치의 산책은 변함없이 이어졌다. 마음이 내키면 마을 안으로도 발을 들였다. 산신 사당 앞에 머무르는 일도 있었다. 그 일이 3개월 정도 지났을 무렵부터 갑자기 요치의 모습이 보이지 않게 되었다. 모 가의 방안에 틀어박혀 버렸던 것이다.

"혹시 애를 밴 거 아녀?"

곧바로 온 마을이 소란스러워졌다. 사건 관계자 세 명 중 첫 번째 청년과 그 가족은 떨었다. 모 가의 당주가 "아이의 아버지는 너다.", 또는 "너는 이제 이 집안 사람이다."라며 트집을 잡지는 않을까 하고 두려워했다.

이때까지는 아무리 당주가 입막음을 해도 모 가 내의 일은 결국 마을 사람들에게 흘러나갔다. 그것이 요치에 관련된 일이라면 더욱 그렇다. 그럼에도 그녀의 임신 의혹에 대해서는 아무런 소문도 돌지 않았다. 이전에 비해 고용인 중 외지인 비율이 높았던 탓도 있었지만 그렇다고 해도 이상했다. 한 마디도 흘러나오지 않는 것은 있을 수 없는 일이기 때문이다. 이 시기에 모 가의 고용인에게 말을 붙여본 마을 사람이 많이 있었던 듯한데, 모두가 똑같이 이렇게 말했다고 한다.

"엄청나게 겁을 먹고 있어서 아무 말도 하지 않더라고. 마치

입 밖에 내는 순간, 엄청난 앙화가 내릴 것처럼 벌벌 떨 뿐이
고……."

갑작스레 요치의 모습이 사라진 지 7개월 뒤의 어느 아름다
운 달밤, 모 가의 상공에만 새까만 비구름이 갑자기 퍼지기 시
작했다. 이윽고 보슬비가 내리기 시작하더니 점차 빗줄기가 굵
어졌고, 급기야는 천둥이 치다가 정원의 큰 나무에 벼락이 떨
어졌다. 그런 뒤에 거짓말처럼 비가 그치더니 시커먼 구름이
안개 걷히듯 사라졌다. 마을 사람들은 이 갑작스럽고 기괴한
폭풍 속에서 요치가 출산했음이 틀림없다고 믿었다. 멀리 떨어
진 마을에서 산파가 불려왔다든가, 그 산파가 '믿기지 않는 것'
을 요치의 가랑이 사이에서 받았다든가, 입막음하는 값도 포함
된 큰돈을 당주로부터 받았다든가, 자기 마을에 돌아간 산파는
자리에 드러누웠다든가, 그 후 일주일 뒤에 죽었다든가 하는
소문이 사실이라는 듯이 퍼져나갔다.

정작 중요한 아이는 어떻게 되었는가. 혹은 '믿기지 않는 것'
은 어디로 갔는가. 그것에 대해서는 기묘한 일에 억측은 고사
하고 아무런 소문도 돌지 않았다. 또 그것을 찾으려는 이도 없
었다. 괜히 긁어 부스럼 만들고 싶지 않다. 모두가 그렇게 생각
한 듯했다.

한동안 시간이 흐르자 다시 요치가 저택 밖으로 나오게 되었
다. 그 모습을 본 마을 사람은 그때까지 이상으로 오싹해졌다.
그녀가 괴이한 가면을 쓰고 있었기 때문이다. 늘 무표정했던
그녀가 가면을 씀으로써 오히려 표정을 갖게 된 것처럼 보인

것이 마을 사람에게는 무엇보다 두려웠다.

요치가 변한 것은 용모만이 아니었다. 이때까지 그녀는 마을 사람에게 무관심했다. 상대편에서 뭔가를 해와야 비로소 반응하는 것이 보통이었다. 어린아이 시절에 요치를 놀려댔던 4인조가 좋은 예다. 그렇게 생각하면 산신 사당에서 벌어졌던 사건도 실은 세 청년들이 벌인 소행인지도 모르지만, 진상은 어둠 속에 있으므로 여기서 검토해봤자 소용없다. 이야기를 진행하자.

가면을 쓴 요치는 마을 사람들에게 접촉하기 시작했다. 다만 그 방법은 방약무인했다. 지나가던 아이를 보더니 갑자기 깔깔 웃는다. 말리고 있는 빨래를 엉망진창으로 흐트러뜨린다. 유모에게서 젖먹이를 빼앗으려고 한다. 멋대로 남의 집에 들어가서 밥을 먹는다. 집 안을 물바다로 만든다. 이 집에서 저 집으로 기성을 지르면서 뛰어다닌다. 당연하지만 마을 사람들과 쫓고 쫓기게 되는 일도 많았다. 수행원이 개입해도 진정하지 않는다. 그러던 중에 다치는 사람도 나오기 시작했다.

이것에는 모 가의 당주도 역시나 애를 먹었다. 수행원 숫자를 늘리거나 해서 대응했지만, 전혀 효과가 없었다. 요치의 난동은 심해지기만 했다. 참다못한 당주는 요치의 방을 감옥처럼 개조했다. 그곳에 가두고 자유로운 행동을 금지함과 동시에 자신의 사업에만 그녀의 모든 능력을 기울이게 한다. 그야말로 일석이조의 계획이었다.

얄궂게도 이 무렵부터 모 가의 당주가 손대는 모든 사업이 잘 안 풀리기 시작했다. 이전에도 비슷한 상황은 있었지만 요치의 힘으로 재기했다. 그래서 당주는 아무런 걱정도 하지 않았다. 하지만 이번에는 달랐다. 조금씩이었지만 확실하게, 사업은 명백히 기울기 시작했다. 기사회생을 노린 대책도 전부 실패했다. 이렇게 모 가는 천천히 몰락해갔다. 상당한 부채를 떠안게 되어도 당주는 포기하지 않았다고 한다. 아마도 요치에게 의지해서 한몫 벌었던 과거의 성공을 잊을 수 없었던 것이리라.

무엇보다 섬뜩했던 것은 모 가의 쇠퇴와 함께 그녀의 용모가 급속히 쇠해갔다는 소문이었다. 요치의 믿기지 않는 노화가 그대로 집안의 성쇠를 드러내고 있었다는 얘기가 된다. 아직 십대 소녀일 텐데, 그녀의 얼굴은 마치 노파 같았다고 한다.

이 이야기를 조모에게 들었을 때 필자는 아직 철없는 어린애였다. 따라서 모 가의 사업이란 말을 들어도 감이 잘 잡히지 않았다. 요치의 특수한 능력 덕분에 모 가가 큰돈을 벌었다고 이해했을 뿐이다. 그래도 조모가 계속 이야기한 말은 진심으로 오싹했다.

"마성의 존재란 말이다, 한두 번은 그 사람에게 아주 좋은 일이 생기게 해준단다. 그렇게 추어올려주다가 갑자기 밑바닥으로 뚝 떨어뜨려. 정말로 사악한 존재는 이것에 몇 년씩 시간을 들이지. 당사자도 깨닫지 못할 정도로 말이야."

요치는 감옥에 20여 년이나 들어가 있었다고 생각된다. 그동안 마을에서는 점차 그녀의 이야기가 터부시되게 되었다. 존재 자체를 잊으려는 방향으로 기울어갔다. 그것은 모 가에서도 마찬가지였던 듯하다. 요치가 감옥에서 지내기 시작한 지 얼마 되지 않아 한 학자가 모 가를 방문했다. 도쿄 제국대학 의과대 학 정신병학 교실의 의학사와 문학사란 직함을 지닌 시찰자였 는데, 사설감옥에 대한 실지조사를 집행하기 위해 찾아온 것이 었다. 그러나 모 가는 곧바로 제안을 거절했다. 어쩌면 감옥의 존재 자체를 인정하지 않았는지도 모른다.

이리하여 요치는 세상으로부터 완전히 격리되었다. 따라서 세상도 그녀를 잊어버렸다. 그랬기 때문에 가끔씩 모 가에서 빠져나와서 근처를 방황하는 모습을 누군가에게 들키면 한바 탕 소동이 벌어졌다. 하지만 사정을 아는 마을의 나이든 사람 들이 모여서 입을 막았기 때문에 대부분은 진정되었다. 그래도 납득할 수 없는 자가 몇 사람인가 있었는지, 이윽고 그녀는 옛 날이야기에 나오는 괴물과 동일시되는 존재가 되어 갔다.

그래서 모 가가 다른 이의 손에 넘어가 저택이 헐릴 때, 아무 도 없는 감옥이 발견되어도 특별히 문제가 되지 않았다. 마을 의 노인장 몇 명이 이맛살을 찌푸린 정도일까.

본 장을 쓰기 시작할 즈음에 필자는 만일을 위해 전국각지에 흩어져 있는 친척과 지인들에게 쿠루이메에 대해 물어보았다. 그러나 토호쿠, 호쿠리쿠, 토카이, 긴키, 규슈, 그 어느 지역의 친척도 아는 것이 없다는 대답만이 돌아올 뿐이었다. 조모로부 터 '그녀'의 이야기를 들은 적이 있으면서 지금까지 생존해 있 는 사람은 아무래도 필자 혼자인 듯하다.

그 사실을 생각하니 역시 이렇게 기록으로 남겨야겠다고 다시 한 번 생각했다. 이 장만 너무나 이상한 내용이 되어버린 것을 부디 용서해주기 바란다.

종장

1

 

미마사카 슈조와 만나기 위해서 나는 신주쿠의 어느 일본요 릿집의 방을 예약했다.

어쩌면 떠들썩한 카페나 비어바만큼 괴담 이야기를 하는 데 어울리는 장소는 없을지도 모른다. 정적에 감싸인 한겨울 고원 의 별장 같은 곳도 물론 분위기가 있어서 좋다. 하지만 주위에 우리와는 관계없는 사람들이 있으며, 적당히 시끌벅적한 가게 안이라는 것도 꽤나 운치가 있다. 주위의 즐겁고 따스해 보이 는 기척과는 반대로, 자신들의 테이블에는 싸늘한 공기가 감돌 고 있다. 그 뭐라 말할 수 없는 기묘한 차이가 괴담에 의해 초 래되는 공포를 증폭시키기 때문일까.

그러나 이번 두삼회는 단순한 괴담 모임이 아니다. '저편에서 온다'와 '이차원 저택'의 이야기에 관여하고 난 뒤로는, 더 이상

평범한 괴담 모임이 아니게 되어버렸지만, 그래도 이번 만남은 더 특별했다. 지금 그야말로 마지막 마무리를 앞두고 있다는 기분을 떨칠 수 없었다. 그래서 그것에 어울리는 자리를 준비하려고 했다.

오래간만에 만난 미마사카는 어딘지 모르게 태도가 이상했다. 어쩌면 새로운 괴이를 만난 것은 아닐까……라고 저도 모르게 염려했을 정도다. 하지만 주문을 마치고 나서 입 밖으로 나온 그의 첫 대사를 듣고 맥이 빠져 앞으로 고꾸라질 뻔했다.

"여기는 비싼 가게 아닙니까?"

가게의 꾸밈새나 방의 고급스러움을 보고 아무래도 가격 걱정을 하고 있던 듯했다.

"평소의 비어바보다야 비싸지만 접대교제비로 처리할 거니까 괜찮아."

"그렇다면 저희 회사에서……."

"경비 처리하기 위한 명목이 없잖아."

"그 부분은 어떻게든 하겠습니다."

"아니, 어려울 거야."

"하지만 말이죠……."

어느 쪽이 계산을 할지, 마냥 티격태격하는 시골 동네 아줌마 같은 대화를 주고받고 있으려니 점원이 맥주를 가져왔다. 그리고 요리가 다 나올 때까지 두 사람 모두 무난한 잡담을 나누었다.

"우선은 좀 들지."

미마사카가 계산에 대한 얘기를 다시 꺼내기 전에, 곧바로 건배를 하고나서 나는 젓가락을 뻗었다. 실제로 이제부터 할 대화 내용을 생각하면 일찌감치 식사를 마쳐둬서 나쁠 것은 없다. 그런 생각이 그에게도 전해졌는지, 순순히 음식을 먹기 시작했다.

식사 중의 화제는 대부분 소설과 영화에 대한 것이었다. 어디까지나 대화를 이어나가기 위해서였지만, 두 사람 모두 좋아하는 이야기여서 완전히 흥이 올라버렸다. 덕분에 배가 적당히 찼을 무렵에는 묘한 만족감까지 느끼고 있었다. 이 상황에서 술에 취해 있었더라면 즐거운 술자리였다며 자리를 파했을지도 모른다. 그러나 역시나 두 사람 모두 술은 자제하고 있었다. 그야말로 엽기를 좇는 이들의 귀감이라고 해야 할까.

"그건 그렇고……."

새로 주문한 음료가 나왔을 즈음, 나는 천천히 입을 열었다.

"슬슬 본론으로 들어갈까."

"네. 잘 부탁드립니다."

미마사카는 진중하게 대답을 하더니 가방 안에서 클리어파일과 다섯 이야기의 텍스트를 꺼냈다. 텍스트는 대학 노트, 프린트 하거나 복사한 용지 다발, 사가본 등 다양했다. 이러한 원고를 펼칠 장소가 필요하다는 의미에서도 역시 방으로 잡길 잘했다.

"전혀 다른 두 가지 이야기인데 어딘가 묘하게 닮았다는 기분을 떨칠 수 없다……라는 섬뜩한 감각에 사로잡힌 경험이 없는가, 라고 자네에게 질문을 들었던 것이 1년 반쯤 전이었지."

"그 뒤로 벌써 그렇게나 시간이 흘렀습니까."

"처음에는 두 가지 밖에 없던 사례가 지금은 다섯 가지나 있으니, 그 정도 시간의 흐름은 당연할지도 모르지."

"그렇군요. 이런 상황이 될 거라고는, 그때는 생각도 못했으니까요."

미마사카는 절반은 감개무량한 듯, 나머지 절반은 후회하는 듯한 복잡한 표정을 짓고 있다.

"혹시 자네는 그때 두 이야기의 기분 나쁜 유사성을 신경 쓰기는 했지만, 그렇게까지 중요하게 생각하지는 않았던 것이 아닌가?"

"어째서 그렇게 생각하셨습니까?"

"두 번째 '이차원 저택' 이야기가 거짓말이 아닐까 하고 생각했거든."

그 순간 미마사카의 얼굴이 긴장되었지만 이내 쓴웃음을 지으면서 말했다.

"그렇다는 말씀은, 알아차리신 거군요."

"어디까지나 상상에 지나지 않지만."

"아뇨. 선생님이시니 분명히 맞을 겁니다."

나보다도 자신 있어 보이는 그를 보고, 저도 모르게 웃음이 나왔다.

"그 기대에 응할 수 있을지 모르겠군."

"괜찮습니다. 그리고 '이차원 저택' 이야기에 가려졌던, 그렇다기보다 제가 고의로 감춘 비밀이 뭐라고 생각하셨습니까?"

　말은 그렇게 했지만 미마사카의 어조는 꽤 도전적이었다. 그렇게 나오지 않으면 이쪽도 재미가 없겠지만.

　"가장 마음에 걸렸던 것은 소년의 그 이후가 언급되지 않았다는 점이야. 인터뷰 막바지에 그 애가 혼란에 빠져서 더 이상 이야기를 들을 수 없었다고 해도, 기록자가 얼마든지 보충 설명을 쓸 수 있었을 거야. 그런데도 아무것도 하지 않았어."

　"어째서일까요?"

　"그 이야기를 들은 시점에서 이미 소년은 죽어 있었으니까……."

　"……."

　"소년이 목숨을 잃은 것은, 도망쳐 들어간 곳간 안에서 함롱 안에 숨어 있다가 와레온나에게 들킨 직후였다……."

　"……."

　"그래서 그 애는 어렵지 않게 신케이 저택에 숨어들 수 있었어. 잘 읽어보면 벽의 나무문을 열고 저택 부지로 들어갔을 때, 또 곳간으로 도망쳐 들어갔을 때의 모습은 제대로 이야기되고 있는데, 저택 안에 침입할 때의 정작 중요한 묘사가 일절 없어. 부엌문으로 들어간 것은 틀림없지만 과정이 아주 간단히 정리되어 있지. 이건 이상하잖아? 저택 안의 각 방에 들어갈 때도 같은 지적을 할 수 있고."

　"……."

　"모든 것은 이미 소년이 살아 있는 인간이 아닌 존재가 되었기 때문에……. 그랬기에 간단히 침입할 수 있었으니까…….
따라서 신케이 저택의 주민도 그 소년에게는 보이지 않았
다……."

"……."

"요컨대 그 원고는 강령회 같은 자리에서 죽은 자인 소년이
영매사의 입을 빌어 말한 이야기의, 말하자면 속기록이었던 게
아닐까……라고 뭐, 그렇게 생각했지."

"소년의 그 이후가 언급되지 않았다는 사실만으로 용케 거기
까지 추리하셨군요."

계속 청취의 자세를 취하고 있던 미마사카가 간신히 입을 열
었다.

"물론 그것만으로는 무리지. 게다가 추리라고 해도 전혀 합
리적이지 않으니까."

"그 부분은 호러 미스터리 작가이시니까요. 하지만 그밖에
단서 같은 것이 있었습니까?"

"우선 자네 조부님의 도락 중에 전국의 유령의 집 탐색과 강
령술 실천이 있었던 것. 속기원고의 정리본이 끼워져 있던 외
국 책의 타이틀이 《The Spiritualism of Haunted Houses》(흉가의
심령술)였던 것. 소년에게서 체험담을 듣기 위해서 상당한 시간
이 걸린 듯하다는 것. 이 원고에서는 상당히 손질이 가해져 있
는 듯 보인다는 것. 속기원고의 성립 자체가 아주 특이하다고,
자네가 일부러 이야기했던 것."

"그렇군요."

"문제의 속기원고 정리본에 '이차원 저택'이라는 타이틀을 붙일 때, 자네가 특히 반대하지 않았던 것도 힌트가 되었지."

"죽어 있는 소년에게 현실세계의 저택은, 말하자면 다른 차원의 공간 같은 것이니까요."

일단은 납득하면서도 그는 바로 고개를 저으면서 말했다.

"그렇다고 해도 영매사가 한 말의 속기록이라는 해석까지는 좀처럼 도달하기 힘들 거라고 생각합니다."

"내가 호러 미스터리 작가이지 않나."

그렇게 대답하긴 했지만, 농담은 이쯤 해야겠다고 생각한 나는 진지한 어조로 말을 이었다.

"그러니까 당초에는 자네도 반신반의했어. 개별적인 두 가지 이야기 사이에 유사성이 있다는 섬뜩한 우연을 하나의 괴담으로 나에게 제공할 생각뿐이었어. 하지만 너무 신경이 쓰였지. 게다가 두 가지 이야기를 듣기 전의 내 반응이 명백히 이상했고."

"선생님께서는 그 시점에서는 그 이유를 깨닫지 못하고 계셨습니다만……."

"응. 그렇지만 그 시점에서 자네는……아니, 나도 포함한 두 사람 모두가 이 두 이야기에 홀려버렸지."

"그 결과, 유사점이 있는 섬뜩한 이야기가 다섯 가지나 모이게 된 겁니다."

미마사카는 클리어파일을 펼치고서 한 장의 A4용지를 내밀었다. 그곳에는 다섯 이야기가 다음과 같이 정리되어 있었다.

## 첫 번째 이야기 어머니의 일기 – 저편에서 온다

**시대** : 2000년(헤이세이 12년) 전후.

**장소** : 긴키 지방의 주변 지역 어딘가의 마을(미에 현일 가능성 있음). 단독주택으로 신축.

**체험자** : 오사키 부인(주부).

**괴이 현상의 주체** : 키요.

**현상** : 지붕 위나 집 안의 어둠, 혹은 '울타리' 너머에서 소리나 시선. 아이 방의 벽지의 '울타리' 너머 쪽의 이공간. 두 명의 아이가 행방불명.


## 두 번째 이야기 소년의 이야기 – 이차원 저택

**시대** : 1935년(쇼와 10년) 무렵.

**장소** : 간토 지방 어딘가의 마을(도쿄는 제외). 기원의 숲과 신케이 저택.

**체험자** : 이시베 켄타(11~2살의 소년).

**괴이 현상의 주체** : 와레온나.

**현상** : 와레온나에게 쫓긴다. 신케이 저택의 열리지 않는 방.


## 세 번째 이야기 학생의 체험 – 유령 하이츠

**시대** : 1970년대 말부터 80년대 초(쇼와 50년대).

**장소** : 혼슈 어딘가의 지방마을(간토와 토카이와 간사이 지방은 제외). 카도누마 하이츠 203호실.

**체험자** : 대학생(18세?).

**괴이 현상의 주체** : 204호실의 주민.

**현상** : 지붕 위와 옆방에서 소리. 지붕 위에서 춤추는 노파. 102호실의 갑작스런 병자. 존재하지 않는 204호실. 204호실에 있던 뭔가. 어린아이에게 해가 생긴다(집주인의 말).


### 네 번째 이야기 셋째 딸의 원고 – 미츠코의 집을 방문하고서

**시대** : 1991~2년(헤이세이 3~4년)무렵.

**장소** : 호쿠리쿠 지방의 어딘가의 마을. 단독주택(통칭 미츠코의 집).

**체험자** : 우부카타 사오리(12세).

**괴이 현상의 주체** : 코우시 님, 그것.

**현상** : 벽에 붙은 '말씀'의 현실화. '그것'의 출현. 가족의 기괴한 죽음.


### 다섯 번째 이야기 노인의 기록 – 어느 쿠루이메에 대하여

**시대** : 1900년부터 40년(메이지 말엽부터 쇼와 초기) 무렵.

**장소** : 추고쿠 지방 어딘가의 마을. 마을의 실권을 쥔 모 가.

**체험자** : 할머니로부터 들은 이야기를 필자가 회상하며 적었다(어디까지나 전문이다).

**괴이 현상의 주체** : 마을 유력자인 모 가의 요치.

**현상** : 일종의 초능력을 지닌 듯한 요치가 일으킨 수많은 일들. 특히 '어느어느 곳의 집 지붕 위에 춤추는 것이 있다'와 '하늘에서 떨어지는 것이 있다'의 두 가지 예언은 다른 이야기와도 공통된다.


대충 훑어보고 나는 저도 모르게 쓴웃음을 지었다. '신케이 저택'에서 일어난 현상의 기술이 아주 단순하다. 원래대로라면 여기에 '저택 사람들이 사라짐'도 기록해야 할 것이다. 그렇게 하지 않았던 것은 물론 미마사카가 소년의 정체를 알고 있었기 때문이다.

그렇다고 해도 아주 보기 좋게 정리해서 솔직히 감탄했다.

"각각의 괴이에 대해서는 좀 더 상세히 써야 했는지도 모르겠군요."

그러나 그는 만족하지 않은 듯, 상당히 엄한 표정으로 용지에 눈길을 떨어뜨리고 있다. 거기서 나는 곧바로 그를 달랬다.

"이걸로 충분해. 우리의 눈앞에 있는 것은 본격 미스터리 같은 수수께끼가 아니니까. 그럴 경우에는 아주 세세한 곳까지 두루 살피며 각 화를 비교할 필요가 생기지만, 이건 아니야. 그렇다고 해서 괴담의 공포에 도전하는 것도 당연히 아니지. 각각의 텍스트에 기록된 괴이는 그야말로 호러라고 말할 수 있지만, 일일이 해석할 생각은 털끝만치도 없어. 애초에 그런 것에는 의미가 없고 말이야."

"미스터리라든가 호러라든가, 그런 분야와는 관계없는 좀 더 커다란 수수께끼군요. 이 다섯 가지 이야기에 왜 유사성을 느끼는가……라는."

"그 검토에 임할 자료로서, 자네의 정리는 아주 큰 도움이 될 거야."

"그렇게 말씀해주시니 정리한 보람이 있군요."

미마사카는 예의 바르게 인사를 했지만, 거기서 갑자기 뭐라 말할 수 없는 표정을 짓더니 말을 이었다.

"그런데 그 뒤에……."

"특별히 아무 일도 일어나지 않았어. 가령 일어났다고 해도, 적어도 나는 깨닫지 못했어. 다섯 가지 텍스트에 몰두해 있었던 탓일까."

"그건 다행이군요."

"자네 쪽은?"

"본가에 격자무늬 이불 커버가 있었다는 게 떠올라서 그걸 빨리 보내달라고 했습니다. 그 덕분인지 어떤지는 모르겠습니다만 지금으로서는 아무것도……."

평소 같으면 웃으며 넘겨버릴 이야기였지만, 물론 조금도 우습지 않다. 오히려 괴이를 막는 '격자'의 위력을 실감하며 조금 놀랐다.

그 마음이 순식간에 전해졌는지, 조금 흥분된 표정으로 그는 몸을 내밀면서,

"전에 비어바에서 세 가지 이야기를 검토했을 때, '격자'라는 공통된 키워드의 존재를 선생님께서는 지적하셨습니다. 그리고 네 번째 이야기에는 '코우시 님'이라는 그야말로 수수께끼의 신앙 대상이 등장합니다. 여기서 저는 역시 '격자'야말로 미싱링크라고 생각했습니다. 아, 지금 미싱링크란 말을 잘못 사용하고 있는 것은 잘 이해하고 있습니다. 말하자면 네 가지 이야기의 진정한 공통점이죠. 그것이 '격자'라고 확신하고 있던 거죠. 그런데 다섯 번째 이야기에는 전혀 관계가 없습니다. 이건 어찌된 일일까요?"

"그럴까? 오히려 다섯 번째 이야기에 모든 '격자'의 시작이
있는 것이 아닐까?"

2

"대체 어디에 그런 것이 있습니까?"

의아하다는 듯이 미마사카 슈조에게 나는 대답했다.

"요치가 유폐된 감옥 말이야. 감옥이라고 할 정도니 그 방에는 틀림없이 격자가 설치되어 있었을 거야."

"감옥의 격자……."

"어디까지나 추측이랄까 상상이지만, 그 격자는 요치의 자유로운 행동을 막을 뿐만 아니라 어쩌면 특수한 능력을 봉하는 역할까지 하고 있었을지도 모르지."

"어째서 그렇게 생각하십니까?"

"과거에 당주로부터 외출금지를 당했을 때, 모 가 안에서 괴이 현상이 빈발했어. 그런데 감옥에 갇히게 된 뒤로는 그런 일이 다시 일어났다는 기술이 일절 없기 때문이야."

"처음부터 당주는 결계 같은 기능을 지닌 감옥의 격자를 설치했던 걸까요."

"거기까지는 알 수 없어. 우연히 격자라는 물건이 그런 역할을 발휘했다고도 생각할 수 있지. 하지만 그런 식으로 파악하면, '격자' 저편에 있는 정체 모를 존재……라는 공통점이 생겨나지."

미마사카는 조금 생각하는 몸짓을 하더니 말했다.

"그런 경우, 이번에는 두 번째의 '이차원 저택' 이야기만이 붕 뜨게 됩니다만. 여기서의 '격자'란 기묘한 노래와 옷의 무늬니까요."

"그 저택에 있다고 소문이 났던 '열리지 않는 방'이 실은 감옥이었다고 해석하면 여기에도 격자가 있다는 얘기가 되지."

"열리지 않는 방이 감옥이었다는 근거는요?"

"신케이 저택의 '신케이'란 아마도 '신경에 거슬린다.'라고 할 때의 그 신경을 뜻하는 신케이(神經)가 아니었을까 하고 추측할 수 있기 때문이야."

"와레온나가 쿠루이메였다……."

"메이지 유신은 많은 것들을 불러 왔는데, 그중에서 가장 큰 것이 문명개화지. 옛 일본의 습속이나 신앙이나 미신 등은 전부 불합리한 것으로 간주되었어. 귀신 같은 것은 존재하지 않는다. 그런 것이 보이는 건 너의 정신, 신경이 이상하기 때문이라고 해석하게 되었어. 모든 것은 뇌에 병이 있어서라는 얘기지. 산유테이 엔초(三遊亭 円朝, 메이지 시대의 라쿠고(落語) 대가.

에도시대의 괴담들을 바탕으로 괴담집을 썼다_역주)의 괴담집인《신케이카사네가후치》의 '신케이'는 실은 이 '신경'을 가리키고 있어. 다만 엔초는《신케이카사네후치》의 첫머리에 그러한 정신론자를 야유하고 있었지만…….."

"그러나 민중 레벨에서는 그러한 계몽이 지방에 퍼져갔다. 그래서 소년이 살던 마을에서는 쿠루이메를 가두기 위한 감옥이 있는 저택을 신경 저택, '신케이(神經) 저택'이라고 부르기 시작했다. 하지만 노골적으로 그렇게 부르는 것은 역시나 곤란하다. 그래서 한자 발음이 같으면서 그럴싸한 단어인 '신케이(晨鷄)'로 바꿨다……라는 말씀입니까."

"아마도."

비약된 추리지만 상황 증거는 갖춰져 있다고 할 수 있다.

"게다가 언뜻 보기에 다른 네 가지 이야기와는 따로 떨어진 듯 보이는 두 번째의 '이차원 저택'과 가장 강하게 연결되는 것이, 다섯 번째의 '어느 쿠루이메에 대하여'이니까."

"아, 이마의 상처인가요."

"와레온나의 이마에는 처음부터 커다란 금이 가 있었어. 한편 요치는 어릴 적에 이마에 큰 상처를 입었다고 했고, 출산했다고 여겨진 뒤에 갑자기 가면을 쓰게 되었지."

"……그렇군요. 모 가의 요치가 쓴 가면이 신케이 저택의 와레온나에게 전해졌다고 생각하면, 두 개의 이야기는 연결되요. 와레온나란 그 가면을 쓴 모습이었다……."

"기모노와 머리카락은 지저분한데 얼굴만은 아름다웠다고

하니까, 와레온나가 가면을 쓰고 있었다는 추측은 상당한 개연성이 있다고 봐. 즉 문제의 가면에 의해, 괴이가 추고쿠 지방 어딘가의 마을에 있는 모 가에서 간토 어딘가의 마을에 있는 신케이 저택으로 전파된 거지."

"어째서 가면의 이마에 금이 가 있던 걸까요?"

"글쎄. 요치의 이마에 난 상처와 연관 있다……라고 생각하는 수밖에 없지."

"시대를 생각하면, 다음 얘기는 세 번째인 '유령 하이츠'로 단숨에 건너뛰게 됩니다만……. 그 이야기에 가면 같은 건 조금도 나오지 않았죠."

미간에 주름을 만드는 미마사카에게, 나는 재빨리 끄덕이고서 말을 받았다.

"어떻게 괴이가 다른 지역으로 전파되었는가, 그 경로를 찾는 것으로 다섯 가지 이야기를 둘러싼 수수께끼도 풀릴 거라고 당초에는 나도 생각했지. 그렇지만 전에도 검토했듯이, 다섯 가지 이야기에 공통적으로 등장하는 물건—괴이를 전파시키는 매개가 되는 것—을 발견하기는 상당히 어렵지."

"하지만 그렇게 되면……."

미마사카는 더 이상 방법이 없지 않은가, 라는 얼굴을 하고 있었다.

"이럴 경우, 가장 효과적인 것은 처음으로 돌아가는 것이지."

"그건 그렇습니다만……."

"다만 여기서 이야기하는 처음은 조금 의미가 달라."

"그렇다는 말씀은?"

"다섯 번째 이야기까지 와서야 우리는 간신히 괴이의 원흉 같은 것과 만났어. 그것이 어떻게 탄생했는지, 간신히 알 수 있었어."

"아아, 그 부분이 처음이 된다는 의미군요. 그건 알겠습니다만, 왜 괴이가 전파되었는가를 밝히기 위해서는 역시 매개가 되는⋯⋯."

"응. 하지만 거기서 벽에 부딪혔지. 그래서 나는 원흉이 된 이야기를 좀 더 조사해보려고 생각했어."

"그렇습니다만 구체적인 정보는 아무것도 쓸 수 없다고 《내 인생에 새기다》의 필자 본인이 단언한 것이⋯⋯."

그렇게 말했을 즈음에, 미마사카의 표정에 점차 변화가 나타났다.

"혹시 저자인 츠루미 마나부 씨에게 연락을 취하신⋯⋯."

"판권장에 적혀 있던 주소에 편지를 보냈지만 수취인불명으로 반송되었어. 사가본의 인쇄와 제본을 했던 회사에 전화를 하니 '현재 이 번호는⋯⋯'이라는 안내 방송이 나오더군. 책 속에 츠루미 가에 대해 상세하게 적혀 있으니 시간을 들이면 본인을 찾는 것은 가능할 거야. 하지만 그 이상은 아직 아무것도 하지 않았어. 애초에 본인을 만난다고 한들, 그렇게 간단히 모가에 대해 알려줄 것 같지도 않을 테고 말이야."

"그러셨습니까."

미마사카가 실망한 목소리를 냈다. 하지만 내 얼굴을 가만히 바라보다가, 갑자기 그가 활기를 찾기 시작했다.

"저자에 관련된 것은 아니라고 해도, 혹시 뭔가 새로운 사실을 뭔가 밝혀냈다든가……."

"나 스스로는 그렇게 생각하고 있어."

"대체 뭘 알아내신 겁니까?"

"다섯 개의 개별적인 이야기인데도 왜 기묘한 유사성이 느껴졌는가……."

"네?"

"그 이유를 단 한 마디로 설명할 수 있는 것."

"그럴 수가……."

놀라서 말을 잃는 미마사카에게, 나는 츠루미 마나부의 《내 인생에 새기다》를 가리키면서 말했다.

"그 책의 14장 마지막 부분에, 도쿄 제국대학 의과대학 정신병학 교실의 시찰자가 사택 감치에 관한 실지조사를 위해 모 가를 방문했다, 라는 기술이 있었잖나?"

"네, 확실히 읽은 기억이……."

그렇게 말하면서도 이미 그의 오른손은 책의 페이지를 넘기고 있다.

"있군요. 그렇지만 모 가에서는 곧바로 거절했다고……."

"그 부분을 처음 읽었을 때, 유감스럽게도 나는 아무것도 느끼지 못했어. 그러다가 복사본을 다시 읽는 동안에 어느 서적에 대해서 떠올랐지."

나는 가방에서 쿠레 슈조와 카시다 고로가 함께 쓴 《정신병자 사택감치의 실황 및 기통계적 관찰》을 꺼내서 미마사카에게 건넸다.

"그건 메이지 34년부터 다이쇼 7년에 걸쳐 이루어진, 감옥에 관련된 현장조사 보고서야. 다만 감옥이라는 것은 통칭이고 정확히는 사택 감치실, 공공과 민간 양쪽의 정신병자 시설, 미감치 정신병자가 있는 가정, 이 네 곳이 조사 대상이지. 그 결과가 〈도쿄 의학회 잡지〉에 연재되었고, 곧 쿠레가 《정신병자 사택감치의 실황》이라는 책자로 정리했어. 자네에게 건넨 책은 그 책자의 첫 번째 복각판이야."

"몇 번이나 복각되었습니까?"

"첫 번째는 1973년, 두 번째는 2000년이지."

"설마 이 책에 모 가에 대해서……."

그의 기대에 찬 시선이, 나의 다음 한 마디에 곧바로 어두워졌다.

"아니, 조사를 거부했으니까 그건 없어. 조사를 받은 집도, 마을 이름이나 집안 이름의 일부를 가리는 배려가 이루어졌지."

"그렇다면……."

실망해서 항의의 목소리를 내는 미마사카에게, 나는 곧바로 말했다.

"그래도 다섯 번째 이야기의 모 가가 추고쿠 지방의 어딘가의 마을에 존재했던 것은 틀림없어. 그 책을 단서로, 우선 어느 현이 후보가 되는가를 확인하는 거야. 그런 뒤에 조사 보고 묘

사를 바탕으로 하나의 현으로 줄일 수 없을까, 또한 현 내의 어
느 지방일 가능성이 높은가 하는 검토를 진행하는 거지. 시간
은 걸리겠지만, 끈기 있게 조사해나가면 후보지를 밝혀낼 수
있을지도 몰라. 하지만 그 다음 집을 발견하는 것에는 또 다른
수단을 생각할 수밖에 없겠지. 어쨌든 이 텍스트 말고 단서를
얻을 수 있을 만한 자료는, 지금은 다섯 번째의 '어느 쿠루이메
에 대하여'밖에 없다고 생각했어."

"제가 잠시 실례했습니다. 그래서 수확은 거두셨습니까?"

금세 기운을 되찾은 미마사카가 곧바로 찌르고 들어왔다.

"조사지는 1부 14현에 이르고 있었는데, 그 중에서 추고쿠
지방은 한 군데밖에 없었지."

"벌써 찾아내신 겁니까. 어디인가요?"

"히로시마야."

"그 조사 보고 내용에 현 내의 지역을 좁힐 수 있을 만
한……."

활기를 띠는 미마사카에게, 나는 잠깐 기다리라며 한 손을 들
었다.

"여기서 새로운 단서가 될 만한 것이, 시찰자의 직함이야."

"그게……."

그는 책에 눈길을 떨어뜨리면서 해당 장소를 읽었다.

"여기군요. '의학사와 문학사의 직함을 지닌 시찰자가'라고
되어 있습니다."

"의학사는 어쨌든, 이러한 조사에 문학사는 드물다고 생각하

지 않나?"

"그렇군요."

"각 조사의 시찰자에 대해서는 직함과 이름이 기록되어 있
어. 따라서 두 개의 직함을 지닌 인물이 있으면 그 사람이 모
가를 방문했을 가능성이 아주 높아지지."

"그렇군요. 그런 말씀입니까."

그러나 나는 다시 기운을 되찾는 미마사카에게 고개를 저어
보였다.

"그런데 히로시마 현을 담당한 시찰자의 직함에는 의학사밖
에 기록되어 있지 않았어."

"그건 다른 시찰자가 아닙니까? 당사자는 모 가에서 시찰을
거절당했으니 보고서를 쓸 수 없었던……."

"그건 모 가에 관해서만 할 수 있는 말이겠지. 같은 지역에서
시찰 후보이면서도 협력적이었던 집이 다른 곳에 있었을 거야.
가령 같은 지역에는 없더라도, 히로시마 현에서는 여러 곳 있
었다고 생각하는 게 자연스럽겠지."

"즉 두 개의 직함을 지닌 시찰자는 분명히 보고서를 남겼을
것이다……."

"그것도 현 한 곳당 시찰자는 한 명씩 배정되어 있었어. 개
중에는 혼자서 세 개 현을 돌아다닌 사람도 있지만, 현 한 곳에
복수의 시찰자가 들어간 예는 없지. 그런데도 히로시마 현의
시찰자에는 어째서인지 문학사라는 직함이 없어."

"시찰 내용에 어울리지 않아서 일부러 싣지 않았다든가?"

"물론 그럴 가능성도 부정할 수 없지. 하지만 극히 낮을 거야. 학자라는 인종은 경력과 직함에 구애되니까."

"아, 그건 말씀하신 대롭니다."

직업상 그런 학자 유형의 관계자와 접촉이 많은 탓인지, 그는 금방 납득했다.

"그렇다면 어째서일까요?"

"우선 생각할 수 있는 것은 잡지의 원고를 책자로 만들었을 때에 누락되었을 가능성."

"있을 수 있겠군요."

"그래서 〈도쿄 의학회 잡지〉의 해당 호를 국회도서관에서 조사해봤어. 그렇지만 잡지에서도 시찰자의 직함은 의학사밖에 보이지 않았어."

"소용없었군요."

"실망했지만 만일을 위해서……라기보다는 뒤늦게나마 책자에 게재된 다른 시찰자도 확인해봤지. 그랬더니 묘한 것이 눈에 띄더군."

"뭡니까?"

저도 모르게 얼굴을 반짝이는 미마사카에게 나는 되도록 냉정한 어조로 말했다.

"시찰자 중 한 명, 의학사와 문학사, 양쪽의 직함을 가진 사람이 있었어."

"네? 하지만……."

"응. 그 인물은 물론 히로시마 현의 담당이 아니야."

"어디였습니까?"

"치바 현이라네."

"……."

완전히 혼란에 빠진 그를 앞에 두고, 되도록 나는 침착한 어조로 말했다.

"장소가 간토 지역 어딘가 마을이라고 판명되어 있는 두 번째 이야기의 '신케이 저택'이라면 이 시찰자가 간 곳이 맞을 거야. 신케이 저택의 열리지 않는 방이 감옥이었다면 앞뒤가 딱 맞지. 와레온나의 나이가 불분명하기 때문에 확실한 말은 할 수 없지만 그 여자가 좀 더 젊은 시절, 혹은 어린아이일 때의 시찰이었다고 생각하면 무리는 아니야. 하지만 실제로 문제의 시찰자가 방문했다고 여겨지는 곳은 다섯 번째 이야기 '어느 쿠루이메에 대하여'의 모 가 쪽이지. 지금처럼 교통망이 발달되지 않은 당시의 상황으로 미루어보면, 치바를 담당한 사람이 히로시마까지 시찰하러 가는 것은 어려워. 히로시마 담당이 따로 있었던 사실을 봐도, 그런 일은 있을 수 없겠지."

"어째서일까요?"

미마사카는 줄곧 고개를 갸웃거리고 있다.

"다섯 번째 이야기에서 나오는, 히로시마 현 내에 있었다고 여겨지는 모 가를 방문한 시찰자는 두 가지 직함을 가지고 있었어. 그런데, 거기에 해당되는 인물의 담당은 치바 현이었어. 이 모순을 앞에 두고, 간신히 나는 아주 간단한 해석에 도달할 수 있었지."

"간단한 해석……."

"그야말로 눈을 덮고 있던 뭔가가 떨어져 나온 느낌이었지."

"그 해석은 대체 뭡니까?"

기대감에 찬 미마사카에게 나는 대답했다.

"오사키 가, 신케이 저택, 카도누마 하이츠, 미츠코의 집, 그리고 모 가는 전부 같은 장소에 세워져 있었다는 해석이야."

3

"……아무리 그래도 그것은 불가능하지 않겠습니까."

곧바로 미마사카 슈조의 얼굴이 흐려졌다.

"게다가 같은 장소라니…….."

"물론 치바 현의 어딘가가 되지."

"그래서는 다섯 번째 이야기의 모 가를 시찰하러 온 사람
이…….."

"두 개의 직함을 가진 치바 담당 시찰자였어. 다만 모 가가
거절해서 〈도쿄 의학회 잡지〉에도 책자 《정신병자 사택감치의
실황 및 기통계적 관찰》에도 실리지 않았어."

"하, 하지만 모 가는 추고쿠 지방에 있다고 확실히 필자가 적
어놓았잖습니까?"

혼란에 빠진 그를 진정시키기 위해, 나는 일부러 천천히 이야

기했다.

"우리는 필자인 츠루미 마나부의 입장이 되어 생각해야 했어.《내 인생에 새기다》의 제 14장에서 츠루미 씨는 그 장이 다른 장과는 크게 다르다는 것을 강조하고 있어. 그것은 모 가의 상세한 사항을 기록할 수는 없다는 이유에서야. 상당히 옛날이라고 해도, 그 집안의 계보에 쿠루이메가 있었다는 것을 알면 여러 가지로 문제가 생겨. 같은 지역에 모 가의 핏줄인 사람들이 지금도 살고 있을지도 몰라. 그래서 필자는 신중에 신중을 기하기로 하고 전혀 상관없는 지역의 이름을 쓰기로 했던 거야."

"추고쿠 지방이라는 말은 완전히 엉터리였던 겁니까."

"가짜 지명이지. 다만 그 사람이 왜 그 지방을 선택했는가, 아주 흐릿하긴 해도 근거가 없는 것은 아니야."

"뭡니까?"

"츠루미 씨는 친척이 전국에 흩어져 있다고 적고 있어. 구체적으로 지명이 열거되어 있던 것은 토호쿠, 호쿠리쿠, 토카이, 긴키, 큐슈야. 그래서 가짜 지명을 결정할 때에 그 사람은 이 지역을 무의식적으로, 혹은 의도적으로 피했어."

"그리고 남은 지역 중에서 우연히 추고쿠 지방을 골랐다……."

"응. 마지막으로 결정할 때에 어떤 이유가 있었는지, 혹은 없었는지는 역시나 알 수 없지. 자신의 친인척이 없는 지역이라면 어디라도 괜찮았을 거야."

"우부카타 사오리 씨의 《미츠코의 집이란 무엇이었나》의 경우도 그렇게 말할 수 있는 거군요. 그 사람도 미츠코의 집의 위치가 특정되는 것을 몹시 두려워하고 있었던 것 같으니까요."

"그렇지. 다만 가짜 지역을 정할 때에. 우부카타는 츠루미 마나부 씨와 완전히 반대되는 행동을 했어."

"반대?"

"실제 무대에서 떨어진 곳이라면 어디라도 괜찮았어. 그렇지만 너무나도 선택지가 많으면 오히려 정하기 힘들어지는 것이 인간이지. 그래서 우부카타는 무의식적으로 큰 이모가 사는 카나자와 현이 있는 호쿠리쿠 지방을 선택해버렸어."

"……오히려 피하지 않을까요?"

미마사카가 고개를 갸웃거렸다.

"보통의 경우에는 그렇게 하겠지. 하지만 우부카타는 이 큰 이모와는 교류가 거의 없었다고 적고 있어. 그래도 호쿠리쿠 지방에 큰 이모가 산다는 것은 그 사람의 기억 한구석에 있었지. 그래서 장소를 선택할 때에 저도 모르게 뇌리에 떠올라버렸어. 알겠나? 만약 진짜 미츠코의 집이 호쿠리쿠의 어딘가에 있었다면, 그 사실에서 우부카타는 틀림없이 큰 이모의 존재를 떠올렸을 거야. 만일 그렇다면 절대 호쿠리쿠라는 지명을 꺼내지 않았겠지. 그곳에는 큰 이모가 살고 있으니까."

"그 지명을 꺼낸 시점에서, 호쿠리쿠에 미츠코의 집은 없었다는 증거가 되는 겁니까."

"문제의 원고가 책으로 나오게 되었더라면, 교정을 보는 단계에서 우부카타도 가짜 지명과 큰 이모와의 좋지 않은 관계를 분명히 깨달았을 거야. 그리고 아마 다른 무난한 지역으로 바꿨을 것이 틀림없어."

여기서 미마사카는 자신이 정리한 A4용지를 빤히 바라보더니 말했다.

"다섯 번째 집인 모 가와 두 번째 집인 신케이 저택, 그리고 네 번째 집인 미츠코의 집이 있던 장소가 사실은 같은 곳이며, 거기가 치바 현의 모 지역일 것이라고 추측하는 해석에는 확실히 문제가 없어 보입니다. 하지만 '저편에서 온다'의 오사키 가와 '유령 하이츠'의 카도누마 하이츠는 대체 어떻게 되는 건요? 이 두 집도 같은 땅에 세워져 있다고 생각하는 것은, 아무리 그래도 무리가 아닐까요."

"제국대학의 사택감치에 관한 실지조사 건에서, 자네가 열거한 세 집을 연결하는 것에는 그리 시간은 걸리지 않았어. 확실히 나머지 두 집이 문제였지. 하지만 그것도 전부 같은 장소에 세워져 있던 것은 아닐까, 라는 가설을 토대로 텍스트를 다시 읽어보니 우리가 무엇을 어떻게 오독했는지 또렷하게 깨달을 수 있었어."

"······오독이요?"

"첫 번째 집인 오사키 가에서는 마을 자치회의 회장인 쿠로다가 '여기도 긴키 지방이라고 하자면 긴키지요.'라는 말에 정신이 팔렸어. 여기서 우리는 무조건으로 무대는 간사이 지방이라고 결론을 내려버린 거지."

"그게 오독이었다는 말씀입니까."

"쿠로다의 대사가 없었다고 치고, 오사키 부인의 '남편은 오사카, 저는 나라 출신으로 이제까지 교토에 살고 있었습니다. 그래서 이 동네에 대해서 잘 몰라서 폐를 끼칠지도 모른다고 생각합니다만……'이라는 대사를 접했을 경우, 자네는 어떻게 느낄까?"

미마사카는 조금 생각하는 기색을 보이다가 대답했다.

"적어도 간사이에서 어느 정도 떨어져 있는 지역에 갓 이사 왔다……라고 들립니다. 하지만 마을 자치회 회장이 똑똑히 '긴키'라는 말을……."

"응, 그런 말을 했지. 그런데 이 쿠로다라는 인물은 조금 특이한 양반이었던 모양이야. 오사키 부인 본인이 그렇게 적고 있고, 아이 방에서 사라진 노무라 유토의 어머니도 같은 느낌을 받고 있었어. 그렇다면 어디가 이상한 것일까."

"공원에 대해서 갑자기 설명을 시작한 부분입니까."

"원래는 영국 임금님의 영지였던 것을 시민에게 개방했던 것이 공원의 시작이다. 그런 지식을 공원에서 아이를 놀게 하고 있던 노무라 부인 앞에서 풀어놓았지. 어쩌면 그 사람은 단어나 무언가가 지닌 본래 의미에 구애되는 성격이었던 것이 아닐까. 오사키 부인이 적극적으로 그 사람과 이야기를 나눴더라면 그런 사례가 몇 가지 더 일기에 적혔을지도 몰라."

"즉 '긴키'라는 단어가 지닌 본래의 의미가……."

"그 본래의 의미가 문제가 되는 것이 아닐까, 라고 나는 생각했어. 애초에 긴키의 '키(畿)'는 고대의 수도를 가리키고 있어. 옛 일본의 나라와 오사카, 교토에 수도가 세워졌기 때문에 그 '키'에 '가깝다'라는 의미에서 긴키(近畿)지. 그곳에 현재의 미에 현과 시가 현, 와카야마 현과 효고 현을 더한 지역을 긴키 지방이라고 부르고 있지."

"그렇다면 쿠로다 씨가 이야기한 '긴키'의 '키'란 현대의 수도인 도쿄이며, 문제의 집이 위치한 치바 현도 도쿄에 가깝기 때문에 '여기도 긴키 지방이라고 하자면 긴키지요.'라고 말했다. 그런 말씀입니까."

"물론 단정할 만한 단서는 없어. 하지만 그런 해석도 가능하다는 것을 알았지. 그렇게 생각하면 연결되어 있던 세 집에 또 한 집을 추가할 수 있게 돼."

"세 번째 집인 카도누마 하이츠는 어떻게 됩니까?"

"오사키 가하고는 반대야."

"또 반대입니까."

미마사카는 놀라면서도 어이없다는 눈치였지만, 곧 내 해석을 깨달은 듯 말했다.

"그렇군요. 그 학생이 '출경(出京)'이란 말을 썼었죠. 저는 대학 입시에 실패해서 도쿄에서 지방으로 나가게 된 것을 한탄하던 것이라고 생각했습니다만……."

"텍스트에는 적혀 있지 않지만, 학생이 대학에서 지망한 전공은 인문학부의 사학과였던 게 아닐까. 본가에서 가지고 온 책에는 역사 관련이 많이 있었어. 선배가 알려준 고서점은 역사책이 잘 구비되어 있었고. 그런 그 학생에게 경(京), 요컨대 '수도'는 옛 일본의 수도가 있던 나라나 오사카, 교토 중 한 곳을 의미했던 것일지도 몰라."

"그럴 수도 있겠군요."

"오사키 가와 카도누마 하이츠가 같은 장소에 있었다고 한다면 각각의 이야기에서 조금 신경 쓰이는 묘사가 보이게 되지. 오사키 부인은 근처에 '폐공장 같은 건물의 일부'가 보인다고 적었어. 그렇지만 보통 주택지 근처에 그런 공장을 세울 수 있던가? 이 부분을 처음 읽었을 때부터 왠지 모르게 위화감을 느끼고 있었어. 하지만 카도누마 하이츠 근처에 대중목욕탕이 있던 것을 떠올리고 이 두 가지가 이어졌지. 오사키 부인이 봤던 것은 분명히 폐업한 대중목욕탕의 굴뚝이었던 것이 아닐까."

"으음……."

미마사카는 신음하더니, 팔짱을 끼면서 생각에 잠기는 눈치였다.

"실례지만 선생님의 추리는 물적 증거가 약하다는 인상을 줍니다. 다만 저희의 목적은 다섯 개의 집이 같은 장소에 세워져 있었다는 사실을 증명한다……가 물론 아니지요. 왜 다섯 가지 다른 이야기에 유사한 괴이가 나타나는가. 그 수수께끼에 다가가는 것입니다. 즉 다섯 개의 집이 같은 장소에 있었을 가능성을 완전히 부정할 수 없다, 라는 해석이 가능하기만 하면 저희의 목적은 거의 달성된 것이 됩니다."

"그렇게 말해주니 기쁜데, '거의'라는 건 무슨 얘긴가?"

왠지 모르게 안 좋은 예감을 느끼면서 나는 되물었다.

"각각의 집에 나타난 괴이의 원흉―즉 오사키 가의 키요, 신케이 저택의 와레온나, 카도누마 하이츠의 204호실의 주민, 미츠코의 집의 코우시 님 혹은 '그것', 모 가의 요치―이 완전히 연결되지 않는다는 문제가 남아 있기 때문입니다. 와레온나와 요치만은 간신히 가면으로 연결됩니다만, 나머지는 오히려 제각각이 아닙니까?"

"각각의 괴이를 해석하다니, 그건 무모한 짓이야."

일부러 문제에서 엇나가는 대답을 했지만, 그런 잔재주가 통할 상대는 당연히 아니다. 미마사카는 내 대답에 정면으로 치고 들어왔다.

"그건 압니다. 세세한 괴이의 정합성을 검토하는 것은 전혀 의미가 없죠. 난센스입니다. 하지만 괴이의 원흉은 별개이지 않습니까? 같은 장소에 집이 계속 세워졌기 때문에 옛날에 그곳에 발생한 괴이가 계속 전염되어 왔다……라는 해석이 옳다면, 괴이 현상의 주체도 공통되지 않으면 이상하죠."

"……."

"시대와 함께 괴이의 주체가 변화했을 가능성은 있습니다. 하지만 아무리 시대가 몇 번 바뀌었다고 해도, 근본이 되는 원흉이 다섯 가지의 다른 뭔가로 변화했다……라고 생각하는 것은 조금 무리가 아닐까. 가령 그런 커다란 변화가 한 시대마다 계속 일어났다면, 그 원인이 되는 사건이 있었을 겁니다."

"……."

400

"그런데 다섯 가지 이야기 중 어디에도 그럴싸한 사건이 보이지 않습니다. 한 명 정도는 기록으로 남겨도 좋았을 텐데 말이죠."

"……."

"이 점에 대해서는 어떻게 생각하십니까?"

계속 입을 다물고 있었지만, 미마사카는 끝까지 추궁할 생각인 듯했다. 이렇게 되면 본바탕이 올곧은 만큼 성가셔진다.

"혹시 선생님께서는 모든 것을 아시면서도 일부러 모호하게 끝내버리려고 하시는 것은 아닙니까?"

변함없는 날카로운 지적에 나는 저도 모르게 한숨을 쉬고 말았다.

"어째서죠? 설마……."

"그래. 이 이상 이 이야기에 관여하다가는 앙화가 미칠지도 모르기 때문이야."

"어째서……."

"딱히 근거는 없어. 다섯 개의 집이 실은 같은 장소에 세워져 있었다. 그러니까 괴이에 유사성이 있었다. 여기까지 조사하는 것이라면 용납되리란 기분이 들어. 하지만 괴이 현상의 주체에 대해 찾는 것은 그만두는 편이 좋지 않을까."

잠시 동안 미마사카는 고개를 숙이고 있었다. 그런 뒤에 고개를 들고는 무서울 정도로 순수한 눈빛으로 입을 열었다.

"괴이의 주체를 둘러싼 위화감에 대해서 이미 어떠한 해석을 하셨다. 그런 거군요?"

곧바로 얼버무리려했지만 무리였다. 한결 같은 시선을 받는 동안, 결국 나 스스로가 이 이야기를 하고 싶다는 욕구에 지고 말았다.

"뭔가 일어나도 책임은 못 진다고."

"본가에서 보내온 격자무늬 이불 커버가 있습니다."

미마사카는 농담처럼 받아쳤지만, 그 표정은 진지했다.

"알려주세요."

"아니, 그리 대단한 것은 아니야. 다섯 집의 소재지가 전부 동일한 곳이 아닐까 하고 추리한 시점에서 거의 동시에 떠오른 해석이니까."

"그렇다는 말씀은……."

"응. 다섯 괴이의 주체는 전부 동일한 존재였어."

4

"······역시 그랬습니까."

역시나 미마사카 슈조도 같은 진상을 생각한 듯했다. 다만 그래서는 여러 가지로 해결되지 않는 문제가 있기 때문에 반신반의했는지도 모른다.

"하지만 그렇게 해석하기에는 모순이 너무 많지 않습니까?"

아니나 다를까, 곧바로 찌르고 들어왔다.

"오사키 가의 키요는 일고여덟 살 정도의 여자아이. 신케이 저택의 와레온나는 성인여성. 카도누마 하이츠의 204호실의 주민은 노파. 미츠코의 집의 코우시 님 및 '그것'은 상세불명. 그리고 괴이의 원흉으로 간주되는 모 가의 요치는 유아에서 20대까지로 완전히 제각각입니다. 앗, 그게 아니라면 다양한 연대의 요치가 각각의 집에 멋대로 나타났다든가······."

"그것이 진상이라면 그것에야말로 뭔가 그렇게 된 이유가 있을 거야."

"……그렇겠죠."

"그렇지만 다섯 가지 이야기를 읽기로는, 그런 사건은 조금도 보이지 않아. 아마도 괴이의 주체는 거의 같은 모양새였던 것이 아닐까."

"그렇지만……."

"우선 미츠코의 집의 코우시 님과 '그것'은 제외하도록 하지."

"애초에 이 두 가지 존재는……."

"같은 것이 아닐까, 라고 나는 생각해. 코우시 님은 신앙의 대상으로서의 존재고, 그 신앙에 의혹을 품은 이에게 벌을 주는 경우에는 '그것'으로 변화했는지도 몰라."

"허수아비 님 같은 존재인가요."

미마사카가 이야기한 것은 도조 겐야 시리즈의 첫 번째 작품인 《염매처럼 신들리는 것》의 무대가 된 소류고의 산신님을 말한다.

"얘기가 조금 엇나가게 되는데, 우부카타 사오리의 부모인 미츠코(光子)와 타카시(高士)의 이름은 읽는 방법에 따라서 둘 다 '코우시'로 읽을 수도 있다는 걸 눈치채고 있었나?"

"……아뇨, 신경 못 쓰고 있었습니다."

"다른 이야기에서는 괴이를 직접 겪은 것은 어린아이야. 그 것도 남자아이지. 미츠코의 집에서도 최종적으로는 우부카타 사오리의 남동생인 신야가 그렇게 돼. 하지만 부모를 필두로 주위 어른들까지 말려들고 있는 것은 다른 이야기에서는 보이지 않는 현상이잖아."

"그 원인이 부모의 이름에 있었다……."

"물론 그것뿐만은 아닐 거야. 어머니인 미츠코에게 원래부터 어떠한 힘이 있어서, 코우시 님이 그것에 격하게 반응했는지도 몰라."

"우부카타 사오리 씨의 원고를 보더라도 그것만큼은 알 수 없겠군요."

"응. 하던 이야기로 돌아가지."

개인적으로는 다섯 가지 괴이 중에서 가장 꺼림칙하게 느꼈던 것이 〈셋째 딸의 원고 – 미츠코의 집을 방문하고서〉였다. 그래서 나는 얼른 이 이야기에서 벗어나기로 했다.

"돌아보면 처음에 읽은 것이 〈어머니의 일기 – 저편에서 온다〉이고 세 번째가 〈학생의 체험 – 유령 하이츠〉였기에, 우리는 커다란 오독을 두 번이나 범했다고 할 수 있겠군."

"첫 번째 오독이 '긴키'와 '출경'을 잘못 파악한 것에 의한 장소 착각이었고, 두 번째 오독은 괴이 현상의 주체에 관해서군요."

"다만 우리 이전에 오사키 부인도 같은 착각을 하고 있었어. 아니, 그 사람의 착각이 있었기에 우리도 그 전철을 밟고 말았던 거지만."

"착각이란 키요에 대해서인가요?"

"그래. 키요는 일고여덟 살의 아이가 아니야. 그 모습은 아마
도 노파겠지."

"뭐라고요……?"

"그것도 몹시 나이를 먹어 등이 굽은, 마치 어린아이처럼 보
이는 노파였으리라 생각해."

"하지만 상대가 노인이라면 카나도 그렇다고 말하지 않았을
까요."

"거기서 중요해지는 것이, 오사키 가가 이사 오기 전에 친하
게 지내던 타케우치 가와 사에키 가의 할머니들이야. 두 집에
는 친가나 외가 쪽의 할머니가 동거하고 있었고, 카나하고 사
이가 좋은 아이—즉 손녀—와는 마치 친구 같은 관계였어. 카
나는 그것을 아주 부러워하고 있었어."

"이사 오기 전의 일기에는 확실히 그런 기술이 있었죠."

"언제부터 시작되었는지는 모르지만, 할머니와 사이좋은 손
자—특히 어린 여자아이—는 종종 '할머니'라고 부르지 않고 할
머니의 이름이나 애칭을 부르며 같이 노는 일이 많다고 들은
적이 있어."

"그러고 보니……."

"오사키 가의 카나는 그런 할머니와 손자의 관계가 아주 부
러웠어. 그래서 새집으로 이사했을 때, 자신의 할머니는 어디
에 있냐고 오사키 부인에게 물었던 거야."

미마사카가 당황하며 대학 노트의 일기를 확인하고 있다.

"카도누마 하이츠에서는 옥상 위에서 노파가 춤추고 있었지.

미츠코의 집은 제외한다고 치고, 문제는 신케이 저택의 와레온나와 모 가의 요치인데……."

거기서 미마사카가 노트에서 고개를 들어서, 나는 내 생각을 계속 말했다.

"요치뿐만이 아니라 와레온나도 인간이었다고 생각해야 하지 않을까. 즉 성장해서 감옥에 들어간 요치가 가끔씩 가면을 쓰고 열리지 않는 방을 빠져나왔던 거야. 그리고 불행히도 이시베 켄타 소년은 그 여자와 만나고 말았던 거지."

"그렇게 되면 그 소년이 본 상대가 노파일리는……앗."

간신히 미마사카도 이해한 듯했다.

"그래. 필자인 츠루미 마나부는 '무엇보다 섬뜩했던 것은 모 가의 쇠퇴와 함께 그녀의 용모가 급속히 쇠해갔다'라고 적혀 있어. 게다가 소년도 쫓아오는 와레온나를 '펄럭펄럭하고 나가주단의 앞섶을 풀어헤치고 앙상한 두 맨다리를 드러내 보이면서'라고 표현하고 있지. 그때 요치의 실제 나이와 관계없이, 믿기지 않을 정도의 노화가 시작된 상태였어. 따라서 와레온나도 그 가면과 나가주단 아래는 이미 노파 같은 모습이 되어 있었던 거지."

"그러면 오사키 가의 키요라는 이름은, 대체 어디에서……."

"요치의 어머니 이름인 키요코에서 왔다고 생각해."

"……."

"카나가 이름을 물어보자, 그것은 곧바로 어머니의 이름을 말했어. 요치란 이름은 어디까지나 당주가 자기 편의상 붙인 것에 지나지 않아. 그때까지 그 여자는 계속 이름이 없이 방치되어 있었어. 그런 이름에 애착이 있을 리 없지. 그래서 처음으로 이름을 말할 기회가 찾아왔을 때, 저도 모르게 어머니의 이름이 나온 것이 아닐까."

"그런 식으로 생각하면, 어쩐지 불쌍하다는 기분도 듭니다만……."

"그 뒤로 몇십 년에 걸쳐 같은 땅에 세워진, 모 가와는 아무런 관련도 없는 집의 주민에게 계속 앙화를 내려온 저주의 역사를 생각하면 그렇게 말할 수 없게 되지만 말이야."

"……그렇지요."

미마사카는 다시 자세를 고치더니 말했다.

"예전에 치바 현의 모 처에 있는 어느 마을, 그 모 가의 감옥에 요치가 유폐되었다. 이 모든 괴이의 기원은 그곳에 있는 거군요."

"여기서부터는 해석에 내 상상이 더 강해지게 돼. 가진 텍스트 이외의 단서가 없으니 어쩔 수 없지만……."

"그건 감안하며 듣겠습니다."

진지하게 대답하는 미마사카에게, 이랬을지도 모른다고 예상되는 괴이의 탄생에 대해서 나는 조용히 입을 열기 시작했다.

"모 처의 마을에서 발생한 카미카쿠시의 범인은 와레온나였겠지. 물론 전부 다 요치의 짓이었다고는 생각하지 않아. 그중에는 진짜 카미카쿠시도 있었을 거야. 그건 그렇고 와레온나는 납치한 아이를 어떻게 했는가."

"소년이 숨은 곳간에 있던 함롱 안에 넣어두었다든가……."

"나도 그렇게 생각했어. 다만 마냥 가둬둘 수는 없어."

"역시……죽인 걸까요."

"아마도. 그리고 창고 뒤편의 마른 우물에 버렸다……."

"……그 우물에 대해서는 소년도 이야기하고 있었죠."

"그런 무시무시한 악행을, 와레온나는 몰래 감옥을 빠져나와서 계속 저질렀어. 그렇지만 역시나 모 가의 당주가 이내 눈치를 챘지. 당주는 엄청나게 화를 냈어. 그것과 동시에 아주 두려워했지. 그래서 요치를 감옥에 유폐시켰어. 두 번 다시 도망 나오지 못하도록 그 여자에게 수갑과 족쇄를 채우고서."

"……."

"오사키 부인, 이시베 켄타, 카도누마 하이츠의 학생, 우부카타 사오리. 이 네 사람이 들은 것은 이 수갑과 족쇄에 달린 쇠사슬이 내는 소리였어.

"유폐를 위한 쇠사슬……."

"1년 반 전에 만났을 때에 나는 고딕 소설에 흔히 등장하는 무거운 쇠사슬을 끄는 유령 이야기를 했었는데, 딱 그 말대로였는지도 몰라."

미마사카는 감금된 요치의 모습을 떠올리는 듯한, 그런 표정을 보인 뒤에 입을 열었다.

"그 여자는 쇠사슬로 구속된 상태로, 모 가의 감옥 안에서 죽었던 걸까요."

"아마도 그랬을 거라 생각해. 그래서 원한이 남았다…….

그 원념에 요치가 태어나면서부터 가지고 있던 어떠한 힘이 더해졌다……. 그래서 후세까지 계속 앙화가 이어지게 되었다……."

"문제의 토지는 분명 몇 번이나 소유자가 바뀌었겠죠. 그때마다 이전에 있던 집은 헐리고, 새 집이나 연립주택이 세워졌을 겁니다."

"그렇지만 괴이는 계속 그 자리에 머물러 있었다."

"결국 '격자'라는 것은……."

"그 여자가 이 세상과 연결되기 위한, 일종의 문 같은 존재일지도 몰라. 다만 얄궂게도 그 문에서 그 여자는 나올 수 없어."

"미츠코의 집에서는, 벽에 그려진 선들이라고는 해도 그 '격자'가 열려버렸다. 그랬기에 '그것'이 사오리 씨의 침대 머리맡까지 찾아왔다……."

거기서 미마사카는 문득 떠올린 듯이 말했다.

"오사키 가의 어둠에서 소리가 났던 건, 어째서일까요?"

"감옥이란 것은 폐쇄된 공간이야. 덤으로 비위생적이며 더러운 경우가 많고, 그런데다 빛도 잘 들지 않았어. 그런 조건이 집 안의 어둠이나 화장실이나 주방 바닥 수납고라는 장소에 합치되었던 것은 아닐까. 청소해도 금세 먼지가 쌓였던 것도 그 탓일지 몰라."

미마사카는 조금 주저하는 기색을 보였지만, 아주 신경 쓰이는 어조로 이렇게 말했다.

"그 장소는 지금 어떻게 되어 있을까요?"

"글쎄."

"오사키 가가 헐리고 다른 단독주택이 세워져 있을까요. 혹은 카도누마 하이츠 같은 연립주택이나 아파트 같은 게 세워져 있을까요?"

나는 빤히 미마사카를 바라보다가 천천히 확인했다.

"설마라고 생각하네만, 치바 현의 모 처를 찾아볼 생각은 아니겠지?"

"지금 있는 단서만으로는 무리이겠습니다만."

"종종 자네라는 인간이 도저히 이해되지 않을 때가 있어. 자신에게 닥쳐올 괴이 현상을 겁내고 있는가 싶다가도 그 근본이 되는 장소를 찾아내겠다는 생각을 하니까."

어이없어하면서도 나는 강하게 고개를 저었다.

"그만두는 게 좋을 거야."

"장소만 알아낼 수 있으면 오사키 가의 사건 이후뿐만 아니라, 다섯 가지 이야기 사이의 시대에는 아무것도 일어나지 않았는가 하는 사실도 조사할 수 있습니다. 잘만 하면 사례가 늘어나서……."

"실화 괴담책을 기획할 수 있다……라고 말하고 싶은 건가? 자칫 잘못하다간 자네가 성가신 괴이와 엮이게 될지도 모르는데?"

"그렇게 되려나요."

불복하는 듯한 얼굴의 미마사카에게, 나는 타이르는 어조로 말했다.

"알겠나? 이렇게 텍스트 형태로 관련한 것뿐인데도 우리 모두 집의 지붕을 두드리는 이상한 소리를 들었어. 그 근본이 되는 장소를 밝혀내서 그곳에 세워진 집을 방문하기라도 했다간 대체 어떤……."

"그 집에 간다고는 아직 말하지 않았습니다."

미마사카치고는 웬일로 이쪽의 말을 억지로 막는 듯한 말투였다.

"장소까지는 특정해놓고 찾아가지 않을 리 없지 않나. 그 집에 대한 탐문도 필요해지겠지. 그러기 위해서는 현지에 갈 수밖에 없어."

"꼭 그렇다고 정해진 것은……."

"오늘은 여기까지로 하지."

"네?"

"미마사카 군은 잠시 머리를 식히는 게 좋겠어."

"그렇지는 않습니다."

"아니, 그렇게 하자고."

"하지만……."

"아무래도 자네는 이 이야기에 홀려 있는 것 같으니까."

그렇게 지적하자마자 미마사카는 입을 다물어버렸다. 그런 뒤에 가게를 나서서 헤어질 때까지 그는 한 마디도 하지 않았다. 그저 조용히 꾸벅 인사를 하고, 소리도 없이 스윽 떠나가버렸다.

그 뒤에 미마사카에게 메일을 몇 번인가 보냈지만 한 번도 답장이 없었다. 휴대전화로 전화를 걸어도 언제나 자동응답일 뿐 받지 않았다. 그때마다 전언은 남겼지만 전혀 답신이 없었다.

걱정하는 동안 석 달 정도가 지나고, 연말이 된 어느 날 미마사카로부터 편지가 왔다. 그곳에는 과거의 실례를 사죄하는 말과, 더 이상 그 이야기에는 관여하지 않겠다는 이야기가 적혀 있었다. 이 석 달 사이에 대체 그에게 무슨 일이 있었는지, 중요한 내용은 아무것도 적혀 있지 않았다. 그래도 때가 오면 미마사카 쪽에서 분명히 알려줄 것이다. 나는 그렇게 믿고 있다. 언젠가 미마사카의 체험담을 바탕으로 나는 괴기단편을 쓸지도 모른다. 물론 그의 승낙을 얻은 뒤겠지만.

해가 바뀌고 신년 연휴가 지났을 무렵, 미마사카로부터 "두 삼회의 늦은 신년회를 하지요."라는 초청이 왔다. 기뻐하며 나가자, 그 자리에는 평소의 미마사카가 있어서 몹시 안도했다. 그곳에 우리가 새해 첫 괴담 이야기로 흥을 냈음은 말할 것도 없다.

그리고 다시 미마사카와의 교류가 시작되었다. 그리고 1년이 지난 올해의 신년회에서, 나는 이 책 《괴담의 집》의 구상을 미마사카에게 이야기했다. 중앙공론신사에서 의뢰받았던 장편소설의 제재로서 설명했다.

미마사카가 조금이라도 난색을 보이면 바로 그만둘 생각이었다. 하지만 그는 쌍수를 들고 찬성해주었다. 다만 '절대 추가 취재는 하지 않는다. 지금 있는 자료만으로 구성한다.'라는 기묘한 약속을 강요받았다. 그는 그 이유를 말하지 않았지만, 나도 짚이는 것이 있어서 그 조건 그대로 받아들였다.

애초에 다섯 가지 이야기를 제재로 선택한 것은, 이렇게 소설로 만들어버리면 미마사카가 두 번 다시 이 일에 관여하지 않을 거라고 생각했기 때문이다. 이미 미마사카는 그럴 생각이 완전히 사라졌을 것이라 생각한다. 하지만 어떠한 알 수 없는 계기로 또다시 홀릴 일이 없을 거라 단언할 수는 없다. 위험한 싹은 될 수 있는 한 빨리 제거해두고 싶다.

부디 이 책을 읽게 된 독자도 그 장소와 그곳에 세워진 집을 찾으려는 생각은 결코 하지 마시길······.

참고문헌

오사키 모 씨의 일기(대학노트)

이시베 켄타의 이야기(속기원고의 정리본)

모 학생의 체험기(인터넷 상의 글. 원본 확인은 하지 못함)

우부카타 사오리,《미츠코의 집은 무엇이었나》(미발표 원고)

츠루미 마나부,《내 인생에 새기다》(사가본)

쿠레 슈조 · 카시다 고로,《정신병자 사택감치의 실황 및 기 통계적 관찰》(창조출판)

〈도쿄 의학회 잡지〉 제32권 제1호부터 제13호(도쿄 의학회)

《〔현대어역〕 쿠레 슈조 · 카시다 고로 – 정신병자 사택감치의 실황》(의학서원)

# 괴담의 집

**초판 1쇄 발행** 2015년 7월 3일
**초판 7쇄 발행** 2023년 2월 1일

**지은이** 미쓰다 신조 | **옮긴이** 현정수
**펴낸이** 신경렬

**상무** 강용구
**기획편집부** 최장욱 송규인
**마케팅** 신동우
**디자인** 박현경
**경영기획** 김정숙 김태희
**제작** 유수경

**펴낸곳** (주)더난콘텐츠그룹
**출판등록** 2011년 6월 2일 제2011-000158호
**주소** 04043 서울시 마포구 양화로12길 16, 7층(서교동, 더난빌딩)
**전화** (02)325-2525 | **팩스** (02)325-9007
**이메일** longest@thenanbiz.com | **홈페이지** www.thenanbiz.com

**ISBN** 979-11-85051-71-0 03830